THE LORD OF THE RINGS

# THE TWO TOWERS

魔戒

# 雙塔叛謀



J.R.R. TOLKIEN

李函 —— 譯

# 魔戒——雙塔叛謀

## 第三卷

# 第四卷

# 第三卷

## 第一章——

# 波羅米爾的離去

亞拉岡衝上丘陵，他時時彎腰貼向地面。哈比人的腳步輕盈，就連遊俠也難以分辨他們的腳印，離丘頂不遠處有淙泉水流過山徑，遊俠從溼土中發現了找尋的目標。

「我對足跡的判斷正確，」他自言自語道，「佛羅多跑到丘頂去了。我想知道他在那看見了什麼？但他從原路回去，並再度下山。」

亞拉岡猶豫起來。他想登上高處王座，希望能在那看到為他指點迷津的跡象，但時間緊迫。他猛然撲向前，衝上山頂，跨越龐大的石板，再跑上臺階。他坐上王座並往外看，但太陽似乎暗了下來，世界顯得黯淡朦朧。他把目光從北方開始環視，再度轉回北方時，除了遙遠的丘陵外，他什麼也沒看見。他再次遠眺高空時，有隻像是老鷹的巨鳥，緩緩盤旋著往地面飛去。

當他觀看時，靈敏的耳朵聽到底下林地傳來的聲響，聲音來自大河西岸。他的身體僵硬起來。叫聲此起彼落，而讓他感到驚恐的是，他聽出其中有歐克獸人的刺耳嗓音。突然間響起了一股低沉的號角巨響，響聲傳到丘陵間，並在山谷中迴盪，在瀑布怒吼聲中聽來如同一聲高吼。

「波羅米爾的號角！」他喊道，「他需要幫助！」他衝下臺階，再躍上小徑。「唉！今天我厄運纏身，我所做的一切都出了差錯。山姆在哪？」

叫聲在他奔跑時越來越響亮，但號角聲變得越趨微弱與焦急。歐克獸人的叫喊凶狠淒厲，號角聲忽然止息。亞拉岡衝下最後一座山坡，但在他抵達山腳前，聲音便逐漸消失。而當他左轉奔向聲音來源時，聲音漸漸飄走，直到他再也聽不見任何聲響。他抽出明亮的佩劍，大喊：「伊蘭迪爾！伊蘭迪爾！」並衝過樹林。

他在離帕斯蓋蘭約一哩之外的小空地發現了波羅米爾——背對一棵大樹坐下，彷彿正在休息。但亞拉岡發現他身上插滿了黑羽箭矢，手中仍握著劍，劍刃已在靠近握柄部分斷裂；被切成兩半的號角擺在身旁。許多戰死的歐克獸人倒在他的腳下、滿布四周。

亞拉岡在他身旁跪下。波羅米爾睜開眼睛，努力想開口。最後他終於緩緩擠出話語。「我想從佛羅多手上搶走魔戒，」他說，「對不起！我付出代價了。」他的目光移到死去的敵人身上，至少有二十具屍體倒臥在附近。「他們走了。半身人。歐克獸人帶走他們了。我想他們沒有死。歐克獸人綁住了他們。」他停了下來，雙眼疲倦地闔上。過了一陣子後，他再度開口。

「再見了，亞拉岡！去米那斯提力斯拯救我的人民！我失敗了。」

「不！」亞拉岡說，一面握著他的手，並親吻他的額頭。「你贏了。很少人能斬獲這種勝利。安息吧！米那斯提力斯不會殞落！」

波羅米爾露出微笑。

「他們往哪走了？佛羅多也在嗎？」亞拉岡說。

但波羅米爾沒有再開口了。

「唉！」亞拉岡說，「衛戍塔之主迪耐瑟的繼承人就此離世！真是悲痛的結局。護戒隊已分崩離析。失敗的人是我。我辜負了甘道夫的信任。我現在該怎麼做？波羅米爾要我去米那斯提力斯，我的內心也渴望那裡。但魔戒和持戒者在哪？我該如何找到他們，讓任務不致失敗呢？」

他跪了一陣子，並彎腰哭泣，也依然緊握波羅米爾的手。列葛拉斯和金力便這樣發現了他。他們無聲地從山丘西坡過來，如同狩獵般悄悄穿過樹林。金力手握斧頭，列葛拉斯則拿著長刀，他的箭都用光了。當他們來到空地時訝異地停下，接著他們悲傷地低頭，眼前發生的一切已顯而易見。

「唉！」列葛拉斯說，並走到亞拉岡身邊，「我們在樹林中獵殺了許多歐克獸人，但我們在這裡應該會更有用。當我們聽到號角聲時，就立刻過來——但看來為時已晚。我擔心你們受了重傷。」

「波羅米爾死了。」亞拉岡說，「我毫髮無傷，因為我沒有和他在一起。當我待在山頂時，他在保護哈比人時戰死。」

「哈比人！」金力大叫，「他們在哪？佛羅多呢？」

「我不曉得。」亞拉岡疲倦地說，「在他死前，波羅米爾向我說歐克獸人綁走了他們，但他不覺得他們死了。我派他去跟著梅里和皮聘，但我沒問他是否也和佛羅多和山姆待在一起，直到一切為時已晚。現在該怎麼辦？」

「首先我們得照料死者。」列葛拉斯說，「我們不能讓他和這些歐克獸人的屍體倒在這裡。」

「但我們得快一點。」金力說，「他不會希望我們停留太久。如果我們的同伴遭到生擒，我們就得追上歐克獸人。」

「但我們不曉得魔戒持有者是否和他們在一起。」亞拉岡說，「我們要拋下他嗎？我們不能先找尋他嗎？我們面臨了不祥的選擇！」

「那我們就先做該做的事。」列葛拉斯說，「我們沒有時間或工具能妥善埋葬同袍，或是為他搭建墓塚。我們或許能蓋一座石塚。」

「建造過程困難又漫長，河邊也沒有能供我們使用的石塊。」金力說。

「那我們就把他和他的武器放在船上，也放入被他擊敗的敵人武器。」亞拉岡說，「我們會送他去勞洛斯瀑布，將他交給安都因河。剛鐸之河至少能確保沒有邪惡生物能褻瀆他的遺骨。」

他們迅速搜索了歐克獸人的屍體，將牠們的利劍、碎裂頭盔和盾牌堆在一起。

「快看！」亞拉岡叫道，「我們找到線索了！」他從醜惡的武器中拿出兩把葉片型的刀子，上頭有金紅交雜的花紋。再三搜尋後，他也找到了鑲有小型紅寶石的黑色劍鞘。「這些不是歐克獸人的用具！」他說，「這些是哈比人的佩劍。歐克獸人肯定搶走了它們，但又不敢保留刀子，心中清楚它們的底細：西陸的製品，上頭施有對抗魔多的咒語。好吧，如果他們還活著，我們的朋友就手無寸鐵。我會收起這些武器，希望有一天能物歸原主。」

「至於我，」列葛拉斯說，「會盡量尋覓箭矢，因為我的箭筒空了。」他在武器堆和附近的地面搜索，也發現不少沒有折損的箭，箭身比歐克獸人常用的箭還長。他仔細觀察這些箭。

亞拉岡則觀察著屍體，他說：「這裡有許多歐克獸人不是來自魔多。根據我對歐克獸人和牠們種族的理解，有些來自北方的迷霧山脈。還有其他我不認得的種類。牠們的裝備一點都不像歐克獸人！」

有四名體態高大的哥布林士兵，牠們皮膚黝黑，眼睛歪斜，長有粗厚的雙腿大手。牠們攜帶了寬刃短劍，而非歐克獸人常用的彎刀；還有紫杉木製的弓，長度和形狀類似人類所用的弓；盾牌上有個奇怪的徽記：黑色背景中央有隻小白手；鐵盔前方有個以某種白色金屬鑄造出的S符文。

「我沒看過這些標誌。」亞拉岡說，「它們有什麼意思？」

「S代表索倫。」金力說，「這很簡單。」

「不！」列葛拉斯說，「索倫不使用精靈符文。」

「他也不使用自己的本名，也不允許外人拼出或唸出他的名字。」亞拉岡說，「他也不使用白色。效命於巴拉多的歐克獸人使用紅眼標誌。」他佇立沉思了半晌，「我猜，S代表薩魯曼。」他最後說道，「艾森格正在醞釀邪惡，西方也不再安全了。正如同甘道夫所擔憂的，叛徒薩魯曼透過某種方式得知了我們的旅程。他很有可能也知道甘道夫的殞落。墨瑞亞的追兵可能躲過了羅瑞安的警哨，也可能完全避開那片土地，走別的路來到艾森格。歐克獸人行動得很快。但薩魯曼有許多探聽風聲的方法。你們記得那些鳥嗎？」

「哎，我們沒時間思索謎題了。」金力說，「我們趕快帶波羅米爾走吧！」

「但如果我們要選出正確道路，之後就得解開謎題了。」亞拉岡回答。

「也許沒有正確的選擇。」金力說。

矮人拿他的斧頭砍下了好幾根樹枝。他們將樹枝用弓弦綁在一起，再用斗篷包住框架。他們用這只粗糙的擔架，將同伴的遺體運到河岸，還搬了他最後戰鬥的戰利品與他同行。路途並不遠，但他們發現過程並不輕鬆，因為波羅米爾高大強壯。

亞拉岡留在水邊，他看著擔架，列葛拉斯與金力快步返回帕斯蓋蘭。路途只有一哩多，他們過了一陣子才回來，沿著河岸迅速把兩艘船划過來。

「發生了怪事！」列葛拉斯說，「岸邊只有兩艘船。我們找不到另一艘船的蹤影。」

「歐克獸人去過那裡嗎？」亞拉岡問。

「我們沒看到牠們的蹤影。」金力回答，「歐克獸人會奪走或摧毀所有船隻，加上行李。」

「等我們來到那裡，我就會檢查地面。」亞拉岡說。

他們將波羅米爾擺在準備運送的小船中央。大夥折起他的灰色兜帽和精靈斗篷，擺放在頭部底下；梳理他的黑色長髮，將髮絲整齊地鋪在肩膀上，腰際的羅瑞安黃金腰帶閃閃發光；將他的頭盔擺在他身旁，再把斷裂的號角、佩劍碎片與劍鞘擺在他腿上；把敵人的武器放在他腳下。接著眾人把船首綁在另一艘船船尾，再把它拖到河上。他們沿著岸邊悲傷地划船，再轉入水流湍急的河道，經過帕斯蓋蘭的綠地。托爾布蘭迪爾的陡峭山壁正泛出光澤，因為已經到了中午。當他們往南前進時，勞洛斯瀑布的水氣便在面前冒出剔透光芒，如同一片金色迷霧。瀑布的流速與巨響使無風的空氣為之震盪。

他們沉痛地解開送葬小船。波羅米爾平靜安詳地躺在上頭，滑過水流的中央。河流送走了他，三人用船槳穩住他們的船隻。他飄過他們身旁，小船慢慢地離開，化為金光下的小黑點，接著忽然消失。勞洛斯瀑布的巨吼絲毫不減。大河帶走了迪耐瑟之子波羅米爾，米那斯提力斯再也沒有人看過他，他也無法如同過往站在晨光中的白塔之上。但日後的剛鐸相傳，精靈小船渡過了瀑布與泛著白沫的水池，讓他漂過奧斯吉力亞斯，再渡過安都因河的諸多河口，在夜晚的繁星下漂上大海。

三名同伴沉默地注視他半晌。接著亞拉岡開了口。「人們會在白塔上尋覓他，」他說，「但他不會從高山或大海歸來了。」接著他緩緩唱起：

穿越洛汗沼地，漫長草原，
西風吹拂，飄向高牆。
「流浪的風，今晚你從西方捎來什麼消息？
你在月亮或星光下見過高大的波羅米爾嗎？」
「我看到他越過七條溪流，渡過寬闊灰河。
我看到他走過無人地帶，直到他進入
北方暗影中。我再也沒有看見他。
北風或許聽過迪耐瑟之子號角聲。」
「噢，波羅米爾！我從高牆上往西瞭望，
但你沒有從無人地帶出現。」

接著列葛拉斯唱道：

南風從海口飛來，飄自沙丘與岩石。
它夾帶海鷗哀鳴，在大門呻吟。

「歎息之風，你今晚從南方捎來什麼消息？
俊美的波羅米爾在何方？他遲遲未歸，我則悲傷不已。」
「別問我他在哪——諸多骨骸
長眠在陰天下的白岸與黑岸。
許多人已從安都因河漂向大海。
問問北風關於他們的消息！」
「噢，波羅米爾！朝向大海的道路離開大門，前往南方，
但你沒有與灰色海口的哀鳴海鷗同行。」

亞拉岡再度唱起：

北風從王之門吹來，拂過轟隆作響的瀑布。
高塔響起清亮號角聲。
「強風呀，你從北方捎來什麼消息？
大膽的波羅米爾有什麼消息？他已離開多時。」
「我在阿蒙漢下聽到他的叫喊。他與諸多敵人廝殺。
河水帶來他碎裂的盾牌，與他的斷劍。
他的驕傲身影，俊美臉孔，與四肢都已安息。

勞洛斯，金色的勞洛斯瀑布，已將他擁入胸懷。」

「噢，波羅米爾！衛戍之塔將永遠往北瞭望，

望著勞洛斯，金色的勞洛斯瀑布，直到世界終結。」

他們就此結束。接著他們調轉小船，全力逆流划回帕斯蓋蘭。

「你們把東風留給我。」金力說，「但我不會提它。」

「也理應如此。」亞拉岡說，「米那斯提力斯的居民會承受東風，但他們不會向它詢問消息。既然波羅米爾已經上路了，我們就得盡快選擇自己的路線。」

他迅速但仔細地審視綠色草地，也經常彎腰到地上。「沒有歐克獸人來過這片地。」他說，「不然就看不出任何事了。我們所有人的腳印都在這裡，不斷跨越彼此。我看不出自從開始找尋佛羅多後，哈比人有沒有回來。」他回到河岸邊，靠近來自湧泉的小溪流入大河的位置。「這裡有些清楚的腳印。」他說，「有個哈比人走進水裡，又走回岸上，但我看不出是多久以前的事。」

「那你怎麼解讀這樁謎題？」金力問。

亞拉岡沒有立刻回答，只是回到營地並望向行李。「有兩個包包不見了。」他說，「其中一個肯定屬於山姆，它格外碩大沉重。這就是答案：佛羅多搭船離開，他的僕人也與他同行。當我們全都離開時，佛羅多肯定回來了。我在跑上山丘時碰到山姆，並要他跟上我，但他顯然沒這麼做。他猜出了他主人的想法，並在佛羅多離開前回到這裡。要拋下山姆肯

定不容易！」

「但他為何一句話都不說就離開我們？」金力說，「真是奇怪的舉動！」

「也是勇敢之舉。」亞拉岡說，「我想，山姆說得沒錯。佛羅多不想帶任何朋友和他去魔多送死。但他知道自己得去。當他離開我們後，發生了某種使他克服恐懼與疑惑的事。」

「也許歐克獸人攻擊他，他就逃跑了。」列葛拉斯說。

「他肯定逃跑了。」亞拉岡說，「但我想，不是逃離歐克獸人。」亞拉岡沒有說出自己對佛羅多突如其來的決心與逃亡原因的想法。他把波羅米爾的遺言守在心裡很久。

「好吧，至少一切都水落石出了。」列葛拉斯說，「佛羅多已經不在大河這一側，只有他可能帶走小船。山姆也和他在一起，只有他會拿走自己的背包。」

「那我們的選擇，」金力說，「就是駕著剩下的船跟上佛羅多，或是徒步追蹤歐克獸人。兩條路都沒什麼希望。我們已經損失了許多寶貴的時間。」

「讓我想想！」亞拉岡說，「願我能作出正確的決定，改變這個壞日子中的厄運！」他沉默地站立半晌。「我要跟上歐克獸人。」他最後說道，「我願意指引佛羅多去魔多，並和他走到盡頭。但如果我在荒野中尋覓他，就得讓俘虜承受凌虐與死亡。我的心意終於明朗了，持戒者的命運已經不在我的手裡，護戒隊的角色已經結束了。但剩下來的我們只要還有力氣，就不能放棄我們的同伴。來吧！我們現在就出發。盡量拋下雜物！我們得日以繼夜地前進！」

他們把最後一艘船從水中拖出，並把它搬到樹林裡。他們把帶不走的物品全都擺在底下。接著他們離開了帕斯蓋蘭，當他們回到波羅米爾戰死的林間空地時，下午正逐漸逝去。他們在那找到了歐克獸人的足跡，不需要多少技巧就能發現。

「沒有其他種族會留下這種雜亂腳印。」列葛拉斯說，「牠們甚至喜歡劈砍與打擊不在行進動線上的生物。」

「但牠們的速度飛快，」亞拉岡說，「也不會感到疲累。之後我們或許得在不毛之地找尋路線。」

「好吧，去追牠們！」金力說，「矮人也能走得很快，也不會比歐克獸人更容易疲憊。但這將是漫長的追蹤路程，牠們早就出發了。」

「沒錯，」亞拉岡說，「我們都需要矮人的耐力。來吧！無論有沒有希望，我們都得跟上敵人的足跡。如果我們跑得更快，牠們就完了！我們的追蹤過程，將會成為三支種族之中的傳奇：精靈，矮人，與人類。三獵人出發！」

他如同野鹿般衝了出去。他跑過樹林間。既然他已下定決心，便毫無倦意地快速率領他們。他們離開了湖濱的森林，三人爬上長坡，山坡在因夕陽而染紅的天空下顯得漆黑崎嶇。黃昏已然到來，他們離開了此地，如同岩地中的灰影。

## 第二章——
# 洛汗騎士

暮色逐漸變深。霧氣籠罩他們身後下方的樹林，瀰漫在黯淡的安都因河畔，天空卻晴朗無雲。星星探出了頭，逐漸變圓的月亮正往西方前進，岩石上也滿是黑影。他們來到岩丘山腳，腳步也慢了下來，因為已經不太容易追蹤足跡了。艾明穆伊的高地兩道崎嶇長山脊從北到南延伸。每道山脊的西側都陡峭難行，但東側山坡則較為平緩，上頭有許多山溝與窄谷。三名同伴整晚都在寸步難行的區域奮力跋涉，先爬上最高處山脊的頂峰，再走下另一側蜿蜒深谷中的黑暗。

在黎明前依然寒冷的時刻，他們暫時休息了一下。月亮早已比他們先行下山，頭頂的繁星閃閃發光。早晨的第一道曙光尚未越過後方的漆黑山丘。在那一刻，亞拉岡一籌莫展——歐克獸人的足跡伸下山谷，但卻在那裡消失了。

「你覺得牠們會轉向哪裡？」列葛拉斯說，「往北走直路去艾森格嗎，或把梵貢森林當作目標？還是往南前往恩特河？」

「無論牠們的目的地在哪，都不會走向河。」亞拉岡說，「除非在洛汗出了大麻煩，而薩魯曼的勢力也大幅增長，不然牠們就會找最短的路徑，來跨越洛希人的地盤。我們往北方找尋吧！」

河谷如同石槽般穿過難行的丘陵，有條小溪流經底部的巨石。在他們的右側隆起一座山崖，左側有灰暗的山坡，深夜裡顯得陰暗難辨。他們繼續往北走了一哩多，亞拉岡正在通往西側山脊的褶皺與深溝彎腰搜索。列葛拉斯在前方一段距離外，忽然間精靈大喊一聲，其他人則跑向他。

「我們已經追上某些歐克獸人了。」他說，「快看！」他向外一指，他們便發現剛開始以為是山坡底部石塊的物體，其實是堆在一起的屍首。有五個死去的歐克獸人倒在那裡。牠們身上有數道殘忍的傷痕，還有兩具屍體遭到斬首。地面沾滿了牠們的黑色血液。

「又出現另一道謎題了！」金力說，「但需要陽光才能解謎，我們也無法在這裡等待。」

「但無論你如何解讀，似乎都有點希望。」列葛拉斯說，「歐克獸人的敵人可能是我們的朋友。這一帶丘陵中有居民嗎？」

「沒有。」亞拉岡說，「洛希人很少來此，這裡也離米那斯提力斯很遠。或許有人類團體為了我們不曉得的理由在這裡打獵。但我想並非如此。」

「你怎麼想？」金力說。

「我認為敵人帶上了自己的敵人。」亞拉岡回應道，「這些是來自遠方的北方歐克獸人。死者中沒有任何攜帶怪異徽記的大型歐克獸人。我猜牠們起了爭執，這些壞傢伙經常與彼此發生爭端。或許牠們對路線的意見不合。」

「或是對俘虜的想法不合。」金力說，「希望他們也沒有在此送命。」

亞拉岡搜索著周圍寬廣圈子中的地面，但無法找到打鬥的其他跡象。他們繼續前進。東方的天空已開始泛白，繁星逐漸消失，灰色的陽光也慢慢增強。再往北走一小段路後，他們就來到一處褶皺地帶，有條蜿蜒流入的小溪侵蝕出了一條往山谷伸去的崎嶇通道。有些灌木生長在這條小路上，兩旁還長了幾叢草。

「終於！」亞拉岡說，「我們要找的足跡就在這裡！沿著這條水道向上走，這就是歐克獸人在爭執後走的路。」

追蹤者們迅速地轉身走上新通道。他們彷彿因休息整晚，而精力充沛地踏遍石塊。最後他們抵達灰色山丘頂端，突如其來的一股微風吹拂著他們的髮絲，也吹動了他們的斗篷——那正是清晨的冷風。

他們回頭望見大河對岸遠方的丘陵都亮了起來，太陽已躍上天空。旭日的紅色光暈從漆黑大地的高山升起。在他們面前的西方世界毫無動靜，景象灰暗、朦朧。但當他們駐足觀望時，夜晚的黑影在空氣中融解，大地甦醒時的色彩盡數回歸。綠色流淌在洛汗的廣闊草原；白霧在河谷中微微發亮。而在三十多里格外遙遠的左側，白色山脈泛出藍色與紫色的光澤，宛如黑玉的頂峰上白雪皚皚，籠罩在早晨的玫瑰色陽光下。

「剛鐸！剛鐸！」亞拉岡喊道，「我真希望在更愉快的時刻再見到你！我的路途尚未往南轉向你明亮的河流。

剛鐸！位於山海之間的剛鐸！
西風吹拂當地，陽光照耀銀樹，
如古王花園中的晶瑩雨滴般落下。
噢，驕傲的城池！淨白諸塔！有翼王冠與黃金王座！
噢，剛鐸，剛鐸！人們該見證銀樹，
或是山海間將再度吹起西風？

我們走吧！」他說，把目光從南方移開，並望向他必須前往的西方與北方。

三人站立其上的山脊陡峭地往下延伸。在底下約二十噚處，有座寬敞粗糙的岩架，盡頭是陡峭險峻的山崖：那就是洛汗的東牆。艾明穆伊在此來到盡頭，洛希人的翠綠平原在他們面前綿延不絕地延伸到視野外。

「看呀！」列葛拉斯喊道，邊指向他們頭頂的天空，「又是那隻老鷹！牠在高處翱翔。

牠似乎正飛離這片土地，返回北方。牠的飛行速度很快。你們看！」

「不，就連我的眼睛都看不見牠，親愛的列葛拉斯。」亞拉岡說，「牠肯定飛得很高。如果牠就是我之前看過的鳥，我想知道牠究竟有什麼任務。但看呀！我能看見附近有東西，狀況也更緊急；有東西在平原上移動！」

「有很多東西。」列葛拉斯說，「那是一大批行走的隊伍。但我無法判斷更多跡象，也看不出他們是什麼種族。他們還有數里格的距離，我猜有十二里格。但很難估算平原的平坦程度。」

「不管怎樣，我想我們已經不需仰賴足跡來判斷方向了。」金力說，「我們趕快找路往底下的平原走吧。」

「我不曉得你能不能比歐克獸人找出更快的路。」亞拉岡說。

此刻，他們趁陽光明亮時跟著敵人。歐克獸人們似乎正全力衝刺，追蹤者們時時會在路上發現遺落、棄置的物品：糧食袋、堅韌灰麵包的硬皮或碎屑、一件撕破的黑斗篷，還有在石頭上撞破的沉重鐵鞋。足跡使他們往北沿著懸崖頂端走，最後三人來到岩間一處由嘈雜的溪水侵蝕出的深溝。在這條狹窄岩溝中，有條粗糙的通道如同陡梯般伸向平原。

他們在底部忽然抵達洛汗的草原。它如同綠海般湧向艾明穆伊的山腳。從上湧下的溪水消失在茂密的水芹與水草叢中，他們也聽見它在綠色隧道中響起的潺潺水流聲，溪水一路順著緩坡流向遠方的恩特河谷。他們似乎已把冬天拋在身後的丘陵。這裡的空氣更為柔和溫暖，也瀰漫著些許草香，彷彿春天已蠢蠢欲動，花草也再度萌生新芽。列葛拉斯深吸了一口氣，如同在不毛之地長期忍受飢渴的人，喝了一大口水。

「啊！綠草的氣味！」他說，「這比睡覺要好多了。我們跑吧！」

「輕盈的雙腳或許能在這裡迅速奔跑。」亞拉岡說，「或許能跑得比穿鐵鞋的歐克獸人更快，現在我們有機會能追上牠們了！」

他們以縱隊前進，如同追蹤強烈氣味的獵犬，眼中也亮起渴切的目光。大步邁進的歐克獸人所踏出的醜惡足跡，幾乎往西筆直延伸；洛汗甜美的綠草被歐克獸人踐踏得滿是烏黑傷痕。亞拉岡忽然大喊一聲，並轉到一旁。

「別動！」他喊道，「先別跟上我！」他迅速往右跑，遠離了原先的路線。因為他發現有腳印往那個方向延伸，遠離其他的足跡——那是沒穿鞋的小腳所留下的。不過，這些腳印還沒走遠，就與其他歐克獸人的腳印混在一起，也從後頭的主要足跡前後伸出，再急轉彎回去，消失在雜亂的腳印中。亞拉岡在最遠處俯身，從草地上撿起某樣物品，隨即跑了回來。

「沒錯，」他說，「痕跡非常明顯，那是哈比人的腳印，我想是皮聘的，他比其他人矮小。看看這個！」他舉起某個在陽光下閃閃發亮的東西。它看起來像山毛櫸葉，但在一棵樹都沒長的平原上，顯得精緻又怪異。

「是精靈斗篷的別針！」列葛拉斯和金力齊聲大喊！

「羅瑞安的葉片不會輕易掉落。」亞拉岡說，「這不是偶然落下的物品。有人扔下它，留給可能跟隨在後的對象。我想皮聘刻意跑離了原本的路線。」

「那至少他還活著！」金力說，「他也善用了腦袋和雙腿。真讓人士氣大振。我們的行動並沒有徒勞無功。」

「希望他沒有為這個大膽舉動付出太大的代價，」列葛拉斯說，「來吧！我們該繼續前進了！想到這些快樂的小傢伙如同牲畜般遭到驅趕，就讓我焦急不已。」

太陽攀上正午的高度，再緩緩地從天空落下。輕薄的雲朵從遙遠的南方海上飄來，微風將之吹散。太陽沉入天際之下。黑影從後揚起，自東方伸出黑暗長臂。獵人們依舊繼續前進。自從波羅米爾死後已經過了一天，歐克獸人們仍然位於遙遠的前方，再也無法從平原上看到牠們了。

隨著夜色籠罩他們周圍，亞拉岡便停下腳步。在一整天的行進中，他們只短暫休息了兩次，而他們與黎明時分佇立的東牆之間，現在已經有十二里格的距離了。

「我們終於碰上了艱困的選擇。」他說，「我們該在晚上休息，還是該趁還有心力和體力時繼續前進呢？」

「除非我們的敵人也休息，不然一旦停下睡覺，牠們就會把我們拋在腦後了。」列葛拉斯說。

「肯定連歐克獸人都會在行進中休息吧？」金力說。

「歐克獸人很少會在太陽下繼續行動，但這些歐克獸人卻這麼做了。」列葛拉斯說，

「牠們晚上自然也不會休息。」

「但如果我們在夜間趕路，就無法追蹤牠們的足跡。」金力說。

「就我看來，足跡筆直往前伸，也沒有轉往左、右。」列葛拉斯說。

「我或許能帶你們在黑暗中猜測路線，並維持固定方向。」亞拉岡說，「但如果我們走錯路，或是牠們轉彎的話，當太陽升起時，我們或許就得花上很長時間，才能找到正確的路線。」

「還有一點，」金力說，「只有在白天，我們才能判斷是否有腳印脫離路線。如果有囚犯脫逃，或如果有囚犯被帶往東方，比如說前往大河，再往魔多前進的話，我們就可能錯過蹤跡，永遠不曉得這件事。」

「說得沒錯。」亞拉岡說，「但如果我對先前的跡象判斷正確，配有白手徽記的歐克獸人勝出，整批隊伍此刻往艾森格前進。他們當前的走向證實我的想法。」

「但現在就確定牠們的走向，未免過於草率。」金力說，「那逃跑的囚犯呢？我們在黑暗中可能會錯過讓你找到別針的跡象。」

「在那之後，歐克獸人會加強戒備，囚犯們也會更為疲勞。」列葛拉斯說，「如果我們不出手的話，他們就無法再度逃脫了。我不曉得該怎麼做到那點，但我們得先追上牠們。」

「但就連我這個經歷過諸多旅程的矮人，都無法毫不停歇地一路跑向艾森格，我甚至還不是我族中最弱的成員。」金力說，「我的內心也焦急無比，也願意早點出發，但現在我得休息一下，才能跑得更快。如果我們要休息，伸手不見五指的黑夜就是恰當時刻了。」

「我就說這是個艱困的選擇。」亞拉岡說，「我們該如何解決這場爭論呢？」

「你是我們的嚮導，」金力說，「而且你善於追蹤，你該做選擇。」

「我的內心要我繼續前進，」列葛拉斯說，「但我們得共同行動，我會遵循你的意見。」

「你們挑了運氣差勁的人做選擇。」亞拉岡說，「自從我們穿越亞格納斯後，我的選擇就出了差錯。」他沉默下來，在逐漸加深的夜色中注視北方與西方。

「我們別在黑暗中行動。」他最後說道，「錯過足跡或其他蹤跡，對我來說是更大的危機。如果月光夠強，我們就可以利用它，但可惜了！他今晚會提早落下，新月的光芒也仍然黯淡。」

「今晚烏雲也遮蔽了他。」金力咕噥道，「真希望夫人賦予我們光芒，像是她送給佛羅多的禮物。」

「那條路更需要它。」亞拉岡說，「他背負的是真正的任務。我們處理的只是大時代中微不足道的小事。或許打從一開始，這場追蹤就徒勞無功，我的選擇也無法損害或修正它。好吧，我作出選擇了。讓我們盡可能善用時間吧！」

他往地上一躺，並立刻陷入昏睡，因為自從他們待在托爾布蘭迪爾那晚後，他就沒睡過了。在黎明出現在天空中前，他就醒了過來。金力依舊呼呼大睡，但列葛拉斯往北注視著黑暗，思緒萬千而沉默地站立，如同無風夜晚中的小樹。

「牠們已經走得很遠了。」他悲傷地說，並轉向亞拉岡，「我的內心明白，牠們今晚並沒有休息。現在只有老鷹能追上牠們了。」

「但我們依然會盡力追趕。」亞拉岡說。他俯身叫醒矮人。「來吧！我們得走了。」他說，「足跡快消失了。」

「但天色還很黑。」金力說，「在日出前，就連山頂上的列葛拉斯都看不見他們。」

「無論是在月亮或太陽下，或是從山頂或平原上看，我都擔心牠們已遠離我的視線了」，列葛拉斯說。

「當眼睛派不上用場時，大地或許能為我們捎來風聲。」亞拉岡說，「土地肯定在牠們醜惡的腳下發出呻吟了。」他在地上伸展身子，耳朵貼上草地。他毫無動靜地趴著，時間長到使金力以為他是否昏厥或又睡著了。明亮的黎明到來，灰色的光芒也緩緩出現在他們身邊。最後他站起身，他的朋友們也能看見他的臉孔——臉色蒼白而憔悴，也露出困惑的表情。

「大地傳來的風聲模糊又雜亂。」他說，「我們周圍有好幾哩沒人走在上頭。我們敵人的腳步聲微弱又遙遠。但馬蹄聲非常響亮。我想起了，即便當我躺在地上睡覺時，我也聽見了馬蹄聲，這些聲音使我的夢境變得不安，馬群正往西方疾馳。但現在牠們離我們越來越遠，往北方前進。我想知道這座土地究竟發生了什麼事！」

「我們走吧！」列葛拉斯說。

他們追蹤過程的第三天就此展開。在漫長的陰天與斷續出現的陽光下，他們很少停下腳步，有時走路，有時奔跑，彷彿倦意無法澆熄他們心中的烈焰。他們也不常交談。三人穿越孤寂的寬闊路途，身上的精靈斗篷融入了灰綠色的平原。就連在中午涼爽的陽光下，除了精靈的眼睛外，沒人能看見他們，除非他們近在眼前。他們的內心經常感激羅瑞安夫人的蘭巴斯贈禮，因為當三人吃下它後，就連在奔跑時都能獲得新的力量。

一整天下來，他們都跟著敵人的足跡前進，毫不休息或轉向地往西北方跋涉。當一天再度接近尾聲時，他們就來到毫無樹木的長坡，地勢在此隆起，往前方一排低矮的山崗延伸過去。當歐克獸人的足跡往北彎向山崗時，變得模糊許多，地面也變得更崎嶇，青草也短了不少。恩特河在左邊遠方蜿蜒不斷，如同綠地上的銀色絲線。他們看不見任何移動的物體。亞拉岡經常想知道，他們為何沒看到任何野獸或人類的跡象。洛希人的住所大多都在南方幾里格外，位在白色山脈的林蔭下，迷霧與雲層正籠罩當地。但馬王們先前曾在他們國度中的東部區域——東坦納特養了許多牧群與牲畜。即便在冬天，放牧人也會在此遊蕩，並住在營地與帳篷中。但現在所有地區空無一人，還有股不平靜的沉默感。

他們於黃昏時再度停下前，幾乎在洛汗平原上走了二十四里格，艾明穆伊的岩牆消失在東方的陰影中。新月在朦朧的天空中閃爍，但它的光明並不明顯，繁星也受到雲層蒙蔽。

「現在我極度不願在追逐中休息或止步。」列葛拉斯說，「歐克獸人跑在我們前方，彷彿索倫的鞭子正在後頭驅策牠們。我擔心牠們已經抵達了森林與漆黑的丘陵，此刻進入樹林的陰影中了。」

金力咬緊牙關，「我們的希望和努力全都泡湯了！」

「希望或許已經消失，但努力不會無疾而終。」亞拉岡說，「我們不會在此轉頭。但我感到疲憊。」他往回望向他們走過的路線，面對在東方逐漸加深的夜色。「這片土地上有某種奇怪的力量正在運作。我不信任這股寧靜，我甚至不信任蒼白的月亮。繁星的光芒薄弱，我也很少如此疲倦；有明顯的足跡能夠追蹤時，沒有遊俠該感到如此疲倦。有某種意志賦予了我們的敵人速度，並在我們面前架設無形障礙——這種倦意不在四體，而是在心中。」

「沒錯！」列葛拉斯說，「自從我們走下艾明穆伊後，就清楚這點。那股意志不在我們身後，而是在我們前方。」他指向在洛汗遠方的月牙下逐漸漆黑的西方。

「薩魯曼！」亞拉岡低語，「但他無法讓我們回頭！我們得再停下一次。看呀！就連月亮都已落入雲層中了。但等白天到來，我們就得走往北邊的山崗與沼地之間。」

列葛拉斯如先前般率先甦醒，或許根本沒睡。「快醒來！快醒來！」他喊道，「今天的黎明血紅無比。有奇異的事物在森林的林蔭下等待我們。我不曉得這跡象的好壞，但有東西在呼喚我們。快醒來！」

其他人立刻起身，幾乎立刻再度動身。山崗緩緩逼近，當他們抵達時，離中午還有一小時。綠色山坡向上隆起為寸草不生的山脊，一整排山脊往北方伸去。他們腳邊的地面乾燥，草皮不長。這是塊約有十哩寬的漫長窪地，位在他們與河流之間，其中長滿了濃密的蘆葦與燈心草。往西看去，最南端的山坡上有座巨圈，該處的草地遭到橫衝直撞的步伐踩得亂七八糟。歐克獸人的足跡從此再度向外逸出，沿著丘陵的乾燥周圍往北轉。亞拉岡停了下來，仔細檢查足跡。

「他們在此休息了一下。」他說，「但就連往外延伸的足跡都已經變舊了。我擔心你想得沒錯，列葛拉斯。自從歐克獸人站在目前的位置之後，我猜已經過了十二小時。如果牠們維持速度，在昨天日落時，牠們就會抵達梵貢森林的邊界了。」

「無論往北或西，除了伸進霧裡的野草外，其他我什麼都看不見。」金力說，「如果我們爬上丘陵的話，看得見森林嗎？」

「它離得還很遠。」亞拉岡說，「如果我沒記錯，這些山崗會往北延伸八里格多，往西北方還有一處寬廣土地伸向恩特河的源頭，距離大概有十五里格。」

「哎，我們走吧。」金力說，「我的雙腿得遺忘這些距離。如果我的心沒這麼沉重，它們就更願意活動了。」

★　★　★

當他們終於逼近山崗盡頭時，太陽已經往西沉了。他們馬不停蹄地走了數小時，三人現在走得很慢，金力也彎下了腰。矮人善於承受長途旅行，但這段無止盡的追逐開始對他產生了負擔，他心中的希望也逐漸幻滅。陰鬱沉默的亞拉岡走在他身後，不時俯身審視地面上的腳印或痕跡。只有列葛拉斯依然腳步輕盈地前進，他的雙腳幾乎沒有踏上青草，經過時也沒有留下腳印。但他從精靈的旅途麵包中得到了自己所需的所有養分，他也能安穩入睡，或是類似人類所稱的睡眠狀態，讓他即使睜眼走在世界的光芒下，內心也能在精靈夢境中的奇異道路休息。

「我們登上這座綠丘吧！」他說。他們疲憊地跟他爬上長坡，直到三人來到坡頂。那是座圓滑光禿的丘陵，它獨自矗立，同時也是最北邊的山崗。太陽下了山，傍晚的陰影如簾幕般落下。他們獨自待在沒有一絲痕跡的灰朦世界。只有西北方遠處有股深沉的黑暗與即將消失的微光抗衡，那正是迷霧山脈與山腳的森林。

「這裡沒有東西能指引我們。」金力說，「好吧，我們得再度停下來過夜。越來越冷了！」

「風從北邊的雪山上吹來。」亞拉岡說。

「到了早晨前，就會改吹東風了。」列葛拉斯說，「但有必要的話，就休息吧。但別拋棄所有希望。沒人曉得明天的成果。日出經常會帶來新的方向。」

「從我們開始追蹤後，太陽已經升起過三次，卻什麼忙都沒幫上。」金力說。

夜晚變得更加冷冽。亞拉岡和金力斷斷續續地睡，而無論他們何時醒來，會看到列葛拉斯站在他們身邊，或是來回踱步，用他自己的語言輕柔地歌唱，而當他吟唱時，白色繁星便出現在頭頂的漆黑蒼穹。黑夜就此逝去。他們一同望著萬里無雲的天空緩緩變亮，直到日出到來。陽光蒼白而清晰。東風與所有霧氣都已飄走。寬闊的土地在黯淡的光線下看起來荒涼而蕭條。

他們往前方和東方望去，看到了洛汗的大高原，他們多天前已經從大河旁瞥見過此地了。漆黑的梵貢森林盤踞在西北邊，它陰暗的樹蔭位於十里格外，更遠處的山坡緩緩消失在遠方的藍天下。迷霧山脈的最後一座高峰米瑟德拉斯高聳的白色頂峰，在遠方閃爍微光，彷彿飄浮在灰色雲朵上。恩特河從森林中流到他們面前，水流湍急而狹窄，河岸也被侵蝕得很深。歐克獸人的腳印從山崗轉向河流。

亞拉岡用銳利的目光追蹤足跡到河流旁，接著順著河流望向森林，並看到遙遠的綠地上有個移動迅速的模糊黑影。他趴到地上，再次仔細聆聽。但列葛拉斯站在他身旁，用修長纖細的手為明亮的精靈眼珠遮蔽光芒，他眼中並非模糊的黑影，而是許多騎士的渺小身影，而照在他們矛尖的晨光，則像是超脫凡人目光的微小星光。他們身後飄起了裊裊黑煙。

空曠的平原上寂靜無聲，金力也能聽見在青草間飄動的空氣。

「有騎士！」亞拉岡喊道，並迅速站起身，「許多騎著快馬的騎士正往我們衝來！」

「對，」列葛拉斯說，「有一百零五人。他們滿頭金髮，長矛也十分閃亮。他們的領袖身材高大。」

亞拉岡露出微笑。「精靈的目光十分銳利。」他說。

「不！騎士們不過才離五里格遠。」列葛拉斯說。

「我們在這裡等吧。」亞拉岡說，「我很疲倦，我們的追蹤也失敗了。至少有人在我們前方，因為這些騎士正順著歐克獸人的足跡往回走。我們或許能從他們口中打聽到消息。」

「或是遭到長矛痛擊。」金力說。

「有三個空出來的馬鞍，但我沒看到哈比人。」列葛拉斯說。

「我沒說我們會聽到好消息。」亞拉岡說，「但無論好壞，我們都會在此等待。」

三名同伴離開了丘頂——在蒼白天空下，可能會成為易於攻擊的目標。他們緩緩走下北坡，在山腳頂端停下，用斗篷包裹全身，彼此一起坐在乾草上。時間緩慢而沉重地逝去，當地寒風凜冽。金力感到不安。

「你對這些騎士有什麼了解，亞拉岡？」他說，「我們正坐以待斃嗎？」

「我曾經與他們共處過。」亞拉岡回答，「他們驕傲又恣意而為，但他們待人真誠，想法與行為都十分慷慨。他們大膽但不殘忍，睿智但毫無學識。他們不會寫書，卻吟唱了諸多歌曲，遵循著黑暗年代之前的人類風俗。但我不曉得此地近來發生了什麼事，也不曉得夾在叛徒薩魯曼與索倫的威脅之間時，洛希人有什麼打算？長期以來他們都是剛鐸人民的朋友，不過雙方之間並沒有親族關係。在世人已遺忘的多年前，少年伊洛[1]帶他們離開北方，他們的血緣與河谷城的巴德一族和森林中的比翁一族較為接近；這兩族之中仍然有許多高大俊美的成員，就如同洛汗騎士。至少他們不會喜歡歐克獸人。」

---

1　譯注：Eorl the Young，象徵洛汗語的古英文中的「eorl」代表貴族，是現代英文中「伯爵（earl）」的前身。

「但甘道夫提過關於他們向魔多進貢的謠言。」金力說。

「我和波羅米爾一樣不相信這件事。」亞拉岡說。

「你很快就會得知真相了，」列葛拉斯說，「他們已經逼近了。」

最後就連金力都能聽見遠方傳來的馬蹄聲。跟著足跡移動的騎士離開河流，並逐漸逼近山崗。他們正如風般疾馳。

原野上傳來響亮的叫聲。他們忽然間衝了上來，還伴隨著如雷貫耳的巨響，最前方的騎士轉了彎，一路經過山腳，並率領隊伍往南沿著山崗西部外圍走。騎士們跟在他身後，這一列身穿鎖子甲的壯漢迅捷、閃耀，顯得既凶猛且俊美。

他們龐大壯碩的馬匹四肢靈敏，灰色毛皮閃動光澤，長尾在風中擺盪，驕傲的頸子上有編得整齊的鬃毛。騎乘馬匹的人們與坐騎十分相配，他們身材高大，四肢修長。淡黃色的頭髮在輕盔下飄揚，臉龐嚴肅且剛毅。他們手中握有梣木製的長矛，背上掛著髹漆的盾牌，腰帶上掛著佩劍，拋光過的鎖子甲垂到騎士的膝蓋旁。

他們成對地疾馳而過，不過馬上的騎士不時往前與兩側觀望，但似乎也沒有看到沉默地坐在一旁觀看他們的三名陌生人。當馬隊幾乎要完全通過時，亞拉岡便站起身，大聲地喊道：

「北方有什麼消息，洛汗騎士？」

騎士們以驚人的速度與技巧勒住坐騎，掉轉方向再急速衝來。很快地，三人就發現已被騎士團團圍成的圓圈所包圍，騎士們在他們身後的山坡反覆上下奔馳，一圈圈地往內逼近。亞拉岡沉默地站著，另外兩人則一動也不動地端坐，好奇事態會如何發展。

騎士們忽然一語不發地停下腳步，一眾長矛對準了陌生人，有些擎著弓的騎士，也已張弓搭箭。其中一名比其他人高大的壯碩男子策馬向前，他的頭盔上有條宛如頭冠的白色馬尾，直走到矛尖離亞拉岡的胸膛只有一呎的距離。亞拉岡紋風不動。

「你是誰，在這片土地做什麼？」騎士用西方通用語說，態度和語氣與來自剛鐸的波羅米爾相當神似。

「人們稱我為快步客。」亞拉岡回答，「我來自北方。我正在獵捕歐克獸人。」

騎士跳下馬匹把長矛交給另一名策馬趨前在身旁下馬的騎士，並拔劍面對亞拉岡，仔細端睨對方，眼中帶著驚奇。最後他再度開口。

「一開始我以為你們就是歐克獸人，」他說，「但我看出並非如此了。如果你們以這種打扮追捕他們的話，那你對歐克獸人所知甚少。牠們動作迅速，而且武裝齊全，也為數眾多。如果你們趕上他們，就會從獵人轉為獵物。但你身上有種奇怪的感覺，快步客。」他用清澈明亮的眼睛望著遊俠，「沒人擁有你這種名字。你的打扮也很古怪。你們是從草裡長出來的嗎？你是怎麼逃過我們的注意的？你們是精靈嗎？」

「不。」亞拉岡說，「我們只有一人是精靈，他是列葛拉斯，來自遙遠的幽暗密林中林地國度。但我們穿過了洛斯羅瑞安，也得到夫人的贈禮與祝福。」

騎士帶著全新的驚奇注視他們，但他的眼神變得更加嚴峻。「那古老故事說得沒錯，黃金森林裡的確有個女妖存在！」他說，「據說很少有人能逃過她的羅網。這些日子真是古怪！但如果你們得到她的祝福，那你們可能也是編織羅網的惡棍與妖術師。」他忽然往列葛拉斯與金力拋出冰冷的眼神。「你們為什麼不說話，沉默的兩位？」他質問道。

金力站起身並站穩腳步。他手握斧頭的把柄，漆黑的眼珠也閃動精光。「先說出你的名字，馬主，我再報上自己的名號和其他。」他說。

「說到這點，」騎士說，一面低頭盯著矮人。「陌生人該先自報名號。但我是伊歐蒙德之子伊歐墨，驃騎國第三元帥。」

「那麼，伊歐蒙德之子伊歐墨，驃騎國第三元帥，矮人葛羅音之子金力得警告你別說出愚蠢的言論。你侮蔑了遠遠超出你想像的美麗事物，只有愚笨能解釋你的行為。」

伊歐墨眼露凶光，洛汗騎士們也不悅地低語，並逐步舉著他們的長矛逼近。「如果你的頭比地面高一點的話，矮人大爺，我就會把你的頭和鬍鬚全砍下來。」

「他可不是孤身一人，」列葛拉斯說，邊用比肉眼所及更快的速度彎弓搭箭，「在你下手前，就會先送掉小命。」

伊歐墨舉起佩劍，正當局勢即將變得一發不可收拾時，亞拉岡便衝到他們之間，並抬起他的手。「抱歉，伊歐墨！」他喊道，「等你更了解來龍去脈後，就會明白自己為何激怒了我的同伴。我們對洛汗與它的居民沒有惡意，無論是對人或馬都相同。在你動手前，能不能先聽我們的說詞呢？」

「可以。」伊歐墨說，邊放下他的劍，「但在這些充滿疑慮的日子裡，來到驃騎國的訪客最好不要過於高傲。先把你的真名告訴我。」

「先告訴我你服侍誰。」亞拉岡說，「你是魔多黑暗魔君索倫的朋友還是敵人？」

「我只服侍驃騎王，襄格爾之子希優頓王。」伊歐墨回答，「我們不聽命於遙遠的黑境魔王，但也尚未與他開戰，如果你們正在逃離他，那最好離開此地。我們的國境四面受敵，人民遭受威脅。但我們只想維持自由，如往常一般生活，保有自己的生命財產，也不願服侍異國君主，無論對方是正是邪。我們在更平靜的日子中樂於歡迎訪客，但在這段時期，不請自來的陌生人會發現我們雷厲風行的反應。來吧！你是誰？你為誰效命？你奉誰的命令來我們的國土狩獵歐克獸人？」

「我不效命於任何人。」亞拉岡說，「但無論索倫的爪牙前往何處。我都會追殺過去。很少有凡人比我更了解歐克獸人，要不是別無選擇，我也不會以這種裝扮獵捕歐克獸人。我們追蹤的歐克獸人擄走了兩位朋友。在緊急時刻，沒有馬匹的人便會徒步前進，也不會先徵求許可才追蹤對方的足跡。他也會用利劍來計算敵人的數量。我並非手無寸鐵。」

亞拉岡掀開他的斗篷。當他握住精靈劍鞘時，劍鞘便閃動光芒，當他抽出安督瑞爾，明亮的劍刃如同烈焰般放出燦爛光芒。「伊蘭迪爾！」他大喊，「我是亞拉松之子亞拉岡，人稱伊力薩，精靈寶石，杜納丹，剛鐸的伊蘭迪爾之子伊西鐸的繼承人。重鑄的斷折之劍在此！你要協助我或阻撓我？快作出選擇！」

金力與列葛拉斯訝異地注視他們的同伴，因為他們從沒看過他展現出這種情緒。他的氣勢似乎大幅增長，伊歐墨則士氣銳減，他們頓時在他的臉上看到國王石像散發出的力量與威嚴。在那一瞬間，列葛拉斯的雙眼看到亞拉岡的雙眉上燃起了一道如同閃亮王冠的白焰。

伊歐墨往後退，臉上流露出敬畏的神情。他驕傲的雙眼往下垂。「這些日子的確古怪。」他咕噥道，「幻夢與傳奇從野草中躍入現實了。」

「告訴我，大人，」他說，「你為何來到此地？陰森預言的意義又是什麼？迪耐瑟之子波羅米爾花了很長的時間前去找尋解答，我們借給他的馬在沒有騎士的狀況下獨自歸來。你從北方帶來了什麼消息？」

「無可避免的選擇。」亞拉岡說，「你可以告訴襄格爾之子希優頓：戰火將臨，只能選擇與索倫合作或對抗他。沒人能繼續維持過去的生活，也沒有多少人能保有原先屬於自己的事物。但我們之後再談這些大事。如果有機會，我就會親自去見國王。現在我有重大需求，也得徵求協助，或至少打探到風聲。如你所知我們在追蹤抓走我們朋友的歐克獸人軍隊。你能告訴我們什麼消息？」

「你們不需要繼續追蹤牠們了。」伊歐墨說，「歐克獸人已經遭到殲滅了。」

「我們的朋友呢？」

「我們只找到歐克獸人。」

「但這非常奇怪。」亞拉岡說，「你們檢查過死者嗎？裡頭沒有除了歐克獸人以外的屍體嗎？他們身材矮小，看起來像是孩童，他們沒穿鞋子，但也身穿灰色斗篷。」

「裡頭沒有矮人或孩童。」伊歐墨說，「我們計算過所有死者的數量，也從牠們身上奪取了戰利品，之後我們照習俗堆起屍體焚燒。灰燼仍在冒煙。」

「我們說的不是矮人。」金力說，「我們的朋友是哈比人。」

「哈比人？」伊歐墨說，「那是什麼？這是個奇怪的名字。」

「奇怪的民族總有奇怪的名字。」金力說，「但這些是我們非常重要的朋友。你們在洛汗似乎聽過讓米那斯提力斯憂心的預言。內容提到過半身人。這些哈比人就是半身人。」

「半身人！」伊歐墨身邊的騎士笑道，「半身人！但他們只是北方的古老歌謠與童話故事中的矮小種族。我們到底活在傳說中，還是在陽光下的綠地上呀？」

「兩者可以並行。」亞拉岡說，「將當代化為傳奇的並不是我們，而是後代子孫。你說綠地嗎？那真是個大傳奇，但你卻在光天化日之下踏在它上頭！」

「時間緊迫。」騎士說，並沒有理會亞拉岡，「我們得趕向南方，大人。我們讓這些野人繼續做白日夢吧。或是將他們綁起來，帶回去見國王。」

「安靜，伊歐參！」伊歐墨用自己的語言說，「先離開我一下。叫馬隊[2]在路上集結，準備好前往恩特淺灘。」

伊歐參咕噥著離去，並對其他人說話。他們很快就離開，讓伊歐墨獨自和三名同伴待

——

2　譯注：éored，在古英文中代表「分隊」。

在一起。

「你說的一切古怪無比，亞拉岡。」他說，「但你的確說了實話。驃騎國的子民不說謊，因此也不會輕易受到欺騙。但你沒有把話說完，你現在不願意坦白說明你的任務，讓我好好判斷該怎麼做嗎？」

「好幾週前，我從歌謠中的伊姆拉崔出發。」亞拉岡回答，「來自米那斯提力斯的波羅米爾與我同行。我的任務是與迪耐瑟之子前往那座城市，幫助他的人民對抗索倫。但與我一起行動的團隊有別的要務。我現在無法提到這點。灰袍甘道夫是我們的領袖。」

「甘道夫！」伊歐墨驚呼道，「灰衣[3]甘道夫的名聲在驃騎國人盡皆知。但我得警告你：國王已不再厚愛他的名諱。在人們的記憶中，他經常來此作客，恣意來去，有時隔季到來，有時則間隔數年。他總會在古怪事件前出現，現在有些人說他帶來了邪惡。

「自從他上次在夏季到來後，局勢確實變得糟糕。當時我們與薩魯曼之間開始產生麻煩。直到當時，我們都將薩魯曼視為朋友，但甘道夫前來警告我們說，艾森格正在籌備開戰。他說他自己曾在歐散克塔遭到囚禁，費了一番工夫才脫逃，也懇求我們協助。但希優頓不願聽他的話，他便就此離開。別在希優頓耳邊大聲提起甘道夫的名字！他正在氣頭上。因為甘道夫帶走了名叫影鬃的駿馬，牠是國王所有坐騎中最珍貴的馬匹，也是米亞拉斯馬的領袖，只有驃騎王能騎乘。牠們一族的祖先來自伊洛通曉人言的駿馬。影鬃在七夜前歸來，但國王的怒氣並沒有消減，因為那匹馬變得野性十足，不讓任何人管制牠。」

「看來影鬃從遙遠的北方獨自回到家了，」亞拉岡說，「牠在那和甘道夫分離。唉！

甘道夫無法再騎乘牠了。他落入了墨瑞亞礦坑，從此消失了。」

「這是沉痛的消息。」伊歐墨說，「至少對我和許多人而言是如此。不過如果你去見國王的話，可能會發現並非所有人都這麼想。」

「這片土地的人，都無法了解這件事有多麼悲痛，或許等到時過境遷，他們才會理解嚴重性。」亞拉岡說，「但當偉人殞落後，弱者就得扛起領導重任。我的職責，便是在離開墨瑞亞的漫漫長路上指引我們一行人。我們穿過羅瑞安，等你再度提起它之前，也該先得知關於當地的真相，之後沿著大河一路來到勞洛斯瀑布。你們殲滅的同一批歐克獸人在那殺害了波羅米爾。」

「你的消息太糟糕了！」伊歐墨沮喪地喊道，「他的死對米那斯提力斯和我們所有人帶來了極大的創傷。他是個勇士！所有人都曾大力讚揚他他。他鮮少來到驃騎國，因為他總是在東方邊界作戰，但我看過他。我覺得比起嚴肅的剛鐸人民，他看起來更像是敏捷的洛汗子弟，等他的時機到來，也會成為他人民中的偉大將領。但我們沒從剛鐸聽聞這椿噩耗。他是什麼時候過世的？」

「今天是他死後的第四天。」亞拉岡說，「從那晚開始，我們便從托爾布蘭迪爾的陰

---

3 譯注：Greyhame，洛汗語中「grēg-hama」的現代版本，意指「灰袍（greycoat）」。此處為不與常見的中文譯名「灰袍甘道夫」混淆，改為採用「灰衣」。

影下出發。」

「徒步嗎？」伊歐墨大喊。

「對，就像你看到的狀況。」

伊歐墨眼中流露更訝異的眼神。「快步客這名字配不上你，亞拉松之子。」他說，「我將你命名為風足。由三名朋友立下的這樁事蹟，應該在諸多殿堂中傳頌。在第四天結束前，你們就走了四十五里格！伊蘭迪爾一族果然強韌！

「但大人，你希望我怎麼做？我得趕著回去見希優頓。我在手下面前發言謹慎。我們的確還沒與黑境開戰，還有些人在國王耳邊進讒言，但戰爭即將來臨。我們不該捨棄與剛鐸之間的古老盟友關係，也得在他們作戰時輔助他們，我和所有支持者都這麼說。我的轄區是東邊境，也就是第三元帥的領地，我也要所有牧群和畜牧人都搬到別處，將他們遷移到恩特河遠處，只在此留下護衛和敏捷的偵查兵。」

「那你們沒有對索倫進貢嗎？」金力說。

「沒有，也從來沒這樣做。」伊歐墨說，眼中冒出一股凶光。「不過我聽聞了相關傳言。幾年前，黑境之王曾想用高價購買我們的馬匹，但我們拒絕了他，因為他會將牲畜用在邪惡的用途上。接著他派出歐克獸人前來掠奪，牠們帶走了不少動物，也總是選擇黑馬，現在黑馬已為數不多。因此，我們與歐克獸人之間便累積了重大仇怨。

「但目前我們主要的問題來自薩魯曼。他對這片土地宣稱了所有權，我們之間也不斷交戰了好幾個月。他將歐克獸人、狼騎士和邪惡人類收入麾下，還把持了洛汗隘口，使我們可能從東西兩側受到夾擊。

「很難對付這種敵人：他是個狡猾、善用邪術的巫師，還擁有許多偽裝。據說他四處奔走，外型像個穿戴兜帽與斗篷的老人；許多人也回想到，這種打扮與甘道夫十分相似。他的間諜鑽過各種羅網，天空中也滿是他帶來惡兆的飛鳥。我不曉得這一切該如何結束，內心也滿懷疑慮；因為我覺得他的盟友並不都待在艾森格。但如果你來到國王的宮殿，就會親眼見識這一切了。你不願意來嗎？我以為你是在危急時刻現身幫忙的援軍，難道我錯估希望了嗎？」

「我有辦法的話，就會過去。」亞拉岡說。

「現在就來吧！」伊歐墨說，「在這陣不祥的局勢中，伊蘭迪爾的繼承人肯定能為伊歐之子們帶來莫大助力。即便是現在，西坦納特也已深陷戰火，我也擔心情況對我們不利。

「這次來到北方，其實並沒有取得國王的許可，因為當我不在時，就沒有多少人守候他的宅邸。但偵查兵警告我，四晚前有歐克獸人大軍從東牆出現，他們也說其中有些歐克獸人佩戴了薩魯曼的白色徽章。由於懷疑最擔心的事成真，也就是歐散克塔與邪黑塔之間的結盟關係，於是我率領我的馬隊出發，成員都是我家族的成員。兩天前日落時，我們在靠近恩特森林邊陲的位置趕上歐克獸人。我們在此包圍牠們，並在昨天黎明與對方交戰。唉，我損失了十五人和十二匹馬！歐克獸人的數量比我們估計得還多。其他的同伴加入牠們，從東方跨越大河而來，牠們的足跡在此處北方一段距離外非常明顯。其他成員也從森林中出現。那些高大歐克獸人也配戴了艾森格的白手徽記，那種生物比其他種類更加強壯也凶狠。

「無論如何，我們依然摧毀了牠們。但我們已經離開太久。南方和西方還需要我們。你不願意來嗎？如你所見，我們還有多餘的馬匹。重鑄之劍肯定能幫上不少忙。對，如果他們願意原諒我對森林之后的輕率話語，我們也能為金力的斧頭和列葛拉斯的弓找到用途。我只是以本國人民的認知發言，也樂於學習更正確的真相。」

「我很感謝你的美言。」亞拉岡說，「我的內心也希望能和你同行，但只要還有希望，我就無法遺棄我的朋友。」

「希望並不存在。」伊歐墨說，「你無法在北方邊界找到你的朋友。」

「但我的朋友們並不在後頭。我們在離東牆不遠的位置找到明確線索，指出至少他們之一還活著。但我們在東牆與山崗之間沒找到他們的其餘蹤跡，足跡也沒有轉往別處，除非我的技術完全退步了。」

「那你覺得他們發生了什麼事？」

「我不曉得。他們或許已經遭到殺害，並與歐克獸人一同遭到焚毀，但既然你說不可能，我就不擔心這點。我只能猜在戰鬥開始前，即便在你包圍敵人前，歐克獸人或許就已將他們帶進森林裡了。你可以發誓沒人用這種方式逃脫你們的羅網嗎？」

「我能發誓當我們發現歐克獸人後，牠們沒人逃脫。」伊歐墨說，「我們比牠們更快抵達森林樹蔭下，而之後如果有任何生物突破我們的包圍，對方就不會是歐克獸人，還會擁有某種精靈魔力。」

「我們的朋友和我們的打扮相同。」亞拉岡說，「你還在光天化日之下錯過我們。」

「我忘了這點。」伊歐墨說，「在這麼多驚奇的事發生後，我很難斷定任何事物。世界變得奇異無比——精靈與矮人一同行走於我們的國土之上，有人和森林之后交談過卻依然倖存，而在我們的祖先進入驃騎國前的漫長世紀中就已斷裂的名劍，還再度回到戰火之中！在這種時期，一介凡人該如何作出判斷呢？」

「和往常一樣當機立斷。」亞拉岡說，「善惡的標準和過去比起並沒有改變，在精靈、矮人與人類之間也沒有不同。無論是在黃金森林或自家，凡人都得自行作出判斷。」

「說得沒錯。」伊歐墨說，「但我並不質疑你，也不質疑內心的想法。但我無法自由行事。除非國王准許，不然我國的法律禁止陌生人在國土中恣意遊蕩，而在危機重重的亂世中，法規已變得更加嚴謹。我請求你自主和我同行，但你不願意。我十分不願以百人之力對抗三人。」

「我不認為貴國的法律是為了此時所設。」亞拉岡說，「我也並非陌生人，因為我先前不止一次來過這片土地，也曾與洛希人部隊同行，不過當時我使用別的名號，打扮也不同。我以前沒有見過你，因為你很年輕，但我與你父親伊歐蒙德和襄格爾之子希優頓談過話。先前這塊土地上的任何貴族，都不會阻止如我一樣身負重任的人。我的職責十分明確，必須繼續前進。好了，伊歐蒙德之子，最後你必須作出選擇。幫助我們，或至少讓我們自由離開；或是執行貴國的法律。如果你這麼做，能返回貴國戰爭或國王身邊的人數，就會變得更少。」

伊歐墨沉默了片刻才開口。「我們倆都有緊急要務。」他說，「我的手下急於離開，而拖延下去也會削減你的希望。這就是我的選擇。你們可以離開，而且我會借你們馬匹。我只要求一點：當你們完成任務，或發現任務失敗時，帶著馬匹跨越恩特淺灘來到梅杜賽德，也就是希優頓位於伊多拉斯的宮殿。如此，你就能向他證明我並沒有錯估你。我將我自己，或甚至是自己的性命託付給你。切勿失敗。」

「我不會的。」亞拉岡說。

當伊歐墨下令將餘下的馬匹借給陌生人時，他的手下們大感訝異，許多人還投以陰沉而質疑的眼神，但只有伊歐參敢公然表態。

「如果是這個自稱為剛鐸貴族的人就算了，」他說，「但有誰聽過有人把驃騎國的馬給矮人騎？」

「沒人聽過。」金力說，「別擔心，也不會有人聽說這件事。我寧可走路，也不想坐在這麼高大的動物身上，不管是自由選擇或勉強接受都一樣。」

「但你得上馬，不然就會拖累我們。」亞拉岡說。

「來吧，你可以坐在我後面，好友金力。」列葛拉斯說，「這樣就沒事了，你不只不需借馬，也不必因為馬而煩心。」

騎士們將一匹高大的深灰色駿馬牽來給亞拉岡，他隨即上馬。「牠的名字是哈蘇費。」伊歐墨說，「願牠帶給你比先前的主人加魯夫更好的運氣！」

列葛拉斯得到一匹較小的淺色馬匹，脾氣躁動凶悍，牠的名字是阿洛德。列葛拉斯要人們取下馬鞍與轠繩，「我不需要它們。」他說，並輕盈地躍上馬背，而使眾人嘖嘖稱奇的是，他身下的阿洛德居然溫馴聽話，只需要列葛拉斯說一個字，牠就四處移動，這就是精靈對待所有善良動物的方式。人們把金力扶上他的朋友身後，金力則緊抓住對方，比小船上的山姆．甘吉輕鬆不了多少。

「再會了，願你們找到目標！」伊歐墨喊道，「盡快歸來，之後也讓我們的劍刃一同在戰爭中綻放鋒芒！」

「我會來的。」亞拉岡說。

「我也會來。」金力說，「我們之間還沒解決格拉翠兒夫人的問題。我還得教你該怎麼好好說話。」

「我們等著瞧吧。」伊歐墨說，「已經發生了這麼多奇異事件，因此在矮人充滿愛意的斧頭下學會讚揚美麗女士，聽起來也不是什麼怪事。再會了！」

說完，他們就此別離。洛汗的駿馬速度飛快。過了一陣子後，金力往回望去，伊歐墨一行人已經變成遠方的渺小身影了。亞拉岡沒有回頭看，當他們向前奔馳時，他正緊盯著足跡，在哈蘇費的頸子旁低頭向下看。不久他們就來到恩特河的邊界，並發現伊歐墨提過的足跡，一路從東方的大高原延伸下來。

亞拉岡下馬檢視地面，再跳回馬鞍上，並往東方騎了一小段路，緊靠道路一側，小心不壓到腳印。接著他再度下馬審視地面，並來回步行。

「找不到多少線索。」他在回來時說，「當騎士們返回時，他們的腳印就和主要足跡混在一起，他們向外走的路線肯定相當靠近河流。但這條東側足跡十分清晰。沒有任何腳印往回伸向安都因河。我們得騎得慢一點，確保沒有足跡或腳印伸向兩旁。到了這裡，歐克獸人肯定清楚遭人追逐，牠們可能在對方趕上前，企圖先把俘虜送走。」

當他們前進時，天色逐漸變得灰暗。低矮的灰雲籠罩了大高原。霧氣遮蔽了太陽。梵貢森林的蔥鬱山坡越來越近，在太陽西下時逐漸變暗。他們左右都沒看見任何足跡，但時常經過歐克獸人奔跑時倒下的屍體，背部或喉嚨還插著裝有灰羽的箭矢。

當他們抵達森林樹蔭時，下午已經快結束了。他們在率先看到的林間空地中看到焚燒遺體的地點：炙熱的灰燼仍舊冒出濃煙。一旁有一大堆頭盔與鎖子甲，還有裂盾與斷劍，長弓、標槍與其他作戰用的裝備。武器堆中央的木樁上插了顆碩大的哥布林頭顱，他們仍然能看到牠破損頭盔上的白色徽記。再過去一點，離河流不遠處有座土丘，恰好在河水流出樹林邊緣的地點。最近才有人堆起它，新挖起的土壤上有新堆上去的草皮。土丘周圍插了十五根長矛。

亞拉岡和他的同伴們在戰場上四處搜索，但陽光逐漸變暗，黯淡朦朧的傍晚也迅速降臨。入夜時，他們完全沒有發現梅里與皮聘的蹤跡。

「我們束手無策了。」金力說，「自從我們抵達托爾布蘭迪爾後，就碰過許多謎題，但這是最難解的問題了。我猜哈比人遭到火化的遺骨已經和歐克獸人的屍骨混在一起了。如果佛羅多活下來得知這件事，肯定會難以接受；對在裂谷等待的老哈比人而言，也是慘事一件。愛隆先前反對讓他們前來。」

「但甘道夫沒有反對。」列葛拉斯說。

「但甘道夫自願前來，也是率先犧牲的成員。」金力回答，「他的遠見害了自己。」

「甘道夫的建議並非奠基於對安全的預測，無論是對他自己或他人都一樣。」亞拉岡說，「與其抗拒，反而該展開行動，即便結局可能黑暗無比。但我還不會離開此地。總之，我們得在這裡等到天亮。」

他們在離戰場一小段距離外的大樹下紮營。它看起來像是栗樹，但上頭長有許多來自去年的寬大棕色葉片，看似有著修長手指攤開的乾燥手掌。樹枝在微風中發出悲傷的沙沙聲。

金力顫抖起來，他們每人只帶了一條毛毯。「我們生點火吧。」他說，「我再也不在乎危險了。讓歐克獸人像撲向燭火般的夏日飛蛾般衝來吧！」

「如果那些可憐的哈比人在森林中流浪，火光可能會吸引他們。」列葛拉斯說。

「也可能引來其他不是歐克獸人、也不是哈比人的東西。」亞拉岡說，「我們很靠近隸屬叛徒薩魯曼地盤的山區邊境，而且我們也緊鄰梵貢森林邊陲，據說觸碰其中的樹木非常危險。」

「但洛希人昨天在這燒起了大火。」金力說，「他們顯然也砍了樹生火。但當他們忙完後，就在這裡安然度過夜晚。」

「他們人數眾多，」亞拉岡說，「也不畏懼梵貢森林的怒火，因為他們鮮少來此，也不會走進樹下。但我們的路途很可能會使我們踏入森林。所以小心點！別砍活生生的樹木！」

「沒有這種必要。」金力說，「騎士們留下了不少樹枝，附近也還有不少枯枝。」他去蒐集了柴薪，並忙著點火；亞拉岡沉默地背靠大樹坐下，陷入沉思之中；列葛拉斯獨自站在空地，往前注視著林中濃密的黑影，並傾身向前，彷彿在傾聽遠方的呼喚。

當矮人生起了一座明亮小火堆時，三名同伴就靠近火堆並坐在一起，戴著兜帽的身影擋住了光芒。列葛拉斯抬頭望向他們頭頂的枝椏。

「看呀！」他說，「這棵樹很喜歡火焰！」

或許是舞動的陰影騙過了他們的眼睛，但在每個同伴眼中，樹枝似乎正左右搖晃，彷彿想伸到火焰上空，而最上層的枝椏往下伸來。棕色的葉片僵硬地豎起，如同許多冰冷而龜裂的手掌正用熱氣取暖。

眾人陷入沉默，因為黑暗與未知的森林如此逼近，使森林本身產生了懾人的存在感，其中似乎包含了某種神祕的目的。過了一陣子後，列葛拉斯開了口。

「凱勒彭警告我們別進入梵貢森林。」他說，「你清楚原因嗎，亞拉岡？波羅米爾聽說過關於森林的什麼傳言？」

「我在剛鐸和他處聽過許多流言蜚語，」亞拉岡說，「但要不是因為凱勒彭的話語，我就會將它們視為人類在真相淡去時編出的故事。我想過要問你傳言背後的真相。如果來自森林的精靈也不曉得，那人類該如何回答呢？」

「你走過的路比我長多了。」列葛拉斯說，「我在故鄉沒聽過那類傳言，只知道歌謠相傳多年以前，人類稱為恩特樹人[4]的歐諾翠姆曾住在裡頭。因為梵貢森林十分古老，連精靈也這麼認為。」

「對，它很老了，」亞拉岡說，「和古墓崗旁的老林一樣古老，面積也更廣大。愛隆說這兩座森林有所相關，都是遠古年代的雄偉森林中的最後殘存者，當時初生者漫步大地，人類還在長眠中。但梵貢森林擁有某種祕密。我不曉得那祕密是什麼。」

「我也不想知道。」金力說，「希望住在梵貢森林裡的東西，別因為我而受到打擾！」

他們抽籤決定守夜人，第一哨落在金力身上。其他人躺了下來。睡意幾乎立刻攫住了他們。「金力！」亞拉岡昏昏欲睡地說，「記好，在梵貢森林裡砍下樹枝或枝枒非常危險。要找枯枝的話，千萬別走太遠。寧可讓火熄滅就好！有需要就叫醒我！」

說完，他就陷入昏睡。列葛拉斯已經紋風不動地躺好，俊美的雙手疊在胸膛上，雙眼沒有閉上，以精靈慣用的方式共同經歷著現實的夜晚與深邃夢境。金力屈身坐在火堆旁，

---

4　譯注：Ent，在古英文中意為「巨人」，托爾金要求音譯此詞，因為這是出自安都因河谷一帶的語言。譯為「恩特樹人」也較不易與其他奇幻作品中的樹人類生物搞混。歐諾翠姆（Onodrim）則是該種族的辛達林語名稱。

若有所思地以姆指摩挲斧頭邊緣。樹木沙沙作響，周圍沒有別的聲音。

金力忽然間抬頭一看，有個佝僂老人站在火光外緣，對方倚著拐杖，身上穿了件大斗篷，寬邊帽遮住他的眼睛。金力立刻起身，因為過於訝異而叫不出聲，但他腦中立刻覺得薩魯曼逮到了他們。他突如其來的動作驚醒了亞拉岡與列葛拉斯，兩人也起身觀看。老人沒有說話或示意。

「嘿，老先生，我們能幫你什麼忙嗎？」亞拉岡跳起身說，「如果你會冷，就過來取暖吧！」他邁步向前，但老人已經消失了。附近完全找不到他的蹤跡，他們也不敢走遠。月亮已經落下，夜色也漆黑無比。

列葛拉斯突然大叫。「馬匹！馬匹！」

馬匹們不見了。牠們拖著栓馬的木樁離開，就此消失。三個同伴沉默地呆站了一陣子，因為這則新的厄運而感到心煩。他們待在梵貢森林的樹蔭下，而他們之間與洛汗人民——他們在這片廣闊的危險地帶中的唯一朋友，又隔了漫漫長路。當他們站立時，便似乎聽到遠方的夜色中傳來馬匹的嘶鳴聲。接著一切再度安靜下來，只剩下颯颯作響的冷風。

「好吧，牠們走了。」亞拉岡最後說道，「我們找不到牠們，也無法抓到牠們。如果牠們沒有自行回來，那我們就只能自行前進了。我們以雙腳展開旅程，也還有它們能用。」

「雙腳！」金力說，「但我們用它們走路時，也不能吃了它們。」他把幾根柴薪扔到火上，頹喪地一屁股坐在火邊。

「幾小時前，你還不願意坐上洛汗的駿馬。」列葛拉斯笑道，「你遲早會成為騎士的。」

「看起來我沒機會了。」金力說。

「如果你們想知道我的看法，」過了一會兒後，他開口說道，「我覺得那是薩魯曼。還會是誰呢？想想伊歐墨說的話：『他四處奔走，外型像個穿戴兜帽與斗篷的老人。』他就是這樣說的。老人帶著我們的馬跑了，或是嚇跑了牠們，把我們留在這裡。聽好了，我們還會遇上更多麻煩！」

「我知道。」亞拉岡說，「但我也注意到，那個老人戴了帽子，而不是兜帽。但我覺得你猜得對，無論日夜，我們在這的確身處危險。但在此同時，我們也無計可施，只能盡快休息。我來守夜一陣子，金力。比起睡眠，我更需要思考。」

夜晚緩緩過去。列葛拉斯接了亞拉岡的班，隨後則是金力，他們的守夜過程便就這樣結束。但什麼事也沒發生。老人沒有再出現，馬匹也沒有回來。

# 第三章——烏魯克族

皮聘躺在令人不安的黑暗夢境中，他彷彿能聽見自己微小的聲音在漆黑的隧道中產生回音，叫著：佛羅多，佛羅多！但出現的並不是佛羅多，反而有數百張歐克獸人臉孔從黑影中對他咧嘴而笑，還有數百隻醜惡的手臂從四面八方向他襲來。梅里在哪？

他醒了過來。冷風吹拂著他的臉。他正仰躺在地。暮色逐漸落下，頭頂的天空也變得黯淡。他轉身發現夢境和現實只有些許差距。繩索綁住了他的手腕、雙腿和腳踝。臉色蒼白的梅里躺在他身旁，眉毛上纏了條髒布。他們身邊有一大批或坐或立的歐克獸人。

皮聘疼痛的腦袋緩緩拼湊起回憶，使記憶片段脫離了夢境魅影。當然了，他和梅里跑進樹林裡，他們究竟著了什麼魔？為何要那樣跑走，完全沒注意快步客？他們邊跑邊叫了好長一段路——他不記得跑了多遠或多久。忽然間，他們撞上一群歐克獸人。牠們正站著豎耳傾聽，直到梅里和皮聘幾乎衝進牠們懷裡前，根本沒注意到兩人。接著牠們大叫起來，數十個哥布林便衝出樹林。梅里和他抽出佩劍，但歐克獸人們不願作戰，即便當梅里砍下好幾條手臂與手掌時，牠們也只試圖抓住兩人。厲害的老梅里！

接著波羅米爾從林子裡疾馳而來。他迫使歐克獸人們還擊。他斬殺了許多敵人，剩下的歐克獸人逃之夭夭。但當他們還沒走遠時，就再度遭到至少一百名歐克獸人攻擊，有些成員非常高大，牠們射出了一波箭雨，總是瞄準了波羅米爾。波羅米爾吹響號角，直到巨響傳遍樹林，而剛開始歐克獸人大感驚慌，也企圖撤退。但當只有回音出現時，牠們便加強了攻勢。皮聘不記得其他事了。他的最後回憶是波羅米爾靠在一棵樹上，邊拔出一隻箭。接著黑暗忽然落下。

「我想我撞到頭了。」他對自己說，「我想知道可憐的梅里是不是傷得很重。波羅米爾發生了什麼事？歐克獸人為什麼沒有殺掉我們？我們在哪，又要去哪？」

他無法回答這些問題。他覺得寒冷又不舒服。「我真希望甘道夫沒說服愛隆讓我們來。」他心想。「我幫了什麼忙？只是個累贅：是個乘客，也是行李。現在我被偷了，變成歐克獸人的行李。我希望快步客或別人會來救我們！但我該抱有希望嗎？那不會破壞所有計畫嗎？我真希望我能逃跑！」

他徒勞無功地掙扎了一下。其中一個坐在附近的歐克獸人笑出聲來，並用牠們醜惡的語言對同伴說了些話。「盡量休息吧，小傻瓜！」接著牠用通用語對皮聘說，也讓通用語聽起來和他的母語一樣難聽，「盡量休息吧！不久我們就會讓你的腿做點事情。在我們回家前，你會希望自己沒腿了。」

「如果照我的方法做，你就會希望現在已經死了。」另一人說，「我會讓你尖叫，你這該死的鼠輩。」牠俯身看著皮聘，將牠的黃色尖牙逼近他的臉。牠手中的黑色刀子有鋸齒狀的長刃。「安靜躺好，不然我就用這傢伙在你身上戳洞。」他嘶嘶說道，「別引人注意，不然我就會忘了自己收到的命令。該死的艾森格族！*Uglúk u bagronk sha pushdug Saruman-glob búb-hosh skai.*」牠用自己的語言憤怒地咒罵了一陣，再緩緩轉為咕噥和低吼。

皮聘驚駭地躺好，不過他手腕和腳踝上的痛楚逐漸變強，身軀底下的石塊也扎著自己的背部。為了轉移注意，他便仔細聆聽。周圍有許多交談聲，而儘管歐克獸人語聽起來總是充滿仇恨與怒火，牠們顯然正展開了一場爭執，情況也越演越烈。

讓皮聘大感訝異的是，他發現自己能聽懂大部分對話，因為許多歐克獸人都使用了常用的語言。似乎有兩三支不同的部落在場，牠們也聽不懂彼此的歐克獸人語。牠們正激烈地爭論接下來該怎麼做：牠們該走哪條路，又該如何處理囚犯。

「沒時間好好宰殺他們了。」一人說，「這趟路上沒時間玩。」

「沒辦法。」另一人說，「但為什麼不趕快殺了他們，現在就動手呢？他們麻煩透頂，我們還很急。快要天黑了，我們也該快點行動。」

「我們有命令在身！」第三個聲音低沉地吼道，「『殺了所有人，但不准殺半身人。盡快把他們帶回來。』那是我接到的命令。」

「要他們幹嘛?」好幾個聲音問道,「為何要活捉他們?他們抓起來很好玩嗎?」

「不!我聽說其中一人有某種東西,某種戰爭需要的東西,應該是某種精靈道具。總之,他們倆都會受到審問。」

「你只知道這些事嗎?我們為何不先對他們搜身,找出那東西?我們可能會找到自己能用的東西。」

「這話真有趣。」一股比其他人輕柔、卻更加邪惡的嗓音說,「我可能得稟報這點。不准對囚犯搜身,或搶走他們的東西;那是我收到的命令。」

「我的命令也一樣。」低沉的聲音說,「『毫髮無傷地活捉他們。』那是我接到的命令。」

「才不是我們的命令!」先前的其中一個聲音說,「我們一路從礦坑下來大開殺戒,也要為我們的族人報仇。我想宰了他們,再回去北方。」

「那你可以繼續做夢。」低吼的聲音說。「我是烏古陸。我負責指揮。我要走最短的路徑回到艾森格。」

「薩魯曼與魔眼誰才是主上?」邪惡的嗓音說,「我們該立刻回到路格柏茲。」

「如果我們跨越大河的話,或許可以吧。」另一個聲音說,「但我們的人馬不夠多,無法撐到橋邊。」

「我就是渡河過來的。」邪惡的嗓音說,「有翼納茲古在東岸北邊等我們。」

「也許吧,也許吧!然後你就會和我們的囚犯飛走,在路格柏茲得到所有獎賞與讚美,讓我們自己想辦法逃脫馬國。不，我們得同甘共苦。這一帶非常危險，到處都是骯髒的叛軍和土匪。」

「對，我們得同甘共苦。」烏古陸說，「我不信任你們這些豬玀。一離開巢穴，你們就沒膽子了。要不是我們出現，你們早就逃光了。我們是驍勇善戰的烏魯克族[1]！我們殺了那個偉大戰士。我們抓走了囚犯。我們服侍人稱白手的智者薩魯曼：那隻手賜予人肉給我們吃。我們從艾森格出發，還帶你們來到這裡，也會率領你們往我們選的路回去。我是烏古陸。我說完了。」

「你說得夠多了，烏古陸。」邪惡的嗓音冷笑道，「我想知道路格柏茲的人們會怎麼想。他們或許會認為，烏古陸的肩膀不需要過度自大的腦袋了。他們或許會問，他的古怪想法是打哪來的？或許是來自薩魯曼？他以為自己是誰，還用他骯髒的白色徽章建立軍隊？他們可能會同意我葛力斯納克的說法，畢竟我是備受他們信賴的使者，而我葛力斯納克說：薩魯曼是個蠢蛋，還是個愚蠢的叛徒。魔眼緊盯著他。

「豬玀，是嗎？骯髒小巫師的走狗這樣叫你們的感覺如何？我敢打賭，牠們吃的是歐克獸人的肉。」

許多對象用歐克獸人的語言大聲回應他，還響起了抽出武器的鏗鏘聲響。皮聘小心地翻身，想看看會發生什麼事。他的守衛跑去加入騷動了。他在微光中看到一個高大而黝黑的歐克獸人，可能是烏古陸，正面對葛力斯納克站著，對方是個矮小的彎腿生物，身材十分寬闊，長臂幾乎垂到地面。牠們周圍還有許多較小的哥布林。皮聘認為那些就是北方來的歐克獸人。牠們抽出刀劍，但不敢攻擊烏古陸。

烏古陸大叫一聲，一群和牠體型相仿的歐克獸人就跑了過來。接著牠毫無預警地邁步向前，迅速地揮了兩刀，就砍下了兩名敵人的首級。葛力斯納克退到一旁，消失在陰影中。其他歐克獸人也放棄攻擊，其中一人後退時還因為梅里癱軟的軀體而絆倒，邊罵了一聲。但那可能救了牠的命，因為烏古陸的跟隨者們跳過牠，用牠們的寬劍砍倒了另一個歐克獸人。死者正是長了黃牙的守衛。牠的屍體倒在皮聘身上，手裡還抓著鋸齒長刀。

「放下你們的武器！」烏古陸喊道，「別再胡搞了！我們從這裡一路往西走，再走下天梯。從那裡直接走到山崗，再沿著河流走到森林。我們也得日夜衝刺。懂了嗎？」

「好了，」皮聘心想，「如果那個醜傢伙得花點時間管好牠的士兵，我就有機會了。」他心中浮現了一絲希望。黑刀的邊緣劃傷了他的手臂，再向下滑到他的手腕。他感覺血液流到手上，但他也察覺到鋼鐵貼上他皮膚時的冰冷感受。

歐克獸人們準備好再度出發，但有些北方成員依然不願動身，而在嚇倒其他人前，艾森格族又殺了兩個歐克獸人。眾人罵聲不斷，也相當困惑。當下沒人監看皮聘。他的雙腿被緊緊綁住，但雙臂只有手腕遭到捆綁，雙手擺在他前方。他能同時移動雙手，不過繩結

---

1 譯注：Uruk-hai，在黑暗語中代表「歐克獸人族（Orc-folk）」。此處的烏魯克族與烏魯克獸人為相近的歐克獸人品種，但只有艾森格族會以「烏魯克族」來稱呼自己。

捆得很緊。他把死去的歐克獸人推到一旁，接著他連大氣都不敢喘，便把手腕上的繩結靠著刀刃上下滑動。刀刃十分鋒利，死者的手也緊握刀柄。繩索被切斷了！皮聘迅速用手指夾住繩索，將它打成兩環鬆垮的繩結，再把它套上雙手。接著他一動也不動地躺好。

「抓起那些囚犯！」烏古陸叫道。「別對他們搞鬼！如果我們回去時他們沒活著的話，有些人就會送命了！」

某個歐克獸人把皮聘如同布袋般抓起來，把牠的頭塞到他捆起來的雙手之間，再抓住他的雙手並往下一拉，直到皮聘的臉緊壓在牠的脖子上，接著牠便背起皮聘衝了出去。另一個歐克獸人用同樣的方式對待梅里。歐克獸人利爪般的手死死緊扣皮聘的雙臂，指甲也插入他的皮肉中。他閉上眼睛，再度落入惡夢中。

忽然間，他又被丟到崎嶇的岩石上。當時才剛入夜，但纖細的月牙已再度往西落下。他們位在彷彿面對蒼白霧海的懸崖邊緣。附近傳來了流水下墜的聲響。

「偵查兵終於回來了。」附近有個歐克獸人說。

「嗯，你發現了什麼？」烏古陸的嗓音低吼道。

「只有一個騎士，他往西跑了。現在周遭都沒有動靜。」

「我想也是。但會持續多久？你們這些蠢蛋！你們應該射死他的。他會引來注意。該死的養馬人在天亮前就會得知我們的事了。現在我們得加快腳步。」

一股影子籠罩住皮聘，是烏古陸。「坐起來！」歐克獸人說，「我的手下懶得背你們到處走了。我們得爬下去，你們也得用自己的腿。該起來辦正事了。不准大叫，也別想逃跑。我們有招數能應付你們的把戲，你們絕對不會喜歡，不過它們也不會破壞你們對主人的用途。」

牠割斷皮聘雙腿和腳踝上的繩索，抓著皮聘的頭髮把他拎起來，讓他站起身。皮聘跌了下去，烏古陸又抓住他的頭髮，強拖他站直身子。好幾個歐克獸人哈哈大笑。烏古陸把一只瓶子塞進他嘴裡，往喉嚨灌入某種灼燙的液體，他感到全身傳遍了一股強烈熱流。他雙腿和腳踝的痛楚消失了，終於能站穩身子。

「換另一個來！」烏古陸說。皮聘看到他走向躺在附近的梅里，並踢了對方。梅里發出呻吟。烏古陸粗魯地抓起他，讓他呈現坐姿，並扯下頭上的繃帶。接著他把一只小木盒中的黑色物質塗抹在傷口上，梅里大叫出聲並激烈地掙扎。

歐克獸人們拍手叫囂。「承受不了他的藥啊。」牠們訕笑道，「不曉得什麼才對自己好呢！啊！我們之後能搞些樂子了。」

但當下烏古陸無暇玩耍。他需要速度，也得娛樂不情願的跟隨者。他正用歐克獸人的方式治療梅里，並迅速進行療程。當牠把瓶子裡的飲料強制灌進哈比人的喉嚨中後，牠就切斷他腿間的繩索，再把他拉起身，梅里站了起來，臉色蒼白但神情陰鬱叛逆，顯然也活得好好的。他前額上的傷痕再也沒有感到疼痛，但他終生都帶著棕色疤痕。

「哈囉，皮聘！」他說，「你也加入這場小探險了嗎？我們在哪可以弄到床和早餐？」

「好了！」烏古陸說，「不准說話！給我閉嘴。別跟對方交談。只要出了麻煩，老大都會知道，也曉得該如何處置你們。你們很快就會得到床和早餐了，到時可會吃不完兜著走！」

歐克獸人部隊開始走下一處狹窄山溝，底下的平原上瀰漫著霧氣。中間隔著十幾個歐克獸人的梅里和皮聘，則與牠們一同向下爬。牠們踏上底部的草地，哈比人們的心情也隨之好轉。

「開始往前走！」烏古陸叫道，「往西再稍微往北。跟上路格達許。」

「但天亮時我們該怎麼辦？」某些北方歐克獸人說。

「繼續跑呀。」烏古陸說，「你覺得呢？坐在草上等白皮仔[2]來一起野餐嗎？」

「但我們沒辦法在陽光下跑動。」

「我會緊跟在你們後面，」烏古陸說，「跑！不然你們就永遠看不到心愛的洞穴了。奉白手之令！派沒經過多少訓練的高山土包子來，到底有什麼用？快跑呀，該死的傢伙！趁夜色還沒消失，快跑！」

接著整支部隊開始邁出歐克獸人的大步往前衝刺。牠們毫無秩序，一路橫衝直撞並滿嘴咒罵，卻速度飛快。每個哈比人由三名守衛看管，皮聘落在隊伍後頭，他想知道能用這種速度繼續跑多久？自從早上以來，他就沒有進食。他的其中一名守衛拿了條鞭子，但目前歐克獸人酒液依然使他感到炙熱，他的神智也十分清醒。

他腦中時時會不由自主地浮現快步客嚴謹的臉龐，對方屈身望著漆黑的足跡，在後頭不斷奔跑。但除了雜亂的歐克獸人足跡，遊俠又能看出什麼呢？他們四面而來八方而去的鐵鞋早已壓過了他和梅里的小腳印。

當他們才離開懸崖一哩多時，地勢就往下陷入寬闊的凹地，地面柔軟而潮溼。霧氣籠罩該處，在月牙的殘餘陽光中泛出蒼白閃光。前方歐克獸人的形體變得朦朧，隨後便遭到霧氣吞沒。

「喂！走穩點！」烏古陸從後頭喊道。

皮聘心中忽然想到一個點子，他也立刻行動。他轉向右邊，躲開伸手抓來的守衛，一頭衝入迷霧中，四肢著地趴在草地上。

「停下來！」烏古陸大叫。

眾人陷入一團混亂。皮聘全力奔跑，但歐克獸人緊追在他身後；有些則隱約出現在他面前。

「沒有逃跑的希望了！」皮聘想道，「但我在濕地上留下了一些足跡。」他用受縛的雙手向喉嚨摸索，再解開他斗篷上的別針。當長臂與利爪抓住他時，他就拋下別針。「我想它會在那留到世界末日。」他想，「我不曉得自己為何這麼做。如果其他人逃跑了，他們或許已經全和佛羅多一起走了。」

一條鞭子捲住他的腿，他壓抑住自己的尖叫。

2 譯注：Whiteskin，歐克獸人對洛汗人的蔑稱。

「夠了！」烏古陸跑過來說，「他還得跑上很長一段路。讓他們倆都跑起來！用鞭子提醒他們就好。」

「但事情沒這麼簡單。」他嘶吼道，一面轉向皮聘。「我不會忘記的。處罰只是暫時延後而已。快跑！」

皮聘和梅里都不太記得這趟旅程後半段。可怕的夢境與現實交融成為漫長的悲慘路途，被拋在腦後的希望變得更加渺茫。他們持續奔跑，努力追上歐克獸人的步伐，殘酷的鞭子還經常會甩到他們身上。如果他們停下或絆倒，歐克獸人就會抓起他們，並將他們拖行一段距離。

歐克獸人藥液的暖流已經消失了，皮聘再度感到寒冷又不適，他忽然面朝下倒在草地上。長有利爪的粗糙手掌抓住並拉起他，又把他像袋子般背了起來，身邊的黑暗也不斷加深。他無法判斷那究竟是另一場黑夜，或是自己失去了視力。

他微微感到周圍傳來叫囂聲：似乎有許多歐克獸人要求停下。烏古陸正在叫嚷。他感到有人把自己扔到地上，倒下時便毫無動靜，直到黑暗夢境再度將他吞噬。但他沒有逃離痛苦太久，無情魔手上的鐵爪就再度攫住他。有很長一段時間，他遭到四處亂拋和甩動，接著黑暗緩緩明朗化，他也回到了現實世界，發現已經是早上了。周遭號令聲四起，他被粗魯地扔到草地上。

他在那裡躺了一陣子，努力抗拒心中的絕望。他的腦袋暈眩無比，但從身體裡的炙熱感覺判斷，他猜又有人餵了他酒液。有個歐克獸人向他俯身，丟了點麵包和生的乾肉。他飢餓地吃下走味的灰麵包，但沒有吃肉。他飢腸轆轆，但沒有餓過頭到吃下歐克獸人給他的肉，他完全不敢猜那是什麼生物。

他坐起身並往周圍張望，梅里離他不遠。他們待在一條湍急窄河的岸邊。山脈在前方隆起，有座高峰染上了頭一道陽光。在他們面前的矮丘上有片漆黑的森林。

歐克獸人之間叫囂與爭執不斷。北方歐克獸人與艾森格族之間似乎即將爆發爭吵。有些歐克獸人往回指向南方，有些則指向東方。

「很好。」烏古陸說，「讓我處理他們！不准殺他們，就像我之前說的。但如果你們想把我們一路跑來搶到的目標丟了，就丟吧！我會看管他們。讓驍勇善戰的烏魯克族和往常一樣做苦差事。如果你們怕白皮仔，就跑吧！跑呀！森林就在那。」他喊道，邊向前指。「快去啊！它是你們的最佳希望了。去呀！最好快點，不然我就要再砍幾顆頭，讓其他人安分一點。」

眾人發出了咒罵和騷動，接著大多北方歐克獸人就脫隊逃竄，數量有一百多人，牠們慌張地沿著河流衝向山區。哈比人們和艾森格族待在一起。牠們是群陰沉的部隊，至少有八十個魁梧黝黑、眼睛歪斜的歐克獸人，牠們攜帶了巨弓和寬刃短劍。有幾個身材高大又大膽的北方歐克獸人和牠們待下來。

「現在我們該處理葛力斯納克了。」烏古陸說。但就連牠某些跟隨者都不安地往南看。

「我知道。」烏古陸低吼道，「該死的馬夫們發現我們了。但那都是你的錯，史納加[3]。

你和其他偵查兵該把耳朵割了。但我們是戰士。我們遲早會享用馬肉，或是更棒的食物。」

此時皮聘看到某些士兵指向東方。那方向正傳來嘶啞的叫聲，葛力斯納克也再度出現，他背後還有數十個和他相仿的同伴：長臂歪腿的歐克獸人。牠們的盾牌上畫了顆紅眼。烏古陸走到前方去見牠們。

「你回來啦？」他說，「改變想法了，是嗎？」

「我回來確保你們正確執行了命令，還得確定囚犯的安全。」葛力斯納克說。

「是這樣呀！」烏古陸說，「真浪費精力。我會確保命令能順利執行。你還回來做什麼？你匆忙地跑了。你拋下了什麼東西嗎？」

「我拋下了某個笨蛋。」葛力斯納克嘶吼道，「但他身邊還有幾個好傢伙，失去他們就太可惜了。我知道你會把他們拖進麻煩裡。我是來幫他們的。」

「太棒了！」烏古陸笑道，「但除非你有膽作戰，不然你就走錯路了。路格柏茲是你的目標。白皮仔快要來了。你寶貝的納茲古呢？它的座騎又中箭了嗎？如果你把它帶來的話，可能就有點用處——只要這些納茲古不是人們編出來的東西就好。」

「納茲古，納茲古。」葛力斯納克說，邊顫抖邊舔舐嘴唇，彷彿那字眼的臭味使牠感到痛苦。「你說了超出你混濁的蠢夢能理解的事，烏古陸。」牠說，「納茲古！啊！人們編出來的東西！有一天你會希望自己沒說那種話。死猴子！」牠憤怒地吼道。「你得知道，它們是魔眼最重視的手下。但有翼納茲古……還沒，還沒。他還不准它們渡過大河，不能太快。它們是為了戰爭所準備的——還有其他目的。」

「你好像清楚很多事。」烏古陸說，「我猜，可能對你沒什麼幫助。或許路格柏茲的人們都會想知道，你是怎麼打聽到那些事的。但在此同時，艾森格的烏魯克族能和往常一樣作苦差事。別站在那流口水！把你的烏合之眾聚集起來！其他豬玀都跑去森林了。你最好跟上去。你沒辦法活著回到大河。快去目的地！現在就去！我會在後頭追你們。」

艾森格族又抓起梅里和皮聘，把他們甩到背上。接著部隊再度動身。牠們奔跑了好幾小時，只會偶爾停下，把哈比人交給別的同伴背負。可能是由於牠們更為敏捷健壯，或是由於葛力斯納克的某種計畫，艾森格族逐漸超越了魔多歐克獸人，葛力斯納克的手下們緊跟在後。牠們很快就趕上前方的北方歐克獸人。森林正逐漸逼近。

皮聘全身滿是瘀青與破皮，疼痛的腦袋也不斷摩擦到抓著他的歐克獸人的骯髒下巴與多毛的耳朵。前方有一大堆歐克獸人駝起的背部，還有上下揮舞的粗壯大腿，這幾條腿毫不休息，彷彿由鐵線與硬角所構成，在無盡的惡夢中不斷擺動。

到了下午，烏古陸的部隊就趕上了北方歐克獸人。對方正在明亮的陽光下虛弱地走，冬陽在寒冷的慘白天空中閃爍；牠們低垂著頭並吐出舌頭。

「廢物！」艾森格族譏笑道，「你們要被煮熟了。白皮仔會逮到你們，把你們全吃了。

——

3 譯注：Snaga，在黑暗語中意指「奴隸」。

他們要來了！」

葛力斯納克的叫聲顯示這並非玩笑話。牠們確實看見了速度飛快的騎士們。對方依然落在後頭，但正逐漸趕上歐克獸人，如同潮汐般湧向卡在流沙中的人群。

艾森格族開始加快速度，使皮聘大感震驚，牠們的步伐宛如賽跑尾聲的急速衝刺。他隨即發現太陽已落入迷霧山脈後頭，陰影也籠罩了大地。魔多的士兵們抬起頭來，也開始加快速度。森林十分漆黑，也變得更近。牠們已經路過幾株長在外圍的樹木。地勢開始往上坡隆起，變得更加陡峭；但歐克獸人沒有停下腳步。烏古陸和葛力斯納克頻頻喊叫，催促牠們跑完最後一段路。

「牠們會抵達的。牠們會成功逃跑。」皮聘心想。接著他勉強扭轉脖子，以便用單眼往身後看。他看到東邊的騎士們已經和歐克獸人平行，一面在平原上疾馳。夕陽照亮了他們的長矛與頭盔，也讓他們飄揚的淡色頭髮泛出光澤。他們正逐漸包圍歐克獸人，避免牠們散開，並沿著河流驅趕牠們。

他很想知道這些人的來頭。他希望自己在裂谷曾學過更多知識，也更常閱覽地圖等東西。但在當時，似乎有更厲害的人在管理旅程的計畫，他也從來不覺得會離開甘道夫或快步客，或甚至是佛羅多。他對洛汗的印象，就是甘道夫的馬影鬃來自當地。照這樣聽來，好像還挺有希望。

「但他們怎麼會曉得我們不是歐克獸人？」他想。「我不覺得南方這裡有人聽過哈比人。我想我該感到慶幸，那些討厭的歐克獸人看來要被消滅了，但我希望自己能獲救。」比較有可能發生的是：在洛汗人察覺他們之前，他和梅里就會和他們倆的綁匪一同遭到殺害。

有幾個騎士似乎是弓箭手，善於在疾馳的駿馬上射箭。他們迅速策馬衝進射程中，並對落在後頭的歐克獸人發射箭矢，好幾個歐克獸人頓時倒地。接著騎士們繞出敵人弓弦的射程，對方則狂亂地射擊，完全不敢停下腳步。這種短兵交接發生了不少次，有次飛箭落入了艾森格族之間。皮聘面前的其中一員應聲倒下，再也沒有起身。

當夜色落下時，騎士們並沒有前來交戰。許多歐克獸人已經戰死，但還剩下兩百名士兵。剛入夜時，歐克獸人們就抵達某處山丘。森林的樹蔭非常靠近，可能不到三弗隆遠，但牠們無法再前進了。騎士們包圍了牠們。一小批士兵違背了烏古陸的指令，跑向森林，只有三人回來。

「好啦，我們到了。」葛力斯納克冷笑道，「領導得真不錯！我希望偉大的烏古陸會再度帶我們逃出生天。」

「放下那些半身人！」烏古陸命令道，完全沒搭理葛力斯納克。「你，路格達許，帶兩個人去看守他們！除非白皮仔突破防線，否則不准殺掉他們。懂了嗎？只要我還活著，我就要留下他們。但別讓他們大叫，也不准讓他們獲救。綁起他們的腿！」

牠們無情地執行了最後一項命令。但皮聘首度發現他離梅里很近。歐克獸人們發出了大量噪音，不斷叫囂與敲擊武器，因此哈比人們順利與彼此悄聲說了點話。

「我認為希望渺茫。」梅里說，「我覺得幾乎要完蛋了。就算我重獲自由，也不覺得我有辦法爬走。」

「蘭巴斯！」皮聘低聲說道，「要蘭巴斯的話，我還有一點。你有嗎？我不認為牠們奪走了我們的劍以外的東西。」

「有，我在口袋裡有一包，」梅里回答，「但它一定碎掉了。總之，我不能把嘴伸到口袋裡！」

「不用那樣做。我有——」但就在此時，皮聘被狠狠踹了一腳，這才發現騷動已經平息，守衛也虎視眈眈。

夜晚寒冷而沉悶。歐克獸人駐守的土丘周圍升起了不少火堆，在黑暗中綻放金紅色的光芒，並沿著土丘繞了一圈。騎士們待在漫長的弓箭射程範圍內，但他們並沒有出現在火光旁，歐克獸人們也浪費了許多箭矢來射擊火堆，直到烏古陸阻止牠們。騎士們一聲不響。在深夜，當月亮從迷霧中探頭時，就能偶爾看見他們；當他們在無止盡的巡邏過程中移動時，漆黑的形體就經常在白光中閃閃發光。

「他們在等太陽出來，該死的傢伙！」其中一名守衛低吼道，「我們為何不團結殺出一條血路？我真想知道，老烏古陸究竟在想什麼？」

「我想你當然想知道了，」從後頭走來的烏古陸罵道，「你是說我沒在思考，是吧？去死吧！你和路格柏茲的廢物和死猴子那些烏合之眾沒兩樣。他們會尖叫逃跑，然後一大堆骯髒的騎馬小子就會在平地解決我們。

「那些廢物只辦得到一件事：他們在黑暗中看得可清楚了。但根據我聽說的傳聞，這些白皮仔的視力比大多人類都好；也別忘了他們的馬！據說牠們看得見夜風。不過這些好傢伙還不曉得一件事：茂赫和他的手下們待在森林裡，隨時都會現身。」

烏古陸的話語顯然足以激勵艾森格族，但其他歐克獸人則變得無精打采又浮躁。牠們安排了幾個守夜人，但大多歐克獸人都躺在地上，在舒適的黑暗中休息。夜色的確再度變得非常漆黑，因為月亮已往西飄入厚雲中，皮聘也無法看到幾呎外的景象。火堆沒有為山丘上帶來任何光芒。不過，騎士們並不願意等待黎明和讓敵人休息。山丘東側忽然傳來一陣叫聲，顯然出了某種麻煩。似乎有些人騎馬靠近，下馬並偷偷潛到營地邊緣，在殺死好幾個歐克獸人後，隨即迅速離開。烏古陸已經衝去阻止騷動發生了。

皮聘和梅里坐起身來。他們的艾森格族守衛已經和烏古陸一起離開了。但如果哈比人們有絲毫逃跑的念頭，都立刻煙消雲散了。兩隻多毛的長臂抓住他們的脖子，再將他們拉近彼此。他們隱約察覺葛力斯納克的大頭與醜臉出現在兩人之間，牠腐臭的氣息吹拂在他們的臉頰上。牠開始摸索並感受他們。當粗糙冰冷的手臂上下摸索皮聘的背部時，他就打起冷顫。

「哎呀，我的小朋友們！」葛力斯納克輕聲說道，「你們休息得舒服嗎？還是不舒服呢？地點可能有點尷尬吧，一邊是刀劍和鞭子，另一邊則是可怕的長矛！小傢伙們不該扯上對他們來說太浩大的事。」牠的手指持續摸索。牠的雙眼綻放出宛如蒼白烈火的光芒。

皮聘的腦海中忽然竄出一個念頭，彷彿直接出自他敵人當前的想法：「葛力斯納克知道魔戒的事！牠打算趁烏古陸忙碌時來找它，牠可能想私吞魔戒。」皮聘心中感到冰冷的恐懼，但同時他也思索該如何運用葛力斯納克的慾望。

「我不覺得你這樣會找到它。」他悄聲說，「它不容易找。」

「找到它？」葛力斯納克說，牠的手指停止摸索，並抓住皮聘的肩膀。「找到什麼？你在說什麼，小傢伙？」

皮聘沉默了一陣子。接著他在黑暗中忽然從喉嚨發出一股聲音：咕嚕，咕嚕。「沒事，我的寶貝。」他補充道。

哈比人們感到葛力斯納克的手指扭動了一下。「喔呵！」哥布林輕柔地發出氣音。「是這個意思呀，是嗎？非—非常危險，我的小傢伙們。」

「或許吧。」梅里說，現在也察覺了皮聘的臆測，「或許吧，不只是對我們而已。不過，你最清楚自己的打算了。你到底想不想要它？你想用什麼交換？」

「我想要它嗎？我想要它嗎？」葛力斯納克看似困惑地說，但牠的雙臂正在顫抖，「我要用什麼交換？你在說什麼？」

「我們的意思是，」皮聘說，邊小心地選擇用字。「在黑暗中摸索一點用也沒有。我們可以幫你省下時間與麻煩。但你得先把我們的腿鬆開，不然我們就什麼也不做，什麼都不說。」

「我親愛的小傻瓜們，」葛力斯納克嘶嘶說道，「你們擁有的一切，和你們所知的一切，都遲早會從你們身上被發掘出來，所有東西都會！你們會希望自己盡量讓審問人滿足，肯定會的，很快就會。我們不急著發問。噢不！你們以為自己還活著是為什麼？我親愛的小傢伙們，當我說那不是出自好心時，請相信我：那甚至不是烏古陸的過錯之一。」

「我覺得這點很可信。」梅里說，「但你還沒把獵物帶回家。而無論發生了什麼狀況，局勢似乎也對你不利。如果我們抵達艾森格，得利的就不會是偉大的葛力斯納克——薩魯曼會奪走他找到的所有東西。如果你想為自己取得戰利品，現在就該做交易了。」

葛力斯納克開始感到不悅。薩魯曼的名字似乎特別使牠動怒。時間緊迫，騷動也逐漸平息。烏古陸或艾森格族隨時都可能回來。「它在你們其中一人手上嗎？」牠嘶吼道。

「咕嚕，咕嚕！」皮聘說。

「把我們的腿鬆開！」梅里說。

他們感到歐克獸人的手臂猛烈顫抖。「去死吧，你們這些該死的鼠輩！」牠用氣音罵道，「鬆開你們的腿？我會鬆開你們身體裡每條筋骨！你們覺得我沒辦法搜到你們骨子裡嗎？搜你們呀！我會把你們倆碎屍萬段。我不需要你們的腿，就能把你們帶走——讓我自己獨占！」

牠忽然攫住兩人，牠的長臂與肩膀的力氣大得令人害怕。牠把他們分別夾在兩側腋下，僵硬的大手摀住他們的嘴。接著牠低下身子往前衝。牠迅速且沉默地前進，直到牠抵達山丘邊緣。牠穿過了守夜人之間的一道空隙，並如同不祥的黑影般遁入夜色，跑下山坡，往西向流出森林的河水跑去。在那方向有塊只燃起一個火堆的寬闊空地。

牠在跑了十幾碼後停下腳步，一面窺探與傾聽。牠什麼都沒看到，也聽不到任何聲響。牠緩緩向前潛行，幾乎把身子彎得更低。接著牠再度蹲下聆聽，站起身，彷彿打算衝刺。就在此時，一名騎士的漆黑身影巍然出現在牠面前。馬匹嘶叫並用後腿撐起身子，有人放聲大喊。

葛力斯納克馬上趴下，把哈比人拖到身子底下，接著牠拔劍出鞘。牠肯定打算殺死俘虜，而不願讓他們逃跑或遭到營救，但這正巧使牠遭殃。牠的劍微微發出聲響，左邊的火光也使劍刃反射出微光。黑暗中呼嘯地射出了一支飛箭。也許弓箭手瞄準的技藝高超，或是命運使然，讓箭矢刺穿了牠的右手。牠拋下配劍並高聲尖叫。周圍傳來一陣快速的馬蹄聲，而就當葛力斯納克躍起並奔跑時，牠就遭到馬匹踩過，有根長矛還刺穿了牠的身子。牠口吐刺耳的尖叫，接著一動也不動地倒下。

當葛力斯納克離開他們時，哈比人們依然躺在地上。另一名騎士迅速策馬前來幫助他的同伴。無論是由於某種特殊的敏銳視力，或是其他感官能力，馬匹抬起腿並輕盈地越過他們。但騎士並沒有看見用精靈斗篷蓋住自己的兩人，他們倆當下太過震驚，也過於害怕而不敢擅自移動。

最後梅里動了一下，並輕聲說道，「目前的狀況不錯，但我們該如何避免被刺死？」

答案幾乎立刻出現。葛力斯納克的叫喊驚動了歐克獸人們。從山丘上傳來的叫囂聲聽來，哈比人們猜測對方已經發現他們不見了，烏古陸可能又砍了幾顆頭。接著歐克獸人的回應聲忽然從火堆圈外的右側出現，傳自森林與山區的方向。茂赫顯然已經抵達，開始攻擊包圍者。馬匹的疾馳聲瞬間響起。騎士們的包圍網正逐漸逼近山丘，冒著遭到歐克獸人飛箭擊中的危險，以免對方發動突襲。而另一批騎士前去對付新來的敵人。梅里和皮聘忽然明白，他們現在不需要移動，就已經脫離包圍網了——沒有什麼東西能阻止他們脫逃。

「好了，」梅里說，「如果我們能鬆開雙腿和雙手，或許就能逃走了。但我摸不到繩結，也沒辦法咬它們。」

「你不用試。」皮聘說，「我本來要告訴你，我已經成功解開雙手了。這些繩圈只是裝裝樣子。你最好先吃點蘭巴斯。」

他把繩圈從手腕上脫下，再取出一個小包裹。糕點已經破裂，但依然包在葉子中，品質也很好。哈比人們各吃了兩三塊。味道讓他們回想起遙遠的平靜歲月裡的俊美臉孔、歡笑聲與美食。他們所有所思地吃了一會，並坐在黑暗中，全然無視附近戰鬥中的叫囂與噪音。皮聘率先回過神來。

「我們得離開了。」他說，「等一下！」葛力斯納克的劍掉在附近，但對他而言太過笨重了。所以他匍匐向前，在發現哥布林的屍體後，就從牠的刀鞘中抽出一把銳利長刀。他用刀子迅速砍斷他們的束縛。

「可以走了！」他說，「等我們暖和一點，或許就能再站起來走路了。但我們最好先從爬行開始。」

他們匍匐前進。草叢長得又深又軟，對他們很有幫助，但過程似乎漫長而緩慢。他們遠離了火堆，並悄悄鑽向前，直到他們抵達河流邊緣，水流在深邃河岸下的黑影中潺潺作響。接著他們回頭一看。

聲音已逐漸消失。茂赫和他的「手下們」顯然已遭到殺害或驅逐。騎士們回到沉默的戒備狀態。情況不會持續太久。夜晚已經快要結束了。在依然萬里無雲的東方，天空已逐漸轉白。

「我們得找掩護，」皮聘說，「不然就會有人看到我們。如果這些騎士在我們死後才發現我們不是歐克獸人，可稱不上好事。」他起身跺腳，「那些繩子像鐵絲一樣割傷我，但我的腳現在又暖起來了。我現在可以慢慢走了。你怎麼樣，梅里？」

梅里站了起來。「沒錯，」他說，「我辦得到。蘭巴斯確實能讓人感到神清氣爽！比歐克獸人飲料的灼熱感舒服多了。我想知道那種飲料是用什麼做的。我猜，還是別知道比較好。我們喝點水，洗掉那種味道吧！」

「別在這裡喝，河岸太陡峭了。」皮聘說，「往前走吧！」

他們轉過身，再並肩沿著河道走。他們身後的東方漸漸變亮。當他們走路時，就互相比較回憶，用哈比人的方式輕鬆地談起自從他們遭到捕捉後，所發生的所有事情。從他們的對話中，沒有旁聽者會猜到他們曾遭受極大痛苦，還身陷驚險的危機，心中毫無希望地走向淩虐與死亡。即便是現在，他們也清楚自己沒有多少機會能再度找到他們的朋友，或是重拾安全的生活。

「你似乎做得很不錯，圖克大爺。」梅里說，「如果我有機會告訴老比爾博的話，你幾乎會在他的書裡獨占一整章了。做得好！特別是猜出那個惡棍的小把戲，還把他耍得團團轉。但我很好奇，究竟有沒有人會發現你的足跡，然後找到那只別針。我不想失去我的，但你恐怕再也找不回你的別針了。

「我得好好努力，才能追上你的程度。烈酒鹿堂哥現在正好領先。現在就是我能發揮本領的時候。我不覺得你曉得我們在哪，但我在裂谷時比較善於利用時間。我們正沿著恩特河往西走。迷霧山脈的末端就在前方，還有梵貢森林。」

當他開口時，森林的漆黑邊緣便出現在他們面前。夜色似乎已躲進大樹的林蔭下，緩緩逃離即將到來的黎明。

「帶路吧，烈酒鹿大爺！」皮聘說，「或是掉頭！別人曾叫我們別進入梵貢森林。如此博學的人肯定不會忘記那點。」

「我沒忘。」梅里回答，「但對我而言，森林似乎比回到戰鬥中要好得多。」

他在樹木的粗大樹枝下帶路。這些樹似乎古老得超乎想像。上頭垂下茂密的地衣，在微風中緩緩搖晃。哈比人們從陰影中窺探，往底下的山坡看去。在微光下鬼鬼祟祟的身影，看來如同太古時期的精靈孩童，在第一次黎明時從野林中向外打探。

紅如烈焰的黎明從大河與褐地遠方的漫漫灰色大地上出現。狩獵的號角高聲響起，迎接黎明的到來。洛汗騎士忽然動身出擊。號角聲此起彼落地響起。

梅里和皮聘在冷冽的空氣中聽到戰馬嘶吼，以及許多人突如其來的高歌。太陽如同火焰圓弧般升起，飛上世界邊緣的高空。騎士們高聲一呼，便從東方衝來，紅色的陽光在鎖子甲與長矛上閃爍。歐克獸人們大叫並射出僅存的所有箭矢。哈比人們看到好幾個騎士倒下，但他們的陣勢依然衝上山丘，並越過山頭，繞了一圈後再度衝鋒。大多倖存的入侵者拔腿就跑，四處逃竄，追兵逐一擊殺牠們。但有小批部隊聚成黑色陣形，堅毅地往森林推進。牠們直接衝上山坡，殺向該處的守軍。牠們逐漸靠近，也似乎即將逃脫，牠們已經砍倒擋住去路的三名騎士了。

「我們看得太久了。」梅里說，「烏古陸在那！我不想再見到牠了。」哈比人們轉身並逃入森林的陰影深處。

因此他們沒有目睹追兵趕上烏古陸，並將牠逼到梵貢森林邊緣的光景。驃騎國第三元帥伊歐墨在那下馬並與牠揮劍對決，最後親手殺了牠。目光銳利的騎士們在廣闊的原野上狩獵少數逃離突襲，並還有力氣逃竄的歐克獸人。

當他們將戰死的同袍埋在土丘下，並為他們吟唱讚美輓歌後，騎士們生起大火，讓敵人的骨灰隨風飄散。突襲就此結束，關於此事的風聲也沒有回到魔多或艾森格，但大火的濃煙飄入高空，許多虎視眈眈的眼睛也看到了煙霧。

# 第四章——樹鬍

在此同時，哈比人們在漆黑茂密的森林中盡快前進，沿著河水往西走，再往上爬上山坡，漸漸深入梵貢森林。他們對歐克獸人的畏懼漸漸消散，也因此放慢了腳步。他們產生了古怪的沉悶感，彷彿空氣太過稀薄，無法供人呼吸。

最後梅里停下腳步。「我們不能繼續這樣走下去。」他喘氣道，「我想要一點空氣。」

「我們坐下來喝點東西吧。」皮聘說，「我快渴死了。」他爬上伸進河裡的一條龐大樹根，俯身用雙手捧起一點水。河水清澈冰冷，他喝了好幾口。梅里仿效了他的動作。河水讓他們感到清新，似乎也讓他們的心情好轉。他們一同在河邊坐了半晌，把痠痛的腳和腿泡在水中，觀看沉默地矗立在他們身邊的樹林，層層樹木往四面八方延伸到灰暗的暮光中。

「我希望你還沒迷路吧？」皮聘說，邊靠著一根雄偉的樹幹。「我們至少可以順著這條河走，管它叫恩特河還什麼的，再從我們進來的地點出去。」

「如果我們的腿辦得到，就可以呀。」梅里說，「真希望我們能好好呼吸。」

「對，這裡的一切又暗又悶。」皮聘說，「不知怎地，這讓我想到遠在塔克鎮史密爾的圖克大廳[1]。那是個雄偉的地方，裡頭的家具數世代以來都從未移動或改變。人們說老圖克年復一年地住在裡頭，和房間一同變得更為古老破爛——自從他死後一世紀以來，裡頭從未改變。老吉隆修斯[2]是我的曾曾祖父，這代表那是很久以前的事了。但那完全比不上這座森林的古老感。看看這些四處擺盪、又細又長的地衣！大多樹木似乎長滿從沒落下的乾燥葉片。太雜亂了。就算春天到來，我也想像不出這裡的景象，更別提春季大掃除了。」

「但太陽有時肯定還是會照進來。」梅里說，「這裡的景象或感覺，和比爾博對幽暗密林的形容完全不同。那裡黑得伸手不見五指，也是黑暗生物的老家。這裡則十分黯淡，還充滿嚇人的樹木。你想不出會有動物住在這裡，或是待上一段時間。」

「不，也不會有哈比人。」皮聘說，「我也不喜歡必須穿越這裡的想法。我猜，在這裡有上百哩都沒東西可吃吧。我們的補給品剩下多少？」

「沒剩多少。」梅里說，「除了幾包蘭巴斯以外，我們逃跑時什麼都沒帶，也把其他東西都拋在後頭了。」他們望向剩餘的精靈糕餅，只剩下能勉強撐上五天的碎片了。「連一條毯子都沒有。」梅里說，「無論我們去哪，今晚都會很冷。」

「哎，我們最好現在就決定方向。」皮聘說，「早晨快結束了。」

此時他們察覺出現在樹林內一段距離外的黃光，有幾道陽光似乎穿透了森林的樹頂。

「嘿！」梅里說，「當我們躲在這些樹下時，太陽一定跑到雲裡去了，而現在她又探出了頭；或是她已經攀升得夠高，足以透過某些空隙灑下陽光。那裡不太遠——我們去探勘吧！」

他們發現該處比他們想得遠。地面依然陡峭地隆起，也變得越趨崎嶇。隨著他們前進，光線就變得更寬闊；他們很快就發現，面前出現了一堵岩牆。那是某座丘陵的山壁，或是從遙遠山脈伸出的某種修長支脈末端。上頭沒有樹木，太陽也照耀在它的岩壁上。岩牆底部的樹木枝枒僵硬地向外伸，彷彿想觸摸溫暖。先前看來雜亂灰暗的森林，此刻閃動著飽滿的棕色光澤，灰黑色樹皮如同打亮過的皮革般光滑。樹幹反射出如同初生青草般的柔和綠光，使它們營造出稍縱即逝的早春光景。

岩壁上有某種類似樓梯的構造。或許是岩石風化碎裂後形成的天然景觀，因為它的表面粗糙不平。在更高處，幾乎在與森林樹頂齊高的位置，有道位在懸崖下的岩架。除了邊緣的幾株野草和雜草之外，上頭什麼也沒長，還有棵只剩下兩根彎曲樹枝的老樹墩。它看

---

1 譯注：Great Place of the Tooks，即為大史密爾。
2 譯注：Gerontius，老圖克的本名。

起來幾乎像某個佝僂老人站在那，在陽光中眨著眼。

「我們上去吧！」梅里愉快地說，「該上去呼吸新鮮空氣，和看看這塊地了！」

他們往岩石上攀爬。這些臺階彷彿是為了比他們更大的腳所製作。他們太過心急，沒有訝異於他們遭囚時遭受的各種損傷已經痊癒，身體也回復了精力。他們終於來到岩架邊緣，也幾乎抵達老樹墩的根部。接著他們跳了上去，轉身背對丘陵，並深深呼吸，再望向東方。他們發現，自己只進了森林三四哩，樹林的前端一路從山坡延伸到平地上。在靠近森林邊陲的位置，升起了高聳的黑煙，朝他們蜿蜒地飄動著。

「風向變了。」梅里說，「它又轉向東邊了。上面這裡感覺很涼爽。」

「對呀，」皮聘說，「恐怕這只是曇花一現，一切很快就又會變灰了。真可惜！這座老森林在陽光下看起來很不同。我幾乎要喜歡上這裡了。」

「幾乎要喜歡上森林呀！真好！你真是太好心了。」一股奇怪的嗓音說道，「轉身讓我看看你們的臉。我幾乎要討厭你們倆了，但我們別急。轉過來！」各有一隻多瘤大手擺在他們倆的肩膀上，輕柔但無法抗拒地將他們轉過身，接著兩條巨大的手臂將他們舉了起來。

他們發現自己正注視著一張極度奇異的臉孔。它屬於某個巨大的人型生物，高大得幾乎像是食人妖。它有十四呎高，身軀非常堅韌，長有高聳的頭部，也幾乎沒有脖子。很難看出它究竟是身穿類似綠灰色樹皮的衣物，或者那就是它的外皮。離樹幹一小段距離外的手臂上沒有皺紋，反而覆蓋著棕色嫩皮。兩隻大腳上各有七根腳趾。茂密的灰色長鬚蓋住那張長臉的下半部，根部幾乎像似枝枒，末端纖細並長滿青苔。但當下除了眼睛外，哈比人們沒有太過留意其他部分。這雙深邃的眼珠正緩慢而肅穆地審視著他們，但眼神具有強烈無比的穿透力。它們呈現棕色，其中泛著綠光。日後皮聘經常試著描述他對這雙眼睛的第一印象。

「我覺得彷彿在眼睛後方有座巨井，裡頭裝滿了數世紀以來的回憶，以及緩慢而穩固的思緒。但那雙眼珠的表面反射出當下的時刻，就像在大樹葉片上閃耀的陽光，或是深湖上的漣漪。我不知道，但感覺像是有某種在地面成長的東西——也可以說是沉睡吧，或是處在樹根末端和葉片尖端間的某種東西，在天地之間忽然甦醒，並用它在無盡歲月裡處理私事的緩慢注意力，仔細打量著你。」

「呼嚕，呼嗯。」那股嗓音咕噥道，它低沉得像某種低音木管樂器。「確實奇怪！我的座右銘是：別急。但如果我在聽到你們的聲音前，就先看到你們——我喜歡這種好聽的細小聲音，這讓我記起某種想不起來的東西。如果我在聽到聲音前就先看到你們，可能就會把你們踩扁，誤以為你們是小歐克獸人，事後才會發現自己的過錯。你們確實很奇怪。樹根枝枒呀，真怪！」

儘管依然感到訝異，但皮聘已不再害怕。他在那雙眼睛下覺得十分好奇，但沒有任何恐懼。「請告訴我們，」他說，「你是誰？你是什麼生物？」

那雙老眼中流露出宛如倦意的奇特眼神，深邃的井口就此關閉。「呼嚕，這個呀，」那股嗓音回答，「嗯，我是恩特樹人，別人是這樣叫我的。對，就是恩特樹人。用你們的方式，或許可以說是『最初的』恩特樹人。有些人叫我『梵貢』，有些人則說『樹鬍[3]』。叫我『樹鬍』就行。」

「恩特樹人？」梅里說，「那是什麼？但你怎麼稱呼自己？你的真名是什麼？」

「呼，哎呀。」樹鬍回答，「呼！那可講太多了！別這麼急。是我在發問。你們在我的家鄉。我很好奇，你們是什麼東西？我分辨不出來。你們似乎不屬於我年輕時學到的古老名單。但那是很久、很久以前的事了，人們可能也做出了新的名單。讓我瞧瞧！讓我瞧瞧！那是怎麼說的？

來學學生物的知識！
先講四支自由民族。
最古老的，是精靈孩童。
掘洞者矮人，居所漆黑無比。
土生土長的恩特樹人，與山脈一樣古老。
命定凡人，駿馬之主。

嗯，嗯，嗯。

建築工河狸，跳躍的公鹿，

尋蜜的大熊，好鬥的野豬，
獵犬飢腸轆轆，野兔提心吊膽……

嗯，嗯。

老鷹住鷹巢，公牛居牧地，
雄鹿頂角冠，飛鷹速翱翔，
天鵝白淨，蛇心冷酷……

呼嗯，嗯；呼嗯，嗯，該怎麼說？嚕咚，嚕咚，嚕滴嘟咚。這分清單很長。但你們似乎不在上頭！」

「古老名單和故事似乎老是漏了我們。」梅里說，「但我們已經存在好久了。我們是哈比人。」

—

[3] 譯注：Treebeard，梵貢的辛達林語意義。

「何不編條新句子呢?」皮聘說。

「一半高的哈比人,是洞穴裡的居民。

「把我們擺在人類(大傢伙)旁的第四行,就可以了。」

「嗯!不錯,不錯。」樹鬍說,「這樣也行。所以你們住在洞穴裡呀,嗯?聽起來非常恰當。不過,是誰叫你們哈比人的?聽起來不太像精靈語。精靈編出了所有古老詞彙,他們發明了語言。」

「沒人叫我們哈比人。這是我們自己用的名稱。」皮聘說。

「呼嗯,嗯!好啦!別這麼急!你們自稱哈比人嗎?但你們不該到處跟別人講。不小心的話,你們就會洩漏自己的真名。」

「我們不太在意這點。」梅里說,「其實呢,我是烈酒鹿家的人,梅里雅達克·烈酒鹿,不過大多人只喊我梅里。」

「我是圖克家的人,皮瑞格林·圖克,但大家一般都叫我皮聘,或是小皮。」

「嗯,我看得出你們的確是急躁的種族。」樹鬍說,「你們的信任讓我備感榮幸,但你們不該一下子就放鬆戒心。你們知道,世上有各種不同的恩特樹人,或者該說:世上有恩特樹人,和看起來像恩特樹人、其實卻不是的東西。如果你們答應,我就叫你們梅里和皮聘——真是好名字。我不會把我的名字告訴你們,現在還不行。」他眼中泛出若有所思又幽默的奇異眼神，還伴隨著一股綠光出現。「首先，說出它會花很多時間。我的名字無時無刻都在成長，我也活得非常久了；所以我的名字就像篇故事。在我的語言中，真名會告訴你萬物的故事，你們可以把它稱為古恩特語。那是種美麗的語言，但得花很多時間才能用它說點東西，因為我們不用它說任何話，除非內容值得花很長的時間訴說和聆聽。」

「但現在呢，」他的雙眼變得明亮又處於「當下」，也似乎變得更小，也幾乎顯得銳利。「發生了什麼事？你們在這裡幹嘛？我可以從這一切中看到和聽見（還有嗅到與感覺到）很多狀況，從這些 *a-lalla-lalla-rumba-kamanda-lind-or-burúmë*。抱歉，那是我名字的一部分。我不曉得該怎麼用外界的語言說。你們曉得的，像我們待在上頭的這東西，我站在這往外望著晴朗的早晨，並想到太陽，還有森林遠處的青草，以及馬匹和雲朵，和遼闊的世界。發生什麼事了？甘道夫想幹嘛？還有這些——burárum。」他發出低沉的轟隆聲，如同巨大風琴中不協調的音調。「這些歐克獸人，還有艾森格的小薩魯曼。我喜歡消息。但別說得太快。」

「現在發生了很多事。」梅里說，「就算我們想講快點，也得花上很多時間。但你要我們別急。我們該這麼快就把事情告訴你嗎？如果我們請問你，你想對我們做什麼，你又站在哪一邊的話，會很無禮嗎？而且你認識甘道夫嗎？」

「對，我認識他；他是唯一在乎樹木的巫師。」樹鬍說，「你們認識他嗎？」

「沒錯，」皮聘悲傷地說，「我們認識。他是個很棒的朋友，也是我們的嚮導。」

「那我就可以回答你們其他問題了。」樹鬍說，「我不會對你們做任何事，如果你指的是，在你們沒允許的狀況下『對你們做什麼』的話，那就不會發生。我們或許能一起做點事。我不曉得有哪幾邊。我只走自己的路，但你們的路或許會和我重疊一陣子。當你提到甘道夫大爺時，說得彷彿他來到了故事的盡頭。」

「對，沒錯。」皮聘哀傷地說，「故事似乎繼續下去，但甘道夫恐怕已經離開了。」

「呼，哎呀！」樹鬍說，「呼嗯，嗯，啊呀。」他停了下來，注視著哈比人半晌。「呼嗯，啊，我不曉得該說什麼。哎呀！」

「如果你想聽更多的話，」梅里說，「我們願意告訴你。但這會花點時間。你可以放下我們嗎？我們能不能趁還有陽光時，一起坐在這裡呢？你一直拿著我們，應該也累了。」

「嗯，累了？不，我不累。我不太容易感到疲累。我也不會坐下。我不太，嗯，能彎曲。不過呢，太陽快下山了。我們離開這個——你們剛剛怎麼叫它？」

「丘陵？」皮聘猜測道。「岩架？臺階？」梅里說。

樹鬍若有所思地重覆道。「丘陵。對，就是這個詞。但用它來形容自從世界這一帶創生時就矗立在此的東西，未免太草率了。沒關係。我們離開它吧。」

「我們該去哪？」梅里問。

「到我家，或該說是我其中一個家。」樹鬍回答。

「很遠嗎？」

「我不曉得。你可能會覺得遠吧。但那有什麼關係？」

「嗯，是這樣的，我們弄丟了所有行李。」梅里說，「我們只有一點點食物。」

「噢！嗯！你們不用擔心那點。」樹鬍說，「我可以給你們一種飲料，能讓你們保持翠綠，還能好好生長一段期間。如果我們決定要分開，我也可以隨時把你們放到我家鄉外頭，地點由你們選擇。我們走吧！」

樹鬍溫柔地抓著哈比人，用兩條手臂的彎曲處夾著他們，他先抬起一隻大腳，接著是另一隻腳，並帶著他們走到懸崖邊緣。樹根般的腳趾抓住岩石。接著他謹慎而肅穆地慢慢走下臺階，並抵達森林的地面。

他立刻在樹林間邁出大步，往森林深處走去，也從未遠離溪流，並穩定地往山坡上行進。許多樹木似乎陷入沉睡，或是毫不理睬他，只把他當作其他路過的生物。但有些樹會微微顫動，而當他走近時，還有些樹在他頭頂抬起了樹枝。在他行走的過程中，他總是用一長串音樂般的聲響自言自語。

哈比人們沉默了一陣子。奇怪的是，他們感到安全又舒適，也有許多事得思索。最後皮聘打算再度開口。

「拜託，樹鬍，」他說，「我可以問你某件事嗎？凱勒彭為什麼警告我們別來你的森林？他要我們別冒險踏進裡頭。」

「嗯，他說過嗎？」樹鬍隆隆作響地說，「如果你們要往那走的話，我可能也會說一樣的話。別冒險踏進羅瑞林多瑞南森林！精靈以前這麼稱呼它，但現在他們把名稱縮短了——他們現在把它稱為洛斯羅瑞安。或許他們沒有錯：也許它正在消逝，而不是成長。

很久以前，它曾經是詠金谷之地[4]。現在則是夢之花[5]。哎呀！但那是個古怪的地方，不適合讓人隨便進入。我很訝異你們居然能從那裡出來，但更訝異的是，你們居然進去過。有很多年沒發生過這種事了，那是個怪異的地區。

「這裡也是。人們在這裡經常出事。是啊，他們的確遇上了悲劇。*Laurelindórenan lindelorendor malinornélion ornemalin.*」他輕聲自言自語。「我猜，他們在那與世界脫節了。」他說，「無論是這一帶，或是黃金森林外的一切，都與凱勒彭年輕時截然不同了。不過：

*Taurelilómëa-tumbalemorna Tumbaletaurëa Lómëanor*[6]

他們以前會這麼說。萬物與時變遷，但有些地方仍舊不變。」

「這話是什麼意思？」皮聘說，「有什麼仍舊不變？」

「樹木與恩特樹人。」樹鬍說，「我不了解這一切，所以我沒辦法向你們解釋。我們有些族人依然是真正的恩特樹人，以我們的習慣而言也算活躍，但有很多族人已經變得昏昏欲睡，你們或許可以說它們變得更像樹了。大多樹木自然就只是樹木，但有許多樹其實是半睡半醒。有些非常清醒，有些呢，這個嘛，啊，變得更像恩特樹人了。總會發生那種事。

「當那種事發生在樹木上時，你就會發現，有些樹長出了壞心腸。這和它們的木質沒有關係，那不是我的意思。哎，我認識恩特河下游的某些老柳樹，它們很早以前就已經枯了，唉呀！它們幾乎變得中空，也快完全瓦解了，但依然像新葉一樣沉靜而語氣甜美。還有些長在山脈下谷地的樹，外型非常完美，但內心可壞得很。那種狀況似乎向外散播出去。這裡曾有些非常危險的地帶，此地還有些邪惡無比的角落。」

「你是說，像北方的老林嗎？」梅里問。

「對，對，類似的東西，但比它更糟。我相信在北方還有浩大黑暗[7]殘存的陰影，當年的可怕回憶也傳承了下來。但這塊土地中，還有黑暗從未離開過的空蕩河谷，當地的樹也比我古老。不過，我們依然盡力而為。我們驅離陌生人與莽夫，我們訓練和傳授知識，我們行走並除去雜草。

「我們這些老恩特樹人是牧樹人。當今我們已經所剩無幾了。據說，羊隻會越來越像牧人，牧人則越來越像羊隻；但過程緩慢，雙方在世界上也沒有多少時間共處。對樹木和

---

4 譯注：Land of the Valley of Singing Gold，羅瑞林多瑞南的昆雅語意義。

5 譯注：Dreamflower，洛斯羅瑞安在辛達林語中的意義。

6 參見附錄F中「恩特樹人」。

7 譯注：Great Darkness，魔高斯在第一紀元時統治中土世界的黑暗時代，當時維拉們尚未讓日月升上天空。

恩特樹人而言，速度更快、雙方也更親近，兩者也會一同經歷漫長歲月。恩特樹人比較類似精靈：比起人類，他們對自己比較沒興趣，也較為擅長理解其他事物的本質。但恩特樹人又更像人類，我們比精靈更容易改變，也可以說我們更容易吸收外界的色彩。或是比兩者都更好，因為恩特樹人更為穩重，把心智投注在事物上的時間也更久。

「我有些族人現在看起來就像普通樹木，也需要碰上重大事件才會清醒，他們也只會悄聲說話。但有些樹木的枝幹十分靈活，許多樹還能和我交談。這當然是精靈掀起的風氣，他們喚醒樹木，並教導它們說話，也學習了它們的樹木語言。古代的精靈總是想和萬物交談。但接著浩大黑暗到來，他們便渡海而去，或是逃進偏遠的山谷，隱匿自己的行蹤，並編出歌曲講述永遠不會到來的日子。再也不會了。是呀，是呀，從這裡到盧恩山脈曾是同一片大森林，而這裡只不過是東邊的盡頭。

「那真是寬廣的日子！當時我可以成天行走唱歌，只聽得到自己的嗓音在空蕩的山丘間傳來的回聲。此地的樹林如同洛斯羅瑞安的森林，不過更茂密，更強壯，也更年輕。還有那空氣的味道！我曾把一整週都花在呼吸上。」

樹鬍安靜下來，並繼續前進，但大腳幾乎沒有發出任何聲響。接著他哼起了歌，並發出低語般的吟唱。哈比人們逐漸發現他正對他們倆唱歌：

在塔沙瑞楠[8]的柳林間，我在春天漫步。
啊！南塔薩里昂[9]的春天光景與氣味！

我說呀，那真美好。
我在歐熙瑞安德[10]的夏季榆樹林漫步。
啊！歐熙七河夏季時的光彩與音樂！
我想呀，那最棒了。
我來到秋天的奈爾多瑞斯山毛櫸林。
啊！陶爾納奈爾多[11]的秋天金紅葉片！
這比我的願望更美好。
我在冬天攀上多松尼恩[12]高地上的松林。

8 譯注：Tasarinan，位於貝勒爾蘭中部一處長滿柳樹的地區，另有名稱為南塔瑟倫（Nan-tathren），意為「柳樹之地」。在剛多林遭到魔高斯的大軍摧毀後，剛多林的難民們曾在此稍作歇息。

9 譯注：Nan-tasarion，南塔瑟倫的昆雅語名稱。

10 譯注：Ossiriand，辛達林語意指「七河之地」，得名於該地區的七條大河，是位於貝勒爾蘭東部的地區。當貝勒爾蘭在怒火之戰後沉入海中之後，留在海面上的歐熙瑞安德成為日後的林頓（Lindon）。

11 譯注：Taur-na-neldor，辛達林語意指「山毛櫸林」，為奈爾多瑞斯森林的別稱。

12 譯注：Dorthonion，辛達林語意指「松樹之地」，是位於貝勒爾蘭北部的高地。

啊！歐洛德納松[13]的冬天寒風，白雪與黑枝！
我的歌聲傳入空中。
那片土地已沉入海浪之下，
我走在安巴隆納，陶倫莫納，艾達洛米[14]，
在我的家鄉，在梵貢森林，
此地樹根綿延，
在陶倫莫納洛米[15]，
歲月比起樹葉更加厚重。

他唱完歌曲，並沉默地前進，整座樹林毫無聲響。

天色漸暗，暮色也籠罩了樹林。哈比人們終於看到面前隆起了一塊朦朧的陡峭地帶，他們抵達了山腳，以及米瑟德拉斯高峰的翠綠山麓。恩特河在此流下山壁，從高處的泉源湧出，咕嚕作響地一路流到他們面前。河水右側有座長滿青草的長坡，在微光中顯得灰濛。這裡沒有樹木，地面赤裸地面對天空。繁星已經在雲層間的蒼穹中閃爍了。

樹鬍踏上山坡，幾乎沒有放慢腳步。哈比人們忽然看到面前出現一道寬闊開口。有兩棵大樹分別矗立在兩側，如同活生生的門柱，但除了它們與彼此交纏的樹枝外，這裡沒有大門。當老恩特樹人走近時，樹木便抬起樹枝，所有葉片也顫動起來並沙沙作響。它們是

長青樹，葉子漆黑光亮，也在微光中閃爍。它們後頭有塊寬敞的平地，彷彿有人在山壁上挖出了某座大廳的地板。兩側的牆壁往上坡延伸，直到它們達到五十多呎的高度，兩道牆邊還各長有一排樹，隨著他們往內走，這兩排樹逐漸升高。

岩牆的遠端十分陡峭，但它的底部被鑿成具有拱形屋頂的凹洞。除了樹枝以外，那是大廳中唯一的屋頂，而內側的樹枝遮掩了整塊地面，只留下中間的開闊通道。有一小條溪流遠離了上頭的泉源，也離開了主要水道，潺潺作響地順著峭壁流下，滴下銀色水珠，如同拱形空間中的纖細簾幕。泉水隨即流進林間地面的石盆中，再沿著小徑流走，匯入恩特河後繼續穿越森林。

「嗯！我們到了！」樹鬍說，打破了他長久以來的沉默。「我帶你們走了大約七萬恩特步，但我不曉得該怎麼換算成你們國度的計算方式。總之，我們現在已經靠近最後

---

13 譯注：Orod-na-Thôn，辛達林語意指「松樹之山」，托爾金在未完成的索引中指出這是多松尼恩上的某座高山。

14 譯注：Ambaróna，Tauremorna，Aldalómë，三者皆為梵貢森林的昆雅語古名，意義依順序分別代表「東地」、「黑森林」與「暮光之樹」。

15 譯注：Tauremornalómë，陶倫莫納較長的名稱。

山峰[16]的山麓了。如果將這裡的部分名字轉換為你們的語言，或許就叫做湧泉廳。我喜歡。今晚我們就待在這裡。」他把他們放在兩排樹木間的草地上，他們跟著他走向大型拱門。哈比人們注意到，當他走路時，膝蓋幾乎不會彎曲，但他的雙腿能邁開大步。在腳上其他部分接觸地面前，他先把碩大的腳趾（它們的確又大又寬）插在地上。

樹鬍在落下的泉水水幕中站了半晌，並深吸一口氣。接著他笑出聲來，並走進裡頭。有座巨型石桌矗立其中，但沒有椅子。廳室後方已經變得陰暗。樹鬍拿起兩個巨大器皿，把它們擺在桌上。裡頭似乎盛滿了水，但他把雙手罩在器皿上，器皿便立刻發光，一個發出金光，另一個則發出飽滿的綠光。與彼此交融的兩道光線照亮了廳室，彷彿夏日陽光穿過了新葉構成的樹頂。哈比人們往後一看，發現通道中的樹木也開始發光，剛開始十分微弱，但光芒緩緩增強，直到每片葉子的邊緣都泛出光澤。有些發出綠光，有些發出金光，有些發出紅銅般的光輝，樹幹看起來像是由發光石塊雕成的高柱。

「好啦，好啦，我們可以再聊聊了。」樹鬍說，「我猜，你們已經渴了。或許你們也很疲倦。喝這個吧！」他走到空間後方，他們發現那裡擺了好幾個高大石罐，上頭覆有沉重的蓋子。他掀開其中一只蓋子，放進一根大勺子，再用它裝滿了三只碗，分別是一只大碗，還有兩只較小的碗。

「這是座恩特屋。」他說，「裡頭恐怕沒有座位。但你們可以坐在桌上。」他舉起哈比人們，把他們放在離地面有六呎高的大石板上，他們坐在上頭晃著腿，一邊啜飲著飲料。這種飲料很像水，非常類似他們從靠近森林邊陲的恩特河中喝到的清水，但裡頭有種他們無法描述的氣味或口味。它十分微弱，但讓他們想起遙遠樹林的氣味，夜裡的涼風從遠處把它吹來。飲料的效果從腳趾展開，並緩緩升上四肢，並在往上蔓延時帶來清新與活力，再一路延伸到髮梢。哈比人們確實感到腦袋上的頭髮豎了起來，擺動、捲曲並搖曳生長。至於樹鬍，他先在拱門外的石盆洗淨雙腳，接著拿起他的碗並緩慢地一口飲盡。哈比人們以為他永遠都不會停下來。

最後他終於再度把碗放下。「啊—啊。」他嘆道，「啊，呼嗯，現在我們可以聊得輕鬆點了。你們可以坐在地上，我要躺下，這樣能避免飲料升上我的腦袋，害我睡著。」

廳室右側有座以矮柱支撐的大床，只有幾呎高，上頭鋪滿了乾草與蕨葉。樹鬍慢慢躺上這張床（身軀中段只細微地彎曲了點），直到他全身都躺了下去，雙臂枕在頭部底下，他往上盯著天花板，上頭閃動點點光輝，宛如在陽光下舞動的葉片。梅里和皮聘坐在他身旁的草枕上。

「把你們的故事告訴我吧，別太快啊！」樹鬍說。

哈比人們開始把自己離開哈比屯後的故事告訴他。他們沒有照事情的先後順序說，因為兩人持續打斷彼此說的話，樹鬍也經常要說話的人停下，要對方回到某些早先的事件，

—— 16 譯注：Last Mountain，米瑟德拉斯的辛達林語意義。

或是直接問後續發生的事。他們沒有提到魔戒，也沒有把自己旅行的原因或目的地告訴他，他也沒有詢問這些事。

他對一切都很感興趣：黑騎士、愛隆、裂谷、老林、湯姆・邦巴迪、墨瑞亞礦坑，洛斯羅瑞安，和格拉翠兒。他要他們一再描述夏爾與當地環境。此時他說了句古怪的話。「你們從來沒在那附近看過，嗯，恩特樹人，對嗎？」他問道，「這個嘛，不是恩特樹人，我應該說是恩特樹妻。」

「恩特樹妻？」皮聘說，「她們和你很像嗎？」

「對，嗯，不太一樣。我不曉得了。」樹鬍若有所思地說，「但她們會喜歡你們的故鄉，所以我只是好奇。」

但樹鬍特別對和甘道夫有關的一切特別有興趣，特別是薩魯曼的行為。哈比人們相當後悔自己對此所知甚少，只聽過山姆對甘道夫在愛隆會議上說法的模糊敘述。但他們很清楚烏古陸和牠的士兵來自艾森格，對方也說薩魯曼是牠們的主人。

「嗯，呼嗯！」當他們提到歐克獸人與洛汗騎士之間的戰鬥時，樹鬍便說，「哎呀，哎呀！真是一大堆消息。你們肯定沒有告訴我所有的事，離真相還差得遠了。但我相信你們遵照了甘道夫的願望。我看得出有某種大事正在發生，也許我遲早會得知一切。樹根枝椏呀，真是怪事一場：不在古老清單上的小傢伙們憑空出現，嘿！世人早已遺忘的九騎士再度現身追捕他們，甘道夫還帶著他們踏上長途冒險，格拉翠兒也在卡拉斯加拉松接待他們，歐克獸人還在大荒原一路追趕他們。他們肯定捲進了破天荒的風暴中。我希望他們能撐下去！」

「那你自己呢？」梅里問。

「呼嗯，嗯，我不太在意大戰的事。」樹鬍說，「這些事大多和精靈與人類有關。那是巫師的差事，巫師總是在擔心未來。我不喜歡擔心未來。我不站在任何人那一邊，因為沒有人徹底站在我這邊，不知道你們懂不懂？沒人比我更在乎樹木，就連現在的精靈也是這樣。不過，比起別人，我對精靈的感覺還是比較好。畢竟在多年前，是精靈將我們從駑鈍中解救出來，儘管我們日後已分道揚鑣，但那可是不該忘卻的大恩。當然了，我也不會與許多東西站在同一邊；我完全與他們敵對。這些——burárum——」（他又發出作嘔的低沉咕嚕聲）「——這些歐克獸人，和牠們的主人。

「當陰影籠罩幽暗密林時，我曾感到憂心忡忡，但當它移到魔多時，我就有好一陣子不太擔心；魔多太遙遠了。但現在風向似乎再度吹向東方，世上所有樹林的末日也可能要到了。老恩特樹人不可能抵擋這股風暴，他得承受壓力，或就此送命。

「但說到薩魯曼！薩魯曼是個鄰居，我不能忽視他。我想，我得做些行動。最近，我經常想該怎麼處置薩魯曼。」

「誰是薩魯曼？」皮聘問，「你知道他的歷史嗎？」

「薩魯曼是個巫師，」樹鬍回答，「我不曉得其他事，我不清楚巫師的歷史。他們在巨船渡海而來後首度出現，但我不曉得他們是否有搭乘巨船過來。我相信，薩魯曼是他們之中的強大成員。一陣子前，他停止遊蕩和介入人類和精靈的事務——對你們而言，那是非常久以前的事了。他在安格倫諾斯特[17]定居，洛汗人將那裡稱為艾森格。一開始他行事低調，但他的名聲逐漸增長。據說他被選為白議會的領袖，但結果並不好。我想知道，當時薩魯曼是否已經墜入邪道了？但總之，以前他並沒有給鄰居帶來麻煩。我常常和他交談。在某段時間，他總會在我的森林中漫步。當時他彬彬有禮，總會徵詢我的同意（至少當他見到我時），也總是熱切地聽我說話。我把許多無法自行發現的事告訴他，但他從未以類似的方式回報我。我不記得他告訴我任何事過。他變得越來越冷淡，印象中他的臉（我已經有很多天沒看到那張臉了）變得像是石牆上的窗口，而窗口中還拉上了窗簾。

「我想，現在我明白他的計畫了。他打算成為強權。他的內心充滿金屬與齒輪，也毫不在意生靈，只在意他們當下是否效命於他。現在他顯然成了黑心叛徒。他和骯髒的傢伙們打交道，尤其是歐克獸人。呸，呼嗯！更糟的是，他對牠們做了某種危險的事。因為這些艾森格族比較像是壞心的人類。來自浩大黑暗中邪物身上的標記，就是牠們無法忍受太陽，但即便薩魯曼的歐克獸人討厭陽光，卻能夠容忍它。我想知道，他到底做了什麼？牠們是他扭曲的人類，還是他混合了歐克獸人和人類兩支種族？那是邪惡的罪行！」

樹鬍發出了一下呼嚕聲，彷彿他正在念出某種低沉的恩特詛咒。「一段時間之前，我開始好奇，歐克獸人怎麼敢這麼自由地穿越我的地盤。」他繼續說，「最近我才猜到，薩魯曼可能就是元凶，而他從很久以前就在調查所有路徑，和打探我的祕密了。他和他的骯髒手下現在正恣意作亂。牠們在森林邊境砍樹——都是優秀的樹木。牠們砍倒了某些樹木，並任憑它們腐爛——這都是歐克獸人幹的壞事。但牠們把砍下的大多木柴搬去當歐散克塔烈火的燃料。在這些日子裡，艾森格總是會飄起濃煙。

「他真該死，樹根枝枒呀！那些樹有很多都是我的朋友，當它們還是種子與橡實時，我就認識了。許多擁有自己獨特嗓音的樹木，都已永遠離世。曾一度自在歌唱的樹林，現在只剩下斷根殘葉。我太懶散了。我讓局勢脫離了控制。這一定得停止！」

樹鬍頓時從床上起身，並站了起來，用手大力捶了桌面一下。發光的器皿隨之顫動，並冒出兩道火光。他眼中閃動著如同綠火的精光，鬍鬚也如同巨大掃帚般變得僵硬。

「我會阻止這件事！」他轟隆作響地說，「你們也該和我一起來。你們或許能幫我。你們也能透過這種方式，幫助你們的朋友。如果沒有阻止薩魯曼，洛汗與剛鐸就會腹背受敵了。我們的道路將共同通往艾森格！」

「我們會加入你。」梅里說，「我們會盡力而為。」

「對！」皮聘說，「我想見證白手遭到推翻。就算我幫不上太多忙，也想在場。我永遠忘不了烏古陸和跨越洛汗的過程。」

「好！好！」樹鬍說。「但我說得太急躁了。我們千萬不能急。我太衝動了。我得冷靜一點，好好思考；比起動手，先大喊『停！』還比較容易。」

他走到拱門旁，在水幕下站了半晌。接著他笑出聲來，並甩甩自己，而當水珠從他身

—17 譯注：Angrenost，辛達林語意指「鐵要塞」。

上落到地面時，便發出紅色與綠色的閃光。他走了回來，再度躺在床上，並陷入沉默。

過了一陣子後，哈比人們聽到他再度咕噥起來。他似乎正在用手指算數。「梵貢，芬格拉斯，佛拉瑞夫，對，對，對。」他歎道，「問題是，我們剩下的人數太少了。」他說，邊轉向哈比人們。「在黑暗時代前就已在森林中走動的恩特樹人，只剩下三個：梵貢我自己，還有芬格拉斯與佛拉瑞夫——這是他們的精靈語名字。如果你們喜歡的話，可以叫他們葉瓣和樹皮。在我們三個之中，葉瓣和樹皮對這件事幫不太上忙。葉瓣愈來愈昏昏欲睡，你們可以說他變得像樹木了。他習慣在整個夏天，都獨自半睡半醒地站在深邃的草原中，讓野草長到他膝邊。他身上蓋滿了葉子般的髮絲。他以前常在冬天醒來，但最近他太睏了，甚至不想走遠。樹皮住在艾森格以西的山坡上。最糟的問題就發生在那裡。歐克獸人砍傷了他，許多他的族人與樹群都遭到殺害與摧毀。他已經逃到高處，躲在他最喜愛的樺樹林間，也不願下來。不過，我想我們還是能召集一批較年輕的族人——如果我可以讓他們明白當前需求的話。如果我能激起他們的情緒，那就好了。我們不是急躁的種族。我們只有這麼少人，真是太可惜了！」

「你們住在這裡這麼久了，為什麼人卻這麼少呢？」皮聘問，「有很多族人死了嗎？」

「噢，不！」樹鬍說，「你們或許可以說，族群內沒有成員死去。當然了，有些人在漫長的歲月中遭逢了意外，有些又變得更像樹。但我們的數量原本就不多，人數也沒有增長。沒有恩特樹童——有很多年來，都沒有孩童了。是這樣的，我們失去了恩特樹妻。」

「太悲傷了！」皮聘說，「她們是怎麼死的？」

「她們沒有死！」樹鬍說，「我從來沒說她們死了。我說的是，我們失去了她們。我們失去了她們，也找不到她們。」他嘆了口氣，「我以為大多人都知道這件事。從幽暗密林到剛鐸的精靈與人類，都會唱關於恩特樹人追尋恩特樹妻的歌謠。很難遺忘這些歌呀。」

「這個嘛，恐怕那些歌謠沒有往西傳到迷霧山脈後的夏爾來。」梅里說，「你可不可以告訴我們多一點故事，或是唱其中一首歌給我們聽嗎？」

「好，我當然樂意。」樹鬍說，看起來對這個要求十分滿意。「但我無法好好講完，只能長話短說；然後我們就得結束聊天了。明天我們有會議得開，還有工作得做，或許還得展開旅程。」

「這是個奇異而悲傷的故事。」他在停了一下後繼續說，「當世界還年輕時，森林仍然寬闊而未經馴化，恩特樹人和恩特樹妻——當時她們還是恩特樹女。啊！芬布芮西兒在我們年輕時美麗動人，她又名為步伐輕盈的嫩枝！她們一同行走，也住在一起。但我們的心之所向並不相同：恩特樹人對他們在世上遇到的東西付出愛；恩特樹妻則把心思投注在其他事物上。因為恩特樹人熱愛大樹、野林，和高丘的山坡。他們從山溪中飲水，也只食用從樹上落到通道上的果實。他們也從精靈身上學習，並與樹木交談。但恩特樹妻把心思放在較矮小的樹木上，以及森林遠處陽光下的草原。她們看見樹叢中的黑刺李，以及在春天開花的野蘋果和櫻桃，和夏天水濱地區的翠綠香草，與秋天原野上種子纍纍的野草。她們不想和這些植物溝通，但希望它們能聆聽和遵從她們說的話。恩特樹妻命令它們照她們的願望生長，並長出她們喜歡的葉片與果實。因為恩特樹妻渴望秩序、豐饒，與和平（她們指的是，萬物該留在她們安排的位置上）。所以恩特樹妻打造了能供居住的花園。但我們恩特樹人繼續流浪，偶爾才會來到花園。而當黑暗來到北方時，恩特樹妻便跨越大河，建造出新的花園，再耕耘新的田野，我們見面的機會變得更少。當黑暗遭到推翻時，恩特樹妻的地盤百花齊放，田野中也長滿玉米。許多人類學會了恩特樹妻的技術，並十分景仰她們。但我們對他們而言只是傳說，是森林深處的祕密。但我們依然在此，而恩特樹妻的所有花園都已化為廢墟，人們當今將那裡稱為褐地。

「記得許久以前，當時是索倫與海民[18]交戰的時代，我忽然想再見到芬布芮西兒。我上次看到她時，她在我眼中依然美麗無雙，不過她已經不太像古代的恩特樹女了。恩特樹妻因勞務而駝背，皮膚也化為棕色。太陽將她們的頭髮晒成成熟玉米的色澤，她們的臉頰紅得像蘋果。但她們依然擁有我們族人的眼睛。我們跨越安都因河，來到她們的土地，但我們只找到一片荒漠。一切都已遭到焚毀和連根拔起，戰火已延燒到當地。但恩特樹妻不在那裡，我們呼喚了許久，也尋覓多時。我們詢問了一路上碰到的所有人，想知道恩特樹妻往哪走了。有些人說自己從未見過她們，有些人則說曾看到她們往西走，有些人說往東，也有人說往南。但無論我們去哪，都找不到她們。我們的悲傷難以形容。但野林發出了呼喚，我們也只得回去。許多年來，我們經常出外找尋恩特樹妻，走到遠方呼喊她們美麗的名字。但隨著時間消逝，我們就更少出去，也不常走遠。現在恩特樹妻已成為我們的回憶，我們的鬍鬚也變得又長又灰。精靈們做了許多與恩特樹人的搜索相關的歌謠，有些也被轉換成人類的語言。但我們沒有為此編製歌曲，在想到恩特樹妻時吟唱她們美麗的名字就已滿足。我們相信我們遲早會重逢，或許也將在某處找到能一同居住的土地，並雙雙感到心滿意足。但我們有種不好的預感，認為只有當我們雙方都失去自己擁有的一切時，願望才會成真。那時刻可能終於逼近了。如果古代的索倫摧毀了花園，當今的魔王也似乎將毀滅所有樹林了。

「有首精靈歌謠提到這件事，至少就我所知是如此。大河上下游過去常有人唱這首歌。不過，這並非恩特樹人的歌謠，如果用恩特語來唱，這首歌就太長了！但我們熟知這首歌，也經常哼唱它。在你們的語言裡，它是這麼唱的：

恩特樹人：當春天在山毛櫸葉上綻放，枝枒滿懷樹汁時，
　當陽光照耀野林小溪，微風吹拂山崖，
　步伐漫長，呼吸深沉，山風冷冽，
　回到我身邊！回到我身邊，並說我的土地美麗無雙！

恩特樹妻：當春天來到花園與田野，玉米結實纍纍時，
　當果園裡開出白雪般閃耀的繁花，

18 譯注：Men of the Sea，此處指努曼諾爾人。

恩特樹人：當雨水和陽光隨著香氣落在大地上時，
我會留在此地，不會前去，因為我的土地美麗無雙。
當夏天降臨世界，在金色正午，
樹木的夢境在沉睡的葉頂下延伸，
當林地廳堂變得翠綠涼爽，微風吹向西方時，
回到我身邊！回到我身邊，並說我的土地優異無雙！

恩特樹妻：當夏天使果實變得暖和，將野莓曬成棕色時，
當乾草化為金色，玉米穗變為白色，時逢城鎮收割期，
當蜂蜜滴落，蘋果飽滿時，儘管吹起西風，
我也會在此留在太陽下，因為我的土地優異無雙！

恩特樹人：當冬天來臨，丘陵與樹林將臣服於嚴冬之下，
當樹木枯萎，無星黑夜吞噬無日白晝，
當致命的東風吹起，
我將在苦雨中尋找妳的身影，並喚妳前來；我將再度返回妳身邊！

恩特樹妻：當冬天來臨，歌聲便就此終止。當黑暗終於落下，
當枯枝斷裂，陽光與勞務也早已遠去，
我會尋覓你，並守候你，直到我們重逢。
我們將一同在苦雨下同行。

雙　方：我們將一同在苦雨下步向西方，
並在遠方尋得能使我倆內心歇息之地。」

樹鬍唱完了歌。「整首歌就是這樣。」他說，「當然了，這是精靈的歌謠，輕鬆又快速，很快就結束了。我覺得它夠優美了。但如果恩特樹人有時間，就有更多東西得說了！但現在我要站起來小睡片刻。你們要站在哪？」

「我們通常會躺下來睡。」梅里說，「我們睡在這裡就行了。」

「躺下來睡！」樹鬍說，「當然了！嗯，呼嗯。我都忘了，唱起那首老歌讓我回想起古代。我幾乎以為自己在跟恩特樹童說話。好吧，你們可以躺在床上。我要站在雨中。晚安！」

梅里和皮聘爬到床上，在柔軟的青草和蕨葉上蜷曲身子。床鋪十分乾淨，不只充滿草香味，還十分溫暖。光芒暗了下來，樹上的光線也逐漸消失；但他們可以看到老樹鬍一動也不動地站在拱門下，雙臂舉到頭頂。明亮的繁星從天空上探出頭來，當泉水灑落在他的手指和頭部時，星光便照亮了落水。數以百計的銀色水滴落在他的腳上。哈比人們聽著滴答作響的水滴聲，慢慢進入夢鄉。

他們醒來時，發現涼爽的陽光照入通道，也照亮了廳堂的地面。天上有幾縷雲彩，順著緩慢的東風飄蕩。他們沒看到樹鬍，但當梅里與皮聘在拱門旁的石盆洗澡時，就聽到他的嗡鳴與歌聲，他沿著兩排樹木間的通道走來。

「呼，呵！早安，梅里和皮聘！」當他看見他們時，就低沉地說道，「你們睡了很久。今天我已經走一百步了。我們來喝一杯，然後就去恩特會議。」

他從石罐中為他們倒了兩大碗液體，但這次用了不同的罐子。味道和前晚不同：嘗起來更有泥土味，也更為濃郁，同時更有飽足感，也較像食物。當哈比人們坐在床邊飲用液體，並輕咬小塊的精靈糕餅時（並不是因為飢餓，主要是由於他們覺得早餐得吃點東西），樹鬍就站著用恩特語或精靈語之類的奇異語言哼歌，並抬頭仰望天空。

「恩特會議在哪？」皮聘嘗試問道。

「呼，啊？恩特會議？」樹鬍轉身說道，「那不是地點，而是恩特樹人的集會——現在不常舉辦了。但我成功讓不少人答應參加。我們會在老地點碰面：人們稱呼那裡為祕林谷（Derndingle）。它位在此地的南方。我們得在中午前到那裡去。」

他們在不久後動身。樹鬍像前一天一樣將兩名哈比人抱在懷裡。他在通道的入口往右轉，踏過河水，並往南沿著樹木稀少的陡坡山腳行走。哈比人們在這些山坡頂端看到樺樹與花楸林，遠方則有往上攀升的漆黑松林。樹鬍很快就稍微離開了山丘群，往樹林深處走去，此處的樹木更為高大，也比哈比人們先前見過的所有樹木更粗厚。有一陣子，他們微微察覺到當自己剛踏入梵貢森林時的沉悶感，但這種感覺很快就消失了。樹鬍沒有和他們交談。他低沉而滿懷思緒地哼著歌，但梅里與皮聘聽不出確切話語。聽起來像是砰，砰，隆砰，布拉，砰砰，噠拉砰砰，噠拉砰，其中的音韻與節奏持續改變。他們經常以為自己聽到嗡鳴或顫音般的回應，似乎來自大地或他們頭頂的枝枒，或是出自樹幹。但樹鬍並沒有停下，或把頭轉向兩側。

他們走了很長一陣子，皮聘試圖計算有多少「恩特步」，但在算到三千步時就算錯了，此時樹鬍放慢了步伐。他忽然停下腳步，並放下哈比人，再把捲起的雙手伸到嘴邊，讓雙手形成空管狀；接著他透過雙手吹出某種聲響，或是大喊一聲。一股響亮的轟轟聲如同低沉的號角聲般傳遍森林，樹林中似乎也傳來回音。遠方許多方向飄來相似的轟轟轟聲，那並非回音，而是回應。

樹鬍讓梅里與皮聘坐在他的肩膀上，再度邁出大步，時時發出號角般的叫聲，每次傳來的回應聲也變得更響亮也更近。他們終於來到一座以陰暗常青樹林組成的樹牆，哈比人們從來沒看過這種樹。這些樹從根部長出枝枒，上頭如同無刺的冬青樹般滿布光亮的暗色葉片，不少往上生長的僵硬花梗上長出碩大閃亮的橄欖色花苞。

樹鬍往左轉並繞過這堵樹籬，再走了幾步就抵達一處狹窄入口。有條老舊走道穿過，並猛然探向陡峭的下坡路段。哈比人們發現自己正走下一處巨谷，地形幾乎如同大碗般渾圓，而且寬闊深邃，高聳漆黑的常青樹籬環繞著頂端的邊緣。裡頭光滑且長滿青草，除了位於碗形谷底的三棵高大優美的銀色樺樹外，沒有其他樹生長。還有另外兩條分別由東方與西方往下伸入谷地的通道。

有好幾個恩特樹人已經抵達了。還有更多成員從其他路徑走來，有些還跟著樹鬍。當他們走近時，哈比人們便仔細端睨對方。他們以為會看到許多類似樹鬍的生物，就像相似的哈比人一樣（至少在陌生人眼中是如此），他們也訝異地發現，情況並非如此。恩特樹人們與彼此的差異，與不同的樹種相仿——有些像是同名的樹種，但擁有不同的生長過程與歷史。有些則具有不同樹種之間的差異，像樺樹與山毛櫸，或是橡樹與冷杉之間的差距。還有幾個較年老的恩特樹人，如同硬朗但古老的樹木長有長鬚與樹瘤（不過他們看起來都沒比樹鬍老）；還有些高大健壯的恩特樹人，如同時值壯年的森林樹木般枝枒整齊、樹皮滑亮。但裡頭沒有年輕的恩特樹人，也沒有孩童。儘管谷地長滿青草的地面上站了約有四十名恩特樹人，還有許多成員正在前來。

起初，梅里和皮聘主要因眼中的多樣性而感到訝異：包括大量不同的形體與顏色；相異的周長、高度、腿長與臂長；腳趾和手指的數量（從三根到九根都有）。有幾個恩特樹人似乎和樹鬍有點親戚關係，也讓哈比人們想起山毛櫸或橡樹。但還有其他品種在場。有些看似栗樹，他們是長有棕色皮膚的恩特樹人，手掌龐大而手指修長，也有粗短的雙腿。有些看似梣樹：又高又直的灰色恩特樹人，手上有許多手指，雙腿十分修長。有些宛如冷杉（最高大的恩特樹人），其他則像樺樹，還有花楸，以及椴樹。但當恩特樹人都聚在樹鬍身邊，微微低頭，用音樂般的緩慢嗓音說話，再對陌生人投以漫長又專注的眼神。哈比人們發現，他們都是同樣的種族，也都擁有同種眼珠：並非所有人的眼睛都和樹鬍一樣古老深沉，但所有人都具有同樣的緩慢深思神情，也會閃動相同的綠光。

當所有成員集結完成後，他們便圍著樹鬍站成一圈，並展開了奇特又令人費解的交談。恩特樹人們開始緩緩低語，起初一人開口，接著輪到另一人，直到他們共同用悠長而高低起伏的節奏吟唱起來，聲音有時在圈子一側變得響亮，有時又從那逐漸淡去，並在另一端大聲到轟隆作響。儘管他無法判斷或理解任何話語（他猜這就是恩特語），皮聘剛開始覺得這種語言十分悅耳，但他的注意力逐漸萎靡。過了很長一陣子後（吟唱似乎也毫無止盡），他很好奇對方究竟說完「早安」了沒，因為恩特語是種「不疾不徐」的語言。如果樹鬍要唱名的話，要該花多少天才能唱完他們的名字？「我真想知道，恩特語中的『是』或『否』該怎麼說？」他想道，並打了個呵欠。

樹鬍立刻注意到他。「嗯，哈，嘿，我的皮聘！」他說，其他的恩特樹人立刻停止吟唱。「我都忘了，你們是急躁的種族，而且聽你們不懂的語言，也很費神。你們可以先下去了。我已經把你們的名字告訴恩特會議，他們見過你們，也同意你們不是歐克獸人，也該在古老名單中增加新條目了。我們還沒有討論其他事，但對恩特會議來說，這樣的速度已經夠快了。如果你和梅里願意的話，可以在谷地附近走走；如果需要盥洗，在北坡遠處有座水質良好的井。在會議真正開始前，還有些話得說。我會去見你們，再告訴你們狀況如何。」

他放下了哈比人。離開前，他們倆深深一鞠躬。從恩特樹人們咕噥聲的音調和眼中的光芒看來，此舉使他們大感興趣，但他們很快就回去做自己的事了。梅里和皮聘攀上從西邊延伸過來的通道，並往巨型樹籬間的開口外望去。谷地邊陲隆起了蔥鬱長坡，而在長坡遠處，往最遠方山脊上冷杉林的頂端一看，就能瞥見一座高山的峰頂。他們在南方左側能看到森林逐漸消失在灰濛濛的遠端，有道微弱的綠光在遠方閃爍，梅里則猜測那就是洛汗的平原。

「我想知道，艾森格究竟在哪？」皮聘說。

「我不太確定我們的位置，」梅里說，「但那座山峰可能是米瑟德拉斯，而根據我的印象，艾森格石環位在山脈末端的某座峽谷或深谷中。它可能就在這座山脊後頭。山峰左邊似乎有某種濃煙或霧霾，你不覺得嗎？」

「艾森格長得怎樣？」皮聘說，「我很好奇恩特樹人能拿它怎麼辦。」

「我也是。」梅里說，「我想，艾森格是某種石圈或丘陵圈，裡頭有塊平坦空間，中間有座名叫歐散克的島嶼或石柱，薩魯曼在上頭有座高塔。周圍的城垛上有座大門，或許不只一座。我相信還有條河川流過當地，從山區流下，一路流到洛汗隘口。它看起來不像是恩特樹人能對抗的地方。但我對這些恩特樹人有種奇特的感覺，我總不覺得他們有外表看起來那麼安全和……這個嘛，好笑。他們似乎生性緩慢又古怪，充滿耐心卻悲傷；但我相信能夠激起他們的情緒。如果那種事發生，我就不想和他們敵對了。」

「沒錯！」皮聘說，「我懂你的意思。那就像呆坐著吃草的沉靜老牛，和橫衝直撞的公牛之間的差異，這種改變也可能突然發生。我想知道樹鬍能不能讓他們激動起來。我相信他打算試看看。但他們不喜歡激動。樹鬍昨晚讓自己激動了，隨後又立刻冷靜下來。」

哈比人們轉過身去。恩特樹人在聚會中的聲音依然此起彼落。太陽現在已升上足以照耀高聳樹籬的高度，它在樺樹頂端閃閃發光，用清亮的淡金色光芒照亮了谷地北側。他們在那看到一座閃爍的小噴泉。他們沿著常青樹底部的盆地周圍行走。能用他們的腳趾感受到冰涼的青草，還不需要趕路，感覺實在太美好了。接著他們往潺潺流水爬下。他們喝了點清涼的河水，並坐在長滿青苔的石頭上，望著草地上的幾道陽光，以及從谷地地面飄過的雲朵陰影。恩特樹人的低語聲繼續飄來。這似乎是個奇特又偏遠的地區，不只遠離他們的世界，也與發生在他們身上的所有經驗截然不同。他們心中浮現了對同伴的臉孔與聲音的莫大渴望，特別是對佛羅多和山姆，還有快步客。

最後恩特樹人們的聲音終於停了下來。他們抬頭看到樹鬍向兩人走了過來，身旁還有另一個恩特樹人。

「嗯，呼嗯，我又來了。」樹鬍說。「你們感到疲憊或不耐煩了嗎，嗯？哎呀，恐怕你們得先別覺得不耐煩。我們才剛完成第一階段，但我還得對住得離艾森格很遠的人，和我在會議前聯絡不到的人再解釋一次前因後果，之後我們就得決定該怎麼做。不過，只要聽過所有要素與事件，下決定就不會花恩特樹人太多時間。但無可否認的是，我們還會在這裡待上很長一段時間；可能還要花上幾天。所以我為你們帶了個同伴來。他的精靈語名字是布理加拉德。他說他已經下定決心了，不需要待在會議。嗯，嗯，他是我們之中最接近急躁恩特樹人的成員了。你們應該能相處得很好。再見！」樹鬍隨即轉身離開他們。

布理加拉德站了半晌，肅穆地打量哈比人。他們也盯著他瞧，想知道他何時會展現「急躁」的跡象。他身材高大，似乎是較年輕的恩特樹人之一。他的手臂與雙腿上有光滑的皮膚。他的雙唇紅潤，頭髮呈灰綠色。他能夠如同風中的細樹般彎曲搖曳。最後他開口說話，嗓音比樹鬍來得更高亢清亮。

「哈，嗯，我的朋友們，我們去走走吧！」他說，「我是布理加拉德，在你們的語言裡是快枝的意思。但這當然只是暱稱了。自從我某次在一個老恩特樹人問完問題前就先說『對』後，他們就這樣叫我了。我也喝得很快，當別人還在弄溼他們的鬍鬚時，就已經結束離開了。跟我來吧！」

他伸出兩條線條優美的手臂，對哈比人們伸出手指修長的手掌。他們漫步了一整天，在森林裡和他一同歌唱歡笑，因為快枝經常大笑。如果太陽從雲朵後方探頭，他就會大笑；如果他們碰上溪水或湧泉，他也會大笑。接著他俯身用水潑上他的雙腳與頭部。他有時會對樹林中的某些聲響或低語發出笑聲。無論他何時看到花楸樹，都會停下腳步並伸展雙臂，放聲高歌並搖曳身軀。

入夜時，他帶他們到自己的恩特屋去：那裡只有塊擺在綠坡下方草地長滿青苔的石頭。周圍長了一圈花楸樹，裡頭也有水源（如同所有恩特屋），土坡上潺潺湧出一座泉水。當黑暗籠罩森林時，他們又聊了一陣子。恩特會議的交談聲從原處傳來，但現在聽起來似乎更為低沉且不再放鬆，有時其中一個響亮的嗓音會變得高亢急促，其他嗓音則暫時止息。但布理加拉德在他們身旁輕柔地用他們的語言說話，幾乎像是低語。他們得知他是樹皮的人民，他們先前居住的地帶已經遭到破壞。哈比人們覺得，至少在歐克獸人的問題上，或許能解釋他的「急促」。

「我的家園有花楸樹。」布理加拉德輕柔但悲傷地說，「很久以前，當世界十分寂靜，我也還是恩特樹童時，那些花楸樹就已經扎根大地了。最古老的樹木，是恩特樹人種來取悅恩特樹妻用的。她們望向樹木並露出微笑，說她們曉得哪裡有更白淨的花朵，和更飽滿的果實。但對我而言，沒有任何樹木比薔薇一族[19]更美麗。這些樹木不斷生長，直到每棵樹的陰影形同翠綠廳堂，它們在秋天長出的紅莓厚實飽滿，也是一大美景。鳥群經常會聚在樹上。我喜歡鳥，即便牠們啁啾亂叫。花楸樹有足夠的果實能夠分享，但飛鳥逐漸變得凶暴貪婪，還會扯裂樹木，並將果實扔到地上，也不吃它們。接著歐克獸人帶著斧頭來砍倒了我的樹群，我過來呼喚它們的長名，但它們紋風不動，沒有聽見，也沒有回答：它們都已死去。

噢，歐洛法尼[20]，拉瑟米斯塔[21]，卡尼米瑞[22]！
噢，美麗的花楸樹，你頭上的白花多麼優美！
噢，我的花楸樹，我看到你在夏日閃耀，
你的樹皮明亮，葉片輕盈，嗓音清爽柔和。
你的頭頂戴了金紅色王冠。
噢，死去的花楸樹，你的頭髮又乾又灰，

---

19　譯注：花楸是薔薇科花楸屬的植物。
20　譯注：Orofarnë，昆雅語意指「山居」，此為布理加拉德口中三棵花楸樹的名稱。
21　譯注：Lassemista，昆雅語意指「灰葉」。
22　譯注：Carnimírië，昆雅語意指「紅珠寶點綴」。

「噢，歐洛法尼，拉瑟米斯塔，卡尼米瑞！」

哈比人們聽著布理加拉德輕柔的歌聲陷入夢鄉，歌詞似乎用許多語言哀悼著他深愛的已故樹木。

隔天他們也和他待在一起，但他們沒有離開他的「屋子」太遠。大多時間中，他們都沉默地坐在土坡的遮蔽下，因為風變得更冷了，雲層也變得更為厚實灰暗。天上沒有多少陽光，遠處會議中的恩特樹人聲響依然此起彼落，有時響亮強悍；有時則低沉悲傷；有時變得快速；有時則如同輓歌般緩慢肅穆。第二夜到來時，恩特樹人依然在徐徐雲朵和閃爍繁星下開會。

第三天的早晨淒涼又颳著風。日出時，恩特樹人的聲音化為巨響，隨即再度消失。隨著早晨過去，冷風止息下來，空氣中也瀰漫著沉重的期盼氛圍。哈比人們看得出布理加拉德正專心傾聽，不過對位在他恩特屋谷地的他們而言，會議的聲音十分微弱。

下午到來時，太陽正往西飄向山脈，並從雲層裂隙中發出修長的金黃色光束。他們忽然察覺，一切都變得安靜無聲，整片森林陷入傾聽般的沉默。恩特樹人的聲音自然已經停止。這代表什麼意思？布理加拉德站得挺直而緊繃，並往北看向祕林谷。

一股巨響隨即隨著高喊響起：啦—轟—啦！樹林如同遭到強風吹襲般顫動彎曲。聲響稍作停滯，然後便出現了如同肅穆鼓聲的行進樂，而除了聲勢浩大的轟隆聲外，同樣還傳來了高亢激昂的嗓音。

我們出發，我們隨著鼓聲出發：噠隆噠，隆噠，隆噠，隆！

恩特樹人們來了，他們的歌聲變得更近也更響亮：

我們出發，我們隨著號角與鼓聲出發：噠魯納，魯納，魯納，隆！

布理加拉德抱起哈比人們，離開他的居所。

★　★　★

不久他們就看到行進的隊伍逼近，恩特樹人們正邁出大步，走下山坡並向他們走來。樹鬍率領著他們，他身後有五十幾名跟隨者，兩兩並列行走，步伐與雙手拍打大腿的節奏相同。當他們走近時，就能看到他們眼中閃爍的精光。

「呼嗯，呼！我們砰的一聲來了，我們終於來了！」當樹鬍看到布理加拉德與哈比人時，就喊道，「來吧，加入會議！我們要出發了。我們要前往艾森格！」

「前往艾森格！」恩特樹人們齊聲吶喊。

「前往艾森格！」

前往艾森格！儘管艾森格環繞巨石，

儘管艾森格固若金湯，冰冷刺骨，

走吧，走吧，開戰吧，劈開堅石，粉碎大門。

枝幹滿懷怒火，鍋爐吶喊——開戰吧！

踏著末日步伐前往黑暗之地，鼓聲隆隆，走吧，走吧。

我們帶著末日前往艾森格！

我們帶來末日，我們帶來末日！

他們一面高歌，一面往南行進。

雙眼閃爍的布理加拉德加入樹鬍旁的隊列。老恩特樹人接回哈比人，再度把他們擺到肩上，讓他們驕傲地走在高歌的隊伍前，眾人滿腔熱血，抬頭挺胸。儘管他們認為遲早會有事發生，卻依然對恩特樹人發生的改變感到訝異。彷彿長期受到大壩局限的洪水，終於破堤而出。

「恩特樹人們還是挺快就下定決心了，不是嗎？」過了一陣子，當歌曲暫時停止，也只能聽到手腳拍打聲時，皮聘就趁機問道。

「挺快？」樹鬍說，「呼嗯！對，沒錯。比我想得快多了。諸多世紀以來，我確實沒看過他們這麼激動。我們恩特樹人不喜歡激動，除非樹群和我們的生命顯然陷入龐大危機，不然我們不會感到群情激憤。自從索倫與海民間的戰爭後，這種事就沒發生在這座森林過了。歐克獸人的所作所為，這些荒唐的砍伐行動——*rárum*——甚至還不是為了生火這種差勁理由，才讓我們如此憤怒。再加上鄰居的背叛，他本該幫助我們的。巫師早該知道不能這麼做，他們懂得更多。在精靈語、恩特語或人類的語言中，都沒有足夠惡劣的字眼能形容這種背叛行為。打倒薩魯曼！」

「你們真的會粉碎艾森格的大門嗎？」梅里問。

「呼，嗯，這個嘛，我們辦得到呀！或許，你們不曉得我們有多強壯。也許你們聽過食人妖？牠們非常壯碩。但食人妖只是偽造品，是魔王在浩大黑暗中為了嘲諷恩特樹人而製作的，就像歐克獸人是精靈的仿造品一樣。[23]我們比食人妖更強悍。大地之骨構成了我們

---

23 譯注：托爾金筆下的歐克獸人（Orc）並沒有明確起源。在最早期的設定中，牠們是米爾寇以泥土製作出來的生物。而在托爾金的兒子克里斯多夫（Christopher Tolkien）編輯的《精靈寶鑽》中，採用了托爾金早期的說法，認為歐克獸人是遭到魔高斯扭曲的精靈。但在托爾金《中土世界歷史記》（*History of Middle-earth*）的第十冊《魔高斯之戒》（*Morgoth's Ring*）中，記載了托爾金並不認同歐克獸人曾是精靈，同時也提到這是精靈本身的臆測。多年後，托爾金依然經常更改歐克獸人的起源，包括牠們是某種遭到魔高斯扭曲的原生種族，或是與墮落邁雅靈魂混合的腐化人類或精靈。在托爾金晚年撰寫的筆記中，提到歐克獸人也許是魔高斯為了嘲諷人類所製造的生物，而在他受到維拉監禁於維林諾時，駐守在安格班的大將索倫則強化並大量繁殖歐克獸人，使得魔高斯回到中土世界時，就已經有歐克獸人大軍能立即使用。托爾金同時也提到，第三紀元的薩魯曼或許得知了魔高斯與索倫當年的作法，並藉此製作出透過人類與歐克獸人雜交而生出的烏魯克族。彼得．傑克森（Peter Jackson）的電影版本採用了《精靈寶鑽》的說法，但同時也將薩魯曼製作烏魯克族的方式，改為從泥土中製造新的烏魯克族士兵。

的身軀。一旦我們生氣，就能如樹根般劈開岩石，不過速度快多了！如果我們沒被砍倒，或是遭到烈火焚燒和巫術攻擊的話，就能把艾森格打成碎片，也能把它的圍牆化為瓦礫。」

「但薩魯曼會嘗試阻止你們，不是嗎？」

「嗯，啊，對，沒錯。我沒有忘掉這點。我的確對此思考了很久。但是呢，從樹木的壽命來看，許多恩特樹人都比我年輕許多。他們現在全都勃然大怒，內心也只專注在一件事上：摧毀艾森格。但不久他們就會再度思索起來，等我們在傍晚飲水時，他們就會稍微冷靜一點。我們一定會很渴！但現在讓他們行進高歌吧！我們還有很長的路得走，也還有時間思考。事情已經展開了。」

樹鬍繼續前進，和其他族人一齊唱和。過了一陣子後，他的嗓音便化為低語，並再度沉默下來。皮聘看得出他年邁的額頭上滿布皺紋。最後他抬頭一看，皮聘在他眼中瞥見悲傷的神色，但儘管悲傷，卻並非不悅。那雙眼中有道光彩，彷彿綠火已滲入了他更深沉的思緒之中。

「當然了，我的朋友們，」他緩緩說道，「我們很有可能正邁向自己的末日，恩特樹人的最後長征。但如果我們待在家園，什麼事也不做，末日遲早也會降臨到我們頭上。這股念頭早就出現在我們心中了，因此我們現在才會動身。這並非倉促的決定。至少有人會歌頌恩特樹人的最後長征。對，」他喟歎，「我們或許能在離世前幫助其他人。不過，我還是希望見到與恩特樹妻有關的歌謠成真。我很想再見到芬布芮西兒。但我的朋友們，就像樹木一樣，歌謠只會在恰當時機，以自己的方式長出果實；有時這些歌謠則無疾而終。」

恩特樹人們繼續大步前進。他們踏上了一大片往南的下坡地帶，現在他們開始往上攀爬，一路走到高聳的西部山脊。樹林在此消失，他們抵達了散落的樺樹林，接著走上光禿禿的山坡，上頭只長了幾株纖瘦的松樹。太陽往前方的漆黑山丘後頭落下。灰暗的暮色就此籠罩大地。

皮聘往後觀望。恩特樹人的數量增加了——發生了什麼事？在他們先前跨越的赤裸山坡上，他覺得自己似乎看見了樹林。但它們正在移動！難道梵貢森林的樹木醒了過來，正越過山丘準備開戰嗎？他揉揉眼睛，想知道睡意和黑影是否欺瞞了自己，但龐大的灰色形體確實緩緩向前移動。有股如同吹過樹梢間風聲的巨響隨之出現。恩特樹人正在逼近山脊頂端，也停止了歌唱。夜色已然落下，四周寂靜無聲。除了恩特樹人腳下微微顫動的地面，以及諸多葉片的些許沙沙聲外，什麼聲音都聽不見。最後他們站上山頂，並望向一處漆黑巨坑。那正是山脈盡頭的巨大峽谷：南庫魯涅，薩魯曼之谷。

「黑夜降臨艾森格。」樹鬍說。

## 第五章——白騎士

「我的骨頭快凍僵了。」金力說，一面拍打他的手臂並跺腳。白晝終於到來了。三名同伴在黎明時盡量作了頓早飯。在逐漸變亮的陽光中，他們準備好再度在地面上搜索哈比人的蹤跡了。

「別忘了那個老人！」金力說，「如果我能看到靴印，就會開心點了。」

「那為何會讓你開心？」列葛拉斯說。

「因為會留下足跡的老人，可能就只是個平凡老頭。」矮人回答。

「或許吧，」精靈說，「但就算是沉重的腳，在這裡也不會留下印記。青草太過茂密又有彈性了。」

「那難不倒遊俠。」金力說，「彎曲的草葉就足以讓亞拉岡看出跡象了。但我不覺得他能找到蛛絲馬跡。昨晚我們看到的是薩魯曼的邪惡幻影。即便在陽光下，我也很確定這點。即便是現在，他的雙眼或許也正從梵貢森林裡窺探我們。」

「很有可能，」亞拉岡說，「但我不確定。我正在想關於馬匹的事。金力，你昨晚說有東西把牠們嚇跑了。但我不覺得。你有聽到牠們嗎，列葛拉斯？牠們聽起像驚嚇的動物嗎？」

「不。」列葛拉斯說，「我清楚得聽到牠們的聲音。要不是因為黑暗和我們自身的恐懼，我就會認為牠們是突然感到狂喜的動物。牠們的叫聲，聽起來像是碰上了許久不見的朋友的馬匹。」

「我也是這樣想，」亞拉岡說，「但除非牠們回來，不然我也無法解開這樁謎題。來吧！陽光越來越亮了。我們先看看，之後再猜吧！我們該從靠近營地的這裡開始，並仔細搜索周遭，再沿著山坡前往森林。無論我們對夜間訪客的想法為何，我們的任務都是找到哈比人。如果他們僥倖脫逃，那肯定就躲在樹林裡，不然就會有人看見他們。如果我們從這裡到森林樹蔭下什麼都沒找到，那就會在戰場和灰燼中搜索最後一次。但那裡沒有多少希望，洛汗的騎士們處理得太乾淨了。」

三個同伴們俯身在地面摸索了半晌。樹木哀傷地矗立在他們頭頂，乾燥的葉片癱軟地掛在樹枝上，在冷冽的東風中沙沙作響。亞拉岡緩緩移動。他來到河畔邊的火堆灰燼，並開始從地面上追溯回發生戰鬥的土丘。他忽然俯身，幾乎把臉貼上青草。接著他呼喚其他人。他們跑了過來。

「我們終於找到線索了！」亞拉岡說。他拿了片破損的葉子給他們看，那是片淡金色的大葉子，顏色已逐漸轉為褐色。「這是羅瑞安的梅隆樹葉，上頭還有麵包屑，草上也有幾塊碎屑。快看！附近有幾條被割開的繩索！」

「切斷繩索的刀子就在這裡！」金力說。他屈身從曾遭到某種沉重步伐踏上的草叢中，抽出一把鋸齒短刀。它折斷的把柄落在旁邊。「這是歐克獸人的武器。」他說，並小心翼翼地拿著它，作嘔地注視握把上的雕飾——醜陋的頭顱上有猙獰的雙眼和不懷好意的嘴巴。

「哎，這是我們碰上最古怪的謎題了！」列葛拉斯驚歎道，「有個遭到綑綁的囚犯逃離了歐克獸人和包圍四周的騎士們。接著他在缺乏掩蔽的地點停下腳步，用歐克獸人的刀子切斷自己的束縛。但他是怎麼辦到的？如果他的腿遭到綑綁，他又該如何走路？如果他的雙手遭到綑綁，要如何使用刀子？如果手腳都遭到束縛，他又為何要切斷繩索？對自己的技術感到滿意後，他隨即坐下並安靜地吃了點旅途麵包！那至少顯示出他是個哈比人，身上也少了梅隆樹葉。我想，在那之後，他就將雙臂變成翅膀，並唱著歌飛入樹林中。找到他應該不難，我們只需要長出翅膀就行了！」

「這裡昨晚肯定有妖術。」金力說，「那個老人來做什麼？你覺得列葛拉斯的判斷如何，亞拉岡？你可以作出更好的解讀嗎？」

「也許可以。」亞拉岡面露微笑地說道，「附近有你們沒注意到的跡象。我同意囚犯是哈比人，而在過來這裡之前，他的雙腿或雙手肯定已經自由了。我猜是雙手，因為那就讓謎題變得簡單多了；還有，就我從這些跡象看來，有個歐克獸人把他搬到這裡來。有歐克獸人的血跡濺在幾步以外的地上。這裡周圍都有深邃的馬蹄印，也有重物被拖走的痕跡。騎士們殺了歐克獸人，隨後將牠的屍體拖到火堆。但沒人看見哈比人：他並非『缺乏掩蔽』，因為當時是晚上，他也穿著精靈斗篷。他又累又餓，這也十分合理，因為當他用死去敵人的刀子切斷繩索，就在偷偷逃跑前休息片刻，還吃了點東西。但即便他在缺乏裝備與行李的狀況下逃跑，還好他口袋中還有點蘭巴斯；那或許和哈比人的習慣十分相似。我說『他』，但我希望梅里和皮聘先前都在這裡。不過，沒有跡象能明確顯示這點。」

「你認為我們的朋友是怎麼讓一隻手掙脫的？」金力問。

「我不曉得過程。」亞拉岡回答，「也不曉得為何有歐克獸人要帶走他們。可以確定的是，絕對不是為了幫他們逃跑。不，我覺得我開始明白打從一開始就讓我困惑的某件事了。當波羅米爾戰死時，歐克獸人為何只滿足於抓走梅里和皮聘呢？牠們沒有尋找其他人，也沒有攻擊我們的營地，反而全速衝向艾森格。牠們認為自己抓到了魔戒持有者和他忠心的同伴嗎？我不覺得。即便牠們的主人清楚這些消息，也不敢對歐克獸人下這麼明確的命令。牠們不會公開對歐克獸人提及魔戒，因為牠們並不是可信的僕人。但我認為歐克獸人收到的命令，是不計代價去活捉哈比人。有人企圖在戰鬥前帶寶貴的囚犯溜走。可能是背叛行為，但這類種族很可能會這麼做。有些高大無懼的歐克獸人或許為了自己的利益，想帶戰利品獨自逃跑。這就是我的理論，可能還有其他解釋方法。但總而言之，我們或許能確定一件事：至少我們的朋友之一逃跑了。我們的任務，就是在回到洛汗前尋獲並幫助他。我們不能畏懼梵貢森林，因為他受到情勢所逼，才躲進了那片黑暗地帶。」

「我不曉得哪種東西更令我害怕，梵貢森林，或是想到得步行穿越洛汗。」金力說。

「那我們就去森林吧！」亞拉岡說。

亞拉岡不久就發現了新的線索。他在靠近恩特河河畔的位置發現了腳印：那是哈比人的腳印，但痕跡太淺，無法正確判斷。他們在森林邊緣的一棵大樹樹幹下發現了更多腳印。乾燥的土壤寸草不生，也沒有顯示出太多跡象。

「有個哈比人至少在這裡站了一下，並回頭觀望。接著他轉身進入森林。」亞拉岡說。

「那我們也得進去。」金力說，「但我不喜歡梵貢森林的長相，也有人警告我們別進去。我真希望能追向別的地方！」

「無論傳言如何，我都不覺得森林有邪惡的感覺。」列葛拉斯說。他站在森林的樹蔭下，稍微往前傾身，彷彿他正在聆聽，並往陰影中窺探。「不，它並不邪惡，或是其中的邪物還很遙遠。我只能聽到黑暗角落中的微弱回音，那裡的樹木有陰險的心腸。我們附近沒有惡意，但周圍瀰漫著戒備感與怒氣。」

「這個嘛，它不需要氣我。」金力說，「我沒有傷害它。」

「那是當然。」列葛拉斯說，「但它依然遭受了傷害。裡頭發生了某種事，或是有事即將發生。你沒感到一股緊張感嗎？那幾乎讓我喘不過氣了。」

「我覺得空氣很悶。」矮人說，「這座森林不比幽暗密林茂密，但裡頭黯淡又充滿霉味。」

「它很老，非常古老。」精靈說，「它古老到讓我幾乎覺得又變年輕了，自從我和你們這些孩子們同行後，就沒產生過這種感覺。它老邁而充滿回憶。如果我在和平時代來此，就會感到非常開心。」

「我相信你會吧。」金力哼道，「畢竟你是木精靈，不過所有精靈都是奇怪的傢伙。但你讓我感到安心。我願意和你一同前往任何地方。但拿好你的弓，我也會準備好腰帶上的斧頭。不會用在樹上！」他急促地補充道，邊抬頭看他們頭頂的樹。「我不想突然遇到那個老人，身上還毫無戒備，僅此而已。我們走吧！」

說完，三名獵人就踏進梵貢森林。列葛拉斯和金力讓亞拉岡負責追蹤。他看不到多少跡象。森林乾燥的地面上覆蓋了一層落葉，但由於他猜測逃亡者們會待在水邊，因此他經常回到河畔旁。於是他來到梅里和皮聘喝水洗腳的位置。兩名哈比人的腳印在那顯而易見，其中一對顯得較小。

「這是好消息。」亞拉岡說，「但這是兩天前的足跡。哈比人似乎從這裡離開了水邊。」

「那我們現在該怎麼辦？」金力說，「我們不能為了找他們而跨越整座梵貢森林。我們的補給品不夠了。如果不快點找到他們，我們對他們就毫無幫助了，只能和他們一起坐下來挨餓，才能展現友情。」

「如果我們只能這麼做，那也別無他法。」亞拉岡說，「我們走吧。」

他們最後來到樹鬚山丘的陡峭山壁，並抬頭望向岩牆，以及通往高處岩架的粗糙臺階。

幾道陽光從快速飄動的雲朵間落下，森林現在看起來也不再如此灰暗淒涼。

「我們上去看看四周吧！」列葛拉斯說，「我還是覺得喘不過氣。我想呼吸一下更新鮮的空氣。」

三名同伴爬了上去。亞拉岡最後才上來，速度十分緩慢，他正仔細審視著臺階與岩架。

「我幾乎可以確定哈比人們上來過這裡。」他說，「但這裡有其他非常古怪的痕跡，我完全無法理解。我想知道，從這座岩架上能看到哪些東西，幫助我們猜測他們接下去的蹤跡？」

他站起身四處觀望，但沒看到任何有幫助的東西。岩架面對南方與東方，但只有朝向東方的視野較為開闊。他可以在那看到樹林頂端逐漸往他們前來的平原延伸而去。

「我們走了很長一條路。」列葛拉斯說，「如果我們在第二或第三天離開大河並往西走，就能夠一同安全地抵達此地。很少有人能預測道路會將他們帶到何方，直到自己抵達盡頭。」

「但我們並不想來梵貢森林。」金力說。

「但我們來了——還自投羅網。」列葛拉斯說，「快看！」

「看什麼？」金力說。

「看樹林之間。」

「哪裡？我沒有精靈的眼睛。」

「噓！說話小聲點！快看！」列葛拉斯指向某處說，「往底下的森林，順著我們剛來的道路看。就是他。你看不到他在樹木間行走嗎？」

「我看到了，我看到了！」金力用氣音說道，「快看，亞拉岡！我不是警告過你嗎？老人就在那裡。身上穿著髒兮兮的灰衣，難怪我一開始沒看到他。」

亞拉岡望去，發現了一個緩慢走動的身影，距離並不遠。看起來像是個老乞丐，正疲倦地行走，還倚靠著粗糙的手杖。他低著頭，也沒有望向他們。在別的地方，他們會用溫順的言語迎接他，但現在他們沉默地站立，每個人都產生了一股怪異的期待感。有某種蘊含潛在力量——或是威脅的東西正在逼近。

金力睜大眼睛盯了一會，對方則步步逼近。忽然間，由於無法繼續克制自己，他便脫口而出：「你的弓，列葛拉斯！快搭弓！準備好！那是薩魯曼。別讓他開口，或對我們下咒！先射箭！」

列葛拉斯緩慢地拿起弓並拉開弓弦，彷彿有別的意志正在抗拒他。他輕輕地把一支箭拿在手中，但沒有將它搭上弓弦。亞拉岡沉默地站立，神情警惕而專注。

「你在等什麼？你是怎麼搞的？」金力用嘶嘶氣音說道。

「列葛拉斯做得沒錯。」亞拉岡平靜地說，「無論我們心中有多少恐懼與疑慮，都不該在某個老人沒察覺、也沒挑戰我們時，就對他放箭。先等等！」

此時老人加快腳步，以驚人的速度來到岩牆底部。他忽然仰望上方，而他們則紋風不動地往下看。周圍一片死寂。

他們看不見他的臉：他戴著兜帽，在兜帽上還有頂寬邊帽，使他的五官籠罩在陰影中，只有他的鼻尖與灰鬍子露了出來。但亞拉岡覺得自己能從兜帽下的陰影中，瞥見銳利而明亮的目光。

最後老人打破了沉默。「很開心見到你們，我的朋友們。」他語氣柔和地說，「我想和你們談談。你們要下來，還是我該上去呢？」他沒有等待回應，並逕自開始攀爬。

「趁現在！」金力喊道，「阻止他，列葛拉斯！」

「我不是說我想和你們談談嗎？」老人說，「把弓拿開，精靈大爺！」

弓和箭矢從列葛拉斯手中掉落，他的雙手鬆弛地靠在身子旁。

「還有你，矮人大爺，請把手從斧柄移開，等我上去！你不需要這麼戒備。」

金力嚇了一跳，接著如同石頭般站好，直愣愣地往前盯，老人如同山羊般靈敏地跳上粗糙石階。他身上的倦意似乎盡數消散。當他踏上岩架時，身上便閃過一道白光，彷彿灰袍下瞬間露出某種衣物，但那一刻太過短暫，使旁人無法確定。金力的呼吸聲在沉默中顯得十分響亮。

「我再說一次，很開心見到你們！」老人說，邊走向他們。當他還在幾呎外時，他便倚著手杖站著，並微微探頭，從兜帽下注視他們。「你們在這一帶做什麼？精靈、人類和矮人，全都打扮得像精靈。背後肯定有好一樁故事。這裡不常看到這種事。」

「你說得彷彿熟識梵貢森林。」亞拉岡說，「是這樣嗎？」

「並不太熟，」老人說，「那得花上好幾輩子來鑽研。但我經常來到這裡。」

「我們可以請問你的大名，再聽聽你想對我們說什麼嗎？」亞拉岡說，「早上快結束了，我們還有無暇鬆懈的任務得做。」

「至於我想說的話，我已經講過了：你們在做什麼，又能講出關於自己的什麼故事呢？而說到我的名字！」他停了下來，輕柔地笑了一陣子。一聽到那笑聲，亞拉岡就打起冷顫，那是股怪異的冷冽感。但他感受到的並非害怕或恐懼，反而像是突如其來的冷風，或是驚醒不安沉睡者的冰冷雨水。

「我的名字！」老人又說了一次，「你還沒猜到嗎？我想，你先前就聽過了。對，你先前肯定聽過。但好啦，你們的故事呢？」

三名同伴沉默地站著，一句話也沒說。

「可能有人會質疑，到底有沒有必要談論你們的任務。」老人說，「幸好我知道一些細節。我相信，你們正在追蹤兩名年輕哈比人的足跡。對，哈比人。別瞪大眼睛，彷彿你們從來沒聽過那個古怪名稱。你們聽過，我也是。嗯，他們前天爬上這裡，並遭遇沒料到會碰上的對象。這讓你們安心了嗎？你們想知道他們被帶去哪了嗎？哎呀，哎呀，或許我能告訴你們一點消息。但我們為何還站著呢？是這樣的，你們的任務已經不再那麼緊急了。我們輕鬆點坐下來吧。」

老人轉身走向後頭崖壁底部的落石堆。其他人便立刻放鬆並動了起來，彷彿魔咒遭到解除。金力的手立刻伸向斧柄。亞拉岡拔劍出鞘。列葛拉斯拾起他的弓。

老人毫不在意，反而俯身坐在一塊低矮扁平的石塊上。他的灰色斗篷分了開來，他們毫無疑慮地注意到，他在斗篷下全身穿著白衣。

「薩魯曼！」金力大喊，邊拿著斧頭衝向他，「快說！告訴我們，你把我們的朋友藏到哪去了？你對他們做了什麼？快說，不然我就會在你帽子上劈下一斧，連巫師都難以對抗這招！」

老人的動作比他更快。他猛然起身，跳上一座巨岩頂端。他站在上頭，身形忽然變得高大，站在他們上方。他扔開兜帽和灰袍，白衣閃閃發光。他舉起手杖，金力的斧頭便從手中飛出，鏗鏘作響地掉到地上。亞拉岡無法動彈的雙手所握住的劍上，突然冒出了烈焰。列葛拉斯大叫一聲，並往高空射出一箭；飛箭化為火焰，就此消失。

「米斯蘭迪爾！」他喊道，「米斯蘭迪爾！」

「我再說一次，見到你真好，列葛拉斯！」

他們全都注視著他。他的頭髮如陽光下的瑞雪般白淨，長袍閃動著白色光澤。濃密眉毛下的雙眼明亮無比，目光如同陽光般銳利。他的手中握有無窮力量。他們感到訝異而喜悅，甚至還產生了恐懼，但卻無話可說。

最後亞拉岡動了起來。「甘道夫！」他說，「在我們亟需幫助時，你居然回來了！是什麼蒙蔽了我的眼睛？甘道夫！」金力一語不發，跪下並遮住他的雙眼。

「甘道夫。」老人重述道，彷彿從古老的回憶中找到了長年未用的字眼。「對，就是這個名字。我曾是甘道夫。」

他走下岩石，並撿起灰色斗篷，把它套上身子，彷彿像原本光彩奪目的太陽，再度躲藏在雲朵後方。「對，你們仍然可以叫我甘道夫。」他說，聲音再度變為他們的老友與嚮導的嗓音。「起來吧，我的好金力！我不怪你，我也沒受傷。我的朋友們，你們之中確實沒有任何人擁有能傷得了我的武器。開心點吧！我們再度重逢了。局勢在此逆轉。風暴將臨，但局勢已變。」

他把手擺上金力的頭頂，矮人抬頭一看，並忽然大笑出聲。「甘道夫！」他說，「但你全身都穿了白衣！」

「沒錯，我現在是白袍巫師了。」甘道夫說，「幾乎可以說，我的確是薩魯曼，或算是薩魯曼該扮演的角色。好了，把你們的事告訴我！自從我們分開後，我已經穿越了烈火與深水。我遺忘了許多自以為清楚的事，也再度得知了許多我遺忘的事。我能看到遠方的許多事物，卻無法看見諸多近在咫尺的東西。快把你們的事告訴我吧！」

「你想知道什麼？」亞拉岡說，「自從我們在橋上分離後發生的所有事件，是非常漫長的故事。你能不能先把哈比人的消息告訴我們呢？你有找到他們嗎？他們安全嗎？」

「不，我沒有找到他們。」甘道夫說，「黑暗籠罩著艾明穆伊谷地，直到巨鷹告訴我前，我也不曉得他們遭到俘虜。」

「巨鷹！」列葛拉斯說，「我在遠方高處看過一隻老鷹。上一次是在四天前的艾明穆伊上空。」

「對，」甘道夫說，「那是曾從歐散克塔拯救我的風王關赫。我派他先去觀察大河和蒐集情報。他的目光敏銳，但他無法看見所經山丘與樹木下的一切。他觀察到了某些東西，有些則由我自行發現。魔戒已經脫離了我的幫助，從裂谷出發的護戒隊任何成員也無法提供協助了。它差點暴露在魔王的目光下，但成功脫逃了。我在這件事上出了點力，當時我坐在高處，與邪黑塔進行抗衡，邪影也就此掠過。隨後我變得疲憊不堪，也沉浸在不祥的思緒中。」

「那你知道佛羅多的事了！」金力說，「他的狀況如何？」

「我不曉得。他逃離了莫大危機，但面前依然有無數危險。他決定獨自前往魔多，也動身了，我只曉得這些事。」

「他並非獨自一人。」列葛拉斯說，「我們認為山姆和他一起走了。」

「是這樣呀！」甘道夫說，眼中頓時綻放出光芒，臉上也露出微笑。「真的嗎？我不曉得這件事，但這並不讓我感到意外。好！非常好！你們讓我安心了。你們得把更多事告訴我。在我身邊坐下，把你們旅程的細節告訴我。」

同伴們坐在他腳邊的地上，亞拉岡開始講述故事。甘道夫有很長一陣子一語不發，也沒有發問。他把張開的雙手擺在膝蓋上，並閉上眼睛。最後當亞拉岡提到波羅米爾的死，以及他在大河上的最終旅程時，老人便嘆了口氣。

「你沒有說出自己知道或猜測的所有事情，吾友亞拉岡。」他平靜地說，「可憐的波羅米爾！我想不到這種事會發生在他身上。對一位戰士和貴族而言，這是嚴苛的試煉。格拉翠兒告訴我說他身陷危機，但他最後成功脫逃了。我很慶幸。要不是因為波羅米爾，年輕的哈比人們可能就白白跟我們來了。但那並非他們扮演的唯一角色。他們被送到梵貢森林，而他們的到來如墜落的小石子，最後引發了山崩。當我們在此談話時，我也聽見了第一股轟隆聲。當水壩破堤時，薩魯曼最好別遠離家中！」

「你在某件事上並沒有改變，親愛的朋友，」亞拉岡說，「你還是會打啞謎。」

「什麼？打啞謎？」甘道夫說，「不！我在自言自語。這是老習慣了，人們會向在場最睿智的對象說話；年輕人所需的漫長解釋太累人了。」他笑道，但笑聲現在如同和煦的陽光般溫暖而友善。

「就連在人類的古老家族中，我都不算年輕人了。」亞拉岡說，「你不願意對我更敞開心胸嗎？」

「那我該說什麼呢？」甘道夫說，並停下來思忖了半晌，「如果你想盡可能用淺白的方式理解我的想法，那我就簡短談談我當前的看法。魔王自然早就曉得魔戒正在移動，並由某個哈比人持有。他知道從裂谷出發的護戒隊人數，以及我們每個人的種族。但他還不完全曉得我們的目的。他猜我們都要去米那斯提力斯，因為那是他在我們的立場會做的事。而根據他的判斷，這將對他的勢力帶來重創。他的確心懷恐懼，不曉得何時會有配戴魔戒的強者突然出現，對他掀起戰火，打算推翻他並取而代之。他完全沒有想到，我們居然只打算推翻他，而不想讓人取代他。我們想摧毀魔戒這件事，還尚未飄進他最幽深的夢境中。因此，你肯定能察覺我們的好運與希望。預想到戰爭的他，決定點燃戰火，相信自己沒時間可浪費了；率先出擊的一方只要力道夠猛，或許就能一擊取勝。因此他比計畫中更快發動了籌備已久的軍力。睿智的傻子。如果他傾盡全力守住魔多，使得沒人能踏進該地，並全心將他的狡詐投入獵捕魔戒，那希望肯定會就此破滅，魔戒和持戒者都無法躲避他太久。但現在他的魔眼向外觀望，而不是掃視周遭；他也最常望向米那斯提力斯。他的軍力很快就會如同風暴般席捲那座城市。

「他已經知道，自己派去阻撓護戒隊的使者再度失敗了。他們沒有找到魔戒，也沒有帶回作為人質的哈比人。如果他們只逮到哈比人，對我們也將是沉重打擊，也可能後患無窮。但我們別忙著想像那幫人對邪黑塔的忠誠，讓自己的士氣下降。因為魔王目前為止失敗了。多虧了薩魯曼。」

「那薩魯曼不是叛徒囉？」金力問。

「他當然是了。」甘道夫說，「這點毫無疑問。這不是很奇怪嗎？在我們近來遭遇的一切事件中，沒什麼比艾森格的背叛更嚴重了。被視為貴族與大將的薩魯曼，已將勢力培養得非常強大。當主要的攻勢從東方逼近時，他便要脅洛汗人，讓他們的支援遠離米那斯提力斯。但心懷叛意的武器，對持械的手也會帶來危險。薩魯曼也想為自己取得魔戒，或至少哄騙一些哈比人來進行邪惡目的。所以，我們的雙方敵人們以驚人的速度，及時將梅里和皮聘送到梵貢森林，不然的話，他們倆根本不可能來到此地！

「他們的心中，也充斥著打亂了自身計畫的嶄新疑慮。多虧了洛汗騎士，沒有任何關於那場戰鬥的消息會傳到魔多，但黑暗魔君知道有人在艾明穆伊綁走了兩名哈比人，並在違背他僕人意願的狀況下，將他們帶往艾森格。除了米那斯提力斯以外，他現在也得畏懼艾森格。如果米那斯提力斯殞落，薩魯曼就會遭殃了。」

「可惜我們的朋友夾在中間。」金力說，「如果艾森格與魔多之間沒有隔閡我們就能隔山觀虎鬥了。」

「勝利者將變得更強大，內心也不再抱持疑慮。」甘道夫說，「但艾森格無法對抗魔多，除非薩魯曼先取得魔戒。他現在永遠辦不到這件事了。他還不曉得自己身陷的危機。他有非常多事都還不曉得。他太急於逮到獵物，因此不願在家中守候，還前來見他的使者並觀察對方。但他來得太遲了，在他抵達這一帶前，戰鬥就已經結束，他也來不及插手。他並沒有在這裡待太久。我望進他心中，也看見他的疑慮。他缺乏與森林相關的知識。他相信騎士們屠殺並焚毀了戰場上的一切，但他不曉得歐克獸人有沒有帶來任何囚犯。他也不曉得自己的僕人和魔多歐克獸人之間的爭執，更不曉得有翼使者的事。」

「有翼使者！」列葛拉斯叫道，「我用格拉翠兒的弓在薩恩蓋柏射下它，讓它從空中落下。它讓我們充滿恐懼。這是什麼新怪物？」

「是你無法用箭矢殺死的生物。」甘道夫說，「你只殺死了它的座騎。這是件好事，但騎士很快就得到新座騎了。因為它是納茲古，也是九戒靈之一，它們現在騎乘了有翼座騎。它們帶來的恐懼很快就會籠罩我們盟友的最後一批軍隊，並遮蔽太陽。但上頭還不允許它們跨越大河，薩魯曼也不曉得戒靈這種新形象。他的想法徘徊在魔戒上。它出現在戰場上了嗎？有人找到它了嗎？萬一驃騎王希優頓取得它，並得知它的力量呢？那就是他判斷出的危險，因此他逃回艾森格，加強對洛汗的攻勢。此時還有另一項近在咫尺的危機，但忙於思考的他並沒有發現這點。他忘了樹鬍。」

「你又在自言自語了。」亞拉岡笑道，「我不知道樹鬍是誰。我猜到了薩魯曼的雙重叛變，但除了讓我們徒勞無功地跑了段長路，我看不出兩名哈比人到梵貢森林究竟能幫上什麼忙。」

「等一下！」金力喊道，「我想先知道另一件事。昨天晚上我們看到的是你甘道夫，還是薩魯曼？」

「你們肯定沒看見我，」甘道夫回答，「因此我得猜你們看見了薩魯曼。我們顯然十分相似，因此我得原諒你想劈開我帽子的企圖。」

「很好，很好！」金力說，「我很高興不是你。」

甘道夫又大笑出聲。「對，我的好矮人。」他說，「沒有全面猜錯總是令人安心。我太清楚這點了！但當然了，我從不責怪你們歡迎我的方式。既然我經常建議朋友們在對抗魔王時，甚至得質疑自己的雙手，那我又怎麼能怪你們呢？祝福你，葛羅音之子金力！或許有一天，你會同時看到我們倆，並作出判斷！」

「但說到哈比人！」列葛拉斯打岔道，「我們長途跋涉來找他們，你似乎也知道他們的下落。他們現在在哪？」

「和樹鬍與恩特樹人在一起。」甘道夫說。

「恩特樹人！」亞拉岡驚呼道，「那關於森林深處的居民和巨型牧樹人的傳說都是真的？世上還有恩特樹人嗎？我以為他們只屬於古代的回憶，也可能只是洛汗的傳說。」

「洛汗的傳說！」列葛拉斯喊道，「不，大荒原中的每個精靈都唱過與歐諾翠姆和他們長年悲傷有關的歌謠。但即便在我們之中，他們也只不過是回憶。如果我能遇到依然行走於世上的恩特樹人，肯定會感到又變得年輕！提到樹鬍，那只是梵貢森林翻譯成通用語的意思，但你說的似乎是某個人。這個樹鬍是誰？」

「啊！你問得太多了。」甘道夫說，「我對他漫長故事所知道的鳳毛麟角，也會是我們現在無暇講述的長篇故事。樹鬍就是梵貢，森林的守護者。他是最古老的恩特樹人，也是中土世界活在太陽底下最古老的生物。列葛拉斯，我真心希望你能碰見他。梅里和皮聘有幸在此與他相遇，也就是我們坐著的位置。兩天前他來到這裡，將他們帶到位於山腳下的遙遠住處。他經常來到此地，特別是感到心煩意亂，世上的傳言也使他感到不安之時。四天前，我看到他走過樹林，也覺得他看到我了，因為他停下腳步。但我沒有說話，因為我正在沉思，並在對抗魔多邪眼後感到疲倦；他也沒有開口，或呼喚我的名字。」

「或許他也以為你是薩魯曼。」金力說，「但你把他形容得像是朋友。我以為梵貢很危險。」

「危險！」甘道夫叫道，「我也非常危險，遠超過你見到的一切，除非你被活活送到黑暗魔君的王位前。亞拉岡很危險，列葛拉斯也很危險。你遭到危險環伺了，葛羅音之子金力，因為以你的方式看來，你自己也很危險。梵貢森林肯定危機四伏——對太輕易使用斧頭的人更是如此。梵貢本人也很危險，但他依然睿智而友善。但現在他緩慢而漫長的怒氣正逐漸潰堤，瀰漫到整座森林去。哈比人的到來和他們帶來的消息，引爆了他的怒火，它很快就會如同洪水般蔓延。但這股浪潮瞄準了薩魯曼和艾森格的斧頭。有件自從遠古年代就沒發生過的事即將成真：恩特樹人會甦醒過來，並發現自己強悍無比。」

「他們會怎麼做？」列葛拉斯驚愕地問道。

「我不曉得。」甘道夫說，「我覺得他們自己也不清楚。」他陷入沉默，並低頭沉思。

其他人注視著他。一道陽光從飄動迅速的雲層中探出，灑落在他的手上，他把手掌向上擺在腿上。他的雙手似乎盛滿了光線，如同裝滿清水的杯子。最後他抬起頭來，仰望著太陽。

「早晨快要結束了。」他說。「我們得盡快動身。」

「我們要去找我們的朋友和樹鬍嗎？」亞拉岡問。

「不。」甘道夫說，「那不是你該走的路。我說了充滿希望的話。但那只是希望；希望並非勝利。我們與所有盟友即將面臨戰爭，而只有使用魔戒，才能在這場大戰中讓我們勝券在握。這使我感到又悲又懼，因為有許多事物將遭到摧毀，一切也可能化為烏有。我是甘道夫，白袍甘道夫，但黑暗依然更為強大。」

他起身往東看，一面用手遮在眼睛上方，彷彿在遠方看到了他們沒人能看見的景象。

接著他搖了搖頭。「不，」他用柔和的語氣說道，「它已經遠離我們的掌控了。至少讓我們為此感到慶幸。我們再也不會承受使用魔戒的誘惑。我們得面對近乎絕望的危機，但最致命的危險已經離開了。」

他轉過身。「來吧，亞拉松之子亞拉岡！」他說，「別對你在艾明穆伊谷地的決定感到後悔，也別說這場追蹤徒勞無功。你在疑慮下選擇了看似正確的道路，這選擇十分明確，也讓你得到獎勵。因為我們即時碰面，不然可能就太遲了。但找尋你同伴的任務已經結束了。你的下一趟旅程是遵守自己的承諾。你得前往伊多拉斯，去希優頓的殿堂中見他。那裡的人需要你。安督瑞爾得在它等待多時的戰鬥中綻放鋒芒。洛汗即將發生戰爭，還有更糟的邪惡：希優頓正深陷危機。」

「那我們不會再看到那些歡樂的小哈比人了嗎？」列葛拉斯問。

「我並沒有這麼說。」甘道夫說，「誰知道呢？耐心點。前往你們必須去的地點，並抱持希望！去伊多拉斯吧！我也會往那去。」

「無論對年輕人或老人而言，這都是漫漫長路。」亞拉岡說，「我擔心在在我抵達前，戰爭就會結束了。」

「我們等著瞧，我們等著瞧吧。」甘道夫說，「你們現在願意和我走了嗎？」

「對，我們會一同出發。」亞拉岡說，「但我相信，只要你想，就能比我更快抵達那裡。」他起身並注視了甘道夫半晌。其他人沉默地注視面對彼此的兩人。亞拉松之子亞拉岡的灰暗人類身影高大，且如岩石般冷峻，他的手擺在劍柄上。他看似走出海上迷霧的君王，踏上了弱小人民的海岸。在他面前俯身的蒼老身影全身雪白，如同體內散發光芒般地閃耀；他因歷經風霜而駝背，但卻握有遠超王者之力的力量。

「我說得不對嗎，甘道夫？」亞拉岡最後說道，「你能比我更快前往任何地點。我也得說：你是我們的領袖與旗手。黑暗魔君麾下有九騎士。但我們有一名比它們更強大的成員：白騎士。他穿越了烈火與深淵，敵人也將畏懼他。我們願意追隨他。」

「對，我們會一同追隨你。」列葛拉斯說，「但首先，如果能聽聽你在墨瑞亞的遭遇，就能讓我放心了，甘道夫。你不願意告訴我們嗎？你就不能把自己獲救的經歷告訴你的朋友們嗎？」

「我已經待太久了。」甘道夫回答，「時間緊迫。但就算有一年，我也不會把所有事告訴你們。」

「那盡量在有限的時間中把事情告訴我們！」金力說，「來吧，甘道夫，告訴我們，你是怎麼對付炎魔的！」

「別提他的名字！」甘道夫說。而在那一瞬間，他的臉上似乎顯露出痛苦的神色，他沉默地端坐，看起來如同瀕死般老邁。「我墜落了很長一段時間，」最後他緩緩說道，彷彿正在吃力地回想。「我墜落了很久，他也和我一同下墜。他的火焰環繞我全身。我遭到燒傷。接著我們墜入深水，周圍一片漆黑。湖水如同死亡浪潮般冰冷，它幾乎凍僵了我的心。」

「都靈之橋下的深淵無比深邃，也沒有人測量過它的深度。」金力說。

「但它的確有遠離光明、無人得知的底部。」甘道夫說，「最後我抵達該處，來到最深的岩石根基。他仍舊和我在一起。他的火焰已經熄滅，但現在他成了爛泥般的怪物，比纏人的巨蛇更強壯。

「我們在地底決鬥，時間也在此停止。他總會向我揮爪，我也會劈砍他，直到最後他逃入漆黑的隧道中。葛羅因之子金力，都靈的族人並沒有建造這些隧道。在比矮人挖掘更加深邃的地點，有無名生物正在啃噬世界，就連索倫都不曉得它們的存在。它們比他更為古老。我到過那裡，但我不會提到當時的事，以免抹滅了白日的希望。在絕望中，我的敵人成了唯一的希望；我追上他，緊追在他背後。最後他帶我走上卡薩督姆的祕密通道，他太熟悉這些路線了。我們不斷往上走，直到我們來到無盡階梯。」

「它消失了很久。」金力說，「許多人說它只存在於傳說中，但其他人認為它已遭到摧毀了。」

「它確實存在，並未遭到摧毀。」甘道夫說，「它從最深處的地牢攀升到最高峰，數千級臺階形成完整的螺旋梯，直到它終於從雕在基拉克基吉爾原石中的都靈之塔抵達外界，它正是銀角的頂峰。

「凱勒布迪爾頂端的積雪中有座孤寂的窗口，窗口前有塊狹窄空間，如同矗立在世上迷霧高空的高聳鷹巢。那裡的陽光明亮耀眼，但雲霧籠罩了底下的一切。他衝了出去，而當我從後頭追來時，他就燃起了全新的火焰。周圍沒有人旁觀，又或許在數世紀後，才會有歌謠傳頌巔峰之戰（Battle of the Peak）。」甘道夫忽然笑出聲來，「但歌謠該提到什麼呢？從遠方抬頭觀看的人，會以為高山頂端有風暴肆虐。他們聽見隆隆雷聲，也說閃電擊中了凱勒布迪爾，並迸裂為火舌。這還不夠嗎？我們周圍升起濃煙，伴隨著煙霧與蒸氣。冰屑如同雨水般落下。我擊敗了我的敵人，他從高處摔下，並在墜落時撞碎了山壁。接著我陷入黑暗，遠離了思緒與時間，並踏上我不會詳述的路途。

「我赤裸裸地被送回來——只有短暫一陣子，直到我完成任務。我赤裸地倒在山頂。我身後的塔已經瓦解，窗口也已消失；毀損的階梯塞滿了燒焦的碎石。我獨自一人，受到世人遺忘，也無法逃離這座世界的堅硬巨角。我躺著注視天空，星辰往返來去，每一天都如同一個紀元般漫長。我的耳邊傳來世上四面八方的微弱聲響：誕生與死亡，歌聲與哭聲，以及負擔過重的岩石緩慢而永恆的呻吟。最後風王關赫再度找到了我，並帶著我飛走。

「『我注定會成為你的負擔，及時趕到的老友。』我說。

「『你是個負擔。』他回答。『但現在不是。我爪中的你輕如天鵝的羽毛。陽光穿過了你的身體。我的確不認為你需要我了，如果我讓你落下，你就會隨風飄起了。』

「『別拋下我！』我驚呼道，因為我又感受到體內的生命力。『帶我去洛斯羅瑞安！』

「『派我來找你的格拉翠兒夫人，的確下了這道命令。』他回答。

「於是我來到卡拉斯加拉松，發現你們才剛離開兩天。我在那座土地無垠的時間中待了下來，歲月只帶來治癒，而不是腐敗。我尋得了療癒，也得到了白衣。我提供了意見，也得到建議。因此我沿著奇異的道路前來，也為你們某些人捎來了信息。我受命向亞拉岡說這些話：

杜納丹人在何方，伊力薩，伊力薩？
你的族人為何浪跡天涯？
迷失者即將歸來，
灰衣隊從北方出擊。
但你注定踏上黑暗道路：
亡者看守通往大海之路。

她有這些話要對列葛拉斯說：

綠葉列葛拉斯[1]長居樹下，
度過歡快生活。當心大海！
如果你聽聞岸邊海鷗鳴叫，
你的心便無法在森林中安處。」

---

1 譯注：「綠葉」並非列葛拉斯的姓氏或綽號，而是列葛拉斯的名字意義。「列葛拉斯」是辛達林語中 Laegolas 的西爾凡方言變體。

甘道夫沉默下來，並閉上眼睛。

「她沒有信息要給我嗎？」金力說，並低下頭。

「她的信息十分不祥。」列葛拉斯說，「對收到的人而言也不太有意義。」

「這沒辦法讓我安心。」金力說。

「那你想怎麼辦？」列葛拉斯說，「你寧可她公開提及你的死期嗎？」

「對，如果她沒有別的事可說的話。」

「什麼？」甘道夫睜開眼睛說，「對，我想我能猜出她話中的意義了。抱歉，金力！我剛又思考了信息的意義。但她的確有話要對你說，內容不陰沉也不悲傷。

「『致葛羅音之子金力，』她說，『夫人向他致意。持髮者，無論你去哪，我的心都與你同在。但小心別用斧頭砍錯樹木！』」

「你能在這時候回到我們身邊，真是太好了，甘道夫。」矮人大喊，他邊手舞足蹈，邊用奇異的矮人語言大聲唱歌。「好啦，好啦！」他叫道，一面揮舞斧頭。「既然甘道夫的頭安全了，我們就去找該劈的頭吧！」

「不用走太遠，就能找到了。」甘道夫說，並從石塊上起身。「來吧！我們在朋友重逢上已經花了夠多時間。現在得加快速度了。」

★　★　★

他再度穿上破爛的舊斗篷，並帶路前進。他們跟著他迅速走下岩架並穿越森林，一路走到恩特河的河畔。他們沒有交談，直到眾人又站在梵貢森林樹蔭遠處的青草上。他們看不見馬匹的蹤跡。

「牠們沒有回來。」列葛拉斯說，「這趟路程會很累人！」

「我不能用走的。時間緊迫。」甘道夫說。接著他抬頭吹起長長的口哨。音調清晰而響亮，聽到鬍鬚中的雙唇居然會發出這種聲音，使其他人大感訝異。他吹了三次口哨，眾人便聽到遙遠的平原上，有微弱的馬鳴順著東風飄來。他們好奇地等待。馬蹄聲不久就響了起來，一開始不過是地面上的顫動，只有趴在草上的亞拉岡能夠察覺，並隨即變得大聲而清晰，速度也變得飛快。

「來的不只有一匹馬。」亞拉岡說。

「當然了。」甘道夫說，「對一匹馬而言，我們太重了。」

「有三匹馬。」望向平原遠處的列葛拉斯說，「看看牠們奔跑的模樣！哈蘇費來了，身旁還有我的朋友阿洛德！但前方有另一匹高大的馬。我從來沒有見過這種模樣的馬。」

「你也沒有別的機會了。」甘道夫說，「那是影鬃。牠是米亞拉斯馬的領袖，也是馬中之王，就連洛汗國王希優頓，都沒有看過比牠更優秀的駿馬。牠不正閃爍著銀色光澤，還如同激流般迅速奔來嗎？牠為了我而來，要擔任白騎士的坐騎。我們會共同踏上戰場。」

當老巫師說話時，駿馬便踏上斜坡，向他們跑來。牠的毛皮閃閃發光，鬃毛也隨著奔跑時的強風舞動。另外兩匹馬遠遠地跟在後頭。當影鬃一看到甘道夫，就慢下腳步並大聲嗚叫。接著牠緩緩走向前，垂下高傲的頭，並用龐大的鼻孔摩擦老人的頸子。

甘道夫撫摸著牠。「從裂谷到這裡有很長一段路，我的朋友。」他說，「但你睿智又迅速，也在緊急時刻抵達。我們將一同遠行，不會再分離了！」

其他馬匹很快就抵達並沉默地站在一旁，彷彿正等待著命令。「我們要立刻前往你們主人希優頓的殿堂梅杜賽德。」甘道夫嚴肅地對牠們說。牠們都低下了頭。「時間緊迫，如果你們允許的話，我的朋友們，我們就得騎上你們。我們懇求你們全速前進。哈蘇費負責載亞拉岡，阿洛德載列葛拉斯。我會讓金力坐在我前面，影鬃會載我們兩人前進。我們先喝點水，隨後就動身。」

「現在我明白昨晚的一部分謎題了。」當列葛拉斯輕盈地躍上阿洛德的背部時，就說道，「無論牠們一開始是否因為恐懼而逃跑，我們的馬匹都碰上了牠們的領袖影鬃，並開心地迎接牠。你知道牠在附近嗎，甘道夫？」

「對，我知道。」巫師說，「我將思緒投注在牠身上，要牠盡快趕來；昨天牠還在此地南部遠方。牠很快就會帶我回去了！」

甘道夫對影鬃說話，駿馬立刻邁開腳步，但依然維持其他馬匹能跟上的速度。過了一陣子後，牠忽然轉彎，選擇了河岸較低的位置，並涉水過河，再率領他們往南踏進一處沒有樹木的寬闊平地。強風如同灰色浪潮般拂過無邊無際的草原。沿途毫無道路或小徑的跡象，但影鬃並沒有停下腳步或放慢速度。

「牠正筆直前往位於白色山脈下的希優頓殿堂。」甘道夫說，「這是捷徑。東坦納特的地勢比較平緩，北方主要幹道就位在河流對岸，但影鬃曉得穿過每塊沼地與窪地的路線。」

他們沿著草原與河濱地帶奔馳了數小時。高聳的野草常在騎士們的膝蓋旁，他們的坐騎也似乎在灰綠色的大海中游泳。他們經過許多隱匿的水塘，以及在潮溼而危險的沼澤上擺盪的一大片莎草——但影鬃找到了出路，其他馬匹則跟著牠的路線走。太陽緩緩落入西方。騎士們望向平原遠方，並在一瞬間看見太陽如同紅色烈火般沉入草原中。視野邊緣的山脈兩側低處閃著紅光。有股黑煙升起遮蔽了太陽的光暈，使它露出血紅色調，彷彿在落入地底前點燃了野草。

「洛汗隘口就在那裡。」甘道夫說，「現在幾乎在我們西邊了。艾森格就位於那個方向。」

「我看到一股濃煙。」列葛拉斯說，「那會是什麼？」

「戰火將臨！」甘道夫說，「繼續前進！」

# 第六章——

# 金殿之王

他們一路騎行，度過日落、緩慢的黃昏與漸深的夜色。當他們終於停步下馬時，就連亞拉岡都感到僵硬與疲憊。甘道夫只讓他們休息幾小時，列葛拉斯和金力睡著了，亞拉岡平躺在地，但甘道夫倚著手杖站在一旁，望向黑暗，來回掃視。一切寂靜無聲，也沒有任何生物的跡象或聲響。夜空中飄著修長的雲朵，當他們甦醒時，冷風將雲吹散。他們在冷月下再度前進，速度如同在陽光下飛快。

過了無數小時後，他們依然繼續策馬向前。金力打起盹來，要不是甘道夫及時抓住並搖醒他，他就會從坐墊上摔落了。疲倦但驕傲的哈蘇費和阿洛德跟隨著牠們不知倦怠的領袖，前方的牠像是難以辨識的灰影。路程不斷延伸。上弦月沉入了烏雲密布的西方。

空氣中傳來一股冷冽寒意。東方的黑暗緩緩變灰。紅色閃光躍上他們左方的艾明穆伊黑色輪廓上空。澄澈明亮的黎明已然到來，他們的路徑上吹起一股風，颳過了彎曲的野草。影鬃忽然站立不動，並發出嘶叫。甘道夫指向前方。

「快看！」他喊道，眾人便抬起疲憊的眼睛。南方山脈矗立在他們面前，雪白的山頂滿布黑色條紋。草原從山丘下延伸到他們腳邊，並伸向黎明尚未照亮的諸多陰暗谷地，再繞進高山深處。其中最寬闊的谷地在旅行者們面前敞開，如同山丘間的修長海灣。他們在裡頭瞥見一座峰頂高聳的山丘，如同哨兵般獨自立在河谷的入口處。山腳下有條如同銀線般的小溪從河谷中流出，他們則在遙遠的河谷頂端瞥見清晨旭日的一抹金光。

「說吧，列葛拉斯！」甘道夫說，「把你在前方看到的景象告訴我們！」

列葛拉斯注視著前方，用手遮掩初升太陽從水平線發出的光芒。「我看到有條白色小溪從雪中流下。」他說，「在溪水從河谷陰影中流出的位置，有座翠綠丘陵從東方升起。壕溝與滿是尖刺的圍牆包圍住它，裡頭有好幾座屋頂，中央的綠色平臺上有座雄偉的人類宮殿。在我眼中看來，它的屋頂鋪設了黃金，門柱也呈現金色。門前站有身穿明亮鎖子甲的人，但宮廷內其餘的人都還在睡夢中。」

「這座宮廷叫做伊多拉斯。」甘道夫說，「那座黃金宮殿則是梅杜賽德。洛汗的驃騎王，襄格爾之子希優頓便住在該處。我們隨著日出到來。現在已經能清楚看到眼前的道路了。但我們得謹慎行動，因為戰火已經逼近，而即便從遠方看來不然，但人稱馬王的洛希人從不鬆懈。我建議各位別取出武器，也得注意言行，直到我們來到希優頓的王座。」

當旅行者們抵達時，小溪周圍的早晨已變得明亮晴朗，飛鳥正啁啾歌唱。溪水迅速流進平原，在山丘底部遠處繞了大彎，穿過他們的路徑，往東流向遠方恩特河漲滿蘆葦的河床。大地一片翠綠，許多柳樹生長在潮溼的草原與小溪旁滿布青草的河岸上。在這片南方土地上，柳樹的枝條末端已經發紅，感受到春天逐步逼近。溪水外有座位於低矮河岸之間的淺灘，馬匹經常踏過此處。旅行者們經過這裡，並來到一處滿布車轍的寬闊通道，這條路向高地延伸而去。

道路在受到圍牆包圍的山丘底部，經過了諸多高聳綠丘的陰影下。它們西側上的草地如同落雪般潔白：無數小花如同繁星在草地上盛開。

「看呀！」甘道夫說，「草上的明亮眼睛多美呀！它們叫做永誌花，在這塊人類國度則叫做辛貝敏奈，因為它們四季都會在埋葬死者的地點開花。看吧！我們來到希優頓的祖先長眠的墓塚了。」

「左邊有七座土丘，右邊則有九座。」亞拉岡說，「自從黃金宮殿完工後，已經過了許多歲月。」

「從那之後，我在幽暗密林老家中的紅葉已經落下了五百次。」列葛拉斯說，「對我們而言，那只不過是一瞬間。」

「但對驃騎騎士們而言，那似乎已經是很久以前的事了。」亞拉岡說，「這座宮殿的建立時間現在只是歌謠中的回憶，先前的歲月也消失在時間的迷霧中了。現在他們把這座土地稱為家園，他們的語言也不再與北方族人相同。」接著他用精靈和矮人都不懂的某種緩慢語言輕聲吟唱，但他們仔細聆聽，因為其中帶有強烈旋律。

「我猜，那就是洛希人的語言。」列葛拉斯說，「因為聽起來就和這座土地有相同的感覺，有些部分豐富飽滿，有些又如同山脈般堅韌剛硬。但我猜不出它的意義，只知道它充滿了人類的悲傷。」

「這是它在通用語中的含意，」亞拉岡說，「我盡量把它翻譯過去。

駿馬與騎士在何方？響亮的號角又在何處？
頭盔與鎖子甲在何方，亮麗的長髮又在何處？
豎琴上的手在何方，熊熊紅焰又在何處？
春天、收成時節與高大玉米在何方？
它們如同山中細雨，草中微風般逝去。
歲月落入西方，遁入山丘後方的黑影。
誰該收集柴薪煙霧，
或見證從大海回歸的迢迢歲月？

「洛汗某位已無人記得的詩人寫下了這首歌，並回憶起少年伊洛高大俊美的身影，他從北方策馬而來。他的坐騎費拉洛夫腳步如同飛翼，牠也是眾馬之父。人們在晚間依然會唱起這首歌。」

語畢，旅行者們便穿過寂靜的土丘。他們順著蜿蜒的道路攀上翠綠的山丘，最後抵達了伊多拉斯受到強風吹拂的圍牆與大門。

許多身穿光亮鎖子甲的人坐在門前，並立刻起身用長矛擋住他們的去路。「停下來，陌生人！」他們用驃騎國的語言大喊，質問來客的名字與來意。他們的眼中充滿訝異，但並不友善，陰沉地盯著甘道夫。

「我會說你們的語言，」他用同種語言回答，「但很少有陌生人會。如果你們希望對方回應，為何不照西方的風俗說通用語呢？」

「除了知曉我族語言的朋友以外，希優頓王不願意讓任何人進入他的大門。」其中一名守衛回答，「在戰爭時期，除了我國人民與來自剛鐸孟登堡[1]的訪客外，此地不歡迎其他人。你們是誰？居然毫無顧忌地穿過平原，身上穿了奇怪的打扮，還騎著彷彿是我國馬匹的坐騎？我們在此守衛多時，也從遠處觀察著你們。我們從未看過這麼古怪的騎士，也沒見過比背負你們的馬匹之一更驕傲的駿馬。除非有魔咒欺騙了我們的眼睛，不然牠就是米亞拉斯馬的一員。快說，你是不是巫師，還是薩魯曼的間諜，或是他變出的幻影？立刻答覆！」

「我們不是幻影，」亞拉岡說，「你們的眼睛也沒有欺騙自己。我們確實騎了你們的馬匹，我猜在你發問前，就已經清楚這點。但很少會有竊賊把馬騎回馬廄。哈蘇費和阿洛德在此，驃騎國第三元帥伊歐墨在兩天前把牠們借給我們。我們遵照諾言，將牠們送了回來。伊歐墨回來時沒有提到我們即將到訪嗎？」

守衛的眼中流露不安的神色。「我對伊歐墨的事無可奉告。」他回答，「如果你說的是實話，那希優頓肯定已經得知這件事了。或許你們的到來並不是預料外的事。兩天前，蛇信[2]向我們說，奉希優頓之命，陌生人不得通過這道大門。」

「蛇信？」甘道夫說，並猛然望向守衛。「不必多言了！我的要務與蛇信無關，得直接參見驃騎王本人。我非常急迫。你能不能親自前往或派人通知說我們來了？」當他炯炯有神地注視對方時，濃密雙眉下的雙眼閃動精光。

「好，我會去問。」他緩緩回答，「但我該稟報什麼名字？該怎麼形容你？你看起來蒼老又疲倦，但我認為你骨子裡十分硬朗。」

「你觀察得很對，口才也不錯。」巫師說，「我正是甘道夫，我回來了。看呀！我也帶了匹馬回來。這是沒有別人能馴服的神駒影鬃。我身旁的是亞拉松之子亞拉岡，他是王者傳人，他的目的地便是孟登堡。我們這兩位同伴是精靈列葛拉斯與矮人金力。去向你的主人稟報說，我們已經來到他的門前，如果他允許我們入殿，我們希望能與他談談。」

「你說的名號確實奇特！但我會據實以報，並詢問主上之意。」守衛說，「在此稍等，我會為各位帶來他的回應。別抱持太大的希望！這是黑暗的年代。」他快步離開，讓同伴

---

1 譯注：Mundberg，洛希人對米那斯提力斯的稱呼。

2 譯注：Wormtongue，在象徵洛汗語的古英文中為 wyrm-tunga，意指「蛇之舌」。

警戒地看守陌生人。

過了一陣子後，他回來了。「跟我來！」他說，「希優頓允許你們進門，但你們得把身上攜帶的所有武器，就算只是手杖，都留在門邊。守門人會保管它們。」

漆黑的大門開啟，旅行者們跟在嚮導身後魚貫進入，他們發現了寬闊的道路，上頭鋪有粗削石，並蜿蜒向上，整齊的臺階構成簡短的走道。他們經過了許多木造房屋和陰暗的門口。道路旁的石砌水道中有條清澈小溪正潺潺流動。在綠色平臺上有處基座，基座底部還有泉水從馬頭形狀的石雕中流出。底下有個寬敞石盆，清水由此流進溪中。綠色平臺上有道高大石階，最頂端的臺階兩旁有石雕座位。其他守衛坐在上頭，出鞘的佩劍擺在膝上。他們的金髮髮辮靠在肩上。太陽照耀在他們的綠色盾牌上，修長的鎖子甲閃動光輝，而當他們起身時，外表也比凡人高大。

「你們已經抵達門口了。」嚮導說，「我得回大門執勤。再會了！希望驃騎王對各位展現美意！」

他轉身迅速沿著原路離開。其他人在高大守衛的目光下爬上長階，他們沉默地站在上頭，一句話也沒說，直到甘道夫踏上臺階頂端的鋪石高臺。此時，他們忽然用自己的語言彬彬有禮地打了招呼。

「各位好，遠道而來的訪客！」他們說道，並將劍柄轉向旅行者們，以象徵和平。綠寶石在陽光下閃爍。接著其中一名守衛走向前來，並用通用語開口。

「我是希優頓的守門人。」他說，「我的名字是哈瑪。我得在此要求你們在進門前放下武器。」

列葛拉斯將他的銀柄刀、箭筒和弓送入對方手中。「好好保管這些武器，」他說，「因為它們來自黃金森林，是洛斯羅瑞安夫人送給我的禮物。」

男子露出驚奇的眼神，並趕緊把武器擺到牆邊，彷彿害怕碰觸它們。「沒人會碰它們的，我向你保證。」他說。

亞拉岡猶豫地站了一會。「我並不願意，」他說，「把我的劍放下，或把安督瑞爾交到其他人手中。」

「這是希優頓的意思。」哈瑪說。

「即便襄格爾之子希優頓身為驃騎王，我也不認為他的意願能凌駕於伊蘭迪爾的剛鐸繼承人，亞拉松之子亞拉岡身上。」

「這裡是希優頓的宅邸，不屬於亞拉岡，即便他是坐在迪耐瑟王位上的剛鐸國王。」哈瑪說，邊迅速站到門前，擋住對方的去路。他握住劍柄，刀尖現在對準了陌生人們。

「這些對話毫無意義。」甘道夫說，「希優頓沒必要做出這些要求，但拒絕他也不是辦法。無論出自愚行或智慧，國王在自己的宮殿中都能恣意而為。」

「的確。」亞拉岡說，「只要我的配劍不是安督瑞爾，就算這只是樵夫的小屋，我也願意照屋主的意願行事。」

「無論它叫什麼名字，」哈瑪說，「如果你不想獨自對抗伊多拉斯所有人，就得把它放下。」

「他可不是獨自一人！」金力說，一面撫摸他斧頭的鋒刃，並陰沉地望向守衛，彷彿對方是金力想砍倒的小樹。「他可不是獨自一人呀！」

「好了，好了！」甘道夫說，「我們都是朋友。如果我們爭吵，唯一的獎勵就是魔多的訕笑。我的任務十分急迫。至少這裡有我的劍，盡忠職守的哈瑪。好好保管它。它名叫格蘭瑞，精靈在遠古時打造了它。請讓我過去。來吧，亞拉岡！」

亞拉岡緩緩解開腰帶，自行把佩劍立在牆邊。「我將它放在此處。」他說，「但我命令你不准碰它，或允許其他人碰觸它。這把精靈劍鞘中收納了重鑄的斷折劍刃。泰爾赫[3]在太古時期鑄造出它。除了伊蘭迪爾繼承人以外，任何抽出伊蘭迪爾之劍的人都只有死路一條。」

守衛退後一步，訝異地看著亞拉岡。「你似乎乘著遺忘歲月的歌謠之翼而來。」他說，「如您所願，大人。」

「好啦，」金力說，「如果它有安督瑞爾作伴，我的斧頭就能毫不羞愧地待在這裡。」他把斧頭擺在地板上。「好了，如果一切都已照辦，那我們就去和你的主上談談吧。」

守衛依然猶豫不決。「你的手杖。」他對甘道夫說，「不好意思，但那也得留在門邊。」

「太愚蠢了！」甘道夫說，「謹慎是一回事，但無禮又是另一回事。我老了。如果我不能倚著拐杖前進，那我就要坐在這裡，等到希優頓自己跳出來和我談話。」

亞拉岡笑出聲來。「每個人都有不願託付給別人的東西。但你要剝奪老人的依靠嗎？來吧，你不願意讓我們進去嗎？」

「巫師手中的手杖可能不只是老人的依靠物。」哈瑪說。他仔細端睨甘道夫倚靠的梣木手杖。「但心有疑慮時，人就得信自己的智慧。我相信你們是朋友，也是有榮譽心的人，心中沒有邪惡的意圖。你們可以進去了。」

守衛們抬起門上沉重的木門，緩緩將門板往內推，門板在龐大的絞鍊上嘎吱作響。旅行者們走了進去。在經歷過丘陵上的清爽空氣後，裡頭似乎漆黑而溫暖。殿堂又長又寬，陰影與微光遍布各處，粗厚的柱子支撐起高聳的屋頂。但明亮陽光從厚重屋簷下高處的東側窗口灑落。透過裊裊煙霧頂端的屋頂天窗，可以看到淡藍色的天空。當他們的眼睛習慣後，旅行者們便發現地面鋪滿了彩色石塊，分岔的符文與奇異的圖案在他們腳下與彼此交融。他們看到柱子上充滿華麗雕飾，微微閃動著金色與其餘模糊的色彩。牆上掛著許多壁

---

3 譯注：Telchar，第一紀元時來自諾格羅德（Nogrod）的知名矮人鐵匠。除了納希爾外，他還打造過貝倫用於從魔高斯的鐵王冠（Iron Crown）挖下精靈寶鑽的刀子安格瑞斯特（Angrist），以及圖林的多羅明龍盔（Dragon-helm of Dor-lomin）。他名字中的 ch 發音如德語或威爾斯語中的「bach」。

氈，寬闊的布料上描繪了古老傳奇中的人物，有些因歲月而變得模糊，有些則處在陰影之中。但陽光落在其中一個人影身上：那是個騎乘白馬的年輕人。他吹響了一只大型號角，金黃色的髮絲在風中飛舞。駿馬抬起頭，在嘶叫時撐大鼻孔，嗅到遠方的戰火。牠的膝蓋邊有綠色與白色的流水，正不住翻騰。

「這就是少年伊洛！」亞拉岡說，「他就此從北方出現，策馬前去參加凱勒布蘭特平原之戰（Battle of the Field of Celebrant）！」

四名同伴向前走去，經過在殿堂中央的長型火爐內燃燒的柴火。建物遠端有座具有三道臺階的高臺，位於火爐遠方，並朝北面對大門，高臺中央有張閃閃發光的大椅。上頭坐了個男人，他因年歲而駝起的背部，使他看起來幾乎像是矮人。他綁成髮辮的白髮長而濃密，頭上戴著纖細金冠。前額上的王冠中央有顆明亮的白色寶石。雪白的鬍鬚落到膝蓋上，雙眼依然炯炯有神，注視陌生來客時閃著光輝。有個身穿白衣的女子站在王座後。他腳邊的階梯上坐了個乾癟瘦弱的男子，對方蒼白的臉孔神情聰慧，眼皮顯得沉重。

殿內一片死寂。老人沒有在他的椅子上移動分毫。最後甘道夫開了口。「參見襄格爾之子希優頓！我歸來了。聽好！風暴即將到來，所有盟友都該團結一致，以免每個人遭到各個擊破。」

老人緩緩站起身，全身的重量幾乎倚靠在有白骨握柄的黑色拐杖上。訪客們這才發現，儘管他身材佝僂，卻依然高大，年輕時必然也是個心高氣傲的人。

「你好。」他說，「也許你認為有人會歡迎你。但老實說，你很難在此受到歡迎，甘道夫大人。你總會捎來噩耗。麻煩如同烏鴉般與你同行，狀況也越來越糟。絕無欺騙，當我聽說影鬃回來時身上沒有騎士，便對駿馬歸來感到開心，但更令我欣喜的則是騎士的缺席。當伊歐墨帶來你已逝世的消息時，我沒有哀悼。但遠方傳來的風聲經常有誤。你又來了！我大概可以猜到，你也帶來了更糟的噩耗。我為何要歡迎你，暴風鴉甘道夫？告訴我吧。」他又緩緩坐下。

「您所言甚是，王上。」坐在高臺臺階上的蒼白男子說，「自從您的兒子希優瑞德在西邊境遭到殺害後，還不到五天。他是您的左右手，也是驃騎國第二元帥。我們不能信任伊歐墨。我們還從剛鐸得知，黑暗魔君正在東方蠢動。這個流浪漢在此時趁機出現。我們為何要歡迎你，暴風鴉大人？我將你取名為拉斯貝爾，意思是噩耗。噩耗總是不受歡迎的客人。」他陰沉地笑道，並稍微抬起沉重的眼皮，用漆黑的雙眼盯著來客。

「人們認為你睿智過人，我的朋友蛇信，你也肯定是你主人的一大支柱。」甘道夫語氣柔和地說。「但人或許會以兩種方式帶來噩耗。他可能是邪惡勢力的爪牙，也可能是任憑一切自然發展，只會在緊急時刻帶來幫助。」

「確實如此，」蛇信說。「但還有第三種人：食屍的豺狼，插手他人厄運的人，以及靠戰爭養肥自己的烏鴉。你帶來過什麼幫助，暴風鴉？你現在又帶來了什麼幫助？上次你來此時，尋求的是我們的協助。吾王命你選匹馬就離開，而讓眾人大吃一驚的是，你居然傲慢地挑了影鬃。吾王悲慟不已，但對有些人來說，能將你從這片土地上趕跑，這代價還不算高。我猜這次的狀況大抵相同：你想尋求援助，而不是給予幫助。你有帶人手來嗎？你有帶馬匹、刀劍和長矛來嗎？我認為那才算是助力，我們現在就需要這些東西。但這些跟在你屁股後的人是誰？三個穿灰衣的流浪漢，你自己還是四人中最像乞丐的人！」

「你宮廷中的禮數最近似乎變質了不少，襄格爾之子希優頓。」甘道夫說，「你大門的使者沒有稟報我同伴的名號嗎？很少有洛汗王族會接待三名這種貴客。他們擺在你大門旁的武器價值遠超諸多凡人，甚至是最英勇的戰士。他們身穿灰衣，是因為那是精靈的贈禮，他們藉此躲過了重重危機，才抵達你的宮殿。」

「那麼伊歐墨說得沒錯，你們確實與黃金森林的女巫是一夥了？」蛇信說，「這也不奇怪，丁墨登[4]中總會出現欺世羅網。」

金力往前踏出一步，但立刻感到甘道夫抓住自己的肩膀，他便停下腳步，如同岩石般僵硬地站立。

在丁墨登，在羅瑞安，
罕有凡人涉足此地，
少有凡人見過
當地動人光彩。
格拉翠兒！格拉翠兒！
妳的井水清澈剔透，

白淨手掌中的星辰白皙明亮。
在丁墨登，在羅瑞安，
樹葉與土地一塵不染，
遠比凡人心思更為優美。

甘道夫輕柔地唱道，並忽然改變姿態。他把破爛的斗篷扔到一旁，挺直身子，不再倚靠手杖。他用響亮冷冽的嗓音開口說話。

「智者只會提到自己所知之物，蓋墨德之子葛力馬。你已經成了無知的蛆蟲。閉上嘴巴，用牙齒藏好你分岔的赤舌。我穿越烈火與死亡，並不是為了和區區僕人鬥嘴，直到閃電落下。」

他舉起手杖。外頭傳來轟隆雷聲。東側窗口的陽光遭到遮蔽，整座宮殿頓時變得如夜晚般漆黑。柴火只剩下黯淡的餘燼。眾人只能看到站在焦黑火爐前的甘道夫，一身雪白而挺拔。

他們在黑暗中聽到蛇信的嘶嘶聲：「我不是建議過你，王上，得禁止他帶手杖進來嗎？那個蠢材哈瑪背叛了我們！」一道閃光瞬間出現，彷彿閃電劈裂了屋頂。周圍一片死寂。

—

4 譯注：Dwimordene，羅瑞安的別名，在古英文中意指「幽影之谷」。

蛇信向下倒在地上。

「現在，襄格爾之子希優頓，你願意聽我一言嗎？」甘道夫說，「你要尋求協助嗎？」他高舉手杖，指向高處的窗戶。那裡的黑暗似乎消散開來，也能從窗口中看到高處遠方的明亮天空。「並非一切都陷入黑暗。鼓起勇氣，驃騎王，因為你無法找到更好的助力了。我無法提供建議給絕望之徒。但我願意給你建議，也能提供忠告。你願意聽嗎？並非所有人都能接受這些話語。我命你走出大門，觀望外界。你已經在黑影中待了太久，還聽信了扭曲的說詞與讒言。」

希優頓慢慢離開座椅。宮殿中再度亮起了一股微光。女子快步跑到國王身旁，並攙扶住他的手，老人蹣跚地走下高臺，輕輕地跨越宮殿。蛇信依然倒在地上。眾人來到門邊，甘道夫敲了門。

「開門！」他喊道，「驃騎王駕到！」

大門打了開來，冷冽的空氣呼嘯吹入。山丘上颳起了強風。

「派你的守衛到階梯底下去。」甘道夫說，「小姐，請讓他和我獨處一陣子。我會照顧他的。」

「去吧，外甥女伊歐玟！」老國王說，「恐懼的時刻已經過去了。」

女子轉身緩緩走進屋內。當她跨越門口時，便轉身回頭望去。當她眼中帶著冷靜的同情注視國王時，眼神看起來便悲傷而若有所思。她的臉龐十分美麗，長髮也宛如金色河流。

她又高又瘦，身上穿著纏有銀帶的白袍；但她的氣度英勇堅毅，確實是王族之女。亞拉岡首度在陽光下看到洛汗王女伊歐玟，覺得她優美而冰冷，如同春天的蒼白早晨，尚未綻放成熟女子的氣息。她忽然察覺到他的存在，高大的王族傳人，滿懷多年歲月帶來的智慧，身披灰色斗篷，她也感受到他身上蘊藏的某種力量。在那一瞬間，她如同石像般紋風不動，接著便迅速轉身離開。

「好了，王上，」甘道夫說，「看看你的國土！再度呼吸自由的空氣吧！」

他們能從高臺上的前廊望向溪水遠方，洛汗的蔥鬱草原一路消失在遙遠的灰色遠景中。受到微風吹拂的雨幕傾斜地飄下。頂端與西方的天空依然烏黑且雷聲隆隆，遠方的閃電依然在難以辨識的山丘頂端發出光芒。但強風已轉向北方，從東方飄來的風暴也已減退，逐漸往南移向大海。他們身後的雲層忽然撥雲見日，隨即灑下一道陽光。落雨如同白銀般閃爍，遙遠的河流也如璀璨生輝的玻璃般閃動光澤。

「這裡沒那麼暗。」希優頓說。

「沒錯。」甘道夫說，「年紀也不是某些人讓你認為得這麼有壓力。拋掉你的枴杖！」

黑色拐杖從國王的手中摔落，鏗鏘作響地掉在石頭上。他慢慢挺直身子，如同因勞務而長期彎腰的人。他直挺挺地站立，藍色的雙眼注視著逐漸晴朗的天空。

「我近來的夢境漆黑不堪，」他說，「但我覺得清醒過來了。我真希望你先前就來了，甘道夫。我擔心你來得太遲，只會見到我家族的最後歲月。伊洛之子布理哥建造的這座雄偉宮殿即將迎來終曲。火焰將吞噬王座。該怎麼辦呢？」

「有很多事得做。」甘道夫說，「但先派伊歐墨過來。除了你以外，人人稱為蛇信提出建議，讓你囚禁了他，我猜對了嗎？」

「沒錯。」希優頓說，「他反抗我的命令，並在我的宮殿中威脅要殺死葛力馬。」

「敬愛你的人，就不會喜愛蛇信與他的建議。」甘道夫說。

「也許吧。我會照你說的做。叫哈瑪來見我。既然他是個失職的守門人，就讓他去跑腿吧。罪人將帶罪人前來受審。」希優頓語氣嚴肅地說，但他望向甘道夫並露出微笑，此時他臉上許多皺紋都變得平坦，再也沒有出現。

當人們喚來哈瑪，他也受命離開後，甘道夫就帶希優頓走到一處石椅，坐在國王面前最頂端的石階。亞拉岡和他的同伴們站在附近。

「現在沒時間把該知道的事都告訴你了。」甘道夫說，「但如果我的希望沒有出錯，不久我就能對你更開誠佈公了。注意了！你面臨的是比蛇信羅織的幻想更重大的危機。但是聽好！你不再活在幻夢中了。你還活著。剛鐸與洛汗並不孤獨。敵人比我們想像得更強大，但我們擁有他尚未猜到的希望。」

甘道夫迅速解釋。他的嗓音低沉而神祕，只有國王能聽到他說的話。但當他說話時，希優頓眼中的光芒就變得越明亮，最後他從座位上直挺地站起，甘道夫則站在他身邊，兩人一同從高處望向東方。

「的確，」甘道夫用響亮而清晰的聲音說，「我們的希望就在那方向，但我們最大的恐懼也在那裡。末日依然一觸即發。但如果我們能再維持下去一陣子，就還有希望。」

其他人也把目光轉向東方。他們注視著遙遠大地外的視野邊陲，希望與畏懼依然乘載著他們的思緒，越過漆黑的山脈，抵達邪影國度。魔戒持有者人在何方？末日的確迫在眉睫！對列葛拉斯而言，當他用能遠望千里的雙眼仔細觀看時，就瞥見了一道白光；或許是遠處衛戍之塔的尖端反射的陽光。而在更遠的位置，浮現了一小抹火舌；儘管遙遠，那卻依然是迫切的危機。

希優頓又慢慢坐下，彷彿疲勞依然努力抗衡甘道夫的意志。他轉身望向他的雄偉宮殿。「唉！」他說，「我居然會在老年時碰上這種不祥歲月，而不是遇到我應得的承平時期。勇敢的波羅米爾太可惜了！年輕人英年早逝，老年人卻依然在世上徘徊萎靡。」他用滿布皺紋的雙手緊抓膝蓋。

「如果你的手指握住劍柄，就更容易回憶起昔日的力量了。」甘道夫說。

希優頓起身並把手伸到身旁，但腰帶上沒有佩劍。「葛力馬把它收到哪去了？」他低聲說道。

「收下此劍，親愛的王上！」一股清亮的聲音說，「它永遠受您差遣。」有兩人緩緩走上階梯，站在離階梯頂端只有幾呎的位置。其中一人是伊歐墨，他沒有戴頭盔，胸上也沒有鎖子甲，但手中握了把出鞘的劍。當他跪下時，將劍柄遞向他的主上。

「這是怎麼回事？」希優頓嚴厲地說。他轉向伊歐墨，人們訝異地看著挺身站立的他。那個縮在椅子上或倚靠拐杖的老人在哪？

「是我做的，王上。」哈瑪顫抖著說，「我得知要立刻釋放伊歐墨。我感到滿心喜悅，因此或許犯了錯。但既然他重獲自由，也身為驃騎元帥，我就照他的命令把他的劍帶來。」

「以便前來向你效忠，王上。」伊歐墨說。

希優頓沉默了半晌，往下盯著跪在他面前的伊歐墨。兩人都沒有動靜。

「你不願意接下劍嗎？」甘道夫說。

希優頓緩緩伸出手。當他的手指握住劍柄時，旁觀者們便覺得他瘦弱的手臂再度得到了意志與力量。他忽然高舉劍刃，咻的一聲將它揮向天空。他隨即大喊一聲。當他用洛汗語高呼戰吼時，聲音顯得響亮無比。

起身吧，起身吧，希優頓的騎士們！
危機降臨，東方已暗。
準備馬匹，響起號角！
伊洛一族出擊！

以為受到召集的守衛們趕上階梯。他們驚奇地望著主上，接著一致拔劍並把劍擺在他腳邊。「吾等聽令！」他們說。

「*Westu Théoden hál!*[5]」伊歐墨喊道，「能看到你復原，讓我們太開心了。甘道夫，人們不該再說你只會帶著悲傷前來！」

「收回你的劍，外甥伊歐墨！」國王說，「去吧，哈瑪，把我的劍找來！葛力馬保管著它。也把他帶來見我。好了，甘道夫，你說如果我願意聽，你就能提供建議。你有什麼建議？」

「你已經辦到了。」甘道夫回答，「信任伊歐墨，而不是心術不正的弄臣。拋下懊悔與恐懼。執行當前的要務。每個能騎馬的人都該立刻前往西方，如同伊歐墨向你提出的建議：我們必須把握時間，先行摧毀薩魯曼的威脅。如果我們失敗，就會一蹶不振。假若我們戰勝——那我們就得面對下一項任務。在此同時，你剩下的人民，包括老弱婦孺，都該前往你們在山中準備的避難所。那些場所不就是為了這種不祥時刻而準備的嗎？讓他們帶上補給品，但別拖延，也別讓他們攜帶大小寶物。遭受威脅的是他們的性命。」

「這項建議似乎很不錯。」希優頓說，「讓我們的族人準備好！但我的客人們——你說的沒錯，甘道夫，我宮廷中的禮數確實變質了。你們在夜色中趕路前來，早晨也快結束了。你們沒有睡覺，也尚未用餐。我們會準備好一間客房，等你們用過餐點後，就能在那休息。」

「不，王上，」亞拉岡說，「疲勞的人還無法休息。洛汗人民今天就得出發，我們也會帶著斧頭、劍刃與弓和他們同行。我們不是帶它們來靠著你的牆壁休息的，驃騎王。我

——

5　譯注：在古英文中意指「希優頓萬歲！」

也答應伊歐墨，我們倆的劍將一同出鞘。」

「現在的確有勝利的希望了！」伊歐墨說。

「有希望，沒錯。」甘道夫說，「但艾森格固若金湯。同時也有其他危機正在逼近。當我們離開後，別拖延，希優頓。盡快帶你的人民去山丘間的登哈格[6]要塞！」

「不，甘道夫！」國王說，「你不曉得自己的醫術有多好。情況不該如此。我會親自加入戰局，有必要的話，也會在戰場前線犧牲。這樣我就能安眠了。」

「那麼就算洛汗戰敗，在歌謠中都將光榮無比。」亞拉岡說。附近的士兵們敲擊著武器，喊道：「驃騎王將要出征！伊洛一族出擊！」

「但你的人民不該手無寸鐵、群龍無首。」甘道夫說，「誰該代替你指引並統御他們？」

「我在離開前，會好好思考這件事。」希優頓回答，「我的諫臣來了。」

★ ★ ★

此時哈瑪再度走出宮殿。軟癱地夾在他身後兩人之間的，則是蛇信葛力馬。他的臉色十分蒼白。他在陽光下眨著眼。哈瑪跪了下來，並將一把長劍呈交給希優頓，這把劍裝在飾以黃金、並鑲上綠寶石的劍鞘中。

「王上，這是您的古劍赫魯格林。」他說。「我們在他的箱子裡找到它。他極度不願交出鑰匙。裡頭還有許多人們遺失的物品。」

「你說謊。」蛇信說，「你的主上親自將這把劍交給我保管。」

「他現在需要你交出劍了。」希優頓說，「這讓你感到不悅嗎？」

「當然不會，王上。」蛇信說，「我盡力照料您和您的財產。但別讓自己感到疲勞，或太耗費自己的體力。讓別人應付這些討人厭的客人吧。你的餐點很快就會上桌了。您不去享用嗎？」

「我會去。」希優頓說，「把我客人的食物放在我身旁的桌上。大軍今天出發。派傳令官動身！讓他們召集所有住居附近的人！每個能攜械的男人與壯丁，和所有擁有馬匹的人，在下午兩點前都得在大門前上馬準備！」

「親愛的王上！」蛇信大喊，「這就是我擔心的事。這個巫師蠱惑了您。沒人會留下來看守您祖先的黃金宮殿，和您所有財寶嗎？沒人會留下來守護驃騎王嗎？」

「如果這是巫術，」希優頓說，「感覺也比你的讒言更令人安心。你的醫術不久就會讓我如畜牲般在地上爬行。不，沒人能留下，就連葛力馬也不行。葛力馬也得上馬。去吧！你還有時間清除劍上的鏽跡。」

「饒命啊，王上！」蛇信哀鳴道，一面跪在地上懇求，「饒過盡力服侍您的人吧。別把

———

6 譯注：Dunharrow，洛汗語 Dūnhaerg 的現代英文型態，意為「山坡上的神廟」。托爾金在譯名指南中建議使用近似洛汗語型態的發音，因此譯為「登哈格」。

我從您身邊送走！當其他人離開時，至少還有我會留在您身旁。別把您忠心的葛力馬送走！」

「我饒恕你了。」希優頓說，「我也沒有要把你從我身邊送走。我會和手下一同出征。我命令你和我同行，證明你的忠誠。」

蛇信環視周遭臉孔。他的眼神如同正找尋敵人包圍中破綻的野獸。他用蒼白的長舌舔了舔嘴唇。「伊洛家族的君王確實會有這種決心，儘管年事已高。」他說，「但真心愛他的人，會希望他能安享天年。但我知道自己來得太遲了。或許不會對吾主之死感到悲傷的人，已經說服了他。如果我無法改變他們的作為，至少聽我一言，王上！該有個熟知您想法與遵守您命令的人留在伊多拉斯。指派一名忠心的宰相吧。讓您的諫臣葛力馬保管一切，直到您歸來——我祈禱我們都能看到那一天，不過沒有智者會對此保持希望。」

伊歐墨大笑出聲，「如果那藉口無法讓你脫身，尊貴的蛇信，」他說，「你願意接受哪些較不尊榮的職位呢？背一袋糧食上山嗎？前提是有人得願意把東西託付給你。」

「不，伊歐墨，你並不明白蛇信大人的想法。」甘道夫說，目光炯炯地轉向對方。「他大膽又狡猾。即便到現在，他也正玩著危險的遊戲，還贏了一把。他已經浪費了我許多寶貴時間。跪下，毒蛇！」他忽然用駭人的聲音說道。「給我跪下！薩魯曼買通你多久了？他允諾你什麼代價？當所有人都死了後，你就能自行挑選財寶分紅，和自己想要的女人嗎？你已經窺探她和跟隨她的步伐太久了。」

伊歐墨握住他的劍。「我早就知道那件事了。」他咕噥道，「光是為了那理由，我先前就會宰了他。但還有其他原因。」他大步向前，但甘道夫用手止住了他。

「伊歐玟現在安全了。」他說，「但你呢，蛇信，你已經為你真正的主人賣力過了。你至少會得到一些獎賞。但薩魯曼容易忽視他做的交易。我建議你得盡快去提醒他，以免他忘了你忠誠的服務。」

「你說謊。」蛇信說。

「你口中太頻繁、也太容易說出這句話了。」甘道夫說，「我不會說謊。看吧，希優頓，這就是條蛇！為了確保安全，你不能帶牠同行，也不能拋下牠。處決牠是正確之舉。但牠並非總是如此。牠曾經是人，也用自己的方式服侍你過。給他一匹馬，並立刻讓他離開，無論他選擇去哪都行。你能用他的決定來判斷他。」

「你聽到了嗎，蛇信？」希優頓說，「這就是你的選擇，和我動身參戰，並讓我們看看你在戰爭中是否真誠；或是現在就離開，去你想去的任何地方。但是，如果我們再度見面，我就不會饒恕你了。」

蛇信緩緩起身。他用半閉的雙眼注視他們。最後他掃視希優頓的臉龐，彷彿想開口說話。接著他挺直身子站起。他的雙手不住抽動，雙眼也放出凶光。他的眼中充滿強烈惡意，使得人們從他身旁退開。他呲牙裂嘴，接著發出嘶嘶聲，並往國王腳邊吐了口痰，再衝到一旁，跑下臺階。

「去追他！」希優頓說，「確保他沒有傷到任何人，但也別傷害或阻擋他。如果他想，就給他一匹馬。」

「前提是有馬願意載他。」伊歐墨說。

其中一名守衛衝下樓梯。另一個守衛走到高臺底部的水井，用他的頭盔盛了清水，洗淨了蛇信弄髒的石階。

「我的貴客們，來吧！」希優頓說，「趁還有時間，先來享用餐點。」

他們回到大殿。他們已經聽到傳令官在底下的城鎮大聲呼喊，並吹起號角。因為等城裡的人和附近的居民武裝並集結完成後，國王就會立刻出征。

伊歐墨和四名客人坐在國王的桌邊，王女伊歐玟隨侍在國王身邊。他們迅速用餐。當希歐頓向甘道夫詢問和薩魯曼有關的事時，其他人便維持沉默。

「誰知道他何時開始起了叛意？」甘道夫說，「他並不是一直都屬於邪惡的一方。我相信他曾一度是洛汗的盟友，而當他的內心變得冷酷時，他也覺得你依然有用。但很久以來，他都計劃要摧毀你，同時戴著友誼的面具，直到他做好準備。在那幾年內，蛇信的任務相當容易，艾森格也迅速得知了你所做的一切；因為你的國土門戶大開，陌生人也能自由來去。蛇信總在你耳邊進讒言，荼毒你的思想，使你越趨心寒，四肢也逐漸軟弱，其他人只能無力地旁觀，因為你的意志完全在他的掌控中。

「但當我脫逃並警告你時，對明眼人而言，那張假面具就此破滅。之後蛇信便在險中求勝，總是嘗試拖延你，企圖避免你集結完整兵力。他的手段巧妙，總是隨著時機降低人們的戒心，或是運用他們的恐懼。你不記得他曾急切地要求，該把所有人派去北方進行徒勞無功的追逐行動嗎？而最急迫的危機卻在西邊。他說服你禁止伊歐墨追殺前來掠奪的歐克獸人。如果伊歐墨沒有違抗蛇信透過你的嘴巴說出的話，這些歐克獸人現在就會帶著一分大禮抵達艾森格。那並非薩魯曼全心渴望的大禮，但至少是我隊伍中的兩名同伴，他們都知曉一絲祕密希望，而就算對你，王上，我也還無法公開說明這祕密。你敢想像他們現在可能遭受的苦難，或是薩魯曼得知我們致命關鍵後的下場嗎？」

「我虧欠伊歐墨太多了。」希優頓說，「赤膽忠心的人或許會展現惡毒的口舌。」

「你也該說，」甘道夫說，「對受到蒙蔽的雙眼而言，真相看來或許無比扭曲。」

「我確實幾乎瞎了眼。」希優頓說，「我虧欠你最多，我的貴客。你再度及時趕到。在我們出發前，我想給你一分禮物，你可以自行挑選。你只需要說出任何屬於我的東西。現在我只願保有自己的配劍！」

「我是否及時趕到，還有待商榷。」甘道夫說，「但至於你說的禮物，王上，我能立刻挑分符合我需求的贈禮。把影鬃送給我！先前我只是借用牠，僅僅是暫時為之。但現在我得駕著牠踏入莫大危機，以銀光對抗黑暗。我不願讓任何不屬於我的東西陷入危險。我們之間也已產生了緊密的情感。」

「你挑得很好，」希優頓說，「我也樂意把牠送給你。但這是分大禮。沒有任何馬匹能與影鬃比擬。牠有如重現世間的古代神駒。世上不會再出現這種馬了。對其他貴客們，我也會提供軍械庫中的任何物品。各位不需要佩劍，但裡頭有做工精巧的頭盔與鎖子甲，都是剛鐸贈送給我祖先的禮物。在我們出發前，先在裡頭好好挑選，願它們為你們帶來助益！」

人們從國王的寶庫中帶來戰甲，並為亞拉岡和列葛拉斯穿上閃亮的鎖子甲。他們也挑選了頭盔與圓盾。盾牌上的浮雕鑲有金邊，還裝有綠色、紅色與白色的寶石。甘道夫沒有拿任何甲冑，金力也不需要鎖子甲，即便有裝甲能符合他的尺寸，伊多拉斯的寶庫中也沒有任何鎖子甲比得上他的短索鎖甲背心：那是在北方孤山之下鍛造而成。但他選了頂以鐵與皮革製成的鐵盔，尺寸恰好適合他的圓頭。他也拿了塊圓盾，上頭有在綠地上奔跑的白馬圖樣，那正是伊洛家族的徽記。

「願它好好保護你！」希優頓說，「這是當襄格爾在位時為我做的，當時我還只是個孩子。」

金力向他鞠躬。「能攜帶你的物品，讓我感到驕傲，驃騎王。」他說，「我寧可扛著馬，也不想被馬載。我比較喜歡我的雙腳，但也許我會來到能挺身作戰的地方。」

「這很有可能。」希優頓說。

此時國王起身，伊歐玟也立刻送上葡萄酒。「*Ferthu Théoden hál!*[7]」她說，「在歡樂的時光中飲下這杯酒。願你來去時身體健康！」

希優頓飲盡杯中酒液，接著她把杯子遞給賓客們。當她站在亞拉岡面前時，便忽然停下腳步，明亮的雙眼注視著他。他望著她動人的臉龐，並微微一笑。但當他接下酒杯時，兩人的手便觸及彼此，他也察覺她因這股觸碰而顫抖。「你好，亞拉松之子亞拉岡！」她說。「妳好，洛汗王女！」他回答，但他的臉孔面露不安神色，也停止微笑。

當眾人喝過酒後，國王便跨越大廳走到門口。守衛們在此等候他，傳令官們也站起身，留在伊多拉斯或住在附近的所有貴族和酋長們，也聚集起來。

「注意了！我即將出征，這也似乎是我的最後一戰。」希優頓說，「我沒有子嗣。我的兒子希優瑞德已經戰死了。我將我的外甥伊歐墨任命為繼承人。如果我們倆都沒有歸來，就照你們的意願選出新國王。但我現在得將人民託付給某人，讓他代我統治他們。你們有誰要留下？」

沒有人開口。

「你們不願選出任何人嗎？我的人民信任誰呢？」

「他們信任伊洛家族。」哈瑪回答。

「但我不能讓伊歐墨留下，他也不願意待下來。」國王說，「他也是伊洛家族的最後成員。」

「我說的不是伊歐墨。」哈瑪回答，「他也不是最後成員。還有他的妹妹，伊歐蒙德之女伊歐玟。她勇敢無懼而活力十足。所有人都敬愛她。當我們離開時，就讓她擔任伊洛一族的領袖吧！」

「就這麼決定。」希優頓說，「讓傳令官們向人們宣布，王女伊歐玟將會領導他們！」

國王坐在門前的座位上，伊歐玟在他面前跪下，從他手中接下一把劍與華美的鎖子甲。

———

7　譯注：在古英文中意指：「願希優頓健康！」

「再會了，外甥女！」他說，「這是黑暗的時刻，但或許我們還會返回黃金宮殿。人們能捍衛登哈格許久，而如果戰事失利，人們也能躲到該處。」

「別這麼說！」她回答，「直到你歸來前，我將度日如年。」但當她說話時，目光卻轉向了站在附近的亞拉岡。

「國王將再度歸來。」他說，「別害怕！等待我們的危機不在西方，而是在東方。」

國王和身旁的甘道夫走下樓梯。其他人跟在後頭。當他們靠近大門時，亞拉岡便回頭一看。伊歐玟獨自站在宮殿大門前的臺階頂端。她將劍筆直地擺在前方，雙手握住劍柄。她身穿鎖子甲，在太陽下如同白銀般閃爍。

金力和列葛拉斯一同走路，將斧頭扛在肩上。「哎，我們終於要出發了！」他說，「人類在做事前總得說些長篇大論。我手中的斧頭已經不耐煩了。不過我相信，這些洛希人有必要時會變得驍勇善戰。不過，這並非適合我的戰術。我該怎麼上戰場？我真希望我能走路，不用像布袋般在甘道夫的馬鞍上搖晃。」

「我猜，那是比許多地方更安全的位子。」列葛拉斯說，「但開戰時，甘道夫或影鬃肯定會樂於放你下馬。斧頭不是適合騎士的武器。」

「矮人也不適合當騎士。我得砍歐克獸人的脖子，而不是把人類的頭皮剃光。」金力說，一面拍著他斧頭的握柄。

眾人在大門口發現了一大批部隊，其中有老有少，全都蓄勢待發地在馬上守候。該處集結了一千名以上的騎士。他們的長矛如同向上生長的樹林。當希優頓出來時，他們便興高采烈地高聲吶喊。有些人牽來國王的御馬雪鬃，其他人則帶來亞拉岡和列葛拉斯的馬匹。金力不安地站著，並皺起眉頭，但伊歐墨牽著他的馬走了過來。

「你好，葛羅音之子金力！」他喊道，「我還沒時間照你的教訓學會如何好好說話，你可是承諾過這點。但我們能不能先把爭論擺在一邊呢？至少我不會再侮蔑森林之后了。」

「我會暫時忘記我的怒氣，伊歐蒙德之子伊歐墨。」金力說，「但如果你有機會能親眼見到格拉翠兒夫人，就得承認她是世上最美麗的女子，否則我們的友誼便就此結束。」

「就這樣說定了！」伊歐墨說，「但直到那一刻之前，請原諒我，而我請求你，作為歉意的象徵，請與我一同上馬。甘道夫會與驃騎王在前方領軍，但假如你願意，我的馬火足便會載上我倆。」

「我非常感謝你。」金力欣喜地說，「我很樂意和你一同上馬，也希望我的戰友列葛拉斯能在我們身旁同行。」

「沒問題。」伊歐墨說，「列葛拉斯在我左翼，亞拉岡在我右翼，我們將無人能敵！」

「影鬃在哪？」甘道夫說。

「在草地上狂野地奔跑。」眾人回答，「牠不讓任何人碰牠。牠一路跑到淺灘去，如同柳林間的陰影。」

甘道夫吹起口哨並高聲呼喚駿馬的名字，遠方的馬匹扭頭嘶叫，宛如飛箭般加速衝向大軍。

「如果西風得到有形身軀，就會以這種模樣現身。」當高大的駿馬跑來，站在巫師面前時，伊歐墨如此說。

「禮物似乎早就找到主人了。」希優頓說，「各位聽好了！我在此將我的貴客灰衣甘道夫，最睿智的諫臣，與最受歡迎的流浪者，任命為驃騎國的貴族，只要我族尚存人世，他就是伊洛一族的酋長之一。我將馬中之王影鬃贈送給他。」

「我很感謝你，希優頓王。」甘道夫說。接著他忽然拋下灰色斗篷，把帽子扔到一旁，並躍上馬背。他沒有穿戴頭盔或鎖子甲。雪白的頭髮在風中舞動，白袍在陽光下熠熠生輝。

「參見白騎士！」亞拉岡大喊，所有人也齊聲高喊。

「吾王與白騎士！」他們叫道，「伊洛一族出擊！」

號角聲響遍周遭。眾馬抬腿嘶鳴。長矛敲擊著盾牌。國王隨即舉手，洛汗的最後大軍便如同襲來的強風，隆隆作響地邁入西方。

伊歐玟在遠方的平原上看見大軍長矛的反光，她紋風不動地獨自站立在死寂宮殿的門口前。

# 第七章——赫姆關

當他們騎馬離開伊多拉斯時，太陽已經西下，陽光也照進他們眼中，使洛汗的廣闊原野蒙上了金色迷霧。有條穩固的小路沿著白色山脈山麓往西北方延伸，他們順著這條路走，在翠綠地區中緩緩前進，並穿越小溪上的諸多淺灘。迷霧山脈矗立在他們前方遠處與右邊，而隨著眾人越走越遠，山脈便顯得更為陰暗而雄偉。太陽緩緩從他們面前落下。夜色從後方降臨。

大軍繼續前進。他們迫切地行動。由於深怕到得太遲，他們便全速策馬，途中鮮少停下。洛汗駿馬的速度飛快而持久，但還有很長的路途得走。從伊多拉斯到艾森河淺灘的直線距離有四十多里格，他們希望在淺灘找到正在抵禦薩魯曼大軍的國王人馬。

夜色籠罩眾人周遭。最後他們停下紮營。他們已經花了五小時騎馬，也已深入了西方平原，但前方還有一半以上的路程。眾人在上弦月的星空下圍成一大圈，搭起了帳篷。他們沒有生火，因為大夥無法確定會碰上什麼狀況。但他們讓騎馬的守衛在外頭圍成一圈，並往前方道路派出偵查兵，偵查兵們如同黑影般踏上跌宕起伏的大地。夜晚平靜地緩緩過去。號角聲在黎明時響起，眾人一小時內再度啟程。

天空還沒有出現浮雲，但空氣中有股沉重感，對這個季節而言，感覺太過炎熱了。東昇的太陽十分迷濛，而隨著太陽緩緩升上天空的，是一股逐漸拓展的黑暗，如同從東方出現的巨型風暴。西北方似乎也有另一團黑暗盤踞在迷霧山脈的山腳，宛如從巫師谷中蔓延而出的陰影。

甘道夫回頭去找在伊歐墨身旁騎馬的列葛拉斯。「你擁有俊美族人的銳利眼睛，列葛拉斯。」他說，「那雙眼睛能在一里格外看出麻雀和尋常雀鳥的差異。告訴我，你能在艾森格那頭看到任何東西嗎？」

「當地離此還有好幾哩路。」列葛拉斯說，一面注視那方向，並用修長的手擋住眼中的光線。「我能看到一股黑暗。裡頭有東西在移動，遠方河岸上也有龐大的形體，但我看不出它們的底細。阻礙我視線的不是霧氣或雲朵：有種朦朧的黑影影響了大地，還順著溪流緩緩飄下。彷彿像是無根樹林下的陰影從山丘向下流瀉。」

「我們身後則有來自魔多的風暴。」甘道夫說，「這將是凝重的一晚。」

當他們展開第二天的路程時，空氣中的沉重感便逐漸增加。在下午，烏雲開始在他們頭頂集結，宛如陰暗的龐大頂篷，飄動的邊緣閃爍著炫目雷光。血紅的太陽在迷濛的雲層中墜下。當最後幾道陽光照亮了瑟宏尼山[1]頂峰的陡峭山壁時，騎士們的矛尖彷彿染上火光；這些山峰坐落在白色山脈最北端的支脈附近，形成了直指夕陽的三座崎嶇頂峰。在最後一抹紅光中，前鋒中的士兵們看到了一個黑點，那是名正策馬衝來的騎士。他們停下來等候他。

他終於抵達了，那是個帶著凹陷頭盔與碎裂盾牌的疲倦男子。他緩緩爬下馬，站著喘了會氣。最後他開口說話。「伊歐墨在嗎？」他問，「你們終於來了，但為時已晚，軍力也太少了。自從希優瑞德死後，局勢就惡化得更嚴重。昨天我們在艾森河上遭到擊退，也有不少死傷；許多人在渡河時送了命。到了晚上，全新的軍力就過河進攻我們的營地。整座艾森格的兵力肯定已傾巢而出，薩魯曼也武裝了來自河流對岸的野蠻山民和黑鬱地的牧民，並驅使這批人攻擊我們。我們寡不敵眾，盾牆已經遭到擊潰。西佛德[2]的厄肯布蘭德把

---

1 譯注：Thrihyrne，在古英文中意指「三角」。由於托爾金用古英文來詮釋洛汗語時習慣使用音譯，本處也採用音譯。

2 譯注：Westfold，古英文中的「folde」意指「大地」或「土壤」。由於這是洛汗詞彙，托爾金要求維持音譯。

能撤離的人力都聚集到位於赫姆關[3]的要塞，其餘兵力都已四散各地。

「伊歐墨在哪？告訴他，前方沒有希望了。在艾森格的惡狼抵達伊多拉斯前，他得先返回那裡。」

希優頓原本沉默地坐在守衛後方，不在男子的視線中，他隨即策馬向前。「來，站在我面前，凱歐洛！」他說，「我在這裡。伊洛一族的最後大軍已經出動。只要戰爭還沒結束，它就不會返鄉。」

男子的臉孔流露出驚喜之情。他立刻起身。接著他跪了下來，將凹角的劍獻給國王。「指揮我，王上！」他喊道，「請原諒我！我以為……」

「你以為我瑟縮在梅杜賽德，像棵在積雪下扭曲的老樹。你出征時的確如此，但西風已吹動了樹枝。」希優頓說，「給這個人一匹新馬！我們去支援厄肯布蘭德吧！」

★　★　★

當希優頓說話時，甘道夫往前騎行一小段距離，獨自待在該處，往北望向艾森格，再往西注視落日。他隨後騎馬回來。

「動身吧，希優頓！」他說，「前往赫姆關！別去艾森河淺灘，也別在平原上耽擱！我得離開你們一陣子。影鬃必須載我去辦急事。」他轉向亞拉岡和伊歐墨，以及王家士兵們，並喊道：「直到我回來前，好好保護驃騎王。在赫姆關口等我！再會！」

他對影鬃說了個字，駿馬便如同出弦飛箭般衝了出去。當眾人旁觀時，他就已不見蹤影：如同夕陽下的一抹銀光，草原上的微風，以及竄出視野的影子。雪鬃嘶叫並抬起前腿，急於跟上對方，但只有長有翅膀的飛鳥能追上牠。

「那是什麼意思？」其中一名守衛對哈瑪說。

「灰衣甘道夫有迫切需求。」哈瑪回答，「他總是出人意料地來去自如。」

「如果蛇信在此，就會覺得答案顯而易見。」

「沒錯。」哈瑪說，「但對我而言，我會等待再度見到甘道夫那一刻。」

「或許你會等上很久。」對方說。

大軍現在離開通往艾森河淺灘的道路，往南方前進。當夜色落下時，他們依然繼續趕路。山丘逐漸逼近，但瑟宏尼山的高峰在變黑的天空下已經顯得黯淡。在西佛德谷另一頭幾哩外，有塊位在山區中的寬闊空地，山間有座綠色深谷，沿著它便能抵達山丘間的溝壑。

3 譯注：Helm's Deep，「Helm」源自洛汗國王的名字鍾手赫姆（Helm Hammerhand），因此托爾金要求維持音譯。

當古代戰爭中的一位英雄在此避難後，那塊土地上的居民便將此處稱為赫姆關。在瑟宏尼山的陰影下，它一路從北方往內變得更加狹窄深邃，直到烏鴉環繞的山崖在兩側如同巨塔般隆起，遮蔽了所有光線。

在赫姆關外的赫姆口旁，北側山崖邊有座向外伸出的巨岩。巨岩上的尖坡矗立著古老的雄偉石牆，牆內有座高塔。人們相傳，在剛鐸遙遠的光榮歲月中，大海諸王們曾透過巨人之手在此建立了要塞。它名為號角堡，因為在塔上吹響的號角會使後方的赫姆關中迴音繚繞，彷彿遭到世人遺忘的大軍將從山丘下的洞穴出外作戰。古人也從號角堡打造了延伸到南側懸崖的高牆，阻擋通往溝壑的入口。深谷溪從牆下的寬闊排水口流出，溪水繞過號角岩，順著水道流到寬敞的草綠色三角地，這塊地區從赫姆關口緩緩向下延伸到赫姆堤。溪水在此落入深谷壑，再流進西佛德谷。居住在驃騎國邊境的西佛德之主厄肯布蘭德，如今便居住在赫姆關口的號角堡。隨著當代戰火四起，睿智的他已修補了高牆，並強化了要塞。

當騎士們還在深谷壑入口前的低谷中時，提前出發的偵查兵便聽到叫喊與號角聲。黑暗中有箭矢呼嘯飛過。有名偵查兵快馬加鞭地回來，稟報說山谷內出現了狼騎士，還有批歐克獸人與野人正從艾森河淺灘急忙往南趕去，似乎要前往赫姆關。

「當他們逃向該處時，我們就發現許多遭到殺害的同胞。」偵查兵說，「我們也碰上群龍無首而四處逃竄的部隊。似乎沒人知道厄肯布蘭德的下落。就算他尚未戰死，也很可能在抵達赫姆關口之前先遭到攔截。」

「有人看到甘道夫嗎？」希優頓問。

「有，王上。許多人看到一個騎馬的白衣老人，如同草中強風般在平原上四處奔走。有些人以為他是薩魯曼。據說他在入夜前往艾森格去了。也有人說，先前曾看到蛇信和一批歐克獸人往北走。」

「如果甘道夫碰上他，蛇信就遭殃了。」希優頓說，「無論如何，我都很想念新舊兩名諫臣。但在這種緊張局勢下，無論厄肯布蘭德在不在，我們都只能照甘道夫所說，繼續前往赫姆關口。有人知道北方來的軍隊規模有多大嗎？」

「聲勢驚人。」偵查兵說，「逃跑的士兵總會誇大敵人的數量，但我和一名堅毅的男子談過，也相信敵人的主要兵力比我們多上數倍。」

「那我們得盡快行動，」伊歐墨說，「必須衝過橫阻在我們與要塞間的敵人。赫姆關中有足以供數百人躲藏的洞窟，裡頭也有能通往山丘的密道。」

「別相信密道。」國王說，「薩魯曼監視這塊土地已久。但我們或許能長期死守那裡。我們走吧！」

亞拉岡與列葛拉斯與伊歐墨加入前鋒。眾人整晚都在騎馬，速度隨著漸漸加深的黑暗、與南轉的路線而變慢，他們逐漸攀爬上山腳邊的黯淡地勢。眾人發現前方有少數敵人。他們在各處遭遇遊蕩的歐克獸人部隊，但對方在騎士們能逮到或殺死牠們前，就立刻逃跑。

「恐怕要不了不久，」伊歐墨說，「無論敵軍的領袖是薩魯曼或他派來的大將，都會得知國王大軍前來的消息。」

他們身後傳來戰爭的風聲。現在他們能聽到從黑暗中傳來的刺耳歌聲。當眾人回頭觀望時，已經爬到深谷壑高處了。他們看到大量火炬，無數小火光在後頭的漆黑原野中閃爍，如同紅花般四處散落，或是以閃著火光的隊形從低地往上延伸。四處都能看到亮起的旺盛火勢。

「這確實是批大軍，還緊跟著我們。」亞拉岡說。

「他們帶了火把來。」希優頓說，「還沿路放火燒毀乾草和樹木。這裡曾是富饒的谷地，也有許多人居住在此。我可憐的同胞們！」

「真希望我們有天能如同暴風般從山中出擊，全力撲向牠們！」亞拉岡說，「在牠們面前逃跑，讓我感到悲憤無比。」

「我們不需要再逃更遠了。」伊歐墨說，「赫姆堤就在前方不遠處，那是橫跨谷壑的古老壕溝與護牆，位在赫姆關口底下兩弗隆的位置。我們可以在那轉身作戰。」

「不，我們人數太少，不足以防衛赫姆堤。」希優頓說，「它的長度約有一哩多，其中的缺口也太寬闊了。」

「如果我們遭到追擊，後衛就得守住缺口。」伊歐墨說。

當騎士們抵達赫姆堤間的缺口時，天上已看不到繁星與明月，上游的溪水從此處流出，溪邊的道路源自號角堡。壁壘忽然出現在他們面前，如同漆黑坑洞旁的宏偉陰影。當他們騎馬到來時，有名哨兵叫住了他們。

「驃騎王要前往赫姆關口！」伊歐墨回答，「我是伊歐蒙德之子伊歐墨。」

「這真是意想不到的好消息。」哨兵說，「快走！敵人緊追在後。」

大軍穿過缺口，停在頂端山坡上的草原。眾人欣喜得知，厄肯布蘭德留下許多人守住赫姆關口，之後也有更多人逃向此處。

「我們或許有一千人能充當步兵。」蓋姆林說，他是個老人，並領導看守赫姆堤的士兵們。「但他們大多人的歲數都像我一樣太老；或如我兒子過於年輕。厄肯布蘭德有什麼消息？昨天有風聲傳來，說他正和西佛德剩下的精銳騎士們撤向這裡。但他還沒有到。」

「恐怕他不會來了。」伊歐墨說，「我們的偵查兵沒有取得他的消息，敵軍也已擠滿我們身後的谷地了。」

「我希望他逃出生天了。」希優頓說，「他是個孔武有力的人。鍾手赫姆的英勇氣度在他身上重現世間。但我們不能在此等他。我們必須立刻把所有軍力撤到高牆之後。你們的補給品夠嗎？我們帶的糧食不多，因為原本打算直接交戰，沒料到會遭遇攻城戰。」

「我們身後的赫姆關洞穴裡有西佛德的三批人民，全是老弱婦孺。」蓋姆林說，「但裡頭也儲存了大量食物，和許多牲畜與飼料。」

「很好。」伊歐墨說，「敵軍正在焚燒或掠奪谷地中所剩的一切。」

「如果牠們敢來赫姆關口討糧食，就會付出很高的代價。」蓋姆林說。

國王與他的騎士們繼續前進。他們在跨越溪水的堤道前下馬。眾人以漫長的縱隊牽著馬匹走上斜坡，走進號角堡大門。人們再度歡欣無比地迎接他們，心中也充滿新希望，因為現在有足夠的人力能看守號角堡與城牆了。

伊歐墨迅速要他的人馬全力備戰。國王與他的隨扈們進入號角堡，裡頭還有許多西佛德的人民。但伊歐墨將手下大多軍力佈署在深谷牆和它的塔上，以及高牆後方，因為如果敵方攻勢猛烈而人數眾多，此處的防衛便似乎最弱。少數守衛將馬匹們牽到赫姆關高處。

深谷牆有二十呎高，寬得能讓四人並肩走在頂端，也只有高大的人能望過上頭的護牆。牆上四處都有能供守軍向外射擊的孔隙。可以從號角堡外院的門口延伸而出的階梯抵達這座城垛。後方的赫姆關也有三道臺階能通到牆上，石牆前方十分光滑，構成牆面的石塊也經過精心擺放，接縫中沒有任何落腳處，頂端如同受到海水侵蝕的懸崖般向外伸出。

金力靠著石牆上的矮護牆。列葛拉斯坐在護牆上，撫摸他的長弓，並望向黑暗。

「我比較喜歡這樣。」矮人說，一面在石塊上跺腳。「當我們走近山區時，我就感到興高采烈。這裡有很棒的岩石。這座地區的骨幹非常堅實。當我們從赫姆堤走上來時，我就能從腳底下感受到它們。給我一年和一百名族人，我就能讓這個地方成為固若金湯的要塞。」

「我毫不質疑這點。」列葛拉斯說，「但你是矮人，而矮人都是奇怪的傢伙。我不喜歡這個地方，就算在白天，我也不會喜歡這裡。但你讓我感到安心，我也很慶幸有你帶著堅斧待在左右。真希望有更多你的族人能加入我們，但我更希望有上百名幽暗密林的精良弓箭手，我們很需要他們。洛希人之中有不錯的弓箭手，但這裡的人數未免太少了。」

「現在太暗了，不適合射箭。」金力說，「睡覺時間也到了。睡覺！沒有矮人像我這麼需要睡眠過。騎馬讓人精疲力竭；但斧頭在我手中蠢蠢欲動。給我一排歐克獸人的頸子，和揮舞斧頭的空間，我就能擺脫倦意了！」

時間緩緩過去。谷地底下遠方依然燒著零星的火焰。艾森格大軍沉默地推進。守軍看到牠們的成排火炬蜿蜒地順著谷壑前進。

赫姆堤邊忽然傳來尖叫，人們也喊出凶悍的戰吼。火炬越過堤牆邊緣，全都擠在缺口旁。接著火光散開並熄滅。人們快馬加鞭地穿過平原，跑上斜坡抵達號角堡的大門。西佛德居民的後衛已遭到擊退。

「敵人逼近了！」他們說，「我們放光了箭，讓歐克獸人的死屍塞滿了赫姆堤。但這無法拖延牠們太久。牠們已經從許多位置爬過堤牆，和行軍中的螞蟻一樣難以計數。但我們讓牠們明白不該攜帶火把了。」

現在已過了午夜時分。天空一片漆黑，沉重的空氣也預示著即將到來的風暴。一道炫目閃光忽然劃破了雲層。分岔的閃電擊中東側的山丘。在那一瞬間，牆上的守軍看到他們與赫姆堤之間的整座空地充滿白光。上頭瀰漫著黑色形體，有些矮壯結實，有些高大陰沉，頭戴高盔與黑盾。成千上百名敵軍湧過赫姆堤，並穿過缺口。黑潮湧到兩座山崖間的高牆之前。山谷內響起雷聲。滂沱大雨頓時落下。

如同雨水般茂密的飛箭呼嘯飛過城垛，在擊中石牆時鏗鏘作響。有些箭矢擊中目標。針對赫姆關的攻勢就此展開，但守軍沒有發出任何聲音或挑釁，也沒有射箭反擊。

來襲的大軍停下腳步，沉默的岩石與高牆喝止了牠們。閃電一再撕裂黑暗。歐克獸人們放聲尖叫，揮舞著長矛與刀劍，往任何出現在城垛上的人射箭。驃騎國的人民訝異地向外觀望，他們覺得外頭彷彿化為廣大的漆黑玉米田，因戰火而翻騰躁動，每根玉米穗般的武器上也閃爍著刺眼的反光。

猖狂的號角聲頓時響起。敵軍向前湧去，有些士兵靠上深谷牆，其他人衝向通往號角堡大門的堤道與斜坡。最高大的歐克獸人和黑鬱地的野人們在該處集合。牠們稍作猶豫，接著再度出動。雷電閃動光芒，照亮了頭盔與盾牌，使上頭駭人的艾森格白手變得顯而易見。牠們抵達了巨岩頂端，並撲向大門。

守軍終於做出回應，牠們碰上了箭雨和落石，牠們的陣勢動搖並隨之瓦解，回頭逃竄。隨後牠們再度衝鋒，遭到瓦解並重新衝刺。如同滔滔海浪一般，每次牠們都會在更高的位置停下腳步。號角再次響起，有群狂吼的人類戰士向前衝去。他們將巨盾如同屋頂般舉到頭頂，並在陣列中央搬來兩根大樹幹。他們身後的歐克獸人聚集起來，往牆上的弓箭手發射箭矢。他們成功抵達大門。健壯的粗臂揮動樹幹，用力撞上木門，並發出震天巨響。如果上頭扔下的石塊砸死某人，就有另外兩人跑來替代。巨型破城錘接二連三地撞擊城門。

伊歐墨和亞拉岡站在深谷牆上。他們聽到震耳欲聾的吶喊和破城錘的碰撞聲，接著在忽如其來的雷光中，他們察覺了大門的危機。

「來吧！」亞拉岡說，「這就是我們共同拔劍的時刻！」

他們沿著城牆火速奔馳，跑上臺階，並進入號角岩的外院。他們邊跑邊召集了一批英勇的劍士。在西側的堡壘城牆角落有道小門，外頭恰好是伸出的懸崖。該側有條繞向大門的狹窄通道，地點位於城牆和號角岩的陡峭邊緣之間。伊歐墨和亞拉岡一起衝出後門，他們的手下緊跟在後。兩把劍同時出鞘，如同一體般迸射出刀光。

「古斯威奈[4]！」伊歐墨大喊，「古斯威奈為驃騎國出擊！」

「安督瑞爾！」亞拉岡大喊，「安督瑞爾為杜納丹人出擊！」

他們從裡頭發動攻擊，全力撞向野人們。安督瑞爾四處揮舞，閃爍著白淨火光。城牆和塔上傳來吶喊：「安督瑞爾！安督瑞爾出征了。斷折劍刃鋒芒再現！」

攻城者們嚇得拋下樹幹，轉身就跑。但他們的盾牆如遭閃電擊中，兵敗如山倒，眾人丟盔棄甲，或是從號角岩上摔進底下滿布礫石的溪水。歐克獸人弓箭手胡亂放箭後，便落荒而逃。

伊歐墨和亞拉岡在大門前止步了一陣子。隆隆雷聲現在已飄向遠方。雷光依然在南方

4 譯注：Gúthwinë，在象徵洛汗語的古英文中意指「戰友」。

的山區中閃動。雲層四分五裂，繁星也探出頭來。在深谷壑這一側的山丘頂端，月亮正逐漸往西方移動。在破裂的風暴雲層中綻放淡黃色的光芒。

「我們來得還是太慢了。」亞拉岡說，一面望向大門。門上的大型絞鍊與鐵棒都已毀損扭曲，有許多木板也滿布裂痕。「門板無法抵抗另一波衝擊了。」

「但如果我們留在此處，就無法防禦城牆了。」伊歐墨說，「快看！」他指向堤道。已經有大批歐克獸人和人類再度於溪水另一頭集結。箭矢呼嘯飛過，在牠們周圍的石塊上彈開。「來吧！我們得回去，看看該如何用石頭和木梁從門內堵住門口。快來！」

他們轉身就跑。此時有十幾個在死屍中一動也不動的歐克獸人爬起身，靜悄悄地快步跟上。有兩人撲向伊歐墨腳後，一把將他絆倒，並瞬間壓在他身上。但有個沒人察覺的矮小身影從陰影中衝出，發出嘶啞的大吼：「*Baruk Khazâd! Khazâd ai-mênu!*」有把斧頭前後揮舞。腦袋分家的兩個歐克獸人立刻倒下。其他人則慌亂地逃跑。

當亞拉岡跑回來幫忙他時，伊歐墨已經費勁地爬了起來。

後門再度關上，鐵門已被封死，人們還用石塊從內側堵住門口。當所有人都安全入內後，伊歐墨便轉身說：「我很感謝你，葛羅音之子金力！」他說，「我不曉得你加入了我們的突襲。但不請自來的貴客，經常都是最棒的客人。你是怎麼來的？」

「我跟著你們來甩掉睡意，」他說，「但我看到山民時，覺得他們對我而言太高大了，所以我就在旁邊看你們揮劍的把戲。」

「我難以回報你的恩情。」伊歐墨說。

「今晚結束前，或許還有很多機會。」矮人笑道，「但我很滿足了。自從離開墨瑞亞後，到現在為止我都只能砍柴。」

「兩個！」金力說，邊拍拍他的斧頭。他已經回到先前在牆上的位置。

「兩個？」列葛拉斯說，「我的戰績更好，不過我得去找點箭，我的箭都用完了。但我至少擊殺了二十個敵人。不過，那只是杯水車薪罷了。」

天空正迅速變得晴朗，下降的月亮也綻放出炫目光彩。但月光對驃騎士們沒有帶來多少幫助。他們面前的敵軍似乎有增無減，還有更多敵人正穿過堤牆中的缺口，從谷地中逼近。號角岩上的突襲只換來少許喘息的空間。大門遭遇到更強烈的攻勢。艾森格大軍如同怒濤般湧向深谷牆。歐克獸人與山民把高牆底部擠得水洩不通。裝有抓鈎的繩索被拋過矮護牆的速度，比守軍砍斷繩索或將它們拋回的速度更快。牆邊豎起了數百架長梯。守軍將許多梯子推下摔爛，但有更多長梯取而代之，歐克獸人不斷攀上梯子，如同南方黑暗森林中的猿猴。死者的遺體像風暴中的礫石被堆在牆角，醜惡的屍堆逐漸變高，而敵軍仍舊繼續殺來。

洛汗士兵們感到疲憊不已。他們用盡了所有箭矢，也投出了每根長矛，他們的刀劍都已缺角，盾牌也盡數破碎。亞拉岡和伊歐墨讓他們重整旗鼓三次，而在趕走高牆上敵人的絕望衝鋒中，安督瑞爾也亮出了鋒芒三次。

接著後頭的荷姆關傳來一陣騷動。歐克獸人們如老鼠般鑽過流出溪水的排水口。牠們聚集在山崖的陰影中，直到頂端的攻勢變得激烈無比，守軍也幾乎都衝上牆頂。此時牠們才衝了出來。有些歐克獸人已經竄進赫姆關的入口，衝到馬匹之間與守衛交戰。

金力大喊一聲，縱身從牆上跳下，叫聲則在懸崖之間迴盪。「*Khazâd! Khazâd!*」他很快就得廝殺一番了。

「喂！」他叫道，「歐克獸人殺到牆後了！喂！來吧，列葛拉斯！這裡的敵人夠我們大開殺戒了！*Khazâd ai-mênu!*」

在騷動中聽到矮人的吶喊時，老蓋姆林從號角堡往下看。「歐克獸人殺進赫姆關了！」他喊道，「赫姆！赫姆！赫姆！赫姆一族出擊！」他邊大喊邊從階梯奔下號角岩，背後跟著許多西佛德的人民。

他們突如其來的攻勢十分猛烈，歐克獸人也在他們面前節節敗退。不久牠們就被逼進溝壑中的狹窄空間，並盡數遭到殺害，或是尖叫著逃進赫姆關的深處，隱密洞穴中的守軍便斬殺了牠們。

「二十一！」金力喊道。他用雙手一揮斧頭，將最後一個歐克獸人斬到腳邊。「我的殺敵數又超越了列葛拉斯大爺。」

「我們得堵住這個老鼠洞。」蓋姆林說，「據說矮人善於使用岩石。請幫助我們，大師！」

「我們不用戰斧或指甲雕刻岩石。」金力說，「但我會盡力幫忙。」

他們盡量在附近收集了小圓石與碎石，而在金力的指導下，西佛德居民堵起了排水口內側，直到只剩下一小條狹窄水道。因雨水而高漲的深谷溪，便在堵塞的水道中不斷翻騰，並緩緩在兩座山崖間形成冰涼的水塘。

「上頭比較乾。」金力說，「來吧，蓋姆林，我們去看看牆上的狀況。」

他爬了上去，發現列葛拉斯待在亞拉岡與伊歐墨身旁。精靈正在磨利他的長刀。自從突破排水口的計畫失敗後，敵軍就暫時減弱了攻勢。

「二十一個！」金力說。

「很好！」列葛拉斯說，「但我已經殺了二十四個敵人。先前在牆上得靠刀子作戰。」

伊歐墨和亞拉岡疲倦地靠在他們的劍上。在左方遠處，號角岩上的戰鬥再度傳來震天巨響。但號角堡仍舊屹立不倒，如同大海中的島嶼。它的大門已四分五裂，但還沒有敵人跨過由木梁和石塊搭建成的路障。

亞拉岡望向黯淡的星辰，再看著月亮，明月現在已落入環繞山谷的西側山丘後方。「這一晚漫長得像是好幾年。」他說，「還有多久才會天亮？」

「不久就要黎明了。」蓋姆林說，他剛爬上來，走到亞拉岡身旁。「但黎明恐怕幫不上我們。」

「黎明永遠都是人類的希望。」亞拉岡說。

「但這些艾森格的生物——薩魯曼用妖術製造的這批混種歐克獸人和混種哥布林，完全不會害怕太陽。」蓋姆林說，「山裡的野人也不怕。你沒聽到他們的聲音嗎？」

「我有聽到，」伊歐墨說，「但聽起來只像是飛鳥的尖叫和野獸的吼聲。」

「有許多人用黑鬱地的語言喊叫。」蓋姆林說，「我懂那種語言。那是人類的一種古語，驃騎國諸多西部山谷的居民都曾用過這種語言。注意聽！他們不只痛恨我們，還感到高興；因為他們相信我們的末日即將到來。『國王，國王！』他們喊道，『我們會擄走他們的國王！佛戈伊人[5]死吧！乾草頭們死吧！搶走北方的盜賊死吧！』這就是他們給我們的名稱。就算過了五百年，他們也還沒遺忘積怨——當年剛鐸貴族將驃騎國賜給少年伊洛，還與他結盟。薩魯曼點燃了那股舊怨。當他們群情激憤時，就會成為凶狠的暴民。直到拿下希優頓或自己遭到殺害前，他們不會因黃昏或黎明而停下。」

「無論如何，白日都會為我帶來希望。」亞拉岡說，「根據傳說，不是只要有人堅守號角堡，就沒有敵人能奪下它嗎？」

「吟遊詩人是這麼說的。」伊歐墨說。

「那我們就死守此地，並懷抱希望吧！」亞拉岡說。

正當他們談話時，外頭就傳來刺耳的號角聲。一股撞擊聲隨即出現，還伴隨著火光與煙霧。深谷溪的水嘶嘶作響地向外湧出，溪水已不再堵塞，而牆上則被轟出了一個大洞。

一大批漆黑的身影頓時湧入。

「是薩魯曼的妖術！」亞拉岡喊道，「趁我們講話時，牠們又鑽進了排水口，還在我們腳下點燃歐散克塔的烈火。伊蘭迪爾，伊蘭迪爾！」他大叫，並往下躍入牆上的裂口，但當他跳下時，又有上百座高梯靠上城垛。最後一波攻勢殺上城牆，再跨越到牆後，如同湧上沙丘的黑浪。守軍潰不成軍。有些騎士逐漸敗退，並緩緩退入赫姆關深處，在往洞穴撤退時逐步戰死。其他人則走捷徑逃回堡壘。

有道寬闊階梯從赫姆關向上延伸到號角岩和號角堡的後門。亞拉岡站在靠近階梯底部的位置。安督瑞爾依然在他的手中閃閃發光，而對這把劍的恐懼暫時逼退了敵人，守軍一個接一個逃上通往後門的階梯。列葛拉斯跪在上層臺階。他彎起弓弦，但只省下一支撿來的箭。他注視外頭，準備好射擊頭一個企圖靠近階梯的歐克獸人。

「所有能逃的人都安全入堡了，亞拉岡。」他喊道，「回來吧！」

亞拉岡轉身衝上臺階，但當他奔跑時，卻因疲勞而絆了一跤。他的敵人們立刻撲向前來。叫嚷的歐克獸人們伸出長臂，企圖抓住他。最前方的歐克獸人倒了下來，因為列葛拉斯的最後一根箭矢射中了牠的喉嚨，但其他同伴便跳過牠的身體。而上頭外牆有人扔下了

5 譯注：Forgoil，在黑鬱地的語言中意指「乾草頭（Strawhead）」。

一顆巨石，石塊撞上階梯，將牠們逼回赫姆關中。亞拉岡抵達門口，大門便在他身後鏗鏘一聲迅速關上。

「戰況惡化了，我的朋友們。」他說，邊用手臂抹去額頭上的汗水。

「狀況確實很糟，」列葛拉斯說，「但只要你與我們同在，就仍有希望。金力在哪？」

「我不曉得。」亞拉岡說，「我最後一次看到他時，他還在城牆後的空地上作戰，但敵軍把我們分隔開來。」

「唉呀！這消息不妙。」列葛拉斯說。

「他驍勇善戰。」亞拉岡說，「希望他會逃回洞穴裡。他在那能安然待上一陣子，比我們更安全。矮人會相當喜歡那種避難所。」

「我衷心希望如此。」列葛拉斯說，「但我希望他過來這裡。我很想告訴金力大爺，我的戰績現在是三十九人了。」

「如果他成功回到洞穴，殺敵數就會超越你了。」亞拉岡笑道，「我從來沒看過這麼驃悍的斧頭。」

「我得去找更多箭。」列葛拉斯說，「真希望夜晚趕快結束，我就能在更恰當的光線下射箭了。」

亞拉岡隨後走入堡壘。讓他憂心的是，他得知伊歐墨沒有抵達號角堡。

「不，他沒有來到號角岩。」其中一名西佛德居民說，「我最後看到他在召集人馬，並在赫姆關的入口作戰。蓋姆林和矮人與他待在一起，但我無法趕到他們身邊。」

亞拉岡跨越內院，並爬上塔中高處的房間。國王站在房內，他漆黑的身影面對狹窄的窗口，往外望向谷地。

「有什麼消息，亞拉岡？」他說。

「敵人攻破了深谷牆，王上，所有守軍都已撤退，但有許多人逃來號角岩了。」

「伊歐墨在這裡嗎？」

「不，王上。但你許多手下都撤入赫姆關，有些人說伊歐墨在他們之中。他們在窄地中或許能抵擋敵人，並進入洞穴。我不曉得他們有沒有別的希望。」

「比我們更有希望。據說那裡有很多補給品。該處的空氣也很新鮮，因為頂端的岩石有不少縫隙。只要守軍堅定，就沒人能硬闖進去。他們或許能撐得很久。」

「但歐克獸人從歐散克塔帶來了某種妖術。」亞拉岡說，「牠們有某種會爆炸的火焰，並藉此攻破了深谷牆。如果牠們無法進入洞穴，就可能會把裡頭的人封死。但我們此刻得全心考量該如何防衛自己了。」

「我在這座監牢裡感到煩悶。」希優頓說，「如果我能握住長矛，騎馬率領我的手下到戰場上，也許就能再度感受到作戰的喜悅，並就此安息。但我在這裡一點用都沒有。」

「至少你待在驃騎國最固若金湯的要塞裡。」亞拉岡說，「比起在伊多拉斯，或是山裡的登哈格，我們在此能更有效地保護你。」

「據說號角堡從未遭到攻陷，」希優頓說，「但我的內心現在感到疑惑。世界正在改變，而過去強大的一切，現在都已大不如前。有哪些高塔能抵禦這種軍力，和這種殘忍的恨意？假如我知道艾森格的力量已經變得如此強大，或許我就不該這麼輕率地前來迎敵，就算有甘道夫的法術也一樣。他的意見現在似乎不如在陽光下時來得有說服力了。」

「直到一切結束前，別輕易批判甘道夫的建議，王上。」亞拉岡說。

「盡頭已經不遠了。」國王說，「但我不會像陷阱中的老獾在此坐以待斃。雪鬃和哈蘇費以及我護衛隊的馬匹，都待在內院中。當黎明到來時，我就會命人吹響赫姆的號角，並親自出征。你願意和我同行嗎，亞拉松之子？或許我們能殺出一條血路，或是迎向可歌可泣的壯烈結局——前提是之後還得有倖存者傳頌我們的事蹟。」

「我會與你同行。」亞拉岡說。

得到國王的允許後，他就回到城牆邊，繞過所有環狀路線，鼓勵著士兵，並在戰況激烈的位置提供協助。列葛拉斯和他同行。烈火從底下躍起，使石磚為之震動。抓鉤拋上牆來，高梯也不斷升起。歐克獸人一再攀上外牆頂端，守軍則不斷把牠們向外推。

最後亞拉岡站在大門上頭，無視於敵人的箭矢。當他往前看時，便發現東方的天空變得蒼白。接著他舉起空蕩的手，讓手掌朝外，做出談判的手勢。

歐克獸人們高聲大叫並發出訕笑。「下來！下來！」牠們叫道，「如果你想和我們談，就下來！帶你們的國王出來！我們是驍勇善戰的烏魯克族。如果他不來，我們就會把他從鼠洞裡挖出來。把你們的窩囊國王帶出來！」

「國王想不想出來，都是他的自由。」亞拉岡說。

「那你在這幹嘛？」牠們回答，「你幹嘛往外看？你想看我們的軍容有多盛大嗎？我們是驍勇善戰的烏魯克族。」

「我是來看黎明的。」亞拉岡說。

「黎明算什麼？」牠們譏笑道，「我們是烏魯克族，無論是黑夜或白天，晴天或暴風雨，我們都不會停止戰鬥。無論在太陽或月亮下，我們都會前來殺戮。黎明算什麼？」

「沒人知道新的一天會帶來什麼狀況，」亞拉岡說，「在它為你們帶來噩耗前，立刻離開。」

「滾下來，不然我們就把你從城牆上射下來。」牠們叫道，「這才不是談判。你沒有什麼好說的。」

「我還有這點要說，」亞拉岡回答，「沒有敵人攻陷過號角堡。離開，不然你們就不會有人生還。沒有任何人會活著把消息帶回北方。你們還不曉得自己的危機。」

當亞拉岡獨自站在毀損的大門上，面對敵方大軍時，由於他身上流露的強大力量與尊榮氣度，使許多野人停下動作，並回頭望向谷地，有些人則心懷疑慮地抬頭仰望天空。但歐克獸人們哈哈大笑，好幾支標槍與箭雨呼嘯飛過牆上，亞拉岡跳了下去。

外頭傳來一陣巨響與火光。他先前站立其上的拱門頓時倒塌，在煙塵中散落在地。路障彷彿遭到雷電劈開。亞拉岡奔向國王的高塔。

但正當大門倒塌，周遭的歐克獸人也高聲叫囂，準備進攻時，牠們身後傳來一陣低沉的聲響，如同遠方的風聲，並逐漸升高成諸多吶喊聲，呼喊著黎明帶來的奇異消息。號角岩上的歐克獸人聽到這股令牠們憂心的聲響，便感到動搖並回頭望去。接著，從高塔頂端忽然傳來了赫姆巨型號角的驚人巨響。

所有聽到聲響的人都顫抖起來。有許多歐克獸人倒在地上，用爪子摀住自己的耳朵。赫姆關中傳來一波波回音，彷彿有雄壯的傳令官站在每座山崖和丘陵上。但城牆上的士兵們抬頭一看，並驚奇地豎耳聆聽，因為回音並沒有止息。號角聲響徹丘陵，越來越近，也越趨響亮，並高昂自由地呼應彼此。

「赫姆！赫姆！」騎士們叫道，「赫姆重返人間，前來參戰。赫姆為希優頓王出擊！」隨著那聲吶喊，國王就此到來。他的馬白淨如雪，盾牌金碧輝煌，手中握有長矛。伊蘭迪爾的繼承人亞拉岡在他右側，身後則是少年伊洛家族的所有王族。天空中曙光乍現。黑夜不再。

「伊歐一族出擊！」隨著一聲吶喊與巨響，他們便策馬衝鋒。他們衝出大門，一路橫掃堤道，如同秋風掃落葉般在艾森格大軍中殺出一條血路。他們身後的赫姆關傳來洞內人們的堅毅叫喊，他們正在驅逐敵人。號角岩中所有倖存者紛紛衝上戰場。號角聲依然不斷在丘陵中迴響。

國王與他的同伴們往前衝刺。他們面前的將士非死即逃。沒有歐克獸人或人類能阻擋他們。敵軍背對騎士們的刀劍與長矛，前方則是山谷。牠們哭嚎尖叫，因為隨著黎明到來，牠們的確碰上了恐懼與驚嚇。

希優頓王就此從赫姆關口殺向雄偉的赫姆堤。眾人在此停下腳步。他們身邊的光線變得更加強烈。陽光照耀在東方山丘上，使他們的長矛倒映反光。但他們沉默地坐在馬上，往下注視著深谷壑。

大地的面貌已然改變。先前原本翠綠的河谷，以及山腳下的草坡，現在長出了一片森林。成排的樹木高大死寂，樹枝與彼此交錯，樹頂看來也相當老邁；它們扭曲的樹根埋在綠草中。樹下一片漆黑。從赫姆堤到那片無名樹林的樹蔭下，只有兩弗隆的距離。薩魯曼一度驕傲的大軍畏縮在此，不只畏懼國王，也害怕這片樹林。牠們從赫姆關口一路跑下，直到赫姆堤上方一名敵軍都不剩，但牠們反而如同萬頭鑽動的蒼蠅般聚集在下方。牠們無助地在谷壑的山壁上四處攀爬，企圖逃出生天。東側的谷壁太過陡峭，然而對牠們的致命一擊，卻從左邊的西側逼近。

山脊上忽然出現了一名在旭日下閃閃發光的白衣騎士。矮丘上傳來號角聲。在他身後，有上千名手握刀劍的步兵正從長坡上趕來。人群中有個高大強壯的男子。他手持紅盾。當他來到山谷邊緣時，就把一只巨型黑色號角移到嘴邊，吹出高昂的巨響。

「厄肯布蘭德！」騎士們大喊，「厄肯布蘭德！」

「參見白騎士！」亞拉岡喊道，「甘道夫回來了！」

「米斯蘭迪爾，米斯蘭迪爾！」列葛拉斯說，「這肯定是巫術。來吧！在魔咒解除前，我要好好看看這片森林。」

艾森格大軍發出怒吼，並四處蠢動，心中感到無比驚懼。號角聲再度從塔中響起。國王的人馬衝過赫姆堤的缺口。西佛德領主厄肯布蘭德從山丘上一躍而下。影鬃向下俯衝，宛如在山中自信奔跑的野鹿。白騎士衝向敵軍，他的到來嚇得敵人們六神無主。野人們在他面前趴到地上。歐克獸人們四處奔逃並放聲尖叫，紛紛拋下刀劍與長矛。牠們如同遭到強風吹襲的黑煙般逃竄。哀鳴的大軍鑽進樹林守候在此的黑影中，再也沒有從那股黑影中歸來。

# 第八章——
# 通往艾森格的道路

於是在晴朗早晨的陽光下，希優頓王和白騎士甘道夫在深谷溪的綠草旁重逢。在場的還有亞拉松之子亞拉岡、精靈列葛拉斯、西佛德的厄肯布蘭德與黃金宮殿的王族們。驃騎國的洛希人騎士們圍繞在他們周圍。驚奇感蓋過了勝利帶來的喜悅，他們的目光也轉向樹林。

忽然響起了一聲吶喊，遭到趕入赫姆關的人們走下赫姆堤。裡頭包括老蓋姆林，與伊歐蒙德之子伊歐墨，葛羅音之子金力走在他們身旁。他沒有戴頭盔，頭上還纏了條沾血的紗布，但他的嗓音仍然強而有力。

「四十二人，列葛拉斯大爺！」他叫道，「哎呀！我的斧頭凹了洞，第四十二個歐克獸人的脖子戴了鐵項圈。你的戰績如何？」

「你比我多出一人。」列葛拉斯回答，「但我不會跟你爭，能看到你活著真是太好了！」

「歡迎，外甥伊歐墨！」希優頓說，「看到你安全脫困，讓我寬心無比。」

「你好，驃騎王！」伊歐墨說，「黑夜已經離去，白日再度降臨。但白日也帶來了奇怪的消息。」他轉身好奇地眺望遠方，先望向樹林，再看向甘道夫。「你再度出乎意料地在緊急時刻現身。」

「出乎意料？」甘道夫說，「我說過我會回來這裡見你們。」

「但你沒有說歸來的時刻，也沒有預先說明你到來的方式。你帶來了奇特的救兵。你的巫術果然強大，白袍甘道夫！」

「也許吧。但即便如此，我也還沒展現法力。我只是在危急時刻提供意見，並善用影鬃的速度。你們自己的勇氣帶來了更大的功效，而西佛德人民的強健雙腿也跋涉了整晚。」

眾人更好奇地望著甘道夫。有些人不安地注視森林，並用手拂過眉間，彷彿覺得自己的雙眼看到了與他不同的景象。

甘道夫愉快地大笑。「這些樹嗎？」他說。「不，我和你們一樣都看到了樹林。但這並非我造成的結果。這是超出智者想法的奇蹟。比我的計畫更好，甚至比我預料中的發展好太多了。」

「如果這並非你所為，那又是誰的巫術？」希優頓說，「顯然不是薩魯曼的。有某個我們還不曉得的強大智者嗎？」

「這不是巫術，而是更古老的力量。」甘道夫說，「遠在精靈開始歌唱、或是鐵鎚聲響起前，這股力量就已在世上行走了。

在尋獲鐵礦與砍下樹木前，
當月下的山脈仍然年輕時，
在魔戒鑄造前，在噩耗浮現前，
多年前它早已漫步於森林之中。」

「這道謎題的答案是什麼？」希優頓說。

「如果你想知道，就該和我去艾森格。」甘道夫回答。

「去艾森格？」眾人叫道。

「沒錯。」甘道夫說，「我要返回艾森格，願意來的人也可以同行。我們可能會在那看到奇特光景。」

「但就算驃騎國的人民全數聚集，傷痛與倦意也逐一痊癒，人數依然不夠攻擊薩魯曼的要塞。」希優頓說。

「無論如何，我都會前往艾森格。」甘道夫說，「我不會在那裡久待。我的目的地現在在東方。在下弦月出現前，在伊多拉斯和我碰面！」

「不！」希優頓說，「我在黎明前的黑暗時刻質疑過，但我們不會再分道揚鑣了。如果你建議如此，我就會和你同行。」

「我想盡快和薩魯曼談話。」甘道夫說，「既然他對你帶來莫大傷害，你在場便恰如其分。但你多快能動身？」

「我的手下經歷戰鬥後都很疲憊。」國王說，「我也感到疲倦。因為我歷經長途跋涉，也沒有睡多少。唉！我真的老了，也不只是由於蛇信的讒言所騙。沒有醫生能徹底診治這種症狀，就連甘道夫都辦不到。」

「那現在就讓所有要和我同行的人休息吧。」甘道夫說，「我們會在夜色下趕路。這樣也好，我建議從現在開始，我們得盡可能祕密進行所有行動。但別派太多人與你同往，希優頓。我們要去談判，並非作戰。」

國王隨即挑選了沒有受傷並擁有駿馬的人，並派他們將勝利的消息傳遍驃騎國每座谷地。他們也帶來了他的召集令，要所有老少男丁都盡快前往伊多拉斯。在滿月後的第三天，驃騎王會在那聚集所有能攜械的人。至於要和他前往艾森格的人，國王挑選了伊歐墨與二十名王宮衛士。亞拉岡、列葛拉斯和金力將與甘道夫同行。儘管負傷，矮人卻不願留下。

「那一擊沒多大力道，頭盔也把它擋了下來。」他說，「歐克獸人帶來的皮毛傷才不會讓我卻步不前。」

「當你休息時，我會幫你療傷。」亞拉岡說。

國王隨後回到號角堡就寢，多年來他都沒有睡得這麼熟過，他挑選的人馬也前去休息。但其他沒有受傷的人，展開了忙碌工作；因為有許多人在戰役中陣亡，遺體還倒在原野或赫姆關中。

沒有歐克獸人生還，牠們的屍體多得無可計數。但有許多山民主動投降，他們十分害怕，也高聲求情。

驃騎國人民沒收了他們的武器，並要他們上工。

「去幫忙彌補你們犯下的惡行。」厄肯布蘭德說，「之後你們得宣誓，永不攜械通過艾森河淺灘，也不會加入人類的敵人。之後你們就可以自由返回故鄉。薩魯曼欺騙了你們。你們之中有許多人因為信任他而送命，但就算你們戰勝，獎賞也不會好到哪去。」

黑鬱地的人民大感訝異，因為薩魯曼告訴他們說，洛汗人生性殘忍，還會活生生燒死俘虜。

號角堡前的平原中央豎起了兩座土丘，底下埋葬了所有陣亡的驃騎騎士，一邊是來自東谷的人，另一邊則是西佛德的將士。但黑鬱地的居民被埋在赫姆堤下坡的另一處土丘中。國王護衛隊的隊長哈瑪，獨自長眠在號角堡陰影下的墳墓中。他在赫姆隘口前戰死。

歐克獸人們積聚成堆的屍體，則遠離了人類的墓塚，被堆在離森林樹蔭不遠的位置。人們感到不安，因為堆積如山的屍首數量太過龐大，無法妥善掩埋或焚毀。他們沒有帶多少柴薪來生火，而如果甘道夫沒有警告他們別傷害那些樹的樹皮或枝枒，也沒人敢拿斧頭去劈砍古怪的樹林。

「讓歐克獸人留在此處。」甘道夫說，「早晨或許會捎來新消息。」

到了下午，國王的人馬便準備啟程。埋葬遺體的工作當時才剛開始，希優頓也對失去他的衛士隊長哈瑪感到痛心，並往他的墳墓撒下第一抔土。「薩魯曼確實對我和這片土地帶來極大的傷害。」他說，「當我們見面時，我會記得這件事。」

當希優頓與甘道夫和同伴們順著赫姆堤下坡離開時，太陽已經逼近深谷壑西邊的山丘了。他們身後聚集了大批軍隊，由騎士們和西佛德的老幼婦孺組成，他們剛從洞穴中離開。他們用清亮的嗓音唱起勝利之歌，但隨即陷入沉默，想知道接下來會發生什麼事，因為他們的目光都聚焦在樹林上，也對樹木感到害怕。

騎士們抵達森林，並停下腳步；馬匹和人類都不願進去。灰暗的樹木散發強烈威脅感，周圍還有股陰影或霧氣。它們修長的樹枝如同四處摸索的手指般下垂，樹根如同奇異怪物的四肢般從地面隆起，底下也露出漆黑的洞窟。但甘道夫率領眾人向前走，而在從號角堡延伸出來的道路碰上樹林的位置，他們看到粗大的樹枝下出現了如同拱門的開口。甘道夫穿過這座開口，眾人也跟上他。使他們訝異的是，道路居然繼續延伸，深谷溪還在路旁流動；頭頂的天空中瀰漫金色陽光。但暮色已經籠罩兩側的巨型樹木，延伸到伸手不見五指的黑影中。眾人聽到裡頭傳來樹枝的嘎吱尖鳴，以及飄自遠方的叫聲，和模糊難辨的低沉聲響，正憤怒地咕噥著。他們沒看到任何歐克獸人和生物的跡象。

列葛拉斯和金力騎著同一匹馬，緊跟在甘道夫身邊，因為金力害怕這座樹林。

「這裡頭很熱。」列葛拉斯對甘道夫說，「我感到周圍有股強烈怒氣。你沒有感到空氣在你耳邊振動嗎？」

「有。」甘道夫說。

「那些倒楣的歐克獸人怎麼了？」列葛拉斯說。

「我想，沒人會知道答案。」甘道夫說。

眾人沉默地騎了一陣子馬，但列葛拉斯不斷觀望兩側，假若金力允許，他就會經常停下傾聽樹林中的聲音。

「這些是我見過最古怪的樹木了。」他說，「而我見過許多從橡實長成古木的橡樹。我真希望有時間能漫步在它們之間。它們有自己的聲音，我也遲早能理解它們的思維。」

「不，不！」金力說，「我們快離開它們！我已經猜到它們的念頭了：那是對所有兩足生物的恨意。它們的語言充滿了輾壓和勒緊的聲響。」

「並不是所有兩足生物。」列葛拉斯說，「我想你猜錯了這點。它們憎恨的是歐克獸人。因為牠們不屬於這裡，也不太理解精靈與人類。它們是從遠方的山谷來的。我猜呀，金力，它們是來自梵貢森林中的深谷。」

「那麼當地就是中土世界最危險的樹林。」金力說，「我該感激它們扮演的角色，但我不愛它們。你或許會覺得它們很棒，但我在這片土地上見識到更偉大的奇景，比世上任何樹林或林地更美麗，我的內心依然滿懷和它有關的回憶。

「人類的行為真奇怪，列葛拉斯！他們在此有北方世界最壯麗的景色之一，他們又怎麼稱呼它？居然叫它洞穴！洞穴！是戰爭時期的避難所，和儲藏食物的空間！好友列葛拉斯，你知道赫姆關的洞窟雄偉而絢麗嗎？如果外界早知道這點，就會有無數矮人特意前來觀賞！沒錯，他們會願意用黃金交換短暫一瞥！」

「我願意用黃金換取不看的權利，」列葛拉斯說，「如果我不小心走進去，還會付兩倍價格讓人放我離開！」

「你沒親眼看過當地，所以我原諒你的玩笑。」金力說，「但你說的全是蠢話。你覺得你們的國王在幽暗密林山丘底下居住的殿堂夠美了嗎？矮人們多年前還曾經協助建造該地。比起我在此見到的洞窟，它們不過只是小屋。裡頭有無盡的廳堂，還飄散著水珠滴進池子時的美妙樂音，如同星光下的凱勒德—薩雷姆般壯麗。

「列葛拉斯，當人們點燃火炬，走在飄蕩回音的圓頂下沙地，啊！這時候，列葛拉斯，寶石、水晶和珍貴礦脈便會在光滑的岩壁上綻放光彩。光芒會從層層疊疊的大理石中透出，大理石質地宛如半透明的貝殼，又如同格拉翠兒女王的纖纖玉手。裡頭有白色、番紅花色和黎明玫瑰般的粉紅色石柱，列葛拉斯，上頭除了凹槽，還扭曲成夢幻般的型態。它們從彩色地面上隆起，碰觸到從洞頂垂下的閃爍鐘乳石——這些構造如同結凍的雲朵，形成翅膀、繩索與簾幕，也如同倒吊宮殿中的長矛、旗幟和巨柱！平靜的湖水映照出它們的景象：如同從鋪滿清澈玻璃的漆黑池水上，看到光采動人的世界。連都靈都難以在睡夢中想像出的城市，順著大道與建有巨柱的大廳，延伸到光芒無法觸及的黑暗裂隙。銀色水珠滴答一聲落下，而玻璃般的水面上出現的渾圓漣漪，使所有高塔如同海底洞窟的水草與珊瑚般顫動。夜色頓時降臨，倒影隨之散去，火炬前往另一座廳室與別的夢境。裡頭有諸多廳堂，列葛拉斯，綿延不斷的大廳、圓頂與階梯，蜿蜒的通道一路延伸到山脈核心。洞穴！赫姆關的洞窟！我真是幸運，能夠逃到那裡！一離開它們，我就感到泫然欲泣。」

「為了讓你安心，我祝福你，金力。」精靈說，「希望你能在戰後安全歸來，並再度見到那些奇景。但別告訴你所有族人！從你的說法判斷，他們似乎已經沒什麼好做了。也許這片土地上的居民們沒洩漏太多是件好事，一整群攜帶鎚子、鑿子的忙碌矮人可能會帶來更多破壞。」

「不，你不明白。」金力說，「沒有矮人能對這種美景無動於衷。沒有都靈族人會從這些洞穴中挖掘岩石或礦物，除非裡頭有鑽石和黃金。你會為了柴薪，在春天砍倒百花盛開的樹林嗎？我們會妥善照顧這些華麗無邊的岩石，而不是大舉開發它們。我們會謹慎地一下接一下輕敲，或許在緊張的一整天中，只會鑿下一小片岩屑。我們會用這種方式開鑿，而隨著歲月過去，我們就能挖出新的通道，並展示依然漆黑的空間，也只能從岩間裂隙內窺探此處。還有燈光呀，列葛拉斯！我們會打造出如同曾在卡薩督姆中大放光明的吊燈。如果我們想要，就能驅離自從山丘形成就盤據在此的黑暗；而當我們想休息時，就會讓黑夜歸來。」

「你打動我了，金力。」列葛拉斯說，「我從沒聽過你用這種語氣說話。你幾乎讓我後悔沒見過這些洞穴了。我們來做個交易——如果我們安然從前方的危機中脫險，就一起旅行一陣子。你陪我去梵貢森林，我再與你去看赫姆關。」

「那不是我原本會走的路。」金力說，「但如果你答應和我回去洞穴，和我一起欣賞當地奇景的話，我就願意忍受梵貢森林。」

「我答應你。」列葛拉斯說，「但唉呀！我們得先把洞穴和森林拋在腦後。看吧！我們快抵達樹林盡頭了。離艾森格還有多遠，甘道夫？」

「大約十五里格，」甘道夫說，「從深谷壑開口到淺灘有五里格，而從那裡到艾森格大門又有十里格。但我們今晚不會通宵趕路。」

「等我們抵達時，又會看到什麼？」金力問，「你或許知道，但我猜不出來。」

「我也不確定。」巫師回答，「昨晚入夜時我在那裡，但後來發生了許多事。但我想，即便遠離了阿格拉隆德的輝光洞穴，你也不會覺得這趟旅程毫無意義。」

★　★　★

眾人終於穿過樹林，發現自己終於來到深谷壑的底部，來自赫姆關的道路在此分岔，一條向東通往伊多拉斯，另一條則往北伸向艾森格淺灘。當他們騎馬離開森林樹蔭時，列葛拉斯停了下來，並懊悔地回望。接著他忽然大叫一聲。

「有眼睛！」他說，「樹枝間的陰影中有眼睛往外看！我從來沒看過這種眼睛。」

因他的叫喊而感到訝異的其他人，也停下並轉身；但列葛拉斯策馬回頭。

「不，不！」金力大喊，「隨你想發什麼神經，但先讓我下馬！」

「別動，綠葉列葛拉斯！」甘道夫說，「先別回去森林裡！現在還不是時候。」

當他說話時，有三個古怪的形體從樹林中走了出來。他們和食人妖一樣高大，大約十二呎高；他們如同年輕的樹木般結實，全身似乎覆滿或長滿貼身的灰色與棕色樹皮。他們的四肢修長，手上也有許多手指，頭髮十分僵直，鬍鬚也呈現苔蘚般的灰綠色。他們用肅穆的眼睛往外看，但沒有望向騎士，他們的目光注視著南方。忽然間，他們把修長的手伸到嘴邊，發出號角聲般響亮的鳴叫，但聽起來更有複雜的韻律感。附近傳來了回應聲，騎士們便再度轉身，發現有同種生物正橫跨草地走來。他們迅速從北方逼近，如同邁開大步的涉水蒼鷺般行走，但速度與蒼鷺不同，因為他們踏出步伐漫長的雙腿，動得比蒼鷺的翅膀還快。騎士們高聲驚呼，有些人還握住了劍柄。

「你們不需要武器。」甘道夫說，「這些生物只是牧人。他們不是敵人，也絲毫不在意我們。」

情況似乎如此，因為當他說話時，這些高大生物便在走進森林後消失，一眼都沒看騎士們。

「牧人！」希優頓說，「他們的牧群在哪？他們是什麼東西，甘道夫？對你來說，他們顯然並不陌生。」

「他們是牧樹人。」甘道夫回答，「你太久沒聽爐邊故事了嗎？在你的國度中有些孩子，能從曲折離奇的故事中，找出你問題的答案。國王呀，你見到了恩特樹人，來自梵貢森林的恩特樹人；你們的語言中將此地稱為恩特森林。你覺得那名字只是出自幻想嗎？不，希優頓，事實恰好相反：對他們而言，你們才是轉瞬即逝的故事。從少年伊洛到老希優頓之間的所有歲月，對他們來說只不過是剎那間的事。你家族的所有事蹟，也只是輕如鴻毛的小事。」

國王陷入沉默。「恩特樹人！」他最後說道，「我想，我終於從晦澀的傳奇中，稍微理解樹木的神奇之處了。長久以來，我們照料著牲畜與田野，建造我們的房子，製作我們的工具，或是策馬前去協助米那斯提力斯的戰爭。我們將之稱為人類的生活與世道。我們不太在意國土邊境外的事。我們的歌謠中提及了這些生物，但我們遺忘了那類歌謠，只輕率地照風俗教孩子唱起它們。現在這些歌謠的內容已從奇異地點來到我們身邊，大步行走在太陽下。」

「你該感到慶幸，希優頓王。」甘道夫說，「遭受威脅的不只是人類的渺小生命，還有這些你認為只是傳說的生物。你還有盟友，即便你不清楚他們的存在。」

「但我也感到悲傷。」希優頓說，「無論戰局會如何演變，這些美好神奇的事物，不也會永遠從中土世界上消失嗎？」

「很有可能。」甘道夫說，「沒人能徹底修補索倫的惡行，也無法讓一切回到往昔。但我們注定得面臨這種時代。我們繼續這趟旅程吧！」

眾人離開深谷壑和森林，踏上前往淺灘的道路。列葛拉斯不情願地跟上。太陽已經落下，並沉入地平線下。當他們騎馬離開山丘的陰影時，往西望向洛汗隘口，該處的天空依然一片通紅，浮雲下也有還有耀眼光芒。有許多黑鳥在天上盤旋飛翔。有些發出悲鳴的鳥飛過眾人頭頂，回到岩石間的住處。

「食腐鳥類正忙著飛向戰場。」伊歐墨說。

人們的步調緩慢，黑暗籠罩住身邊的平原。即將化為滿月的月亮緩緩昇上天空，在冷冽的銀色月光下，草原如同寬闊灰海般上下起伏。當他們離開分岔路口四小時後，來到淺灘附近。長坡一路延伸到高聳草坡間的礫石河灘。他們在風聲中聽到狼嚎。想起諸多在此戰死的戰士後，眾人的心情便備感沉重。

道路伸入升高的草岸之間，劃過河邊的臺地，再從對岸上升。溪流對岸有三條以扁平石塊構成的路線，石塊間有馬匹能行走的淺灘，從兩側河岸延伸到中央光禿的沙洲。騎士們望向底下的路口，心中覺得十分古怪。往昔的艾森河淺灘總是傳出河水拍擊岩石的嘈雜聲響。河床已幾乎乾涸，成了只剩下鵝卵石與灰沙的荒地。

「這裡變得太淒涼了。」伊歐墨說，「河流碰上了什麼災禍？薩魯曼摧毀了許多美好事物：他也吞沒了艾森河的泉水嗎？」

「看起來是如此。」甘道夫說。

「唉呀！」希優頓說，「我們一定得經過這裡嗎？禽獸們在此吞噬了眾多精良的驃騎騎士。」

「我們得走這條路。」甘道夫說，「你手下的死確實令人難過，但你會發現，至少山中的狼群不會拿他們果腹。牠們享用的，是自己的朋友歐克獸人，這就是牠們的友誼。來吧！」

眾人騎馬走到河邊，而當他們靠近時，狼群便停止嚎叫並紛紛逃跑。看到月下的甘道夫，以及閃動銀光的影鬃，就使牠們感到恐懼。騎士們抵達河中沙洲，而晶亮的眼睛膽怯地在河岸邊的陰影中注視他們。

「看吧！」甘道夫說，「朋友們在這裡忙了一陣。」

眾人發現沙洲中央有座土丘，周圍環繞著石頭，也插了許多根長矛。

「所有在這附近戰死的驃騎國人民都埋在這裡。」甘道夫說。

「讓他們在此長眠吧！」伊歐墨說，「當他們的長矛腐朽生鏽時，願他們的墳塚仍舊屹立不搖，繼續看守艾森河淺灘！」

「這也是你辦到的嗎，吾友甘道夫？」希優頓說，「你在一個晚上辦到了許多大事！」

「我得到影鬃和其他人的協助。」甘道夫說，「我騎得又快又遠。但為了讓你安心，我就在墓塚旁向你解釋：有許多人在淺灘上的戰役中遭到殺害，但人數比傳言中少。有更多人四散各處，我盡力聚集了他們。我把一些人和西佛德的葛林波德派去見厄肯布蘭德。我也派一些人埋葬了這些遺體。他們現在跟隨了你的元帥艾夫赫姆。我派他和許多騎士前往伊多拉斯。我知道薩魯曼派出所有軍力對抗你，他的僕人們也從其他要務中改道前往赫姆關。這一帶似乎毫無敵人，但我擔心狼騎士與盜匪可能會趁無人防衛梅杜賽德時前往該處。但我想你現在不必擔心了，你的家園會迎接你歸來。」

「我也慶幸能再見到它。」希優頓說，「不過，我相信自己不會在那待上太久。」

眾人隨後對沙洲與墓塚道別，並渡過河流，爬上對岸。他們再度上馬，非常樂於離開淒涼的淺灘。當他們離開時，狼群便再度嚎叫起來。

有條古道從艾森格通往路口。它沿著河流延伸了一陣子，先順著河水往東彎，再往北轉。但最後它轉向並直接朝向艾森格大門。門口位於山谷西側，離出口有十六哩多的距離。

他們沿著這條路前進，但沒有走在路面上——道路旁的地面穩固而平整，並有綿延好幾哩的短草地。他們騎行的速度更加快速，午夜時分，艾森河淺灘就已落到五里格後了。他們在此停下腳步，結束當晚的路程，因為國王已經累了。他們抵達了迷霧山脈的山腳，眼前正是南庫魯涅的漫長支脈。他們面前的谷地一片漆黑，因為月亮已飄入西方，丘陵也阻擋了月光。但從谷地的深影中升起一大片濃煙與蒸氣。隨著煙霧飄起，它便遮蔽落月的光輝，並擴散成閃動微光的龐大黑銀色雲霧，並擋住星空。

「你怎麼想，甘道夫？」亞拉岡問，「整座巫師谷似乎起火了。」

「在這段日子裡，那座山谷上頭總是濃煙密布。」伊歐墨說，「但我從來沒看過這種景象。這些是蒸氣，而不是煙霧。薩魯曼為我們準備了某種陷阱。也許他煮沸了整條艾森河，所以河才乾了。」

「或許吧。」甘道夫說，「明天我們就會知道他做了什麼。如果可以的話，我們先休息一陣子吧。」

他們在艾森河的河床邊紮營，河道依然無聲且空盪。有些人睡了一下。但夜深時，哨兵們叫了起來，所有人也隨之驚醒。月亮已失去蹤影，繁星在天空閃爍，地面上有股比夜色更幽深的黑暗正在蔓延。它從河流兩側飄向眾人，並往北前進。

「留在原地！」甘道夫說，「別拿出武器！等等！它會離開你們的！」

他們身邊飄起了霧氣。天上的幾顆星星依然泛出微光，但兩側都浮現了伸手不見五指的黑暗。他們身處移動黑影間的狹窄通道。眾人聽到說話聲，其中有低語聲和無盡的沙沙低響。大地在他們腳下搖晃。他們覺得時間過了很久，使坐著的眾人感到害怕。但黑暗與低響最後終於離開，消失在山區支脈之間。

★ ★ ★

在南方的號角堡，人們在午夜時分聽見巨響，彷彿山谷中吹起了風，地面也隨之震動，而所有人都感到畏懼而不敢外出。但當人們在早上走到外頭時，便大吃一驚，因為戰死的歐克獸人已全數消失，樹林也不見了。赫姆關山谷下坡的青草遭到輾壓，上頭還有棕色的足跡，彷彿巨大的牧人曾將龐大牧群趕到此處。但赫姆堤下坡一哩處的地面出現了一處大坑，上頭有座以石塊堆成的丘陵。人們相信他們殺死的歐克獸人都被埋在裡頭，但沒人確定那些逃進森林的士兵是否也在其中，因為從來沒人踏上那座石丘。日後人們將之稱為死人崗，上頭也沒有長草。但沒人在深谷壑中再見過那些奇怪的樹木。它們在夜晚返鄉，也回到梵貢森林的漆黑谷地。他們就此完成了對歐克獸人的報復。

國王與他的人馬當晚沒有入睡，但他們也沒看到、聽見其他怪事，除了一件事：眾人身旁的河流又響起了水聲。石頭間再次浮現急促的流水聲，而當黑影離去時，艾森河便如往常般再度潺潺流入河床。

他們在黎明時準備離開。灰濛的陽光照亮大地，眾人沒有看到太陽升起。高空中瀰漫著大霧，身邊的大地有股臭味。一行人緩緩前進，策馬走上道路。道路寬闊堅硬，也受過妥善照料。人們能在迷濛的霧氣中分辨出左方隆起的支脈。他們進入了巫師谷南庫魯涅。那是座地勢隱蔽的山谷，只能從南方進入。它曾一度秀麗蔥鬱，艾森河也流經此地，在它進入平原前，就已是條深邃洶湧的河流了。因為許多湧泉與小溪都匯流而入，這些溪水來自遭受雨水沖刷的山丘；艾森河周圍環繞著宜人而肥沃的土地。

但現況並非如此。艾森格的圍牆下依然有由薩魯曼的奴隸耕種的田地，大部分谷地成為長滿雜草與荊棘的荒野。野薔薇蔓生在地，或攀上灌木叢與陡坡，營造出小型動物會居住其中的粗糙洞穴。那裡沒有長任何樹，但在稀疏的野草間，依然能看見古老樹林遭到焚燒與砍倒的樹墩。這是個落魄的地區，除了急流沖刷石塊的聲響外，什麼聲音也沒有。濃煙與蒸氣飄入灰濛的雲層，並籠罩山谷。騎士們沒有交談。許多人心中抱持疑慮，想知道他們的旅途究竟會碰上什麼糟糕的終點。

當他們騎行幾哩後，道路就變成寬闊的街道，上頭鋪有平坦、方正的巨石，建築工法十分巧妙。所有縫隙中都看不到任何野草。兩側的深溝中流著咕嚕作響的清水。眾人忽然看到前方出現了一座高柱。它整體漆黑，頂端擺了一顆巨石，經過雕刻與描繪後，它形成了一隻修長白手的模樣。它的手指指向北方。他們清楚艾森格大門肯定就在不遠處，大夥的心情也變得沉重，但他們的視線仍舊無法穿透前方的迷霧。

多年來，人稱艾森格的古老地區位在巫師谷中的山區支脈下。有部分結構順著山勢而建，但昔日的西陸人類曾在此大興土木。在這裡居住多年的薩魯曼，也沒有絲毫懈怠。

在薩魯曼被眾人視為巫師之首的生涯高峰時，此處的樣貌如下：有一圈狀似高崖的雄偉石牆，矗立在山壁的遮蔽之下，並從山壁旁向外伸，再繞回原處。僅有的一處出口是自南牆鑿出的大型拱門，隧道由此穿越黑色岩石；兩頭都裝有巨大鐵門。門板裝設在龐大的絞鍊上，鋼栓則深深插入原石，當卸下門閂時，光用雙臂就能毫不費力地將大門輕輕推開。走出隧道，訪客會見到廣大的圓形平原，低陷如同一只巨大的淺碗，直徑有一哩長。此地曾鬱鬱蔥蔥，林蔭小路遍布四野，處處可見飽滿的果樹林，由山上流入湖中的溪水所灌溉。但在薩魯曼晚近的統治下，這裡的綠意已蕩然無存。道路上鋪滿漆黑堅硬的石板，路旁也不再長滿樹木，取而代之的是長排高柱，有些由大理石製成；有些則以銅與鐵鑄造，並以沉重的鍊子相連。

在此有許多房屋，內側圍牆上開鑿出諸多房間、廳堂與通道，開闊的石圈中充滿無數的窗戶與陰暗的門扉。那裡能容納數千人：工人、僕人、奴隸和戰士，還有大量的軍械，底下深處的獸穴豢養著狼群。平原上也滿布坑洞，挖出了深邃井道，頂端開口覆蓋著低矮土丘和石造圓頂，因此月光下的艾森格石圈，看起來就像死者無法安息的墓園。地面不時震動著，井道順著許多斜坡和螺旋梯通往地底深處的洞窟，薩魯曼在此建有寶庫、儲藏室、軍械室和鐵匠鋪，還有大型的鍋爐。此處的鐵輪不停旋轉，沉重的鐵鎚聲也此起彼落。到了夜晚，大量蒸氣從通風口飄出，地底的紅光、藍光或劇毒般的綠光，照亮了這些煙霧。

所有道路都沿著鐵鍊延伸到空地中心，這裡矗立著一座外形奇異的高塔。打造出艾森格石圈的古代工人，也建造了這座塔，但它看來不像出自人類的工藝，而像是遠古山丘隆起時，從大地骨幹迸裂出的碎片。它是座山尖般的岩島，漆黑、堅硬、閃閃發亮：由四座多切面石柱融為一體，靠近頂端處形成向上張開的巨角，末端如同矛尖般銳利；刀刃般鋒利。巨角中有塊狹窄空間，寫著古怪的符號，到此的訪客佇立於平原上方五百呎高的頂端。這就是歐散克塔，薩魯曼的要塞。這座塔的名稱（可能是特意為之，也或許是巧合）有兩種意義：在精靈語中，歐散克象徵牙山，但在古代驃騎國的語言中，則代表狡猾之心。

艾森格是個固若金湯的奇特地點，長久以來也十分優美。此地曾有貴族居住，他們是駐守在西方的剛鐸大將，智者也曾在此觀星。但企圖倒戈的薩魯曼則緩緩改建它，遭到欺瞞的他以為自己能強化此地。為了各式巧計與精妙裝置，放棄了過往的智慧，他喜孜孜地認為出自內心的一切創意，其實都來自魔多。比起邪黑塔巴拉多這座雄偉要塞中的軍械庫、監獄與強大的鍋爐，他所製作的一切都不過是渺小的複製品，如同孩童的模型或奴隸的奉承。巴拉多不會容忍任何競爭對手，也嘲笑著對方的逢迎行徑，並靜待時機，穩坐於充滿自傲與無窮力量的寶座上。

這就是薩魯曼的要塞在傳說中的樣貌。在洛汗人民有生以來的記憶中，從未有人穿越此地大門。或許只有如蛇信等少數幾人除外，這些人祕密來到此處，也沒有把所見所聞告訴別人。

甘道夫策馬往白手巨柱旁，當他經過時，騎士們就驚奇地發現，那隻手已不再潔白。

上頭彷彿沾滿了乾涸的血液，靠近觀察時，發現它的指甲呈現紅色。甘道夫滿不在乎地騎入霧氣中，眾人也不大情願地跟上他。周圍彷彿曾經歷過突如其來的洪水肆虐，道路旁出現寬闊的水塘，流水填滿了凹地，小溪在石塊間潺潺流動。

最後甘道夫停下腳步，並對眾人招手。騎士們跟了過去，發現他面前的霧氣已經消散，蒼白的陽光為之閃爍。已經過了中午。他們抵達了艾森格大門。

扭曲的門板癱倒在地，碎裂成尖銳碎片的石塊散落一地，有些飛到遠處，或是形成數堆礫石。大型拱門依然在原處聳立，但它後頭此刻是沒有屋頂的裂隙。隧道遭到挖空，而透過懸崖般的岩壁，可以看到兩側出現巨大的裂痕與破損；上方的高塔都已化為齏粉。假若大海升起怒濤，與風暴一同落在山丘上，也無法帶來更大的傷害。

遠方的石圈中滿是煙霧裊繞的積水。它像只冒泡大鍋，木梁與圓杆、木箱和桶子與破損的工具在水上載浮載沉。扭曲傾倒的石柱從水面上揚起碎裂的部分，所有的道路都已沉入水中。飄蕩的雲霧，似乎些微遮掩了遠方的岩島。漆黑高聳的歐散克塔，仍舊沒有遭到風暴損傷分毫。黯淡的池水拍打著基座。

國王和所有人馬沉默地坐在馬上，驚奇地發現薩魯曼的力量居然遭到推翻，但他們猜不出原因。眾人將目光轉向拱門與毀損的大門，發現身旁有處高大的礫石堆，忽然察覺有兩個矮小人影輕鬆地躺在上頭——他們身穿灰衣，很難在岩石間分辨出他們。他們身邊擺了瓶子和碗盤，彷彿剛吃飽在休息。其中一人似乎睡著了，而另一人翹著腿，把雙臂枕在腦後，背靠著一塊破損的岩石，從口中吐出纖細的煙霧與一圈圈青煙。

有那麼一瞬間，希優頓與伊歐墨和所有人馬都驚奇地盯著他們瞧。在艾森格的廢墟中，這對他們而言似乎是最古怪的光景。但在國王開口前，口吐煙霧的小人便突然察覺沉默地站在霧氣邊緣的眾人；立刻起身。他看起來像個年輕人，不過身高只不過是常人的一半。他長滿棕色鬈髮的頭頂沒有帽子，身上穿著歷經風霜的斗篷，顏色和形狀與甘道夫的同伴們前往伊多拉斯所穿的相同。他深深鞠躬，把手擺在胸口上，看似沒有發現巫師與他的朋友們，並轉向伊歐墨與國王。

「歡迎各位大人駕臨艾森格！」他說，「我們是守門人。我的名字是薩拉達克之子梅里雅達克。而我的同伴，唉呀！他累倒了——」他用腳踢了一下另一人。「他是圖克家族的帕拉丁之子皮瑞格林。我們的家園遠在北方。薩魯曼大人待在裡頭，但目前他和蛇信閉門不出，不然我相信他會親自前來迎接各位貴客！」

「這是當然！」甘道夫笑道，「是薩魯曼命令你們在大快朵頤後看守他損壞的大門，並且觀察客人何時到來嗎？」

「不，大人，他沒想到這些事。」梅里嚴肅地說，「他非常忙碌。我們的命令來自接掌了艾森格的樹鬍。他要我用恰當的言語迎接洛汗之王。我已經盡我所能了。」

「那你的同伴們呢？列葛拉斯和我呢？」忍不下去的金力叫道，「你們這些小混蛋，毛頭毛腳的懶惰鬼！你們害我們找了一大段路！我們走了兩百里格，穿越沼澤和森林，還經歷了戰爭和死亡，就為了營救你們！結果我們居然發現你們在這悠閒地大快朵頤——還抽菸！抽菸！你們是從哪弄來菸草的，臭小鬼？鐵鎚和火鉗呀！我現在生氣又開心，如果我沒氣炸，那才神奇！」

「你說出了我的心聲，金力。」列葛拉斯笑道，「不過我更想知道他們是怎麼弄到葡萄酒的。」

「你們在找尋時沒發現某樣東西——就是靈光的腦袋。」皮聘睜開一隻眼睛說。「你們在勝利的戰場發現坐在戰利品上的我們，居然還認為我們理所當然地享受很奇怪！」

「理所當然？」金力說，「我真不敢相信！」

騎士們大笑出聲。「我們肯定見證了好朋友的重逢。」希優頓說，「這些就是你失蹤的同伴嗎，甘道夫？這些日子注定會充滿驚奇。自從離家後，我已經見到了許多奇景，但現在我面前又出現了另一支傳奇種族。這些是不是半身人，也就是我族稱為霍比特拉族[1]的生物？」

「請叫我們哈比人，王上。」皮聘說。

「哈比人？」希優頓說，「你們的語言變得真多，但名稱聽起來很恰當。哈比人！我聽過的傳聞，都不比真相迷人呀。」

梅里鞠了躬，皮聘則起身並深深鞠躬。「您太客氣了，王上。我希望我能相信您的話。」他說，「這也是另一件驚人的事！自從我離家後，曾經過許多地區，但一直到現在，我才發現有人聽說過關於哈比人的事。」

「我的族人多年前來自北方。」希優頓說，「但不騙你，我們完全不曉得關於哈比人的故事。我們只知道，在越過諸多山丘與河流的遙遠地帶，有群住在洞穴與沙丘中的半身人。但我們不曉得跟他們事蹟有關的傳說，據說他們不太喜歡做事，也會避開人類的注意，還能在一瞬間消失。他們也能改變聲音，模仿鳥鳴。但事實上似乎還有不少特徵。」

「的確，王上。」梅里說。

「比如說，」希優頓說，「我沒聽說他們會從嘴裡噴煙。」

「這並不意外，」梅里回答，「因為這是我們這幾個世代來才產生的技藝。來自南區的托伯・吹號者，是第一個在他家花園種出真正菸草的人，根據我們的曆法，當年是一〇七〇年。至於老托比是如何找到那種植物……」

「你不明白自己的危險，希優頓。」甘道夫打岔道，「如果你耐心地鼓勵他們，這些哈比人就會坐在遺跡旁談起餐桌瑣事，或是他們父執輩、祖父輩、曾祖父輩和遠方親戚的雞毛蒜皮小事。等別的時間再聊抽菸的歷史。樹鬍在哪，梅里？」

「我想是在北邊。他去喝點清水。大多恩特樹人都和他在一起，忙著工作——就在那裡。」梅里向冒著蒸氣的湖泊揮了揮手。當眾人望去時，就聽到了遠處傳來的轟隆聲與沙沙聲，彷彿有落石從山壁上掉下。遠方也飄來一陣轟轟聲，彷彿是勝利的號角。

「那沒人看守歐散克塔嗎？」甘道夫說。

「有積水呀。」梅里說，「但快枝和其他恩特樹人都在監視。平原上的欄杆和柱子並

———

1　譯注：Holbytla，此處原文採複數型態 Holbytlan。

不都是薩魯曼擺的。我想，快枝應該站在岩塔旁，靠近階梯底部。」

「對，有個又高又灰的恩特樹人站在那裡。」列葛拉斯說，「但他的手臂擺在身體兩側，像棵看門樹般站得挺直。」

「中午已經過了，」甘道夫說，「從清晨以來，我們就沒吃過東西。但我希望能盡快見樹鬍。他有留話給我嗎，還是食物與美酒讓你們忘了這件事？」

「他有留話。」梅里說，「我正要提，但有太多問題干擾我了。我本來要說，如果驃騎王和甘道夫願意騎馬前往北牆，就會在那碰上樹鬍，他也會迎接各位。我也得說，各位會在那找到由在下兩人準備的頂級佳餚。」他鞠了躬。

甘道夫哈哈大笑。「這才像話！」他說，「哎，希優頓，你想和我去見樹鬍嗎？我們得繞路過去，但地點並不遠。當你見到樹鬍時，就會學到許多事了。樹鬍就是梵貢，也是最年長的恩特樹人領袖，當你和他交談時，便能聽到最古老生物的話語。」

「我會和你一起去。」希優頓說，「再會了，哈比人們！希望我們能在我的宅邸中重逢！到時你們能坐在我身旁，盡情把想講的一切都告訴我，無論是你們祖先多遠以前的事蹟都行。我們也能聊聊老托伯和他的藥草知識。再見！」

哈比人們深深鞠躬。「那就是洛汗國王呀！」皮聘低聲說，「真是討人喜歡的老先生，他很有禮貌。」

# 第九章——

# 劫後漂流物

甘道夫和國王的人馬策馬離開，並轉向東方，繞過艾森格毀損的石牆。但亞拉岡、金力與列葛拉斯留了下來。他們讓阿洛德和哈蘇費去附近找草吃，並過來坐在哈比人身旁。

「好啦，好啦！狩獵結束了，我們也終於重逢，先前完全沒人預料到這會發生。」亞拉岡說。

「既然大人物們去討論重要事務，」列葛拉斯說，「獵人們或許就能為自己碰上的小謎題找出解答了。我們追蹤你們到森林去，但我還想釐清不少細節。」

「我們也想知道發生在你們身上的事。」梅里說，「我們從那個老恩特樹人樹鬍口中聽說了不少，但聽得還不夠。」

「慢慢來。」列葛拉斯說，「我們才是獵人，你們該先把自己的經歷告訴我們。」

「或是等等再講。」金力說，「吃完飯後再聽比較好。我的頭很痛，而且中午已經過了。你們這些懶鬼或許可以找些之前提過的戰利品來補償我們。食物和飲料能彌補一點我對你們的怨氣。」

「當然可以。」皮聘說，「你們要在這裡，還是要去薩魯曼守衛室的廢墟裡吃？那裡更舒服點，就在拱門底下。我們得在這裡野餐，以便注意道路。」

「顯然沒有很專心！」金力說，「但我不進歐克獸人的屋子，也不會碰歐克獸人吃的肉，或是牠們染指過的東西。」

「我們不會要你這樣做。」梅里說，「我們已經遇過夠多歐克獸人了。但艾森格還有其他人住。薩魯曼清楚不該信任他的歐克獸人。他讓人類管理他的大門；我猜，那些是他最忠心的僕人。總之，這些人的待遇不錯，也有很棒的食物。」

「有菸草嗎？」金力問。

「不，我想沒有。」梅里笑道，「但那又是另一回事了，我們可以等到午餐後再談。」

「那我們先去吃午餐吧！」金力說。

哈比人們帶著路，眾人通過拱門，抵達左側的寬敞門口。它直接導向一座大房間，遠端還有其他小門，有側牆邊則有壁爐和煙囪。房間是從岩石中所鑿出，裡頭肯定也曾十分黑暗，因為它的窗口面對隧道。但光線現在從破裂的屋頂中灑下。壁爐中正燒著柴火。

「我生了點火。」皮聘說，「這讓我們在霧氣裡開心了點。附近有些柴薪，而我們能找到的大多木柴都溼了。但煙囪中有股強烈氣流，管道似乎往上穿過岩牆，還好它沒有遭到堵塞。有火就方便了。我來幫你們烤點吐司。但麵包恐怕已經放三四天了。」

亞拉岡和他的同伴們在一張長桌的盡頭坐下，哈比人們則消失在其中一道內側門口。

「裡頭有儲藏室，也幸好水沒淹進去。」當他們帶著碗盤、杯子、刀子和各種食物回來時，皮聘就說道。

「你不用對這些食物皺鼻子，金力大爺。」梅里說，「這不是歐克獸人的飼料，而是人類的食物，樹鬍是這麼說的。你們想要葡萄酒或啤酒呢？裡頭有個木桶——味道很不錯。這也是頂級的醃豬肉。或者我也可以幫你們切點培根，再烤熟它們。抱歉，這裡沒有青菜，最近幾天的貨源不太穩定！我只能提供用來塗麵包的奶油和蜂蜜。你們滿意嗎？」

「當然了。」金力說，「我的氣消了不少。」

三人迅速吃起了東西，兩個哈比人也堂而皇之地吃起了第二頓餐點。「我們得好好陪客人呀。」他們說。

「你們今天早上真有禮貌。」列葛拉斯笑道。「但如果我們沒來，你們或許就得和彼此繼續相依為命了。」

「也許吧，何不這樣做呢？」皮聘說，「我們吃了歐克獸人的一堆爛東西，在那之前也沒吃什麼。我們似乎很久沒有盡情大快朵頤了。」

「這看起來確實對你們沒什麼影響。」亞拉岡說，「你們看起來非常健康。」

「對，你說得沒錯。」金力說，邊從杯子邊抬頭上下打量他們。「嘿，你們的頭髮比我們分開時更粗更捲了，我也敢發誓，你們倆都長高了點，我不曉得你們這年紀的哈比人還會長高。這個樹鬍肯定沒有餓著你們。」

「他沒有。」梅里說，「但恩特樹人只會喝東西，喝東西當然不夠了。樹鬍的飲料或許能滋養身體，但我覺得還是得吃點硬的東西。就連蘭巴斯也不適合每天吃。」

「你們喝了樹人的水，是嗎？」列葛拉斯說，「啊，我想金力並沒有看錯。有許多奇異歌謠提到梵貢森林的飲料。」

「那座土地還有許多奇異傳說。」亞拉岡說，「我從來沒進去過。來吧，告訴我更多事，還有關於恩特樹人的事！」

「恩特樹人，」皮聘說，「恩特樹人很——這個嘛，恩特樹人與彼此完全不同。但說到他們的眼睛，他們的眼睛很奇特。」他嘗試咕噥了幾句，接著逐漸陷入沉默。「噢，哎呀，」他繼續說，「你們已經從遠方看到某些恩特樹人了，他們早就發現你們，並回報說你們已經在路上了。我想，在你們離開前，還會看到許多成員。你們得拼湊出自己的想法。」

「等等，等等！」金力說，「我們從中間開始講故事了。我想從頭聽整件事的來龍去脈，從我們護戒隊瓦解的那天開始。」

「有時間的話，我就說給你聽。」梅里說，「但首先，如果你們吃飽了，就該填滿菸斗，再點起它們。我們可以假裝自己又安全地回到布理或裂谷，好好休息一下。」

他拿出裝滿菸草的小皮囊。「我們有一大堆，」他說，「等我們離開時，你們想裝多少走都行。皮聘和我今天早上在這裡搜刮了一陣。有很多東西在附近漂流。皮聘找到兩只小木桶，我想是從某個地窖或儲藏室被沖出來的。當我們打開木桶時，就發現裡頭裝滿了這些東西：全是品質良好的菸草，也沒有腐壞。」

金力拿了些葉子，在手中搓揉並嗅了嗅。「感覺起來不錯，聞起來也很棒。」他說。

「當然很棒！」梅里說，「親愛的金力，這是長底葉！木桶上有顯眼的吹號者家商標。我不曉得它是怎麼來到這裡的。我猜是給薩魯曼私用的。我不曉得它居然會被送到這麼遠的地方。但現在可有用了！」

「是啊，」金力說，「如果我有菸斗就好了。唉，我在墨瑞亞弄丟了我的菸斗，或是之前就掉了。你們的戰利品中沒有菸斗嗎？」

「不，恐怕沒有。」梅里說，「我們沒找到菸斗，連在守衛室裡也沒有。薩魯曼似乎只把這種好東西留給自己。我也不覺得能敲歐散克塔的門，跟他借菸斗！我們得共享菸斗，好朋友們在緊急時就得這麼做。」

「等一下！」皮聘說。他把手探進夾克的胸前口袋中，拿出了掛在一條細繩上的小軟袋。「我隨身攜帶了一兩個小寶物，對我來說和魔戒一樣珍貴。這是其中一個：我的舊木製菸斗。還有另一個沒用過的菸斗。我把它一路帶過來，但我不曉得原因。當我的菸草用完時，就從來沒料到會在旅途中找到任何菸草。但現在它終於派上用場了。」他舉起一只有寬扁斗缽的小菸斗，並把它遞給金力。「這讓你氣消了嗎？」它說。

「氣消！」金力叫道，「尊貴的哈比人，這讓我欠你一大筆人情了！」

「好吧，我要去外頭看看微風和天空的狀況！」列葛拉斯說。

「我們和你一起去。」亞拉岡說。

他們走到外頭，坐在門口前的石堆上。他們能看到底下遠方的山谷，霧氣逐漸消散，並隨風而逝。

「我們在這休息一會吧！」亞拉岡說。趁甘道夫在忙時，我們可以照他說的坐在遺跡旁聊天。我以前很少這麼疲憊過。」他用灰色斗篷裹住身子，蓋住他的鎖子甲，並伸展他的長腿。他隨即躺下，並從雙唇間吐出一抹輕煙。

「你們看！」皮聘說，「遊俠快步客回來了！」

「他沒有離開過。」亞拉岡說，「我是快步客，也是杜納丹，我同時屬於剛鐸與北方。」

他們沉默地抽了一陣子的菸，陽光照拂在他們身上；光芒從西方高處的白雲中斜照進山谷。列葛拉斯一動也不動地躺著，平穩地抬頭注視太陽和天空，並輕柔地對自己歌唱。最後他坐起身子。「好啦！」他說，「時間過得很快，如果你們這些怪人沒讓煙霧瀰漫全身的話，霧氣早就飄光了。不是要說故事嗎？」

「這個嘛，我的故事開始時，我從黑暗中醒來，發現自己被五花大綁關在歐克獸人的營地裡。」皮聘說，「我想想，今天是幾號？」

「夏爾曆法中的三月五日。」亞拉岡說。皮聘用手指算了一下。「九天前而已呀！」他說，「自從我們被綁走後，感覺起來已經過了一整年。哎，儘管有一半時間像是惡夢，我覺得在那之後過了非常可怕的三天。如果我忘掉重要細節的話，梅里會糾正我的。我不會講細節，像是鞭子、髒東西和臭味等等。那種事還是忘掉比較好。」他隨即說起波羅米爾的最後一戰，與歐克獸人從艾明穆伊前往梵貢森林的旅程。當不同細節與他們的猜測相符時，其他人便點起了頭。

「這裡有些你們拋下的寶物。」亞拉岡說，「拿回它們一定會讓你們感到高興。」他從斗篷下鬆開腰帶，並從上頭取下兩把裝在刀鞘中的刀子。

「哎呀！」梅里說，「我沒料到會再看到它們！我用我的刀砍了幾個歐克獸人，但烏古陸把刀子從我們手中搶走。牠的眼神太凶狠了！剛開始我以為牠會刺我們，但牠反而丟了刀子，彷彿它們十分燙手。」

「還有你的別針，皮聘。」亞拉岡說，「我幫你保管好它，因為這是極為寶貴的東西。」

「我知道。」皮聘說，「丟下它令我不捨，但我又能怎麼做呢？」

「沒有別的選擇。」亞拉岡回答，「無法在情急時拋棄寶物的人，就受到箝制了。你做了正確的選擇。」

「割斷你手上的繩索真是聰明之舉！」金力說，「你的運氣很好，但你也用雙手抓住了機會。」

「還讓我們感到大惑不解。」列葛拉斯說，「我以為你長出翅膀了！」

「可惜沒有。」皮聘說，「但你們還不曉得葛力斯納克的事。」他打起冷顫並停止說話，讓梅里講述最後的恐怖時刻——四處摸索的魔爪，炙熱的吐息，以及葛力斯納克多毛雙臂的駭人怪力。

「這些關於巴拉多歐克獸人的事讓我感到不安，牠們把那裡稱為路格伯茲。」亞拉岡說，「黑暗魔君已經得知太多事了，他的僕人們也是，爭論過後，葛力斯納克顯然向大河彼岸送出了口信。魔王的紅眼將緊盯艾森格。但薩魯曼因為自己的心機而進退維谷了。」

「沒錯，無論哪邊獲勝，他的願景都不太妙。」梅里說，「當他的歐克獸人踏進洛汗時，局勢就惡化了。」

「我們在森林邊緣瞥見了那個老惡棍。」金力說，「甘道夫是這樣暗示的。」

「在什麼時候？」皮聘問。

「五天前。」亞拉岡說。

「讓我想想，」梅里說，「五天前——我們現在講到你們一無所悉的部分了。我們在戰鬥隔天遇見樹鬍，當晚就住在湧泉廳，那是他的恩特屋之一。隔天早上我們前往參加恩特會議，那是恩特樹人的集會，也是我這輩子見過最古怪的事。它持續到了隔天，我們和一個名叫快枝的恩特樹人度過了那幾晚。接著在會議第三天下午快結束時，恩特樹人就忽然爆發。場面非常壯觀。森林的氛圍變得十分緊繃，彷彿有風暴在裡頭醞釀，它隨即爆炸開來。我真希望你們能聽聽他們出發時的歌聲。」

「如果薩魯曼有聽到，就算他得用自己的雙腿跑，現在也肯定躲到一百哩外了。」皮聘說。

「儘管艾森格固若金湯，冰冷刺骨，

走吧，走吧，開戰吧，劈開堅石，粉碎大門。

「歌曲不只這樣。歌曲中有很多部分沒有詞彙，就像是號角與鼓產生的音樂。一切刺激無比。但我當時以為那只是進行曲，只不過是條歌曲——直到我抵達那裡前。我現在明白事實了。」

「入夜後，我們從最後一道山脊爬進南庫魯涅。」梅里繼續說，「此時我首度感到森林本身在我們身後移動。我以為自己做起了跟恩特樹人有關的夢，但皮聘也注意到了。但我們之後才弄清楚真相。

「那些是胡恩，恩特樹人用『短話』這麼稱呼它們。樹鬍不願多談它們，但我想它們是變得幾乎和樹一樣的恩特樹人，至少外表是如此。它們沉默地站在樹林或林蔭中，無止無盡地看顧著樹木。但我相信，在最幽深的河谷中有成千上百個胡恩。

「它們的力量十分強大，也似乎能將自己藏在黑影中，很難看到它們移動。但它們確實會動。一旦它們動怒，就能快速移動。也許當你站著觀看天候，或傾聽颯颯風聲時，就會忽然發現，自己處在樹林中央，周圍全是張牙舞爪般的大樹。它們還有聲音，也能與恩特樹人交談；樹鬍說，因此它們才被稱為胡恩，但它們已經變得怪異又狂野。也很危險。如果附近沒有真的恩特樹人看管它們，我就不敢碰上它們了。

「這個嘛，剛入夜時，我們就沿著一條狹長山溝悄悄進入巫師谷上端，恩特樹人與沙沙作響的胡恩群則跟在後頭。我們自然看不見它們，但周圍瀰漫著嘎吱聲。那是個漆黑多雲的夜晚。當它們離開山丘後，就以高速移動，並發出如同風聲的呼嘯。月亮沒有從雲朵後探頭，而在午夜後不久，艾森格北方周圍便出現了一座高大樹林。附近沒有任何敵人或阻礙的跡象。塔上高處的一道窗口中閃著光芒，但沒有其他異狀。

「樹鬍和幾個恩特樹人慢慢前進，走到大門的視線範圍中。皮聘和我和他待在一起。我們坐在樹鬍的肩膀上，我也能感到他體內顫動的緊張。但即便當他們激動時，恩特樹人也仍舊謹慎並耐性十足。他們如同石雕般紋風不動，緩緩喘息並觀察。

「接著忽然出現了一股大騷動。號角高聲作響，艾森格的城牆也傳出回音。我們以為自己被發現了，戰鬥也即將展開。但情況並非如此。薩魯曼的大軍傾巢而出。我對這場戰爭的了解不多，也不太清楚洛汗騎士的事，但薩魯曼似乎打算用最終一擊解決國王和他所有的人馬。他淨空了艾森格。我目睹敵軍離開，其中有無止盡的歐克獸人陣列，還有不少部隊騎在巨狼身上。裡頭也有人類軍團。許多士兵都帶了火把，我也能在火光中看到他們的臉。大多都是普通人類，身材高大，並留著黑髮，儘管表情陰沉，但看起來不太邪惡。但軍隊裡還有其他外型可怕的成員——他們與人類同高，但長著哥布林的臉孔，膚色蠟黃，歪斜的眼睛中沒有絲毫善意。你們知道嗎，他們立刻讓我想起在布理遇見的那個南方人，不過他不像這些士兵般那麼像歐克獸人。」

「我也聯想到他。」亞拉岡說，「我們在赫姆關對付了許多這類混血歐克獸人。那個南方人顯然是薩魯曼的間諜，但我不曉得他是與黑騎士合作，或只為薩魯曼效力。很難判斷這些惡棍何時結黨，何時又在欺瞞彼此。」

「哎呀，總共算起來的話，至少有一萬名士兵。」梅里說，「他們花了一小時才穿越大門。有些人走上前往淺灘的道路，有些人則轉向東方。有座橋位在一哩外河水流經深邃河道的位置。如果你們站起來，就能看到了。他們全都用刺耳的嗓音唱歌並大笑，營造出醜惡的喧鬧聲。我覺得洛汗的情況非常不妙。但樹鬍沒有移動。他說：『我今晚的任務和艾森格與岩石有關。』

「儘管我看不見在黑暗中發生的事，但我相信當大門再度關上時，胡恩群就開始往南方移動。我想，它們的任務是對付歐克獸人。到了早上，它們就已經位在山谷遠處了。總之，那裡有股外人無法看穿的陰影。

「當薩魯曼送走手下大軍後，就換我們上場了。樹鬍把我們放下，並走到大門旁，開始敲擊門板，呼喚薩魯曼的名字。除了牆上飛來的箭矢與石塊外，裡頭沒有回應。但弓箭無法阻擋恩特樹人。飛箭自然會刺痛他們，也會激怒他們，就像螯人的蒼蠅。但就算恩特樹人身上如同針墊般插滿歐克獸人的箭矢，也不會受到嚴重傷害。首先，他們不會中毒，皮膚似乎也很厚，比樹皮還堅韌。得用斧頭用力揮下一擊，才能重創他們。他們不喜歡斧頭。但得讓許多刀斧手對抗恩特樹人才行，對恩特樹人砍下一刀的人，永遠沒有揮出第二下的機會。恩特樹人拳頭的力道，能把鋼鐵如同薄錫般打爛。

「當樹鬍身中許多箭矢，就開始感到生氣，照他的說法看來，也變得很『急躁』。他發出高昂的呼嗯呼聲，隨即有十幾個恩特樹人大步走來。震怒的恩特樹人會讓人嚇得屁滾尿流。他們的手指與腳趾會抓緊岩石，再把它如同麵包屑般扯下。那就像目睹龐大樹根一百年中的動作，全都在短短幾分鐘內發生。

「他們又推又拉，又搖又捶，隨著轟隆巨響，他們在五分鐘內就搗爛了巨門。有些恩特樹人也已經開始挖鑿岩牆，如同沙坑中的兔子。我不曉得薩魯曼以為發生了什麼事，但他絕對不曉得該如何應對。當然，他的巫術最近可能退步了，但我想他沒有多少勇氣，少了許多奴隸和機器等東西後，獨自待在困境的他就不怎麼勇敢了，希望你們明白我的意思。他和老甘道夫非常不同。我想知道，他是不是只因為選擇住在艾森格，才有了名氣。」

「不。」亞拉岡說，「他曾名符其實地偉大。他學識淵博，思緒敏銳，雙手技藝高強，也擁有能掌控人心的力量。他能說服智者，也能嚇唬弱者。他肯定還擁有這種力量。即便當他戰敗，我也不認為中土世界有任何人能安全地與他獨自交談。既然他的惡行已昭然若揭，或許甘道夫、愛隆和格拉翠兒辦得到，但其他人則不太可能成功。」

「恩特樹人很安全。」皮聘說，「他似乎曾和他們相處得不錯，但這種事不可能再發生了。總之，他並不了解他們；也犯了大錯，沒有考量到他們。他對他們毫無計畫，而當他們開始行動後，他也沒時間策劃了。當我們一開始攻擊，艾森格殘存的少數鼠輩就迅速從恩特樹人挖出的大洞中逃竄。在審問過他們後，恩特樹人們便讓人類離開，這一頭只有大約二三十人。我不覺得有任何大小的歐克獸人脫逃。肯定逃不過胡恩，這時整座樹林包圍著艾森格周遭，還加上前去山谷的那批胡恩。

「當恩特樹人將一大片南側岩牆拆得粉碎後，他剩下的手下落荒而逃時，薩魯曼便慌張地溜走。我們抵達時，他似乎來到大門，我想是為了觀看手下大軍離開吧。當恩特樹人闖進去時，他就急忙離開。他們剛開始沒發現他，但夜晚十分晴朗，星光也明亮無比，足以讓恩特樹人看清周圍。快枝忽然大喊一聲：『樹木殺手，樹木殺手！』快枝是個溫和的生物，但他因此更加痛恨薩魯曼。他的族人曾遭到歐克獸人的斧頭殘忍凌虐。他躍下內門前的通道，當他激動時，速度就快得像陣風。有個蒼白人影快步在巨柱陰影下跑進跑出，也幾乎要抵達通往塔門的階梯了。當時千鈞一髮。快枝急速追在他後頭，但當他差一兩步就要被抓起並捏扁時，他就及時鑽進了門口。

「當薩魯曼安全回到歐散克塔後，不久他就啟動了某些寶貴的機器。當時有許多恩特樹人在艾森格中，有些跟著快枝，其他人則由北方和東方破牆而入；他們四處走動，並造成極大破壞。忽然間，周圍升起烈火與惡臭的煙霧，平原上的排氣口與井道開始如打嗝般噴出火焰。有好幾個恩特樹人遭到嚴重燒傷。其中有個高大英俊的恩特樹人，我想他叫作櫸骨吧，有某種液態火焰噴灑到他身上，使他如同火炬般燒了起來。那景象太嚇人了。

「這把他們氣瘋了。我先前以為自己清楚他們激動的模樣，但我錯了。我終於看到他們勃然大怒的光景。看起來令人大驚失色。他們高聲怒吼，發出轟轟聲和尖鳴，直到他們的聲音震得岩石開始碎裂墜落。梅里和我趴在地上，用斗篷堵住自己的耳朵。恩特樹人們在歐散克塔周圍如同暴風般疾走，打碎巨柱，將山崩般的巨石拋下井道，再將大塊石板如羽毛般拋入空中。高塔處在旋風中央。我看到鐵桿和石磚飛上數百呎的高空，撞上歐散克塔的窗口。但樹鬍依然保持冷靜，幸好他沒有燒傷。他不想讓他的族人在怒火中傷到自己，也不想讓薩魯曼趁亂逃跑進某個地洞裡。許多恩特樹人猛烈撞上歐散克塔的岩牆，但牆壁阻擋了他們。它光滑而堅硬。或許裡頭含有某種巫術，比薩魯曼的法術更為古老強大。他們無法抓緊塔壁，或是打裂它；撞上它時，他們也害自己白白受傷。

於是樹鬍走到石圈內，並大聲呼喊。他高亢的叫聲比當場的騷動更響亮。一切忽然陷入死寂。此時，我們從塔上高處的窗口中聽到一股尖銳的笑聲。那對恩特樹人產生了怪異的效果。他們原本氣急敗壞，現在卻變得冰冷而安靜。他們離開平原，聚集在樹鬍身邊，並平靜地站著。他用他們自己的語言向眾人說了一陣子話。我想他正把他的老腦袋中許久前就想出的點子告訴大家。接著他們沉默地消失在灰濛的光線中。黎明在此時到來。

「我相信他們有派人看守歐散克塔，但哨兵一動也不動地隱藏在陰影中，因此我看不到他們。其他人前往北方。他們一整天都在視野外忙碌。大多時間裡，我們都在獨處。那是個淒涼的一天，我們也在附近晃了一陣子，不過我們盡可能遠離歐散克塔窗口的視野，它們讓我們覺得太有威脅感了。我們花了很多時間找食物。我們也坐下聊天，對南方的洛汗發生的事感到好奇，也想知道我們其他隊員的下落。我們時時會聽到遠方傳來石塊的撞擊與墜落聲，以及在山丘間迴盪的轟隆聲。

「下午我們繞過石圈，去看看究竟發生了什麼狀況。山谷前頭有一大群陰暗的胡恩林，北牆下也有另一座樹林。我們不敢走進，裡頭發出了某種撕裂聲。恩特樹人與胡恩正在挖掘巨坑與壕溝，並建造出寬闊的水池和水壩，將艾森河的所有河水與他們能找到的其餘泉水和溪水收集起來。我們讓他們繼續忙碌。

「樹鬍在黃昏時回到大門。他正在哼歌並嗡嗡作響，看起來十分得意。他站著伸展龐大的手臂與雙腿，並深吸一口氣。我問他是不是累了。

「『累了？』他說。『累了？不，不累，但很僵硬。我得好好喝一頓恩特河的水。我們工作得很辛苦，今天我們打碎的石頭和挖開的土壤，比長年以來還更多。但快要完工了。入夜時，別待在這座大門附近或舊隧道中！水可能會灌進去，有陣子的水質也會很髒，直到它沖刷掉薩魯曼的所有汙穢。接著艾森河就會再度變清澈了！』他輕鬆地扯下更多圍牆碎塊，只是為了好玩。

「當我們想知道能去哪安全躺下睡覺時，最讓人訝異的事就發生了。路上傳來騎士快馬加鞭的馬蹄聲。梅里和我安靜地趴下，樹鬍則躲進拱門下的陰影。忽然間一匹高大駿馬如同銀光般走了過來。天色已經暗了，但我能清楚看見騎士的臉，它似乎綻放出光芒，而騎士也身穿白衣。我坐起身，目瞪口呆地盯著對方。我想大叫，卻一點聲音也擠不出來。

「但也不需要叫喊了。他在我們身旁停下，並俯身看著我們。『甘道夫！』我終於說道，但我的聲音變得微小無比。他有說：『哈囉，皮聘！真是驚喜！』嗎？當然沒有！他說：『快起來，你這個蠢圖克！樹鬍到底在廢墟哪裡？我要找他。快點！』

「樹鬍聽到他的聲音，便立刻走出陰影；那是場古怪的會面。我感到很訝異，但他們倆似乎毫不驚訝。甘道夫顯然覺得會在這找到樹鬍，樹鬍在大門附近流連的原因，或許也是打算見他。但我們把墨瑞亞發生的事都告訴老恩特樹人了。但我想起他當時對我們拋出的奇怪眼神。我只能猜他見過甘道夫，或聽到了他的消息，但不願倉促說出這件事。他的座右銘是『別急』，但就連精靈，都不願在甘道夫不在時猜測他的行動。

「『呼嗯！甘道夫！』樹鬍說，『我很高興你來了。我可以處理樹木與清水，以及牧群和岩石，但這裡有個巫師得對付。』

「『樹鬍，』甘道夫說，『我需要你的幫助。你已經幫了不少忙，但我需要更多救兵。我有大約一萬個歐克獸人得對付。』

「這兩人隨即走到一旁，在某個角落開會。這對樹鬍而言一定非常急促，因為甘道夫顯得十萬火急，在他們走到我能聽見的範圍外前，他正開始滔滔不絕地說話。他們只談了幾分鐘，或許有十五分鐘。接著甘道夫回到我們身邊，看起來放下了心中大石，也幾乎感到愉快。此時，他才說見到我們很開心。

「『但是，甘道夫，』我叫道，『你去哪了？你有碰到其他人嗎？』

「『無論我去哪，都已經回來了。』他用典型的甘道夫語氣說，『對，我有遇見其他人。但之後再談他們的消息。這是危機四伏的夜晚，我也得趕快行動。但黎明或許會更加明亮，如果成功，我們就會重逢。照顧好你們自己，也別靠近歐散克塔！再見！』

「甘道夫離開後，樹鬍就顯得若有所思。他顯然在短時間內得知了大量資訊，也正在消化這一切。他望向我們並說：『嗯，好吧，我覺得你們沒有我想的那麼急躁。你們沒有透漏太多事，也沒有提到不該講的事。嗯，這些消息真多！好啦，樹鬍得再去忙了。』

「在他離開前，我們又從他口中得知了一些消息，但並沒有因此開心起來。但當時比起佛羅多和山姆，或是可憐的波羅米爾，我們更在意你們三個。因為我們聽說有場大戰正在發生，或是即將展開，你們也參加了戰鬥，也可能無法生還。

「『胡恩會幫忙。』樹鬍說。他隨即離去，我們也到今天早上才再見到他。

「當時是深夜。我們躺在一堆礫石上，也看不到石堆遠方的景象。霧氣或黑影如同大毯子般遮蔽了我們周遭。空氣似乎溫熱又沉重，也瀰漫著沙沙聲、嘎吱聲和如同有人經過般的低語聲。我想，一定有數百個胡恩前去支援作戰了。後來南方傳來轟隆雷聲，遠處的洛汗也閃起雷光。我們經常會看到數哩外的山頂，忽然閃出黑白相間的輪廓，並隨即消失。而我們身後的山丘響起如雷巨響，但聽起來不太相同。整座山谷都飄出回音。

「當恩特樹人們打破水壩，將累積的水一股腦地從北牆中的裂口灌入艾森格時，肯定已經午夜了。胡恩帶來的黑暗已經消失，雷聲也已飄到遠方。月亮正往西方群山後頭下沉。

「艾森格開始積起漆黑的水流與水塘。當洪水湧過平原時，便在最後一絲月光中閃爍。大水經常會流入某條井道或噴氣口。龐大的白色蒸汽隨著嘶嘶聲飄起。裊裊煙霧緩緩上升。外頭傳來爆炸與火焰。一股蒸氣向上竄升，環繞著歐散克塔周圍，直到它化為高聳雲峰，火光在底下閃爍，月光則照亮頂端。洪水依然繼續湧入，直到艾森格最後看起來像只龐大扁平的燉鍋，裡頭冒著滾滾雲霧與氣泡。」

「當我們昨晚來到南庫魯涅開口時，就看到一股煙霧與蒸氣從南方升起。」亞拉岡說，「我們本來擔心薩魯曼為我們準備了某種詭計。」

「不是他！」皮聘說，「他可能嗆得咳嗽，也笑不出來了。到了昨天早上，積水就灌入所有地洞，還升起了一股濃厚大霧。我們躲進守衛室，也嚇了一大跳。湖水開始四處氾濫，並從舊隧道中流出，水面也不斷升上臺階。我們以為會像困在洞裡的歐克獸人一樣遭殃，但在儲藏室後頭找到一座螺旋梯，讓我們抵達了拱門頂端。很難擠出那座階梯，因為所有的通道都已破裂，落石也堵在靠近頂端的位置。我們坐在洪水上方的高處，看著大水淹沒艾森格。恩特樹人不斷灌入更多的水，直到所有火舌都遭到撲滅，每個洞穴也淹滿了水。霧氣慢慢匯集在一起，形成一股雄偉的蕈狀雲；它肯定有一哩高。到了傍晚，東方的山丘上就浮現碩大的彩虹，山坡上的毛毛雨遮蔽了夕陽。周圍萬籟無聲。遠方有幾匹狼發出哀嚎。恩特樹人在夜裡停止灌水，並讓艾森河回到原本的流向。事情就這樣結束了。

「在那之後，水面就再度降低。我想，底下的洞穴某處一定有孔道。如果薩魯曼往任何窗口外看，景象看起來肯定凌亂又淒涼。我們感到孤寂。整座遺跡中看不到任何恩特樹人，也得不到最新消息。我們在拱門頂端過夜，那裡又冷又溼，我們也沒有睡覺。我們有種感覺，認為有事隨時會發生。薩魯曼還在他的塔中。夜裡響起了一股聲響，像是山谷中吹起了強風。我想，先前離開的恩特樹人與胡恩已經回來了，但我不曉得他們現在去哪了。那是個朦朧潮溼的早晨，此時我們爬下拱門，並打量周遭，附近空無一人。這就是一切的經過。經歷過那些動亂後，現在感覺起來平靜多了。不知怎的，自從甘道夫回來後，感覺也更安全了。我可以睡了！」

眾人沉默了一陣。金力又填滿了菸斗。「我想知道一件事，」當他用燧石和火種點亮菸斗時，就說道。「蛇信。你告訴希優頓說，他和薩魯曼在一起。他是怎麼抵達的？」

「噢對，我忘了提他。」皮聘說，「他今天早上才到。我們才剛生了火和吃完早餐後，樹鬍就再度出現。我們聽到他在外頭發出嗡嗡聲，並呼喚我們的名字。

「『我來看看你們的狀況，小朋友們。』他說，『也來告訴你們一些消息。胡恩們已經回來了。一切都很順利，對，非常順利！』他笑道，並拍了一下大腿。『艾森格沒有歐克獸人了，也沒有斧頭了！今天結束前，還會有人從南方過來，你們可能會因為看到某些人感到高興。』

「他話還沒說完，我們就聽到路上傳來馬蹄聲。我們衝到大門前，我盯著遠方，有點期待看到快步客和甘道夫騎馬率領一批大軍過來。有個男子騎著一匹疲勞的老馬從霧氣中走來，他看起來像個怪異而扭曲的生物。沒有其他人了。當他離開大霧，並忽然察覺面前毀壞的遺跡時，就大吃一驚地呆坐在馬上，臉色幾乎發青。他太過驚訝，剛開始似乎沒有注意到我們。當他看到我們時，就慘叫一聲，並試圖掉轉馬頭逃跑。但樹鬍往前邁出三步，伸出長臂，一把將他從馬鞍上抓了起來。他的馬驚慌地拔腿就跑，他則蜷縮委地。他說他叫葛力馬，是國王的朋友與諫臣，希優頓派他帶重要的訊息給薩魯曼。

「『沒人敢騎馬穿越歐克獸人肆虐的地區，』他說，『所以我被派來。我又餓又累地經歷了危機重重的旅程。狼群把我追到北方，害我偏離了路線。』

「我察覺他偷瞄樹鬍的眼神，心中便想：『騙子。』樹鬍緩緩注視他好幾分鐘，直到那可憐的傢伙在地上蠕動。最後他說：『哈，嗯，我在等你，蛇信先生。』一聽到那名字，男子便滿臉吃驚。『甘道夫先抵達這裡了。所以我知道和你有關的事，也清楚該怎麼處置你。甘道夫說，把所有老鼠都放在同一個陷阱裡，我也會照做。我現在是艾森格的主人，但薩魯曼被鎖在他的塔裡；你可以去那裡，把你能想到的訊息都轉交給他。』

「『讓我走，讓我走！』蛇信說。『我認得去路。』

「『我相信你認得去路。』樹鬍說，『但這裡的狀況有些改變。去看看吧！』

「他讓巧言離開，對方一跛跛地穿過拱門，我們則緊跟在後，直到他抵達石圈內，親眼見到他和歐散克塔之間的洪水。接著他轉向我們。

「『讓我離開吧！』他哀鳴道，『讓我離開吧！我的訊息已經沒用了。』

「『確實如此。』樹鬍說，『但你只有兩個選擇：和我待在一起，直到甘道夫和你的主上抵達，或是渡水而去。你要怎麼選？』

「一聽到他的主上，男子就打起冷顫，並把一隻腳伸進水中，但他立刻把腳抽回。『我不會游泳。』他說。

「『水不深。』樹鬍說，『水很髒，但傷不了你，蛇信大爺。快去吧！』

「說完，那可悲的傢伙就跳入水中。在游出我的視線外之前，水就幾乎要淹到他的脖子了。我最後看到他時，他正緊抓某只舊木桶或木片。但樹鬍涉水走在他身後，監視他的進度。

「『好啦，他進去了。』他回來時說道，『我看到他如同溼老鼠般爬上臺階。塔裡還有人，有隻手伸出來把他拉進門。他就待在那裡，希望他喜歡這種迎接方式。我得去洗掉身上的汙泥了。如果有人想找我，我就待在北側。這裡沒有適合恩特樹人飲用或洗澡的清水。所以我得請你們兩個看門，好好注意過來的人。注意了，洛汗之王也會來！你們得盡力歡迎他，他的人馬才剛和歐克獸人經歷了一場大戰。或許你們比恩特樹人清楚，該用哪種人類話語來迎接君王。在我一輩子，綠原上出現過諸多君王，但我從來不曉得他們的語言或名稱。他們會需要人類的食物，我猜你們也清楚他們該吃什麼。可以的話，就找些適合國王吃的東西吧。』故事就這樣結束。不過我想知道這個蛇信是誰。他真的是國王的諫臣嗎？」

「他的確是，」亞拉岡說，「也是薩魯曼在洛汗的間諜和僕人。命運對他並不太好。看到他曾以為固若金湯的強盛要塞，居然毀於一旦，肯定對他而言算是嚴重處分了。但恐怕還有更可怕的後果等著他。」

「對，我不覺得樹鬍送他去歐散克塔，是出於好心。」梅里說，「他似乎對整件事有些得意，當他去洗澡喝水時，還一路呵呵笑呢。我們之後忙了好一陣子，在漂流物中四處搜索。我們在附近的水面上找到了兩三間守衛室。但樹鬍派了幾個恩特樹人過來，他們也帶走了不少糧食。」

「『我們需要二十五分人類的食物。』恩特樹人說，由此可見，在你們抵達前，就有人仔細算過你們的人數了。你們三個顯然原本是該和大人物們同行的。但你們不會吃得太差。我跟你們保證，我們留下來的東西和送出去的一樣好。其實還更棒，因為我們沒送飲料過去。

「『那飲料呢？』我對恩特樹人們說。

「『有艾森河的水。』他們說，『對恩特樹人和人類而言，那夠好了。』但我希望恩特樹人能找時間用山泉釀點他們的飲料，等甘道夫回來，我們就能看他的鬍鬚長翹了。當恩特樹人離開後，我們就感到又累又餓。但我們毫無怨言，因為我們下的功夫得到了不錯的獎勵。在找尋人類食物時，皮聘在漂流物中發現了大獎，就是這些吹號者木桶。『菸草比食物更棒。』皮聘說，情況就是這樣開始的。」

「我們完全明白了。」金力說。

「除了一件事，」亞拉岡說，「來自南區的菸草出現在艾森格。我愈想愈覺得奇怪。我從沒來過艾森格，但我來過這一帶，也熟識從洛汗到夏郡之間的空曠地帶。許多年來，都沒有任何貨物或旅人走過那條路了，至少沒有人公然這麼做。我猜，薩魯曼和夏郡的某人做了祕密交易。可能有類似蛇信的人出現在希優頓王宮廷以外的場所。木桶上有日期嗎？」

「有。」皮聘說，「這是一四一七年的品種，就是去年。不，是前年啦。這年分不錯。」

「好吧，我希望無論曾發生什麼壞事，現在都結束了，或至少我們現在鞭長莫及。」亞拉岡說，「但我想，儘管比起其餘要事，這件事或許微不足道，但我還是該把它告訴甘道夫。」

「我想知道他在做什麼。」梅里說，「下午快結束了。我們去附近看看吧！如果你想的話，快步客，隨時都可以進入艾森格。但景象並不好看。」

## 第十章——

# 薩魯曼之聲

他們穿過毀損的隧道，並站在石堆上，盯著漆黑的歐散克岩塔，以及上頭的諸多窗口，即便在周圍的荒蕪之中，它依然是個威脅。積水大多都消退了。地面到處都還有黯淡的水塘，上頭覆滿了垃圾和殘渣，但寬闊的圓形平原中大多部分都再度變得空蕩，成了滿布淤泥與碎石的荒原，隨處可見焦黑的洞穴，還有東倒西歪的欄杆與柱子。破碎盆地的邊緣有巨大的土丘與沙坡，如同遭到風暴拋起的鵝卵石；後頭翠綠雜亂的山谷往山區漆黑支脈間的長溝伸去。他們在荒原上看到騎士們正在尋路。對方從北方走來，也已經逼近歐散克塔了。

「甘道夫、希優頓和他的人馬就在那！」列葛拉斯說，「我們去見他們吧！」

「走路注意點！」梅里說，「如果你們不小心的話，可能會踩到害你們掉進坑洞的鬆垮石板。」

他們沿著從大門通往歐散克塔的殘存道路緩慢行走，因為地面鋪設的石板碎裂又沾滿爛泥。看到他們走近的騎士們，便在岩塔的陰影下止步並等待他們。甘道夫策馬向前去見他們。

「好啦，樹鬍和我討論了些有趣的事，也制定了幾項計畫。」他說，「我們也休息夠了。現在我們得再度出發。我希望你們大家也有休息吧？」

「有呀。」梅里說，「我們的討論在煙霧中開始和結束。但我們覺得沒那麼氣薩魯曼了。」

「是嗎？」甘道夫說，「這個嘛，我不這樣覺得。在我離開前，還有件事得辦，我要去見薩魯曼一面。過程肯定危險，也或許毫無用處，但一定得去。想和我同行的人，可以一起來——但得小心！也別開玩笑！現在不是嬉鬧的時候。」

「我要去。」金力說，「我想看看他是不是真的長得像你。」

「你要怎麼弄清楚那點，矮人大爺？」甘道夫說，「如果他覺得有用，你眼中的薩魯曼可能就長得像我。你睿智到能看穿他所有伎倆了嗎？嗯，我們等著瞧，也許吧。他也許會怯於在眾多目光前現身。但我已經命令所有恩特樹人躲藏起來，所以我們或許能說服他出現。」

「有什麼危險？」皮聘說，「他會向我們射箭，從窗口拋出火焰，還是會從遠處向我們下咒？」

「如果你毫無防備地抵達他的門口，最後那點便有可能發生。」甘道夫說，「但我們不曉得他能做出什麼，或可能嘗試做什麼事。要靠近坐困愁城的野獸並不安全。薩魯曼也具有你無法猜測的力量。當心他的聲音！」

眾人來到歐散克塔底部。它的外型漆黑，岩壁閃動水光般的光澤。岩壁上的多重平面有銳利的邊緣，彷彿最近才開鑿出來。恩特樹人怒火所留下的痕跡，僅有基座上的幾道刻痕，以及附近如同雪花般的微小碎片。

在東側兩座石柱之間，有座離地面很高的大門。門口頂端有座關閉的窗口，外頭則有座周圍裝上鐵欄的陽台。在門檻前有二十七級寬闊臺階，以某種不明工法用同種黑石建成。這是高塔的唯一入口，但往上攀升的塔壁中刻有許多高聳而深邃的窗口，從遠方看來，它們就像是岩角陡峭塔壁上的小眼。

甘道夫和國王在階梯底部下馬。「我要上去。」甘道夫說，「我進過歐散克塔，也清楚自己面臨的危機。」

「我也要上去。」國王說，「我老了，再也不畏懼任何危機。我想和重傷我的敵人談談。伊歐墨該和我一起來，以免我年邁的雙腳支撐不住。」

「如你所願。」甘道夫說，「亞拉岡會跟我來。其他人可以在臺階底下等我們。如果有什麼值得聽或看的事，他們也能一覽無遺。」

「不！」金力說，「列葛拉斯和我希望更靠近觀看。我們代表了自己的種族。我們也會跟上。」

「那就來吧！」甘道夫說，他隨即登上臺階，希優頓走在他身旁。

洛汗騎士們不安地在臺階兩側坐在馬上，抬頭仰望巨塔，擔憂他們的主上是否會遭遇不測。梅里和皮聘坐在臺階底部，同時感到自己無足輕重又危險。「從大門走了整整一哩路過來！」皮聘咕噥道，「我希望我能趁沒人注意時溜回守衛室！我們來幹嘛？沒人需要我們。」

甘道夫站在歐散克塔的門口前，用手杖敲門。門板響起了空洞的聲音。「薩魯曼！薩魯曼！」他用宏亮而充滿威嚴的語氣說道。「薩魯曼出來！」

有段時間裡，沒有任何回應傳來。最後上頭的窗口打了開來，但沒人能在漆黑的開口中看到任何人。

「是誰？」某個嗓音說，「你想幹嘛？」

希優頓嚇了一跳。「我認得那個聲音，」他說，「我詛咒自己首度聽從它的那一天。」

「既然你已經成了他的走狗，就去叫薩魯曼來，蛇信葛力馬！」甘道夫說。「別浪費我們的時間！」

窗戶關了起來。他們繼續等待。另一股低沉美妙的聲音忽然開口，光是音調就宛如魔咒般誘人。不經意地傾聽那股聲音的人，很少能回報自己聽到的話語。就算他們辦得到，也會產生滿心好奇，因為這些話語中已不再擁有力量。他們大多只記得聽到那聲音說話令人愉快，而它傳達的一切似乎都睿智合理，他們心中也想迅速認同對方，以使自己也顯得聰明。當其他人說話時，相較下卻變得刺耳粗鄙；如果他們反駁那聲音，受到魔咒迷惑的對象便會怒氣攻心。對某些人而言，只有在那聲音對他們說話時，才會有效力，而當它對別人說話時，他們便會露出微笑，彷彿看穿了雜技演員的花招，而其他人則目瞪口呆地觀望。對許多人而言，這股聲音本身就足以蠱惑人心；但對早已為之著迷的人，儘管他們身在遠方，魔咒卻依然有影響力，也總會聽到那股輕柔嗓音輕聲催促他們。但沒人會無動於衷。只要主人依然掌控那股聲音，那如果沒有使勁運用意志力，就沒人能拒絕它的懇求與指令。

「怎麼了？」它提出溫和的問題。「你們為何要打擾我的休息？你們日夜都不願給我平靜嗎？」它的語氣像是無端遭受傷害的好心人。

眾人驚訝地抬頭一看，因為沒人聽到他靠近的腳步聲。他們看到有個身影站在欄杆旁，往下注視所有人。那是個身披厚重斗篷的老人，但難以判斷斗篷的顏色，因為只要大家轉動眼睛或是他移動，顏色就會不斷變化。他有張長臉，額頭很高，漆黑的眼珠神祕莫測，但他的眼神現在肅穆而仁慈，也有些疲倦。他的頭髮與鬍鬚雪白，但唇邊與耳邊還有幾根黑色髮絲。

「像，但又不像。」金力咕噥道。

「不過，」輕柔的聲音說道，「我至少知道你們之中兩位的大名。我太熟悉甘道夫了，不大認為他會來此求助或求教。但是根據你的尊貴徽記，以及伊洛家族的俊美面孔，我就認得出洛汗驃騎王希優頓了。氣宇不凡的襄格爾之子呀！為何你之前沒有以朋友的身分來過呢？我很想見你一面，西方大地上最強大的君王，特別是在這幾年，以便拯救你脫離身邊的不智讒言！已經太遲了嗎？儘管我遭受重創，唉！可惜洛汗人民也得負些責任，但如果你已經踏上這條不歸路，我仍然願意拯救你，讓你遠離無可避免的末日。的確，現在只有我能夠協助你了。」

希優頓張口，彷彿打算發言，但他一句話也沒說。他抬頭仰望薩魯曼注視自己的黑眼珠，再轉向甘道夫，他似乎猶豫起來。甘道夫不動聲色，只是如石像般沉默地站立，如同正耐心等待尚未到來的呼喚。騎士們剛開始蠢蠢欲動，低聲贊同薩魯曼說的話，接著他們也如同著魔的人般陷入沉默。他們覺得，甘道夫從沒對他們的主上講過如此動聽的話。他與希優頓打交道的方式，此刻顯得粗魯而驕傲。他們的心籠上了一層陰影，那是對莫大危機所感到的恐懼：甘道夫正驅策他們進入即將摧毀驃騎國的黑暗，而薩魯曼站在能逃出生天的出口旁，讓門維持半開，一道光束照了進來。周圍寂靜無聲。

矮人金力忽然打了岔。「這巫師滿嘴胡言。」他低吼道，邊抓緊斧頭的把手。「在歐散克塔的語言中，協助顯然代表毀滅，拯救也代表殺害。但我們不是來此求情的。」

「冷靜！」薩魯曼說，在那一瞬間，他的聲音變得不再優雅，眼中也短暫閃過一道精光。「我還沒有跟你談，葛羅音之子金力。」他說，「你的家園遠在他方，也不太在乎這塊土地上發生的麻煩。你和這些事攪和在一起，並非本意，我也不責怪你扮演的角色——我相信肯定英勇無比。但我請求你，先讓我和洛汗國王談談，他是我的鄰居，也曾是我的朋友。

「你怎麼說，希優頓王？你願意和我維持和平，並且得到我多年來累積的知識所帶來的協助嗎？我們該一同想辦法對抗當代邪惡勢力，並用善意修復我們遭受的創傷，使我們雙方國度都綻放出比先前更亮麗的成果嗎？」

希優頓依然沒有回答。沒人看得出他是憤怒還是遲疑。伊歐墨開了口。

「王上，聽我一言！」他說，「我們現在都感受到先前有人警告過的危機了。難道我們大獲全勝，就只為了聽這個油嘴滑舌的老騙子拍馬屁嗎？受困的野狼也會這樣向獵犬說話。他究竟能給你什麼協助？他只想逃離困境。但你要和這個滿心殺意的叛徒談判嗎？記好艾森河淺灘的希歐瑞德，和哈瑪在赫姆關的墳墓！」

「如果我們要談傷人惡語，那我們該怎麼說你，年輕的毒蛇？」薩魯曼說，他的怒火此時顯而易見。「好了，伊歐蒙德之子伊歐墨！」他又用柔和的語氣說道。「每個人都得盡忠職守。你的職責在於武力，你也藉此贏得崇高的榮譽。殲滅你的主上視為敵人的對象，並滿足於這點。別插手管你不懂的政治。但也許，如果你成為國王，就會發現自己必須小心選擇朋友。無論積怨是真是假，都不該輕易拋棄薩魯曼的友誼與歐散克塔的力量。你贏得了一場戰役，但還沒打贏戰爭——你也無法再仰賴這次得到的幫助。你可能會發現森林暗影之後出現在你的家門，它反覆無常，毫無理智，也絲毫不喜愛人類。

「但洛汗之王，難道因為勇士們戰死沙場，我就成為殺人凶手嗎？如果你掀起了毫無必要的戰爭，而我也不願意如此，那麼人們就會送命。但假若我因此成了殺人凶手，那伊洛家族成員的雙手便沾滿了鮮血，因為他們參與了許多戰爭，也襲擊許多反抗他們的人。但為了政治因素，他們日後依然與某些人談和。我說呀，希優頓王：你我之間該享有和平與友誼嗎？我們將共享這一切。」

「我們會得到和平。」希優頓終於口齒不清地費勁說道。好幾個騎士開心地大喊。希優頓舉手示意。「對，我們會得到和平。」他用清晰的聲音說道。「當你和你所有計畫都付之一炬，你邪惡主人的計謀也徹底毀滅後，我們就會享有和平。你是個騙子，薩魯曼，也善於蠱惑人心。你向我伸手，我則察覺到了魔多銳爪。它殘忍又冷血！即使你對我發動的戰爭有理可循，即便如此，你又該怎麼解釋你在西佛德放的火，以及該地喪命的孩童？這毫無道理，就算你比現在睿智十倍，也無權為了你的私利來統治我和我的人民。在哈瑪死後，你的走狗還在號角堡大門前劈砍了他的遺體。當窗邊的絞刑架吊住你，供你手下的烏鴉嬉戲，我就會和你與歐散克塔和平共處。這就是伊洛家族的作法。比起偉大先人，我只是弱小的後裔，但我不需要向你搖尾乞憐。去找別的對象吧。你的聲音恐怕已經失去魅力。」

騎士們如同從夢中驚醒的人般盯著希優頓。經歷過薩魯曼的美妙嗓音後，主上的聲音在他們耳裡聽起來便如同老鴉般刺耳。但當下的薩魯曼勃然大怒。他傾身壓在欄杆上，彷彿想用手杖毆打國王。在某些人眼中，他們彷彿看見了蜷曲身體準備出擊的大蛇。

「絞刑架和烏鴉！」他嘶嘶罵道，眾人則對他突如其來的變化打起冷顫。「糟老頭！伊洛家族算什麼？不過像座破茅屋，土匪在臭氣沖天的屋子裡喝酒，他們的野小孩和狗群在地上廝混。他們躲過絞刑架太久了，但繩結將緩緩收緊，最後狠狠套住你們的脖子。準備好吊死吧！」當他控制住自己時，聲音便再度改變。「我不曉得怎麼有耐心和你們交談。我不需要你們這些騎馬小賊，逃得跟衝刺時一樣快，養馬的希優頓。很久以前，我願意賦予你遠超你價值和頭腦的高位。我又提了一次，讓遭你誤導的人能看清眼前的選擇。你卻惡言相向。好吧。滾回你的茅屋去！

「至於你，甘道夫！我至少為你難過，也為你感到羞愧。你怎麼能忍受這種同伴？你很驕傲，甘道夫——這點情有可原，因為你的內心高貴，眼光也遠大無比。現在你依然不願意聽從我的建議嗎？」

甘道夫動了一下，並抬頭往上看。「你有什麼話在我們上次見面時沒說嗎？」他問，「還是你想收回某些話呢？」

薩魯曼停了下來。「收回？」他彷彿感到困惑地沉思道，「收回？我只是為了你好而提供建議，但你連聽都不想聽。你生性驕傲，也不接受諫言，畢竟你的確擁有獨特的智慧。但我想，那次你犯了錯，也刻意誤解我的意思。恐怕當我急於說服你時，我失去了耐性。我的確感到懊悔，因為對你毫無惡意，儘管你與無知的暴力分子回來找我，這點現在也沒有改變。我怎麼會厭惡你呢？我們倆不都屬於古老崇高的團體，也是中土世界最優秀的人嗎？我們的友誼對我們倆都有益。我們依然能共同成就許多大事，並治癒世界上的混亂。讓我們了解彼此，將這些不重要的小卒拋出腦海吧！讓他們等待我們的決定！為了成全大局，我願意盡釋前嫌，重新接納你。你不願意和我深談嗎？你不願意上來嗎？」

薩魯曼在最後使出極度強大的說服力，使周遭聽到這番話的人無不動容。這是截然不同的魔咒。他們彷彿聽見仁慈的國王溫和地規勸犯下錯誤，卻備受敬愛的大臣。但他們被擋在門外，在門口聆聽不該聽見的話語，如同聽到長輩模糊對話的壞孩子或蠢僕人，心裡好奇自己會受到哪種影響。這兩人的出身超脫凡俗，令人崇敬且睿智過人。他們必然得結為同盟。甘道夫會登上高塔，在歐散克塔的高樓房間中討論眾人費解的高深事務。門口將會關上，他們也會待在外頭，等待對方分配工作或處分。即便在希優頓的內心，這股疑慮般的思緒也已成形：「他會背叛我們。他會離去——我們輸定了。」

接著甘道夫哈哈大笑。幻想如同輕煙般頓時破滅。

「薩魯曼，薩魯曼！」甘道夫繼續笑著說，「薩魯曼，你錯過人生中的正途了。你該當國王的弄臣，透過模仿他的諫臣，以換取你的麵包和地位。我呀！」他停了下來，並控制住自己的笑意。「了解彼此？恐怕我超出你的理解範疇了。至於你，薩魯曼，我已經了解得太深了。對於你的主張與行為，我記的比你更清楚。上次我來找你時，你是魔多的獄卒，也準備把我送到那去。不，從屋頂脫逃的訪客，在回到門口前會再三思考。不，我不認為我會上去。但薩魯曼，聽我說最後一次！你不下來嗎？艾森格比你的期待和想像脆弱多了。你依然信任的其他事物也一樣。離開它一陣子不好嗎？或許還能試試新的選擇？好好想吧，薩魯曼！你不下來嗎？」

薩魯曼的臉蒙上一層陰影，接著臉色變得慘白。在他來得及隱藏前，眾人就看穿了面具，目睹他內心的疑慮與衝突，他不願留下，卻也害怕離開庇護所。他猶豫片刻，眾人屏息以待。接著他開了口，語氣尖銳而冰冷。驕傲與恨意吞沒了他。

「我會下去嗎？」他嘲諷道，「手無寸鐵的人會下樓和門外的搶匪談話嗎？我在這裡就能聽清楚你說的話了。我不是傻子，也不相信你說的話，甘道夫。他們沒公開站在我的階梯上，但我知道那些狂野的樹魔躲在哪，隨時準備等你的號令出現。」

「叛徒總是無法信任他人。」甘道夫疲倦地回答，「但你不需要擔心自己的小命。如果你真的懂我，就會知道我不想殺你或傷害你。我也有力量能保護你。我給你最後的機會。如果你想，就能自由離開歐散克塔。」

「聽起來不錯。」薩魯曼冷笑道，「顯然是灰袍甘道夫的作風——高高在上，又溫和待人。我相信你會認為歐散克塔很寬敞舒適，我的離開也相當便利。但我為何會想離開？你說的『自由』又是什麼意思？我想，這是有條件的吧？」

「你可以從窗口看到該離開的理由。」甘道夫回答，「你還能想出別的理由。你的僕人們遭到摧毀。你已將鄰居化為敵人。你也欺騙了新主子，或試圖這麼做。當他的眼睛轉過來時，血紅的眼中將充滿怒氣。但當我說『自由』時，我指的就是『自由』：脫離囚禁或指令的束縛。你可以去自己想去的任何地方，如果你想，甚至可以去魔多，薩魯曼。但首先你得將歐散克塔的鑰匙與手杖交給我。它們將充當你意願的抵押品，假若你懷念它們，之後會再歸還給你。」

薩魯曼的臉色變得鐵青，不僅怒火中燒，眼中也亮起了紅光。他狂放地大笑。「之後！」他喊道，聲音也化為尖叫。「之後！對，我想，是當你也取得巴拉多的鑰匙後吧；再加上七王之冠，以及五巫之杖[1]，還讓自己得到比現在更偉大的地位。真是誠懇的計畫。

---

1 譯注：此處指來到中土世界的五名巫師：薩魯曼、甘道夫、瑞達加斯特、帕蘭多（Pallando）與阿拉塔（Alatar）。《未完成的故事》提及了帕蘭多與阿拉塔這兩位藍袍巫師（Blue Wizards）的身分。當他們來到中土世界時，便與薩魯曼前往東方。日後薩魯曼返回中土世界的西方地區，但藍袍巫師們沒有回來。托爾金在書信中提到，他認為兩名藍袍巫師都已失敗，或許也成立了使用魔法的祕密教團，在索倫敗亡後繼續流傳於世。

一點都不需要我的幫助！我還有別的事得做。別傻了。如果你想找機會和我交涉，就給我離開，等你清醒點再回來！也別帶那些殺人犯和小跟班來！祝你順心！」他轉身離開陽台。

「回來，薩魯曼！」甘道夫用充滿威嚴的聲音說。使眾人訝異的是，薩魯曼再度轉身，彷彿違抗了自身意願，並慢慢走回鐵欄旁，靠在上頭，並大口喘氣。他的臉滿布皺紋，皮膚也凹了下去。他的手如同銳爪般緊抓黑色手杖。

「我沒有允許你離開。」甘道夫嚴厲地說，「我還沒說完。你變傻了，薩魯曼，但依然令人同情。你或許能放下愚行與惡行，也還能提供協助。但你選擇留下來緊咬老詭計不放。那就留下吧！但我警告你，你無法再輕易出來了。除非東方的魔掌將你擄走。薩魯曼！」他喊道，語氣中盡顯力量與權威，「聽好了，我不是你背叛過的灰袍甘道夫。我是死而復生的白袍甘道夫。你失去色彩了，我也將你從巫師團與議會中驅逐。」

他抬起手，用清晰冰冷的嗓音說：「薩魯曼，你的手杖已斷。」隨著一股劈啪聲，手杖便從薩魯曼手中碎裂，頂端落到甘道夫腳邊。「走！」甘道夫說。薩魯曼慘叫一聲，便連滾帶爬地逃跑。此時某個沉重而閃亮的物體從上頭墜下。正當薩魯曼離開時，它就從鐵欄上彈開，並掠過甘道夫的頭，擊中他站立其上的臺階。鐵欄應聲折斷。臺階裂了開來，還冒出明亮火花。但球體毫髮無傷，它從臺階上滾落，那是顆黑色的水晶球，核心泛出火光。當它彈向水塘時，皮聘追過去並撿起它。

「該死的惡棍！」伊歐墨叫道。但甘道夫紋風不動，「不，那不是薩魯曼丟的；我想，也不是照他的命令所為。它來自更高的窗戶。我猜是蛇信大爺的最後一擊，但瞄得很差。」

「準頭差勁的原因，或許是由於他無法決定他更恨你或薩魯曼。」亞拉岡說。

「可能吧。」甘道夫說，「這兩人無法好好與彼此相處，他們會用言語攻擊彼此。但這是恰當的懲罰。如果蛇信能活著離開歐散克塔，就是天大的恩賜了。」

「來，小子，我來保管那東西！我沒要你拿它。」當他迅速轉身並看到皮聘緩緩走上臺階，彷彿身負重擔時，他就喊道。他下去見對方，並急促地從哈比人手中拿過黑色球體，用斗篷包住它。「我來保管它。」他說，「我猜，這不是薩魯曼想丟出來的東西。」

「但他或許還有別的東西可丟。」金力說，「如果爭論結束，我們至少就先離開投擲範圍吧！」

「已經結束了。」甘道夫說，「我們走吧。」

眾人轉身離開歐散克塔的門口，並走下臺階。騎士們歡欣鼓舞地迎接國王，並對甘道夫敬禮。薩魯曼的魔咒已然解除，人們見到他聽命前來，還狼狽地逃竄。

「好啦，事情辦完了。」甘道夫說，「我得去找樹鬍，告訴他事情的發展。」

「他肯定會猜到吧？」梅里說，「有別的結束方式嗎？」

「不太可能。」甘道夫回答，「不過事情在千鈞一髮下結束。但我得嘗試，部分是出自憐憫，部分則不然。薩魯曼得先明白，他聲音的力量正在減弱。他無法同時扮演暴君和諫臣。當計畫成熟時，一切就無法保密。但他落入陷阱，試圖在眾人的目光下逐一對付他的目標。接著我給他最後的公平選擇：捨棄魔多與他的詭計，透過在緊要關頭協助我們來做出補償。他相當清楚我們的需求。他能幫上很大的忙。但他選擇駐足不前，貪戀著歐散克塔的力量。他不願提供服務，只想發號施令。現在他活在對魔多暗影的恐懼下，但他仍舊幻想能駕馭風暴。可憐的傻子！如果東方勢力向艾森格伸出魔爪，他就會遭到吞噬。我們無法從外界摧毀歐散克塔，但誰知道薩魯曼會怎麼做呢？」

「如果索倫沒有戰勝呢？你會對他做什麼？」皮聘問。

「我嗎？什麼都不做！」甘道夫說，「我什麼都不會對他做。我不想統治他人。他會發生什麼事？我不曉得。我難過的是，塔中的許多好東西現在都得滯留在那。但對我們而言，局勢的發展並不差。運氣的變化真是奇妙！恨意經常損傷自己！我猜，就算我們進入歐散克塔，也不會在裡頭找到比蛇信往我們丟來的東西更珍貴的寶物。」

高處的某座窗口傳來一陣淒厲尖叫，並忽然停止。

「看來薩魯曼也有同感。」甘道夫說，「我們離開他們吧！」

他們回到大門的遺跡旁。眾人還沒穿越拱門，樹鬍和十幾個恩特樹人就從大夥先前站立的石堆陰影下走來。亞拉岡、金力和列葛拉斯驚奇地注視他們。

「這是我的三位同伴，樹鬍。」甘道夫說，「我先前提過他們，但你還沒見過他們。」他一一介紹他們。

老恩特樹人專心地緩緩觀看他們，並輪流和他們交談。最後他轉向列葛拉斯。「你一路從幽暗密林過來嗎，親愛的精靈？那裡曾是非常龐大的樹林！」

「現在也是。」列葛拉斯說，「但沒有大到讓居住當地的我們對新的樹木感到厭煩。我非常想拜訪梵貢森林。先前我只經過它的邊陲，當時也不願意離開。」

樹鬍的眼睛流露喜色。「在山丘變得更老前，我希望你能得償宿願。」他說。

「有幸的話，我就會來的。」列葛拉斯說，「我和我的朋友做了交易，如果一切順利進行，在你的允許下，我們就會一同造訪梵貢森林。」

「我很歡迎任何和你來的精靈。」樹鬍說。

「我說的朋友不是精靈。」列葛拉斯說，「我指的是這位葛羅音之子金力。」金力深深鞠躬，斧頭還從他的腰帶滑落，鏗鏘作響地掉在地上。

「呼嗯，嗯！哎呀。」樹鬍眼神陰沉地看著他，「帶著斧頭的矮人！呼嗯！我對精靈很有好感，但你的要求有些過分。這真是奇怪的友誼！」

「看來也許奇怪，」列葛拉斯說，「但只要金力還活著，我就不會獨自前往梵貢森林。他的斧頭不是用來砍樹，而是用來對付歐克獸人的頸子的。梵貢呀，梵貢森林之主。他在戰鬥中斬了四十二人。」

「呼！真的呀！」樹鬍說，「聽起來好多了！好啦，好啦，事情得自然發展，也沒必要催促局勢。但我們現在得分開一陣子。白天快要結束了，但甘道夫說你們得在入夜前離開，驃騎王也急著回家。」

「對，我們現在就得走了。」甘道夫說。「恐怕我得帶走你的守門人們。但就算沒有他們，你也能把事情辦好的。」

「也許吧。」樹鬍說，「但我會想念他們。我們在短時間內就成為朋友，這讓我覺得自己肯定變得急躁——或許還回春了。不過，他們是我在很長一段時間中，在日月下看到的第一種新東西。我不會忘記他們。我已經把他們的名字放入漫長名單中了。恩特樹人會記得的。

土生土長的恩特樹人，與山脈一樣古老。
大步行走，飲用清水。
哈比人孩童們，如獵人般飢餓，
他們是歡笑的嬌小種族。

「只要枝葉尚新，他們就會是我們的朋友。再會了！但如果你們在你們舒適的故鄉夏郡聽到消息，就送口信給我！你們了解我的意思：就是和恩特樹妻有關的風聲。可以的話，就自己過來吧！」

「我們會的！」梅里和皮聘異口同聲地說，並趕緊轉身。樹鬍望向他們，沉默了半晌，並若有所思地搖頭。接著他轉向甘道夫。

「所以薩魯曼不願離開嗎？」他說，「我不認為他會走。他的心和黑心胡恩一樣惡毒。不過，如果我輸了，我所有樹林也遭到摧毀，假若我只剩下一個漆黑洞穴能藏身，我也不會出來。」

「當然不會。」甘道夫說，「但你沒打算用你的樹林覆蓋全世界，並掐死其他生物。但情況就是如此，薩魯曼會留在這裡醞釀恨意，並盡可能想出新的詭計。他握有歐散克塔的鑰匙。但不能讓他離開。」

「不可能！恩特樹人會看好他的。」樹鬍說，「沒有我的允許，薩魯曼不能離開岩塔。恩特樹人會看管他。」

「很好！」甘道夫說，「我就希望如此。現在我可以去處理別的事，也少操點心了。但你得謹慎行事。積水已經下降了。派哨兵待在高塔周圍可能已經不夠了。我相信歐散克塔底下有地道，薩魯曼不久也會打算在沒人發現的情況下溜走。如果你願意接受這分差事，我拜託你再把水灌進來，直到艾森格成為湖泊，或是直到你們找到排水口為止。當所有地下區域都淹水，也堵住排水口後，薩魯曼就得留在高塔上，往窗外看了。」

「交給恩特樹人吧！」樹鬍說，「我們會從頭到尾搜索山谷，並調查每塊礫石底部。樹木會回來住在這裡，老樹和野樹都會。我們會將它稱為守望林。就連一隻松鼠的動靜，我都會瞭若指掌。讓恩特樹人處理吧！就算離他凌虐我們的歲月過了七倍的時間，我們也不會疲於監視他。」

# 第十一章——帕蘭提爾

當甘道夫與他的同伴們、以及國王和他的人馬再度從艾森格動身時，太陽正往山脈的西方漫長支脈後頭落下。甘道夫讓梅里坐在身後，亞拉岡則載著皮聘。國王的兩名手下先迅速策馬向前，很快就消失在山谷中。其他人步伐輕盈地跟上。

一排肅穆的恩特樹人如同雕像般站在大門邊，他們高舉手臂，但沒有發出任何聲音。當眾人沿著蜿蜒道路走了段距離後，梅里和皮聘就往後看。陽光仍然在天空中閃爍，但修長的陰影已籠罩了艾森格；灰暗的遺跡逐漸陷入黑暗。樹鬍獨自站在那，看似遠方的老樹墩。哈比人們想到他們的初次見面，當時他們待在梵貢森林邊界的晴朗岩架上。

他們抵達了白手石柱。柱子依然矗立在原地，但石雕巨手已經遭到推下，並摔成碎片。長長的中指落在道路中央，在暮色中顯得蒼白，紅色的指甲則隨著天色變黑。

「恩特樹人注意到每項細節了！」甘道夫說。

他們繼續騎馬向前，山谷中的夜色也漸漸變深。

「我們今晚會走很遠嗎，甘道夫？」梅里過了一陣子後問。「我不曉得你對小跟班們有什麼感覺，但小跟班累了，如果能就此打住並休息，也會很開心的。」

「你聽到那些話了呀？」甘道夫說，「別耿耿於懷！你得感到慶幸，他說的其餘話語沒有針對你們。他緊盯著你們看。如果能讓你感到驕傲的話，我該這麼說：比起我們，當下你和皮聘在他心裡的分量更大。你們是誰，是怎麼來到那的，又為何會出現在那？你們有沒有被抓到？如果有，當所有歐克獸人都戰死時，你們又是如何逃脫的？薩魯曼偉大的腦袋中滿是這些小問題。如果你對他的關切感到驕傲的話，那他的冷笑，梅里雅達克，就稱得上是讚美。」

「謝謝你！」梅里說，「但能當你的跟班更讓人感到驕傲，甘道夫。比方說，待在這裡，就能再問同一個問題第二次。我們今晚會走很遠嗎？」

甘道夫笑出聲來。「真是窮追不捨的哈比人！所有巫師都該帶上一兩個哈比人——來教導自己每句話的意思，並更正自己。我向你道歉。但我也考量過這些簡單小事。明天我們得加快速度。

「當我們過來時，便打算從艾森格跨越平原，直接回到伊多拉斯的國王宅邸，路程會花上幾天。但我們考量過後，就更改了計畫。使者們已經前往赫姆關，以便通知當地人國王明天會回去。他會從那沿著山丘間的路徑，和許多人馬前往登哈洛。從現在開始無論日夜，只要能夠避免，超過兩三人以上的群體盡量不要公開行動。」

「你要嘛不幫，要嘛就幫到底！」梅里說，「我只是擔心今晚沒地方睡。赫姆關是什麼，又在哪裡？我完全不曉得這塊土地上的事。」

「如果你想知道當前的狀況，就最好趕緊做點功課。但不是現在，也不該問我。我有太多要事得想了。」

「好啦，我會去營火邊問快步客，他的脾氣比較好。但為什麼要這麼神祕兮兮？我以為我們打贏了！」

「對，我們打贏了，但那只是第一場勝利，同時也增加了我們的危險。艾森格和魔多之間有某種連結，但我還沒有釐清這點。我不確定他們如何與彼此交換情報，但他們確實會這麼做。我想，巴拉多之眼會不耐煩地望向巫師谷，以及洛汗。它看到的越少越好。」

道路緩緩延伸，蜿蜒地順著山谷探出。艾森河滿布礫石的河床有時遠，有時近。夜色從山區間落下。所有霧氣都已消散了。周圍吹起了一股冷風。近乎渾圓的月亮，用蒼冷的月光填滿了東方天空。他們右側的山肩緩緩降低，蔓延到光禿的山丘中。灰暗的廣闊平原在眾人面前展開。

他們終於停了下來。接著一行人轉了彎，離開大道並再度踏上上坡的甘美草原。往西走了一哩多後，他們便抵達了一處河谷。谷地的開口朝南，往後延伸到圓形的多爾巴蘭山坡上，那是北方山脈中的最後一座山丘，山腳長滿綠草，頂端則叢生著石楠花。幽谷的陡坡因去年留下的蕨類植物而顯得不太平整，春天的捲葉才剛從氣味芬芳的土壤中長出。荊棘叢在低坡上生長得十分茂密，眾人則在坡底紮營，當時是午夜前兩小時左右。他們在一座茂密山楂樹根底下的窪地中生火，這棵樹長得很高，儘管年邁，枝幹卻非常硬朗。每根枝椏的末端都長出了花苞。

他們安排守衛站哨，一次兩人。當大夥吃過晚餐後，其他人就用斗篷和毛毯包裹自己，陷入夢鄉。哈比人們自己躺在角落一堆枯蕨葉上。梅里昏昏欲睡，但皮聘則出奇地煩躁不安。當他輾轉反側時，蕨葉就沙沙作響。

「怎麼了？」梅里問，「你躺在螞蟻窩上嗎？」

「沒有，」皮聘說，「但我不太舒服。我在想，上次我睡在床上是多久前的事了？」

梅里打了呵欠。「用手指算呀！」他說，「但你一定知道我們離開羅瑞安多久了。」

「噢，那裡呀！」皮聘說，「我是說臥房裡真的床。」

「這個嘛，那就是裂谷。」梅里說，「但我今晚在哪都能睡。」

「你運氣很棒，梅里。」停頓一下後，皮聘輕聲說道，「你和甘道夫一起騎馬。」

「嗯，怎麼了？」

「你有從他口中問出任何消息或情報嗎？」

「有呀，滿多的。比平常更多。但你能聽到所有或大部分內容呀，你就在附近，我們也沒談祕密。但如果你覺得你能從他口中問到更多事，他也願意載你的話，明天你可以和他一起走。」

「可以嗎？太好了！但他的口風很緊，不是嗎？這點完全沒變。」

「對，是呀！」梅里說，他稍微清醒了點，也開始想知道是什麼使他同伴心煩。「他或許成長了吧。我想，他比之前更溫和也更警覺，同時更開心也更嚴肅。他變了，但我們還沒有機會看到改變程度有多大。不過，想想和薩魯曼交涉時的最終狀況！你記得薩魯曼曾是甘道夫的上司嗎？議會領袖之類的。他以前是白袍薩魯曼。甘道夫現在才是白袍巫師。當薩魯曼受到呼喚，他就聽話地過來，手杖也被奪走，當對方要他走時，他就走了！」

「嗯，如果甘道夫沒有改變，那口風就比之前更緊了。」皮聘爭辯道，「拿那顆玻璃球來說好了。他似乎對它感到很高興。他清楚或猜到了跟它有關的事。但他有告訴我們嗎？不，一句話也沒說。但我把它撿了起來，讓它免於滾進池水中。『來，小子，我來保管那東西！』就這樣。我想知道那是什麼？感覺起來好重。」皮聘的聲音變得很低，彷彿他正自言自語。

「嘿！」梅里說，「你因為這種事而心煩嗎？好了，皮聘，別忘記吉爾多說過的話，山姆以前也常常引用『別干涉巫師的事，因為他們難以捉摸，還容易動怒。』」

「但我們好幾個月來的生活，都跟巫師的事有關。」皮聘說，「除了碰上危險外，我也想得到一點消息。我想看看那顆球。」

「去睡吧！」梅里說，「你遲早會聽到更多消息的。親愛的皮聘，圖克家沒人比烈酒鹿家的人有更重的好奇心，但現在是發問的時候嗎？」

「好啦！告訴你我想的事，哪有什麼壞處？我只想看那顆石球一眼。我知道當老甘道夫像孵蛋的母雞一樣抓著它時，我就什麼都看不到。但聽你說『你不能看，快去睡』，一點忙都幫不上呀！」

「這個嘛，我還能怎麼說？」梅里說，「抱歉呀，皮聘，但你真的得等到早上。吃過早餐後，我就會和你一樣好奇了，也會幫你想辦法說服巫師。但我沒辦法保持清醒了。如果我繼續打呵欠，嘴巴就要裂到耳朵邊了。晚安！」

皮聘沒有繼續說話。他安靜地躺著，但睡意依然遙不可及。至於道晚安幾分鐘後就入睡的梅里，他的平緩呼吸聲對此也毫無助益。但萬籟俱寂時，和漆黑球體有關的思緒便愈來愈強。皮聘在手中感受著它的重量，內心也浮現出他曾短暫瞥見的神祕紅色核心。他翻來覆去，試著想別的事。

最後他再也忍受不住了。他起身並四處觀望。氣溫十分冷冽，他用毯子包住自己。月亮閃爍著冰冷白光，將光芒灑入谷地，灌木叢的影子也顯得陰暗。周遭都是熟睡人群的形體。兩名守衛不見人影，也許他們走上山丘，或隱藏在蕨類中。由於某種他不明白的衝動，皮聘便輕輕走到甘道夫躺著的位置。他俯視著對方。巫師似乎睡著了，但眼瞼並沒有完全合上；他的長睫毛下透出了眼珠的光澤。皮聘急忙往後退。但甘道夫不動聲色。哈比人從巫師的頭部後方再度靠近，也有些違背自己的意願。甘道夫裹在毛毯中，外頭罩著斗篷。有個隆起物緊靠在他右側彎曲的手臂旁，那是用黑布緊緊包住的圓形物體。他的手似乎剛滑到地上。

皮聘幾乎不敢呼吸，並一步步往前逼近。最後他跪了下來。他鬼鬼祟祟地伸出雙手，再緩緩抬起隆起物。似乎沒有他想得那麼重「或許只是一些雜物罷了。」他想道，心裡產生了某種古怪的放鬆感，但他沒有放下包裹。他緊抓著包裹站了半晌。接著他想出了個點子。他躡手躡腳地走開，找到一顆大石頭，並走了回來。

他迅速把布抽開，將石塊包在裡頭，再跪下來，把它擺到巫師手邊。最後他望向自己找到的目標。它就在這裡：那是顆光滑的水晶球，現在顯得漆黑黯淡，毫無保留地靠在他腳邊。皮聘舉起它，再迅速用自己的斗篷罩住它，半轉過身，準備回到自己的床。此時甘道夫在睡夢中動了起來，並咕噥著某些話語：那似乎是某種奇異的語言。他伸出手並抓住布中的石頭，接著嘆了口氣，就沒有再移動了。

「你這白痴！」皮聘低聲自言自語，「你會讓自己惹上大麻煩。快把它放回去！」但他發現自己的膝蓋顫抖起來，也不敢靠近巫師去拿包裹。「沒吵醒他的話，我永遠不可能把它放回去。」他心想，「除非我冷靜點。所以我乾脆先偷看一下。但別在這裡看！」他悄悄離開，在離他的床不遠的蒼綠小丘上坐下。月亮從谷地邊緣探出頭來。

皮聘豎起雙膝，將球體夾在雙腿間。他躲在遠離眾人的角落，並屈身看它，如同俯視滿碗食物的貪婪孩子。他把斗篷擺到一旁，再盯著它看。他周圍的空氣靜止又緊張。剛開始球體一片漆黑，內部幽深如墨，月光則在它的表面閃爍。接著有股微光從它的核心顫動起來，它也攫住了他的目光，使他無法移開雙眼。球體內部很快就似乎起了火，整顆球似乎轉動起來，或是內部的光線正在旋轉。光芒忽然間消失。他倒抽一口涼氣，並不斷掙扎，但他依然俯身用雙手抓緊球體。他愈考愈近，接著身子僵硬起來；他的雙唇無聲地顫動了一陣子。他隨即發出哽咽般的尖叫，並往後一摔，動也不動地倒在地上。

叫聲十分淒厲。守衛們從山坡上跳下。整座營地的人很快就全數驚醒。

「這就是小偷呀！」甘道夫說。他急忙用斗篷蓋住球體。「但居然是你，皮聘！這件事太糟糕了！」他跪在皮聘身旁。哈比人僵硬地仰躺在地，眼神空洞的雙眼盯著天空。「可惡！他讓自己和我們所有人碰上了哪種狀況？」巫師的臉色冷峻而慘白。

他握住皮聘的手，並低身看對方的臉，傾聽對方的呼吸聲。接著他把雙手擺在皮聘的額頭上。哈比人開始顫抖。他閉上雙眼。他隨即叫出聲來，並坐起身，吃驚地盯著周遭的臉孔，臉色在月光下顯得蒼白。

「這不是給你的，薩魯曼！」他用淒厲而平淡的嗓音叫道，邊躲開甘道夫。「我會立刻派人去拿它。你聽懂了嗎？就這樣說！」接著他掙扎著企圖起身逃跑，但甘道夫溫和而穩固地壓住他。

「皮瑞格林．圖克！」他說，「回來！」

哈比人放鬆下來並往後靠，緊緊抓住巫師的手。「甘道夫！」他叫道，「甘道夫！原諒我！」

「原諒你？」巫師說，「先把你做的事告訴我！」

「我，我拿了晶球並看了它。」皮聘結巴地說道，「我看到讓我害怕的東西。我想離開，但辦不到。接著他來質問我。他看著我……我就只記得這些。」

「這樣不夠。」甘道夫嚴厲地說，「你看到了什麼，又說了什麼？」

皮聘閉上雙眼並顫抖，但什麼也沒說。眾人沉默地盯著他，只有梅里把臉移開。但甘道夫的臉色依然凝重。「快說！」他說。

皮聘猶豫地再度低聲開口，話語也逐漸變得清晰穩定。「我看到黑暗的天空，還有高大的城牆。」他說，「也有渺小的星辰。看起來遙遠又古老，但一切都很清晰。接著星辰開始閃爍——長有翅膀的生物擋住了星光。我想，那些翅膀非常龐大；但在晶球裡看起來像是環繞高塔飛翔的蝙蝠。我覺得有九個生物。有一個直接向我飛了過來，變得越來越大。它有個恐怖的——不，不！我說不出口。

「我想逃跑，因為我以為它會飛出來；但當它遮蔽了整顆球體時，就消失了。然後他來了。他沒有說出我聽得見的話。他只是看著我，我就明白了。

「『你回來了？你為何這麼久都拒絕回報？』

「我沒有回答。他說：『你是誰？』我還是沒有回答，但這讓我很痛苦；他也不斷逼迫我，所以我說：『我是哈比人。』

「接著他似乎忽然看見我，並對我大笑。感覺非常殘酷，像是有人拿刀刺我。但他說：『等一下！我們很快就會再度見面。告訴薩魯曼，這個小東西不屬於他。我會立刻派人去拿。你聽懂了嗎？就這樣說！』

「接著他注視著我。我覺得自己要四分五裂了。不，不！我說不下去了。我不記得其他事了。」

皮聘抬頭注視他的雙眼。巫師沉默地盯著他片刻。接著巫師的臉色變得溫和，臉上也浮現微笑。他輕輕把手擺在皮聘頭頂。

「看著我！」甘道夫說。

「好啦！」他說，「別再說了！你沒有遭到傷害。你的眼中沒有我擔心的謊言。但他沒和你談太久。你是個傻子，但是個誠實的傻子，皮瑞格林．圖克。更睿智的人或許會遭遇更糟糕的下場。但注意聽！你和你所有朋友能夠脫困，完全是出自好運。你不能再仰賴運氣了。如果他剛剛質問你，你就一定會把自己所知的一切告訴他，使我們全盤皆輸。但他太心急了。他不只想要情報：他想要趕快把你弄到手，這樣他才能在邪黑塔中慢慢應付你。別發抖！如果你要干涉巫師的事，就得準備好料想到這種狀況。好了！我原諒你。放心吧！局勢沒有變得那麼糟糕。」

他溫柔地抱起皮聘，送他回去床上。梅里跟在後頭，並在他身旁坐下。「可以的話，就躺好休息吧，皮聘！」甘道夫說，「相信我。如果你又手癢，就告訴我！有方法可以解決這種問題。不過，我親愛的哈比人，別再把石頭放在我手肘下了！現在，我要讓你們倆獨處一下。」

說完話後，甘道夫返回其他人身邊，他們依然不安地站在歐散克晶石旁。「危機在夜裡最出乎預料的時刻到來。」他說，「我們僥倖脫逃了！」

「那個哈比人皮聘的狀況如何？」亞拉岡問。

「我想現在沒事了。」甘道夫回答，「他沒有遭到挾持太久，哈比人也有極強的恢復力。這件事帶來的回憶與恐懼，或許會迅速淡去。速度或許還太快了。亞拉岡，你願意收下歐散克晶石並保管它嗎？這是件危險的責任。」

「確實危險，但並非對所有人而言都如此。」亞拉岡說，「有一個人擁有收下它的權利。這肯定就是歐散克塔的帕蘭提爾，它來自伊蘭迪爾的寶庫，剛鐸的國王們將它置於此地。我的時機已近。我會收下它。」

甘道夫看著亞拉岡，而使眾人訝異地是，他舉起了以布覆蓋的晶石，在遞出它時鞠了躬。

「收下它吧，王上。」他說，「其他物品也將物歸原主。但容我建議，先別使用它！小心點！」

「我已經等待與準備多年了，我何時太過急促或失誤呢？」亞拉岡說。

「從來沒有。但別在終點前失足。」甘道夫說，「但至少別洩漏這件事。你，還有在此的所有人都是！哈比人皮瑞格林絕對不能得知它的下落。他可能還會產生那股衝動。唉！他不該碰觸和注視它的。他在艾森格根本不該碰晶石，我也早該快點行動。但我當時專注在薩魯曼身上，也沒有立即猜出晶石的本質。後來我感到疲憊，而當我躺著思索這件事時，睡意就籠罩了我。現在我明白了！」

「對，這點無庸置疑。」亞拉岡說，「我們終於明白艾森格和魔多之間的連結，以及它的運作方式了。一切都已明朗。」

「我們的敵人具有奇怪的力量和弱點！」希優頓說，「但古語有云：『惡人總會自損。』」

「那句話成真了許多次。」甘道夫說，「但這次我們出奇地幸運。或許，這個哈比人讓我免於陷入危機。我考慮過是否要親自使用晶石，來發掘它的用途。如果我這麼做，就得對他顯露真身。我還沒準備好這樣做，或許也永遠無法準備好。但就算我有足夠力量脫身，讓他發現我也會帶來災難——直到不需守密的那一刻。」

「我想，那一刻已經到了。」亞拉岡說。

「還沒。」甘道夫說。「現在還有一小段充滿疑慮的時期，我們也得運用這段時間。魔王顯然認為晶石在歐散克塔——為何不會呢？因此薩魯曼把哈比人囚禁在當地，逼迫他看晶石。哈比人的聲音與臉龐將塞滿他的黑暗心靈，他也會滿心期待。他得花上一點時間，才會發現自己的錯誤。我們得抓緊這段時間。我們過得太輕鬆了。我們得展開行動。艾森格周圍已不再適合久留。我會立刻帶皮瑞格林·圖克先行離開，其他人睡覺時，他最好別躺在黑暗中。」

「我會帶上伊歐墨與十名騎士。」國王說，「他們在清晨就會和我一同出發。其他人可以盡快和亞拉岡離開。」

「如你所願。」甘道夫說，「但你得全速前往山丘下的掩護處，去赫姆關！」

此時有股陰影罩住他們。明亮的月光似乎突然遭到截斷。有好幾名騎士大叫出聲，並蹲低身子，將雙臂擋在頭頂，彷彿想阻擋上頭傳來的攻擊，他們感到一股盲目恐懼與致命的寒冷。他們畏縮著向上看。一個龐大的有翼形體如同黑雲般掠過月亮。它轉了一圈並往北飛，速度超越中土世界的任何強風。繁星的光芒在它面前轉暗。它隨後消失。

眾人僵硬如石地站了起來。甘道夫注視上空，雙臂下垂，並緊握雙手。

「納茲古！」他喊道，「魔多的使者。風暴已然到來。納茲古已經跨過大河了！上馬快走，快走！別等待黎明了！別等待速度太慢的人！快走！」

他衝了出去，一面在奔跑時呼喚影鬃。亞拉岡跟上他。甘道夫走到皮聘身旁，把他抓了起來。「這次你得和我來。」他說，「影鬃會讓你見識牠的速度。」接著他跑向自己睡覺的位置。影鬃已經站在那裡了。巫師將身上唯一攜帶的小袋子甩到肩上，並躍上馬背。亞拉岡把皮聘扶進甘道夫懷裡，將他包在斗篷與毛毯中。

「再會！趕快跟上！」甘道夫叫道，「快走，影鬃！」

駿馬甩了一下壯碩的頭顱。牠飛揚的尾巴在月光下閃爍。牠隨即往前一躍，腳下塵土飛揚，如同山間吹來的北風般立刻消失。

「真是美麗又平靜的夜晚！」梅里對亞拉岡說，「有些人的運氣很不錯。他不想睡覺，還想和甘道夫一起騎馬——他就這樣走了！還沒有變成石頭待在這裡，當作給後人的警告。」

「如果先拿起歐散克晶石的人是你，而不是他，那情況又會怎麼演變呢？」亞拉岡說，「你可能會讓情況變得更糟。誰知道呢？但恐怕你得跟我走了。我們要立刻動身。趕快去準備，把皮聘留下來的東西都帶走。趕快行動！」

影鬃飛快地衝過平原，不需要別人催促或指引。不到一小時內，他們就抵達並跨越了艾森河淺灘。騎士墓塚與周圍冰冷的長矛落在他們灰濛的身後光景中。

皮聘正逐漸清醒。他的身體溫暖，但吹在臉上的冷風令人感到神清氣爽。他和甘道夫待在一起。晶石和遮蔽月亮的醜惡黑影所帶來的恐懼正在消散，如同留在山中霧氣或過往夢境中的事物。他深吸一口氣。

「我不曉得你不用馬鞍，甘道夫！」他說，「你沒有馬鞍或轡頭！」

「除了在影鬃身上，不然我不以精靈的方式騎馬。」甘道夫說，「但影鬃不願配戴任何鞍具。你不是在騎影鬃，是牠願意載你。如果牠願意，那就夠了。之後就由牠負責讓你待在牠背上，除非你跳入空中。」

「牠跑得有多快？」皮聘問，「從風速感覺起來很快，但也很平穩。牠的腳步好輕盈呀！」

「牠現在跑得和世上最快的馬一樣快，」甘道夫回答，「但這對牠來說還不夠快。這裡的地勢有些起伏，也比河流對岸更崎嶇。但注意看在星空下逐漸逼近的白色山脈！遠處就是黑矛般的瑟宏尼山頂峰。不久我們就會抵達分岔路口，並來到深谷壑，也就是兩天前的戰場。」

皮聘又沉默了一陣子。當他們縱馬奔馳時，他就聽到甘道夫輕聲唱起了歌，並用許多語言呢喃著某種歌謠。最後哈比人分辨出了巫師口中歌謠內的語言，有幾句話在風聲中清楚傳入他耳中。

高桅帆船與魁梧君王
人船各九，
他們為何從沉沒之島
渡海而來？
七星七石一白樹。

「你在說什麼，甘道夫？」皮聘問道。

「我在腦中回想某些學識歌謠。」巫師回答，「我想，哈比人們已經忘了這些他們曾記得的歌謠。」

「不，沒有全忘。」皮聘說，「我們也有自己的歌曲，但你或許沒興趣吧。可是我從來沒聽過這首歌。它在講什麼——七星七石？」

「關於古代君王的帕蘭提爾[1]。」甘道夫說。

「那是什麼東西？」

「這個詞的意思是『遠望之物』。歐散克晶石就是其中之一。」

「那它就不是，不是……」皮聘猶豫起來，「不是魔王做的囉？」

「不。」甘道夫說，「也不是薩魯曼做的。這超越了他的技術，也遠超索倫的技藝。

帕蘭提爾來自比西陸更遙遠的艾達馬。諾多族製作了它們。也許是費諾在時間無法以年來計算的太古歲月中，親自打造出這些晶石。但索倫能將一切用於邪惡之途。我為薩魯曼感到惋惜！我現在明白，這就是他墮落的原因。使用遠超自身技藝的物品時，我們都會身陷危機。但他得負起責任。真是傻子！居然為了自身利益，祕密藏起這東西。他從來沒對任何議會成員提起晶石的事。我們沒有想過，剛鐸的帕蘭提爾究竟在大戰中遺落何方。人類幾乎遺忘了它們。就連在剛鐸，它們都是只有少數人知曉的祕密；而在亞爾諾，也只有杜納丹人的某首學識歌謠中提過它們。」

「古人用它們做什麼？」皮聘問，因得到這麼多解答而感到開心又訝異，也想知道這種好運會持續多久。

「用來眺望遠方，並以思緒和彼此交流。」甘道夫說，「他們透過這種方式，長年捍衛並維繫著剛鐸王國。他們在米那斯雅諾、米那斯伊希爾與艾森格石圈中的歐散克塔設置晶石。最強大的晶石之首位於滅亡前的奧斯吉力亞斯中的星辰圓頂下。其他三顆則遠在北方。愛隆宅邸中相傳，這些晶石位在安努米那斯和阿蒙蘇上，伊蘭迪爾的晶石則位於塔丘上，該地面對盧恩灣中有灰船停靠的米斯隆德[2]。

---

1 譯注：帕蘭提爾（palantír）的複數型態原文為「palantíri」，此處統一使用「帕蘭提爾」做為譯名。

2 譯注：Mithlond，灰港岸在辛達林語中的名稱。

「每顆帕蘭提爾都會回應彼此，但奧斯吉力亞斯晶球能連結到剛鐸所有的晶石。現在看來，既然歐散克岩塔承受住了時間的考驗，那座塔中的帕蘭提爾也同樣存在。但它自己只能看到遠處的小東西和過去的歲月。對薩魯曼而言，那肯定非常有用；但他似乎並不滿足於此。他的目光飄得越來越遠，直到抵達巴拉多。他頓時就被逮著了！

「誰知道失落的亞爾諾和剛鐸晶石在哪，是深埋地底，還是沉入水中？但索倫至少取得了一顆晶石，並自行運用。我猜是伊希爾晶石，因為他多年前占據了米那斯伊希爾，並將它轉變為邪惡之地：它成了米那斯魔窟。

「現在我可以輕易猜到，薩魯曼四處打探的目光是如何迅速遭到箝制。自此之後，他就受到遠方力量的遊說，而當說服無用時，對方便會恐嚇他。如同遭到啃咬的野獸；大鷹爪中的獵鷹；陷入堅固羅網的蜘蛛！我想知道，他被迫到晶石前接受檢查和指示了多久？而歐散克晶石已如此受制於巴拉多，除了意志堅定的對象以外，晶石都會將使用者的心智與視角急速對準該處。它的吸引力也非常強勁！難道我沒有感覺到嗎？即便是現在，我的內心都渴望用它測試我的意志力，看看我是否能從他手中奪走對晶石的控制，將它轉向我想看的方向——越過大海與歲月，看到美麗的提力昂，並感受到費諾超脫想像的雙手與心智在進行創作，並目睹繁花盛開的白樹與金樹[3]！」他嘆了口氣，並陷入沉默。

「我真希望之前就知道這些事了。」皮聘說，「我完全不曉得自己在幹嘛。」

「不對，你當然知道。」甘道夫說，「你清楚自己的行為又錯又蠢，也告訴自己這點，但你沒有聽話。我先前沒有告訴你這些事，因為在思索過這些事件後，我才終於在我們騎馬時明白一切。但就算我先提起，也不會減輕你的慾望，或讓你更加能抗拒。恰好相反！不，吃過虧的人才會學乖。在那之後，人就會牢牢記住教訓。」

「沒錯。」皮聘說，「就算七顆晶石現在都擺在我面前，我也會閉上眼睛，把手插進口袋。」

「很好！」甘道夫說，「我就希望如此。」

「但我還想知道……」皮聘開口說道。

「天啊！」甘道夫說，「如果得講述資訊，才能治好你的好奇心，那我得把這輩子都拿來回應你了。你還想知道什麼事？」

「繁星和所有生物的名稱，以及整個中土世界、天堂和分離之海的歷史。」皮聘笑道。「當然了！不然還有什麼好問？但我今晚不急。現在我只想知道黑影是什麼。我聽到你叫著『魔多的使者』。那是什麼東西？它會在艾森格做什麼？」

「那是騎乘有翼生物的黑騎士，它是納茲古。」甘道夫說，「它能把你抓去邪黑塔。」

「但它不是為我來的，對吧？」皮聘結巴地說道。「我是說，它不曉得我……」

---

3 譯注：此處指的是位於維林諾的雙聖樹，白樹為泰爾佩力昂（Telperion），金樹則是羅瑞林（Laurelin）。遭到魔高斯與巨型蜘蛛昂哥立安（Ungoliant）破壞後，雙聖樹在枯萎前分別留下了日後成為月亮與太陽的果實。

「當然不曉得。」甘道夫說，「從巴拉多到歐散克塔的直線距離有兩百里格，就連納茲古也得花幾小時才能來回兩地。但薩魯曼肯定在歐克獸人的掠奪行動後看過了晶石，我也相信對方讀出了不少他企圖隱藏的祕密思緒。索倫派遣使者去調查他的行為。在今晚的狀況後，我想還會有另一名使者迅速前來。薩魯曼就此踏入了他自行觸發的最後陷阱。他沒有俘虜可交換。他沒有晶石能視物，也無法回應呼喚。索倫只會相信他扣住了俘虜，還拒絕使用晶石。把真相告訴使者，對薩魯曼也沒有幫助。艾森格或許已遭到摧毀，但他仍然安全地待在歐散克塔中。所以無論他願不願意，他看起來都像叛徒。但他拒絕了我們，以避免這點！我不曉得在這種困境中，他究竟會怎麼做。我想，當他在歐散克塔時，便還擁有與九騎士抗衡的力量。他或許會嘗試那樣做。他可能會想困住納茲古，或至少殺掉它的飛行坐騎。這樣的話，洛汗就得注意國內的馬匹了！

「但我看不出情況對我們是好是壞。魔王的思緒或許會變得混亂，或是因他對薩魯曼的怒氣而受阻。他可能會得知，當時我曾站在歐散克塔的台階上——身後還跟著哈比人。或是有活生生的伊蘭迪爾繼承人站在我身邊。如果洛汗的盔甲沒有騙過蛇信，他就會記得亞拉岡與對方的頭銜。我就擔心這點。因此我們就此逃跑——並非遠離危險，而是進入更大的危機。影鬃的每一步都帶你更接近邪影國度，皮瑞格林．圖克。」

皮聘沒有回答，但他緊抓斗篷，彷彿有冷風襲來。他們跨越了灰暗的大地。

「看吧！」甘道夫說，「西佛德山谷在我們面前敞開。我們已經回到往東的道路了。遠方的陰影正是深谷壑的開口。阿格拉隆德和輝光洞穴就在那個方向。別問我它們的事。

如果你和金力重逢，就問他吧，那可能會是你頭一次聽到比期望中更長的答覆。在這趟路上，你不會親眼看到那些洞穴。它們很快就會落在後頭了。」

「我以為你要停在赫姆關！」皮聘說，「你要去哪？」

「去米那斯提力斯，得在戰火包圍它前抵達。」

「噢！那裡有多遠？」

「遠在天邊。」甘道夫回答，「比希優頓王居所的距離遠上三倍，而這裡到宮殿的直線距離有一百多哩。影鬃得比魔多使者跑上更遠的路。誰的速度比較快呢？

「我們會一路騎馬到天亮，還有幾個小時的時間。接著就連影鬃也得找丘陵間的窪地休息，希望是在伊多拉斯。如果可以，你就睡吧！你或許會看到黎明照在伊洛王宮金色屋頂上的第一道曙光。三天內，你就會看見敏多陸因山的紫色山影，與陽光下的迪耐瑟白塔城牆。

「跑吧，影鬃！跑吧，好友，用你前所未見的速度奔馳！我們來到你出生的土地，你也認得此地的每塊石頭。跑吧！希望就寄託在你的速度上了！」

影鬃仰頭高聲嘶鳴，彷彿有號角聲召喚牠上場作戰。牠隨即向前疾馳。牠腳下宛如生起火花，夜色也從牠身邊飛逝。

當皮聘緩緩陷入昏睡時，他產生了一種奇特的感覺——他和甘道夫如同石像般僵直，坐在呈現奔跑姿態的駿馬雕像上，世界則隨著強烈風聲從他腳下逐漸往後退去。

# 第四卷

# 第一章——

# 馴服史麥戈

「哎，主人，我們肯定有麻煩了。」山姆·甘吉說。他沮喪地駝背站在佛羅多身旁，皺著眉往黑暗中看。

在他們看來，這是他們離開護戒隊的第三個晚上。當兩人忙於攀爬艾明穆伊的不毛山坡與巨岩時，就幾乎失去對時間的認知；有時他們會在碰上死路時折返，有時又發現自己繞了一圈，回到幾小時前的位置。但整體而言，他們正穩定往東前進，盡可能找尋前往這座古怪的崎嶇丘陵地帶外圈的道路。但他們總會發現，當地朝外的岩壁陡峭高聳，無法供人通行，僅能俯視著底下的平原。不平整的外圍區域中有暗綠色的沼澤，裡頭毫無動靜，甚至連鳥的影蹤都無法發現。

哈比人們站在某座荒涼的高崖邊緣，崖底瀰漫著霧氣；他們後方隆起破碎的高地，天空飄著浮雲。東方吹來一股冷風。夜色逐漸吞沒他們面前的模糊大地，地面上令人作噁的綠色地區正緩緩化為陰沉的棕色。安都因河位於右側遠方，它不時在白天的陽光下閃爍，現在隱匿在黑影中。但兩人的目光並沒有望向大河對岸，也就是剛鐸的方向，以及他們朋友的所在地，與人類的國土。他們注視著南方和東方，在夜色的邊緣有條黑線，看來如同由靜止濃煙構成的遙遠山脈。遠處經常有一小抹紅光，在地平線上空微微閃爍。

「太糟糕了！」山姆說，「那是世界上我們最不想靠近的地方，同時我們又得去那裡！我們現在也到不了。我們好像走錯路了。我們下不去呀，就算下得去，我敢打賭也會發現那些綠地是堆臭沼澤。呸！你聞得到嗎？」他嗅了嗅迎面而來的風。

「對，我聞得到。」佛羅多說，但他沒有移動，目光向外緊盯黑線與閃動的火光。「魔多！」他低聲說道，「如果我得去那，就希望我能趕快抵達，作個了結！」他打起冷顫。寒風中含有濃郁的腐臭味。「這個嘛，」他說，並終於把目光移開。「無論糟不糟，我們都不能整晚待在這裡。我們得找更隱密的位置，再度紮營。或許明天能找到別的路。」

「或又帶來一堆死路。」山姆咕噥道，「也許白天根本不會到來。我們走錯路了。」

「我也很疑惑。」佛羅多說，「我想，我注定得前往遠方的邪影，所以一定得找條路。但究竟是善良或邪惡會讓我看到那條路呢？我們的希望在於速度。耽擱對魔王有利——我則困在這裡。是邪黑塔的意志在左右我們的行動嗎？我所有的選擇都出了錯。我很早之前就該離開護戒隊，從北方南下，來到大河與艾明穆伊東岸，再跨越戰爭平原，抵達魔多的關口。但現在沒辦法光靠你和我就往回走了，歐克獸人也在東岸出沒。逝去的每一天都很珍貴。我累了，山姆。我不知道該怎麼做。我們還剩下什麼食物？」

「只有這些你稱為蘭巴斯的東西，佛羅多先生。還有很多。但它們比什麼都沒有好多了。但當我頭一次吃它們時，從來沒想過居然會想換點東西吃。但我現在想了：一點普通的麵包，和一杯——哎呀，半杯啤酒就夠了。我從上個營地把廚具一路帶過來，現在有什麼用？首先，連火都沒辦法生，也沒東西可煮，連草都沒有！」

他們轉身走下一處石谷。西沉的太陽陷入雲層，黑夜也迅速到來。他們在飽經風霜的銳利巨石間的角落盡量嘗試睡覺，在寒冷中翻來覆去，至少他們能躲過東風。

「你還有看到它們嗎，佛羅多先生？」山姆問道。在灰濛濛的冷冽清晨中，他們全身僵硬又寒冷地坐著咀嚼蘭巴斯糕餅。

「不。」佛羅多說，「我已經有兩天什麼都沒聽見，也沒看到東西了。」

「我也沒有。」山姆說，「噁！那些眼睛讓我嚇了一跳！但也許我們終於甩掉那個骯髒鬼了。咕嚕！如果我能掐住他脖子，我就要讓他發出咕嚕聲求饒。」

「我希望你永遠不用那樣做。」佛羅多說，「我不曉得他是怎麼跟蹤我們的，但可能像你說的，他又跟丟了。在這種不毛之地上，我們不會留下太多腳印，也不會留下多少氣味讓他用鼻子聞。」

「我希望是這樣。」山姆說，「我希望我們能徹底甩掉他！」

「我也想，」佛羅多說，「但他不是我最主要的麻煩。我希望我們能離開這些丘陵！我痛恨這裡。當我在東側，而自己和遠方的邪影之間只有荒地時，就覺得全身赤裸。黑影中有隻邪眼。來吧！我們今天得想辦法下去。」

但那天繼續過去，而當下午逐漸靠近傍晚時，他們仍沿著山脊跋涉，找不到脫逃的路線。有時在那座荒蕪地區的死寂中，他們覺得似乎聽到後方傳來微弱的聲響，有時是落石聲，或是想像中扁平的雙腳踏在岩石上的聲音。但如果他們駐足聆聽，就不會聽見任何聲響，只剩下吹過石縫的風聲——但就連那種聲音，都讓他們聯想到利牙間嘶嘶吹過的氣息。

那一整天，當他們奮力前進時，艾明穆伊外圈山脊都逐漸往北彎。山脊邊緣出現了廣大的崎嶇岩地，不少壕溝般的溝壑從崖壁上延伸下來，劃開了岩地。為了在這些越來越深，也愈來愈頻繁出現的山溝中找出通道，佛羅多和山姆被迫靠左側行走，遠離山崖邊緣；走了好幾哩後，他們也沒有注意到自己正緩緩往下坡走。崖頂已經被拋到低地的地平線上了。

最後他們得停下腳步。山脊往北方急轉彎，而更深的另一道溝壑也將它直接截斷。它在另一側再度隆起，向上升起了數噚。他們面前聳立著一道高大灰崖，如同遭到刀子切開般直直往下延伸。他們無法繼續往前走，必須往西或東轉。但西方只會使他們耗費更多體力，並耽擱得更久，讓他們回到丘陵中心；東方則會讓他們抵達外圍山崖。

「我們只能爬下這座山溝了，山姆。」佛羅多說，「來看看它通到哪去吧！」

「我敢打賭這裡很高。」山姆說。

裂口比外表更長更深。往下爬了一段距離後，他們發現幾棵外形扭曲的矮樹，這是多日來所看到的第一批植物。大多是歪扭的樺樹，還有幾棵冷杉。許多樹木都已枯死，東風將它們吹得連樹心都暴露在外。在氣候更溫和的日子裡，山溝裡肯定長有茂密的樹林，但走了五十碼後，樹林就來到盡頭，不過枯萎碎裂的樹墩幾乎蔓延到懸崖邊緣。山溝的底部位在斷層岩的邊緣，上頭滿布碎石，並陡峭地往下坡伸去。當他們終於抵達底部時，佛羅多俯身並探出身子。

「你看！」他說，「我們一定往下坡走了很遠，不然就是山崖下陷了。這裡的高度更低，看起來也更好走了。」

山姆跪在他身邊，不太情願地窺探崖邊。接著他抬頭看隆起的巨崖。「更好走！」他埋怨道，「哎，我猜下坡總是比上坡好走吧。不能飛的話，總能跳吧！」

「跳過去的距離還是很遠。」佛羅多說。「大約，嗯……」他站了半晌，用眼睛評估。「我猜，大約十八噚吧。就這麼遠了。」

「那也夠了！」山姆說，「噁！我好討厭從高處往下看！但看總比爬好。」

「總之，」佛羅多說，「我想我們可以從這裡開始爬，也覺得該試看看。你看——這裡的岩石和幾哩前的不太一樣。它不只降低，還裂開了。」

外層岩壁確實不再陡峭，反而往外伸出了點。它看似雄偉壁壘或防波堤，由於地基移動，使它的走向變得紊亂不堪，產生出巨大裂隙與歪斜細長的邊緣，有些地方幾乎如臺階般寬闊。

「如果我們要嘗試往下走，最好就立刻動身。天色提早變黑了。我想有風暴要來了。」

一股更為深邃的黑暗吞沒了東方山脈的模糊輪廓，並往西探去。逐漸變強的微風傳來了遠方的低沉雷鳴。佛羅多嗅了嗅空氣，滿心疑慮地仰望天空。他抓住斗篷外的腰帶並把它繫緊，再把小背包擺到背上。接著他走向崖邊。「我要試試看。」他說。

「很好！」山姆陰沉地說，「但我要先走。」

「你？」佛羅多說，「是什麼讓你改變對攀爬的想法了？」

「我沒改變想法。但讓最容易摔下去的人待在底下比較合理。我不想摔到你頭頂，害你摔下去——沒必要一次害死兩個人。」

在佛羅多來得及阻止他前，他就坐了下來，把腿甩到崖邊並轉過身，再用腳趾摸索著落腳處。很難說他是否做過更勇敢或更不智的行為。

「不，不！山姆，你這傻瓜！」佛羅多說，「看都沒看就爬下去，這樣你一定會害死自己。快回來！」他抓住山姆的腋下，又把他拉了起來。「好了，耐心等一下！」他說。接著他趴在地上，探出身子往下看；但儘管太陽還沒下山，陽光卻似乎迅速減弱。「我想我們辦得到。」他隨即說道。「至少我可以，你也辦得到，只要你冷靜點，小心跟著我就行。」

「我不明白你怎麼能這麼肯定。」山姆說，「哎！在這種光線下，根本看不到底部。萬一你碰到沒地方踩或抓的部分呢？」

「我猜，就爬回來吧。」佛羅多說。

「說得簡單。」山姆駁斥道，「最好等到早上亮一點再去。」

「不！有辦法就得走。」佛羅多忽然急切地說，「我不願浪費每分每秒。我要下去試試看。直到我回來或叫你前，你都別跟來呀！」

他用手指緊抓石崖邊緣，慢慢讓自己下降，直到他的手臂幾乎完全伸長，腳趾才碰到一處岩架。「下來一步了！」他說，「岩架往右邊變寬了。我不用抓東西，也可以站在那裡。我要……」他的話中斷了。

以高速集結的黑暗從東方湧來，吞沒了天空。他們的頭頂響起震耳欲隆的雷鳴。眩目的閃電劈向丘陵。強風頓時吹起，隨之而來的是一股淒厲尖叫。當哈比人們逃離哈比屯時，就在沼地聽過這種叫聲；而就算在夏郡的樹林中，這股叫聲都曾使他們嚇得血液凝結。它在荒原中激發出更強大的恐懼感：它如同恐懼與絕望的冰冷鋒刃，刺穿了他們的內心，使他們的心跳與呼吸都隨之停止。山姆緊緊趴在地上。佛羅多不由自主地鬆開手，並用雙手摀住他的頭和耳朵。他的身子搖晃，腳下滑了一跤，並隨著一股慘叫而跌了下去。

山姆聽到他的聲音，便努力爬到崖邊。「主人，主人！」他喊道，「主人！」

他沒有聽到答覆。他發現自己正在發抖，但他深吸一口氣，並再度大喊：「主人！」強風似乎將他的嗓音吹回喉內，但當它颳向山溝，飄向丘陵時，他耳中就傳來微弱的回應聲：「好啦，好啦！我在這裡。但我看不見。」

佛羅多用虛弱的嗓音喊道。他其實是滑了下去，沒有墜落，也在不到幾碼外更寬的岩架上猛然停下。幸運的是，此處的岩壁往後傾，強風也將他吹得緊貼崖壁，使他沒有摔倒。

他稍微穩住身子，將臉靠在冰冷的岩石上，並感到自己的心臟猛烈跳動。要不是黑暗已變得伸手不見五指，就是他的雙眼已經失去視力了。周圍一片漆黑，他想知道自己是不是瞎了。他深吸一口氣。

「回來！回來！」他聽到山姆的聲音從上方的黑暗中傳來。

「沒辦法。」他說，「我看不見。我找不到能抓住的地方。我還不能動。」

「我該做什麼，佛羅多先生？我該做什麼？」山姆喊道，邊危險地把身子往外伸。他主人為什麼看不見？周圍自然很黯淡，但沒有那麼暗。他可以看到底下佛羅多灰暗孤獨的身影。但他位在沒人能觸及的範圍。

另一陣雷聲響起，雨水便隨即落下。在眩目的閃電中，混雜了冰雹的冰冷雨水迎面打上山崖。

「我要下來找你。」山姆喊道，不過他不曉得自己該怎麼幫他。

「不，不！等等！」佛羅多語氣更強烈地回喊道，「我很快就會好點了。我已經感覺比較好了。等等！你沒繩子的話，就幫不上忙。」

「繩子！」山姆大叫，既興奮又鬆了口氣般地胡亂自言自語。「哎呀，我真該被吊起來，當作對笨蛋們的警告！你是個傻蛋，山姆．甘吉；老爹經常這樣罵我，都變成口頭禪了。繩子！」

「別嘮叨了！」佛羅多叫道，他已經冷靜下來，足以感到又氣又想笑。「別管你的老爹了！你想說自己口袋裡有繩子嗎？有的話，就快拿出來！」

「沒錯，佛羅多先生，就在我的背包裡。我帶它走了數百哩，還完全忘掉了！」

「那就快點把繩子放下來！」

山姆迅速放下背包，在裡頭摸索。背包底部確實有一捆羅瑞安精靈做的柔軟灰繩。他把其中一端拋給他主人。黑暗似乎從佛羅多眼前消散，或是他的視力恢復了。他能看到下垂的灰繩，也覺得它散發出微弱銀光。既然他在黑暗中有能夠讓視線聚焦的位置，就不再覺得頭暈。他把重心往前傾，把繩子的末端緊緊繫在腰上，接著他用雙手抓住了繩索。

山姆後退一步，把自己的腳靠在離崖邊一兩碼遠的樹墩上。佛羅多半拉半撞地爬上來，一下子倒在地上。

雷聲在遠方轟隆響起，雨勢也仍舊滂沱。哈比人們狼狽地爬回山溝，但他們在那找不到多少遮蔽處。雨水開始順著岩壁流下，很快就在岩石上匯集成大水，如同從雄偉屋頂上的排水溝般湧下懸崖。

「我可能會在底下淹死或被沖走。」佛羅多說，「你有那條繩子真是太幸運了！」

「如果我更早想起來就好了。」山姆說，「也許你記得，當我們離開精靈國度時，他們就把繩子放進船裡。我很喜歡它，就把一捆繩子放在我的背包裡。感覺像是好多年前了。『它或許能幫上大忙。』哈狄爾或某個精靈這樣說過。他說得沒錯。」

「可惜我沒帶另一條繩子來。」佛羅多說，「但我離開護戒隊時太急促忙亂了。如果我們有足夠的繩子，就能用它爬下去了。你的繩子有多長？」

山姆慢慢把它伸長，用手臂測量。「五，十，二十，三十厄爾[1]左右。」他說。

「誰會想到有這麼長！」佛羅多驚呼。

「啊！誰猜得到呀？」山姆說，「精靈是厲害的種族。它看起來有點細，但質地堅韌；手感如同牛奶般光滑柔軟。收納後的體積很小，重量也很輕。他們真的很厲害呢！」

「三十厄爾！」佛羅多思索道，「我相信這樣就夠了。如果風暴在入夜前結束，我就要試試看。」

「雨幾乎要停了。」山姆說，「但你別又在黑暗中冒險，佛羅多先生！我也還沒從風中的尖叫聲中平復過來，不過你可能不怕了。聽起來像黑騎士——不過聲音來自空中，彷佛它們會飛。我想在黑夜結束前，我們最好都留在這道裂縫中。」

「但我不想繼續待在這座懸崖邊了，還讓黑暗國度虎視眈眈地從沼澤地遠方盯著自己。」佛羅多說。

說完，他就站起身，又走到山溝底部。他往外一看。東方重新浮現出晴朗的天空。風暴潮溼破碎的邊緣逐漸飄走，主要的雲層則向艾明穆伊張開雙翅，索倫的黑暗思緒在上頭徘徊了半晌。接著它調轉方向，以冰雹與閃電轟炸安都因河谷，並用陰影籠罩米那斯提力斯，向它發出戰爭的威脅。接著，它在山區中下降，集結起龐大的雲柱，慢慢飄過剛鐸與

1 譯注：ell，英格蘭古代長度單位，約為成年人前臂長度，日後則被定為一點一四公尺。三十厄爾約為三十四公尺。

洛汗邊境；當遠方平原上的騎士們策馬前往西方時，就看到漆黑雲塔飄到太陽後方。但在這裡，深藍色的傍晚天空已再度出現在荒地與惡臭的沼澤上方，天上還浮現了幾顆蒼白的星辰，如同彎月上空天篷中的小白洞。

「能再度看到東西真好。」佛羅多說，並深深呼吸。「你知道嗎？我差點以為自己瞎了。可能是因為閃電或更糟的原因。在灰繩落下前，我什麼都看不見。它似乎會發出微光。」

「它在黑暗中的確看起來有點像銀色。」山姆說，「之前從來沒注意到這件事，但自從我收起它後，就不記得有拿出它來過了。但如果你堅持要爬下去，佛羅多先生，又該怎麼用它？它大概有三十厄爾或十八噚長，跟你猜測的懸崖高度差不多。」

佛羅多想了一下。「把它綁在那棵樹墩上，山姆！」他說，「我想，這次你可以如願以償地先下去了。我會把你放下去，你也只需要用手腳來靠住岩壁就好。不過，如果你能把重心靠在某些落腳處上，讓我休息一下的話，那就更好了。等你抵達地面，我再跟上。我現在覺得精神好多了。」

「好吧。」山姆沉重地說，「如果一定得下去，就開始吧！」他拿起繩子，把它繫在最靠近崖邊的樹墩上，再把另一頭綁在自己的腰際。他猶豫地轉身，準備再次爬下懸崖。

不過，狀況並沒有他猜想得那麼糟。繩子似乎賦予了他信心，不過當他往下看雙腳之間時，就不只一次閉上眼睛。岩壁上有個缺乏落腳處的麻煩位置，岩壁也非常陡峭，甚至還斷裂了一小部分，他在這裡滑了一腳，僅靠銀繩懸在空中。佛羅多緩慢穩定地讓他降下，過程最後終於結束了。他最害怕的，是繩子會在他還在高處時用盡，但當山姆抵達底部並往上喊「我下來了！」時，佛羅多手中還有一大捆繩圈。山姆的聲音從下方清楚地傳了上來，但佛羅多看不見他；他的灰色精靈斗篷融入了夜色之中。

佛羅多花了更多時間跟上山姆。他把繩索綁在腰間，也讓它繫在崖上，還把繩索調短，讓繩索能在他抵達地面時拉起自己。他依然不想冒險摔落，也不像山姆一樣對這條纖細灰繩充滿信心。他一樣碰到兩處得完全仰賴繩索的位置，就連強壯的哈比人手指，都無法抓緊光滑的岩壁，而且兩側岩架間的距離也太遠了。但最後他也到達了底部。

「好啦！」他喊道。「我們辦到了！我們逃離了艾明穆伊！我想知道，下一步該怎麼走？也許我們很快就會希望腳下有堅硬的岩石可踩了。」

但山姆沒有回應，他正回頭盯著山崖。「傻蛋！」他說，「笨瓜！我漂亮的繩子！它纏在樹墩上，我們則在底下。剛好讓那個臭咕嚕有路可走。乾脆留塊路牌說我們去哪好了！我就覺得一切好像太簡單了。」

「如果你能想出讓我們倆同時使用繩子，也還能把它拿下來的辦法，那你就可以把傻蛋或你老爹給你的其他綽號讓給我。」佛羅多說，「如果你想，就爬上去解開繩子，再爬下來吧。」

山姆抓抓頭。「不，我不曉得該怎麼做，抱歉呀。」他說，「但我真的不喜歡拋下它。」他撫摸繩索末端，並輕輕搖了它。「和從精靈國度帶出來的東西分離，都讓我很不捨。或許這是格拉翠兒親自編製的。格拉翠兒。」他低語道，一邊悲傷地點頭。他抬頭一看，並拉了繩子最後一下，彷彿在向它道別。

讓兩個哈比人訝異的是，繩子居然掉了下來。山姆翻倒在地，漫長的灰繩無聲地落在他身上。佛羅多大笑起來。「是誰綁繩子的？」他說，「還好它撐住了！我居然把全身重量都寄託在你的繩結上！」

山姆沒有笑。「我或許不擅長攀爬，佛羅多先生。」他用受傷的語氣說，「但我懂些與繩子和繩結有關的事。你可以說這是家族傳統。嘿，我的祖父和老爹最大的哥哥安迪，許多年來都會在結索原表演走繩索。無論在夏郡內外，我在樹墩上打結的速度也比任何人都快。」

「那繩子一定斷了——我猜是在岩石邊緣磨斷了。」佛羅多說。

「我打賭不是！」山姆語氣更加難過地說。他俯身檢查末端，「它也沒斷。一條細絲也沒有！」

「那恐怕就是繩結的問題了。」佛羅多說。

山姆搖頭，沒有回答。他正若有所思地在手指間撥弄繩子。「隨你怎麼想吧，佛羅多先生。」他最後說道，「但我想，繩子是在我叫它時掉下來的。」他捲起繩子，細心地把它擺進背包裡。

「它肯定掉下來了。」佛羅多說，「這才重要。但現在我們得思考下一步。夜晚很快就會到來。星星和月亮真漂亮！」

「它們很容易鼓舞人心，不是嗎？」山姆仰望天空，「它們有種精靈的感覺。也快要滿月了。我們有一兩天沒在這種陰天裡看到他了。他開始變得很亮。」
「對，」佛羅多說，「但他還要幾天才會變成滿月。我不覺得我們該在半輪月亮的光芒下嘗試行走沼澤地。」

★ ★ ★

他們從夜裡第一道黑影下展開旅程的下一階段。過了一會兒，山姆轉身看他們走來的路。山溝的開口已成成了昏暗崖壁中的黑點。「還好我們有繩子。」他說，「我們給那個跟屁蟲留下了一道難題。他儘管用髒腳去摸索岩架吧！」

他們在滿布巨石與礫石的荒野中找離開懸崖外圍的路。地面依然陡峭地往下坡延伸。他們還沒走遠，就碰上忽然出現在腳邊的漆黑大裂隙。它並不寬，微光中卻不好一躍而過。他們覺得能聽到從深處傳來的流水聲。它從他們左側向北彎，往丘陵延伸回去，也在黑暗中擋住了他們往那方向的去路。

「我想，我們最好嘗試往南沿著懸崖走。」山姆說，「我們或許能在那找到某個角落，或是洞穴之類的遮蔽處。」

「我猜可以吧。」佛羅多說。「我累了，也不覺得今晚能繼續在岩石間跋涉——但我不想拖延。我希望眼前有清晰的路線，這樣的話，我就會一直走到雙腿無力為止。」

他們不覺得艾明穆伊的破碎山腳有多好走。山姆也沒發現任何能供遮蔽的角落或凹地，只有受到懸崖籠罩的光禿岩坡，當他們往回走時，山崖就顯得更高大險峻。最後，疲勞的他們在離懸崖底部不遠處找到一塊巨石，並在巨石下風處的地面躺下。他們在寒冷的夜晚中淒涼地緊緊相依，而儘管他們奮力壓抑睡意，也依然感到昏昏欲睡。清晰的月亮升上高空，纖細的白光照亮了岩石，也灑在下垂的冰冷崖壁上，將周圍廣闊的黑暗化為遍布黑影的冷冽灰原。

「好啦！」佛羅多說，他站起身並把身上的斗篷拉緊，「你先睡一下吧，山姆，拿我的毯子用。我來附近走走，站哨一陣子。」忽然間他止步不動，並俯身抓住山姆的手臂。「那是什麼？」他低聲說道，「快看那邊的懸崖上！」

山姆一看，就從牙縫中倒吸了口冷氣。「嘶嘶！」他說，「果然沒錯！是咕嚕！該死！我還以為爬下來就能難倒他了！看看他！看起來就像在牆上爬的噁心蜘蛛！」

★　★　★

在月光下，似乎有某個漆黑的小形體正伸出纖細的四肢，在近乎光滑的陡峭崖壁上移動。也許他握力強勁的柔軟雙手與腳趾，找到了哈比人們無法看見或碰觸的裂隙和落腳點，但他看來彷彿正用吸盤往下攀爬，像是種龐大的掠食昆蟲。他頭朝下移動，彷彿正在嗅聞去路。他時時緩緩抬頭，修長細頸上的頭部往右轉，哈比人們瞥見兩顆蒼白的閃爍小光點；

那雙眼盯著月亮並眨了眨，隨後迅速再度闔上。

「你覺得他能看到我們嗎？」山姆說。

「我不曉得，」佛羅多低聲說道，「但我覺得不能。就連朋友都很難看到這些精靈斗篷，我在幾步外就看不見影子裡的你了。我也聽說他不喜歡太陽和月亮。」

「那他為什麼要下來這裡？」山姆說。

「安靜點，山姆！」佛羅多說，「他或許聞得到我們。我相信，他的聽力和精靈一樣敏銳。我想他聽到了聲響，可能是我們的聲音。我們在上頭叫了很久，而且直到一分鐘前，我們的音量都太大了。」

「嗯，我受夠他了。」山姆說，「他太常來煩我了，我得看看能不能跟他談談。總之，我猜我們現在也沒辦法溜走了。」他把灰色斗篷拉到面前，並悄悄走向懸崖。

「小心點！」跟在後頭的佛羅多小聲說道，「別驚動他！他比外表看起來更危險。」

爬行中的黑色形體已在四分之三處，離山崖底部只有約不到五十呎的距離。哈比人們蹲在一塊巨石的陰影下窺探，他似乎碰到了難以通過的路徑，或因某種事情而感到不安。他們能聽到他的嗅聞聲，也經常發出聽起來如同咒罵的嘶嘶聲。他抬起頭，他們也覺得自己聽到他吐了口痰。接著他再度移動，他們可以聽到他嘎吱作響又如同口哨聲的嗓音。

「啊，嘶！小心，我的寶貝！急躁誤事。我們不能冒險，對吧，寶貝？不，寶貝—咕嚕！」他又抬起頭，對月亮眨眼，並迅速閉眼。「我們痛恨它。」他嘶嘶說道，「骯髒又討厭的光—嘶嘶—它偷看我們，寶貝—它刺痛我們的眼睛。」

他爬得越來越低，嘶嘶聲也變得尖銳而清晰。「它在哪，它在哪——我的寶貝，我的寶貝？它屬於我們，沒錯，我們想要它。小偷，小偷，骯髒的小偷們。他們帶我的寶貝去哪了？他們真該死！我們討厭他們。」

「聽起來他好像不曉得我們在這裡，對吧？」山姆悄聲說道，「他的寶貝又是什麼？他指的是……」

「噓！」佛羅多用氣音說，「他夠近了，近到能聽見細小的聲音。」

咕嚕又忽然停下，瘦弱頸子上的大頭往左右轉動，彷彿正仔細傾聽。他蒼白大眼上的眼皮微張。山姆制止住自己，但他的手指正在扭動。他憤怒又作嘔的雙眼，正緊盯那個卑鄙的生物，對方又開始移動，也依然嘶嘶作響地自言自語。

最後他離地面只剩不到十幾呎，正好在他們頭頂處。那裡有道陡峭的岩壁，因為山崖有些凹陷，就連咕嚕也找不到任何落腳處。他似乎想扭轉身軀，以便讓腿往下伸，卻忽然隨著淒厲的尖叫聲落下。當他掉下時，他就用雙腿與手臂環住身子，如同斷線的蜘蛛。

山姆瞬間衝出躲藏處，邁出幾大步，跨越自己和崖底間的空間。在咕嚕起身前，他就壓住對方。即便在落下後遭遇突襲，他卻發現咕嚕比他想得還難纏。在山姆抓住對方前，修長的手臂與雙腿纏繞住他，緊緊扣住他的手臂，手勁柔軟卻極為有力，如同緩慢收緊的繩索。黏滑的手指正摸索著他的喉嚨；銳利尖牙隨即咬上他的肩膀。他只能用堅硬的腦袋往旁撞擊那生物的臉。咕嚕嘶嘶作響並吐痰，但他沒有放手。

如果山姆獨自一人的話，情況就糟了。佛羅多衝了上來，從劍鞘中抽出刺針，左手抓住咕嚕稀疏的頭髮，把對方的頭往後扯，讓咕嚕伸長脖子，並迫使他蒼白惡毒的雙眼往上盯著天空。

「放手！咕嚕。」他說，「這是刺針。你很久以前見過它。放手，不然這次你就會嘗到它的滋味！我會割斷你的喉嚨。」

咕嚕如同溼掉的絲線立刻癱軟下來。山姆爬起身，邊揉著肩膀，眼中充滿怒氣，但他無法為自己報仇——他悲哀的敵人正縮在地上哀鳴。

「別傷害我們！別讓他們傷害我們，寶貝！他們不會傷害我們吧，好心的小哈比人？我們沒有惡意，但他們像貓捉老鼠一樣跳到我們身上，是真的，寶貝。我們好孤單喔，咕嚕。如果他們對我們好，我們也會對他們好，非常好喔，不是嗎？對，對。」

「嗯，該怎麼處理他？」山姆說，「我說啊，把他綁起來好了，讓他沒辦法再偷偷跟蹤我們。」

「但那會害死我們，害死我們。」咕嚕哀鳴道，「殘忍的小哈比人。把我們在寒冷的地方綁起來，還拋下我們，咕嚕，咕嚕。」他咕嚕作響的喉嚨發出啜泣聲。

「不。」佛羅多說，「如果我們要殺他，就得立刻動手。但我們現在不能這樣做。可憐的傢伙！他沒傷害我們。」

「是嗎！」山姆揉著肩膀說，「他打算要下手，我敢說他現在也想動手。他打算趁我們睡覺時，把我們掐死吧。」

「我想也是。」佛羅多說。「但他現在打算做的又是另一回事了。」他停下來思索了一下。咕嚕一動也不動地躺著，但他已停止啜泣。山姆怒目瞪著他。

此時佛羅多似乎聽到來自過往的聲音，狀似遙遠，但聲音非常清晰：

當比爾博有機會時，卻沒刺死那個卑鄙生物，真是太可惜了！

可惜？阻止他下手的正是憐憫。憐憫與慈悲：沒有必要，不隨便攻擊。

我對咕嚕無法感到憐憫。他罪該萬死。

罪該萬死！我相信他確實如此。許多該死的人都好好地活著。有些喪失生命的人卻已不在人世。你能把生命還給他們嗎？如果不行，就別急著對他人的生死作定奪。就連最睿智的人，也無法摸清所有事物的結局。

「好吧。」他大聲回應，並放下了劍。「但我還是會怕。而且，如你所見，我不會碰這個生物。我看到他了，也憐憫他。」

山姆盯著他的主人，對方似乎正對某個不在場的人說話。咕嚕抬起了頭。

「對，我們很可憐，寶貝。」他嗚咽地說，「可憐透頂！哈比人不會殺我們，好哈比人。」

「不，我們不會殺你。」佛羅多說，「但我們也不會放你走。你心中充滿邪惡和歹毒計畫，咕嚕。你得和我們一起來，我們同時也會監視你。但你得盡力幫助我們。善行該有回報。」

「對，說得對。」咕嚕坐起身說，「好哈比人！我們會跟他們走。幫他們在黑暗中找出安全的路，我們會的。我們很好奇，他們要從這塊寒冷的地方走去哪？對，我們很好奇。」他抬頭注視他們，頻繁眨眼的蒼白眼珠中迅速閃過一抹狡詐急切的微弱光芒。

山姆瞪著他，並發出嘖嘖聲，但他似乎察覺，主人的情緒有些古怪，也無法反駁這件事。總之，他對佛羅多的回答感到非常訝異。

佛羅多直盯咕嚕的雙眼，對方則畏縮地別開視線。「你知道，或是猜得很正確，史麥戈。」他平靜而嚴肅地說，「我們自然是要去魔多。我相信，你也曉得該如何前往。」

「啊！嘶！」咕嚕說，他用雙手摀住耳朵，彷彿連坦誠而公開地討論那名稱，都使他感到痛苦。「我們猜過，對，我們猜過。」他悄聲說，「我們也不想要他們去，對吧？不，寶貝，好哈比人不該去。那裡只有灰燼，灰燼，還有塵土，還讓人口渴。還有坑洞，坑洞，和歐克獸人，成千上萬個歐克獸人。好哈比人別去──嘶嘶──那些地方。」

「所以你去過那裡了？」佛羅多堅持問道，「有東西把你吸引回去，是嗎？」

「對。對。不對！」咕嚕尖叫道，「只有一次，那是意外，不是嗎，寶貝？對，是意外。但我們不會回去，不，不！」他的嗓音和用語忽然改變，喉間也發出抽泣聲，並開始說話，但講話的對象並不是他們。「放過我，咕嚕！你弄痛我了。噢，我可憐的手，咕嚕！我，我們，我不想回來。我找不到它。我很累了。我，我們找不到它，咕嚕，咕嚕，不，到處都找不到。他們老是醒著。矮人，人類，精靈，眼睛明亮的精靈。我找不到它。啊！」他站起身，緊緊握起修長的手，再向東方揮舞緊繃而孱弱的拳頭。「我們不找！」他叫道，「不會為你找！」接著他又倒了下去。「咕嚕，咕嚕。」他把臉貼在地上嗚噎地說，「別看我們！走開！去睡覺！」

「他不會聽你的命令走開或睡覺，史麥戈。」佛羅多說，「但如果你真的想再度遠離他，那你就得幫我。恐怕這也代表，你得幫我們找到通向他的路。但你不需要走完整條路，也不需要穿過他的國度的大門。」

咕嚕又坐起身，沉重眼瞼下的雙眼望著他。「他就在那裡。」他咯咯作響地說，「一直都在。歐克獸人可以一路帶你去。很容易在大河東方找到歐克獸人。別問史麥戈。可憐，可憐的史麥戈，他很久以前就去過了。他們搶走了他的寶貝，現在他迷失了。」

「如果你和我們一起來的話，或許就能找到他。」佛羅多說。

「不，不，永遠不行！他失去他的寶貝了。」咕嚕說。

「起來！」佛羅多說。

咕嚕站起身，往後靠向懸崖。

「好了！」佛羅多說，「你在白天或是晚上比較好找路呢？我們累了，但如果你選擇晚上，那我們今晚就走。」

「強光會刺痛我們的眼睛，真的。」咕嚕嗚咽說道，「別在白臉底下走，還不要。它很快就會降到山後去了，對。先休息一下，好心的哈比人們！」

「那坐下吧，」佛羅多說，「別亂動！」

★　★　★

哈比人們分別坐在他兩邊，背靠著岩壁，讓腿放鬆。兩人不需要透過言語討論，他們清楚自己還不能睡。月亮緩緩通過，陰影從山丘上落下，三人面前陷入黑暗。天上的繁星顯得明亮。沒人有任何動作。咕嚕雙膝屈起，用膝蓋靠著下巴，扁平的手腳擺在地上，並閉上雙眼。但他感覺十分緊繃，彷彿正在思考或傾聽。

佛羅多望向山姆。他們的目光交錯，也理解了彼此的想法。他們放鬆下來，並讓頭下垂，看起來似乎闔上眼睛。他們很快就發出輕柔的呼吸聲，咕嚕的雙手稍微顫動。他的頭難以察覺地往左右轉動，先睜開一隻眼睛，再把另外一隻眼睛睜開一條細縫。哈比人們紋風不動。

忽然間，咕嚕用驚人的敏捷身手和速度，如同蚱蜢或青蛙猛然從地上躍起，往前衝進黑暗。但佛羅多和山姆早有預料，他才走了兩步，山姆就逮住了他。佛羅多從後面抓住他的腿，把他扔到地上。

「你的繩子可能又有用了，山姆。」他說。

山姆拿出繩子。「你在這塊寒冷的地方要去哪，咕嚕先生？」他低吼道，「我們很好奇，對，我們很好奇。我敢說，是去找你的歐克獸人朋友。你這骯髒又狡猾的傢伙。這條繩子該緊緊綁在你脖子上。」

咕嚕安靜地躺著，也沒有再搞出其他花樣。他沒有回答山姆，只是惡狠狠地迅速瞪他一眼。

「我們需要用某種東西制住他。」佛羅多說，「我們要他走路，所以不能綁住他的腿——也不能綁他的手臂，他似乎也會用手爬行。把繩子一端綁在他的腳踝上，再緊緊抓住另一端。」

當山姆打結時，佛羅多就俯身看著咕嚕。結果讓他們倆大感訝異。咕嚕放聲尖叫，那是股尖銳刺耳的聲音，聽起來非常嚇人。他扭動身子，想把嘴巴伸到腳踝旁啃咬繩子。他不斷尖叫。

最後佛羅多覺得他確實很痛苦，但原因或許不是繩結。他檢查了繩結，發現綁得不太緊，其實一點也不。山姆總是刀子嘴豆腐心。「你怎麼了？」他說，「如果你想逃走，我們就得綁住你，但我們不想傷害你。」

「它讓我們很痛，它讓我們很痛。」咕嚕嘶嘶叫道，「它很冰，它很刺痛！是精靈編製出來的，他們該死！殘酷的哈比人！所以我們才會想跑，當然了，寶貝。我們猜到他們是殘忍的哈比人。他們拜訪過精靈，眼睛明亮的凶狠精靈。把它拿掉！它讓我們好痛。」

「不，我不會把它拿掉。」佛羅多說，「除非——」他停下來思考片刻。「——除非你能作出讓我信任的保證。」

「我們會發誓做任何他想要的事，對，對。」咕嚕說，他仍然扭動並抓著腳踝。「它讓我們好痛。」

「發誓？」佛羅多說。

「史麥戈，」咕嚕忽然語氣清晰地說，圓睜的雙眼帶著一股奇異精光盯著佛羅多。「史麥戈用寶貝發誓。」

佛羅多挺直身子，山姆也再度因他的話語和嚴厲的語氣感到訝異。「用寶貝發誓？你好大的膽子！」他說。「想想看！

一戒領眾戒，束之黑暗中。

你要對此發誓嗎，史麥戈？它會控制你。但它比你更容易背叛他人。它可能會扭曲你說的話。當心點！」

咕嚕畏縮起來。「用寶貝發誓，用寶貝發誓！」他重複道。

「你要為什麼發誓？」佛羅多問。

「會非常非常乖。」咕嚕說。他隨即爬到佛羅多腳邊，拜倒在對方面前，一面嘶啞地輕聲說話。他全身打起冷顫，彷彿這些話使他骨子裡都產生了恐懼。「史麥戈發誓，永遠，永遠不讓他得到它。永遠不會！史麥戈會拯救它。但他得用寶貝發誓。」

「不！不能用它發誓。」佛羅多說，嚴格又同情地俯視他。「儘管你明知它會逼瘋你，卻也只想看它和摸它。不能用它發誓。如果你想，就用它的名義發誓吧。你清楚它在哪。對，你很清楚，史麥戈。它就在你面前。」

有那一瞬間，山姆覺得他主人變得高大，咕嚕的身形則萎靡縮小；宛如有個高大嚴厲的陰影，是將自身的光芒藏在灰雲中的偉大君王，他腳邊有隻嗚嗚噎噎的小狗。但以某種方式看來，這兩者卻互有關連，並不陌生——他們能夠觸及彼此的心靈。咕嚕揚起身子，把手伸向佛羅多，在他的膝邊匍匐求饒。

「跪下！跪下！」佛羅多說，「說出你的承諾！」

「我們保證，對，我保證！」咕嚕說，「我會服侍寶貝的主人。好主人，好史麥戈，咕嚕，咕嚕！」他忽然開始哭泣，也想啃咬他的腳踝。

「把繩子解開，山姆！」佛羅多說。

山姆不情願地照做。咕嚕立刻爬起來並四處蹦跳，如同原本遭到鞭打，卻又受到主人撫慰的小狗。從那一刻開始，他身上就產生了持續一陣子的變化。他說話時不再夾雜過多嘶嘶聲和嗚咽聲，也會直接對他的同伴們說話，而不是對他的寶貝人格。如果他們靠他太近，或是突然做出某些動作，他就會畏縮和躲避，也避免碰到他們的精靈斗篷。但他變得友善，也令人同情地急於討好他們。如果有人開玩笑，或甚至是佛羅多對他溫和地說話時，他就會又笑又跳；而如果佛羅多責備他，他就會哭泣。山姆很少對他說任何話。他對咕嚕抱持的疑心變得更重，比起以前的咕嚕，他更不喜歡新的史麥戈。

「好吧，咕嚕，不管我們現在要怎麼叫你。」他說，「快走！月亮不見了，現在也還是晚上。我們最好趕快出發。」

「對，對。」咕嚕同意道，一面跳來跳去，「我們走吧！從北端到南端之間只有一條路。是我找到的，對。歐克獸人不會用這條路，歐克獸人不曉得這條路。歐克獸人不會穿越沼澤，牠們會繞上好幾哩的遠路。你們很幸運能走這條路。你們很幸運能找到史麥戈，對。跟著史麥戈！」

他往前走了幾步，並詢問般地往後看，像是邀他們去散步的狗。「等一下，咕嚕！」山姆喊道，「別走太遠！我要走在你後面，也準備好繩子了。」

「不，不！」咕嚕說，「史麥戈答應過了。」

他們在深夜的閃爍繁星下出發。咕嚕帶他們順著先前走過的路，回頭往北走了一陣子。接著他往右轉，離開艾明穆伊的陡峭邊陲，沿著崎嶇石坡往底下寬廣的沼地走。他們迅速地輕聲消失在黑暗中。在魔多大門前的漫長荒原中，只剩下一片死寂。

# 第二章——

# 沼澤間的通道

咕嚕迅速移動，把他的頭和脖子往前伸，也經常手腳並用。佛羅多和山姆得費很大的勁才能跟上他，但他似乎不再想脫逃，而如果他們落後，他也會轉身等候。過了一陣子，他就帶兩人抵達他們先前受困的狹窄山溝邊緣，但他們現在已經遠離丘陵地帶了。

「就在這裡！」他叫道，「裡頭有條路，對。現在我們得沿著它走——走出去，走到那裡。」他往南方與東方指向沼澤。當地的臭氣飄入他們的鼻孔，即便在清涼的夜風中也顯得惡臭難忍。

咕嚕沿著崖邊走動，最後向他們大喊，「在這裡！我們可以從這裡下去。史麥戈走過這裡一次：我走這條路時，是想躲開歐克獸人。」

他帶路，哈比人們跟著他爬進黑暗中。過程並不困難，因為此處的裂隙只有十五呎深，寬度也只有十二呎左右。底部有水流，那其實是從丘陵流下的許多小河之一的河床，水流湧進遠方靜止的水塘與沼澤中。咕嚕轉向右邊，方向大致朝南，雙腳在淺溪中劈啪作響。他似乎很高興能碰到水，並對自己輕笑，有時甚至嘶啞地唱起了某種歌。

冰冷又堅硬的土地
啃咬我們的雙手，
　咀嚼我們的雙腳。
巨岩與礫石，
如同老骨頭，
　一點肉都不剩。
但溪水與池塘
潮溼又涼爽：
　腳兒透心涼！
我們現在想要——

「哈！哈！我們想要什麼？」他說，一面側眼瞄了哈比人們一下。「我們會告訴你們。」他嘶啞地說，「他很久以前猜到過，袋金斯猜到了。」他的眼睛冒出精光，而在黑暗中瞥見那光芒的山姆，則覺得事情不妙。

活著卻不呼吸，
冰冷宛如死亡；
從不口渴，總在喝水，
全身裝甲，卻從不作響。
在陸地上淹死，
心中認為島嶼
是座高山；
心中認為湧泉
是股氣流。
滑潤又美好！
見了令人開心！
我們只想要
抓條甜美的魚！

這些話只讓山姆的內心對某個問題感到更緊張，打從得知他主人要讓咕嚕擔任嚮導時，這件事就使他心煩：食物的問題。他不覺得他主人考量過這點，但他猜咕嚕想過。在寂寞的流浪過程中，咕嚕到底怎麼維生？「不太妙。」山姆心想，「他看起來餓壞了。我敢說，如果沒有魚，他肯定會想嘗嘗哈比人的味道——前提是，如果他能逮到我們睡覺的時候。

哼，他沒機會的，至少吃不到山姆．甘吉。」

他們在黑暗的蜿蜒山溝中跋涉了很久，或者對佛羅多和山姆疲憊的雙腳來說是如此。山溝往東轉，而當他們前進時，溝壑就變得更寬，也變得更淺。最後清晨的第一道灰色曙光，使頭頂的天空顏色變淺。咕嚕看起來一點都不累，但現在他抬頭一看，並停下腳步。

「白天快到了。」他悄聲說，彷彿白天可能會偷聽並偷襲他。「史麥戈要待在這。我會待在這裡，**黃臉**就看不到我了。」

「我們看見太陽應該感到開心，」佛羅多說，「但我們會停下腳步。我們現在太累了，無法再往前走。」

「你們不太聰明，看到**黃臉**居然會開心。」咕嚕說，「它會讓你現出蹤影。聰明的哈比人該和史麥戈待在一起。附近有歐克獸人和可怕的東西。牠們能看到遠處的東西。和我待下來一起躲好！」

他們三人在山溝岩壁的底部停下來休息。這裡的高度和高大的人類差不多，底部還有寬闊的乾燥岩架，河水在另一側的河道中流動。佛羅多和山姆坐在其中一塊扁石上，靠著岩石休息。咕嚕在溪水中四處亂跑。

「我們得吃點食物。」佛羅多說，「你餓了嗎，史麥戈？我們沒有多少東西能分享，但我們會盡量分給你。」

一聽到「餓」這個字，咕嚕的蒼白大眼中就亮起了一股綠光，眼珠也似乎從骨瘦如柴的臉孔上突出。在那一瞬間，他的態度變回了先前的咕嚕。「我們餓壞了，對，我們餓壞了，寶貝。」他說，「他們要嘶什麼？他們有魚嗎？」他的舌頭從尖銳黃牙之間鑽出，舔舐毫無血色的嘴唇。

「不，我們沒有魚。」佛羅多說，「我們只有這個——」他拿起一塊蘭巴斯。「——如果這裡的水能喝的話，就還有水。」

「好，好，水很棒。」咕嚕說，「喝下去，喝下去，盡量喝！但他們有什麼東西，寶貝？脆嗎？好吃嗎？」

佛羅多折下一塊糕餅，包在葉子裡遞給他。咕嚕聞了聞葉子，表情一變，臉上露出作嘔的神情，蘊含著他先前的惡意。「史麥戈聞到了！」他說，「來自精靈國度的葉子，嘎！臭死了。他爬過那些樹，還完全洗不掉手上的味道，我可愛的手。」他丟下葉子，並拔下蘭巴斯一角再輕嚙。他吐了出來，並不住咳嗽。

「啊！不！」他語無倫次地說，「你想噎死可憐的史麥戈。塵土和灰燼，他不能吃那種東西。他得挨餓。他不能吃哈比人的食物。他得挨餓。可憐的瘦巴巴史麥戈！」

「對不起，」佛羅多說，「但我恐怕幫不了你。我想，如果你願意嘗試的話，這種食物對你會有好處。但或許你還不願意試看看。」

哈比人們沉默地咀嚼蘭巴斯。山姆覺得它好一陣子沒這麼好吃了，咕嚕的行為使他再度注意起它的味道。但他覺得不太安心。咕嚕看著從手到嘴的每一塊食物，如同在主人椅子旁痴痴等待的狗。只有當他們吃完東西、準備休息時，他顯然才相信兩人沒有藏起來的好東西能跟他分享。接著他跑到幾步之外獨自坐著，低聲哀鳴了一陣。

「聽著！」山姆對佛羅多悄聲說道，語氣不太柔和——他不在意咕嚕有沒有聽到他說的話。「我們得睡一下，但只要那個壞蛋待在附近，不管他有沒有保證過，我們都不該一起睡著。我敢說，無論是史麥戈或咕嚕，都不會一下子改變他的習慣。你去睡吧，佛羅多先生，等我睜不開眼了，再叫你起來。當他還在自由活動時，我們就輪流。」

「也許你說得對，山姆。」佛羅多毫不掩飾地說，「他身上確實有改變，但我不確定究竟改變了什麼，改變又有多深。不過老實說，我不覺得目前有必要擔心。不過如果你想的話，就先注意他吧。讓我睡兩小時就好，再叫我起來。」

由於佛羅多太過疲勞，因此當他一說完話，腦袋就往前垂到胸前。咕嚕似乎不再心存畏懼。他蜷曲身子，毫無擔憂地迅速入睡。他的呼吸聲隨即從齒縫中飄出，但他如石頭般一動也不動。過了一陣子，由於擔心自己會在傾聽兩名同伴呼吸時睡著，山姆就起身並輕戳咕嚕。他的雙手鬆開並扭了一下，但沒有其他動作。山姆彎腰在他耳邊說「魚」，但對方沒有反應，甚至連咕嚕的呼吸聲都沒有改變。

山姆搔搔頭。「一定是真的睡著了。」他咕噥道，「如果我像咕嚕的話，他就永遠都醒不過來了。」他制止自己對佩劍和繩子的想法，再走到他主人身邊坐下。

當他醒來時，頭頂的天空依然黯淡，比起他們吃早餐時還暗，並沒有變亮。山姆跳了起來。不只是是由於他感到充滿活力又飢餓，而是他忽然明白，自己睡了整個白天，至少有九小時。佛羅多仍在熟睡，身子側躺著。咕嚕不見人影。山姆心中冒出針對自己的各種罵名，全都來自老爹龐大的字彙庫。接著他也想到，他主人沒說錯：目前沒必要維持戒心。他們當前都還活著，沒有遭到掐死。

「可憐的傢伙！」他有些懊悔地說，「我想知道他上哪去了？」

「不遠，不遠！」有個聲音在他頭頂上方說。他抬頭一看，發現夜空下地咕嚕大頭和耳朵。

「嘿，你在幹嘛？」山姆喊道，當他看到對方，心裡便再度升起疑心。

「史麥戈肚子餓了。」咕嚕說，「馬上回來。」

「立刻回來！」山姆大叫，「嘿！回來呀！」但咕嚕已經消失了。

佛羅多聽到山姆的叫聲，就坐起身並揉揉眼睛。「哈囉！」他說，「出了什麼事？幾點了？」

「我不曉得。」山姆說，「我想已經是日落後了。他也跑了，還說肚子餓。」

「別擔心！」佛羅多說，「這沒辦法。但等著瞧，他會回來的。承諾還會控制他一陣子。總之，他也不會離開他的寶貝。」

當佛羅多得知他們和飢腸轆轆又能自由活動的咕嚕待在一起，還相安無事地睡了好幾小時後，反應十分輕鬆。「別用你老爹的重話來罵自己。」他說，「你太累了，結果也很好，我們倆都得到充分休息了。我們面前還有條艱困長路，也是最難熬的路。」

「說到食物，」山姆說，「我們得花多久才能完成這件差事？做完以後，我們又該怎麼辦？旅途麵包能讓你有力氣走上一整天，但它沒辦法好好滿足肚子，對我而言啦，我不想對製作它的精靈不敬。但你每天都得吃一點，它也不會再變多了。我想我們大概能再撐三週左右，那還是在勒緊腰帶、吃得也少的前提下。我們最近吃得有點不知節制。」

「我不曉得我們得花多久才能──完成。」佛羅多說，「我們在丘陵裡拖太久了。但山姆懷斯．甘吉，我親愛的哈比人──的確，山姆，你是我最親愛的哈比人，也是終生摯友。我不覺得我們需要考量之後發生的事。你說『完成這件差事』──我們有成功的希望嗎？即使有，誰知道會有什麼結局？如果至尊魔戒落入烈火，而我們就在附近呢？我問你，山姆，我們還可能需要麵包嗎？我不覺得。如果我們能顧好四肢，讓我們抵達末日火山，那就夠了。我開始覺得，那甚至是不可能的事。」

山姆沉默地點頭。他握住他主人的手，並低下頭。他沒有親吻對方的手，但他的淚水落在上頭。接著他轉過身，用衣袖抹了抹鼻子，再起身四處踱步，試圖吹起口哨，還費勁地說：「那個討人厭的傢伙呢？」

咕嚕不久就回來了，但他的動作非常安靜，使得在他出現在兩人面前時，他們都沒聽到他發出的聲響。他的手指和臉都沾滿黑泥，仍在咀嚼和流口水。他們沒有問他在咬什麼，也不敢多想。

「八成是從洞裡挖出的蠕蟲或甲蟲之類的噁心東西。」山姆心想，「噁！這噁心的傢伙，真可憐呀！」

直到他大口喝下溪水，再洗淨自己前，咕嚕沒有對兩人說話。「好多了。」他說，「我們休息夠了嗎？準備繼續走了嗎？好哈比人，他們睡得很甜。信任史麥戈了嗎？很好，很好。」

他們下一階段的旅程和上一階段差不了多少。隨著他們前進，溝壑逐漸變深，地面坡度也顯得更平緩。底部沒有太多礫石，土壤也更密集，兩側也緩緩變成河岸。這條路開始蜿蜒扭轉。夜晚即將結束，但烏雲遮蔽了月亮與繁星，他們也只能靠逐漸擴散的纖細灰光，才知道白日將臨。

他們在冷冽的時刻來到水道盡頭。河岸成為長滿青苔的土丘。溪水在最後一排腐爛的石頭邊咕嚕作響，流入棕色的沼地中，就此消失。枯萎的蘆葦嘶嘶作響，但他們感受不到微風。

他們兩側與前方出現了大片濕地與泥沼，往南方和東方延伸到朦朧的微光中。漆黑惡臭的水池中飄出裊裊霧氣。池裡的臭味凝結在靜止的空氣中。在幾乎朝向南方的遠處，聳立著魔多的高山屏障，如同不平整的漆黑雲層，飄浮在煙霏霧集的危險海域上。

哈比人們現在全然受到咕嚕的掌握。他們不曉得，在那股朦朧的光源中，也猜不到自己已經位在沼澤的北方邊界，沼澤的主體就在他們南邊。如果他們清楚這一帶，就能花些時間往回走一小段路，再往東轉，走險峻的道路抵達光禿的達哥拉平原[1]：那是魔多大門前的古戰場。這條路也無法帶來多大希望。荒原上沒有遮蔽處，歐克獸人和魔王的士兵所使用的路徑也橫跨上頭。就連羅瑞安的斗篷也無法在那隱藏他們。

「我們該怎麼走，史麥戈？」佛羅多問，「我們得跨越這些臭氣沖天的沼澤嗎？」

「不用，不用。」咕嚕說。「如果哈比人們想抵達黑暗山脈，並趕快去見他，就不用走那裡。後退一點，再繞一點路——」他纖細的手臂往北方和東方揮了一下。「——你們就能走冰冷的道路，抵達他國度的大門。他有很多手下會在那找尋客人，很高興能帶他們直接去見他，對。他的邪眼隨時都在監視那條路。很久以前，它在那逮到了史麥戈。」咕嚕打起冷顫，「但史麥戈之後好好運用了他的眼睛，沒錯，沒錯；之後我好好運用了眼睛、雙腳和鼻子。我知道其他路線。更難走，也不是捷徑，但如果我們不想讓他看見，那些路就更好。跟著史麥戈！他可以帶你們穿越沼澤，穿過霧氣，很棒的濃霧。小心地跟著史麥戈，這樣在他抓到你們前，你們或許可以走過很長一段路，真的很長，對。」

★ ★ ★

當時是白天，陰沉的早晨一點風也沒有，沼澤濃厚的臭味也依然四處飄散。沒有陽光

1 譯注：Dagorlad，辛達林語中意指「戰鬥平原」。

能穿透烏雲密布的天空，咕嚕也似乎急於立刻動身。於是在短暫休息後，他們就再度出發，很快就迷失在灰暗死寂的世界中，完全看不到周圍地區的景象，不但看不見自己離開的丘陵區，也無法看到自己尋找的高山。他們緩緩地呈縱隊順序前進：咕嚕，山姆，佛羅多。

佛羅多似乎是三人中最疲倦的，儘管前進的速度緩慢，他也經常會落在最後頭。哈比人們很快就發現，看似龐大沼地的地區，其實是由大量水塘、沼澤和蜿蜒交錯的水道所構成的網絡。咕嚕肯定清楚該如何探路，也得全力以赴。他長頸上的腦袋四處轉動，並在嗅聞時低聲咕噥著。有時他會舉起手，要其他人停下，他則稍微走向前，蹲低身子，用手指或腳趾摸索地面，或只是將一隻耳朵貼上地面傾聽。

周遭荒涼又令人生厭。冰冷的冬天仍然掌控著這座荒蕪地帶。唯一的綠意，來自飄在漆黑油膩的水面上的野草殘渣。枯萎的葉片與腐爛的蘆葦在霧氣中豎起，像是過往夏天中的雜亂陰影。

隨著時間過去，陽光也稍微增強，霧氣也散了開來，不再顯得濃厚，也更加清澈。在世上的腐朽物體與迷霧頂端遠處，金色的太陽正高掛空中，用眩目的光芒籠罩平靜的大地。但底下的他們只能看見她模糊蒼白的光影，無法散發出色彩與暖意。即便只有太陽的些許跡象，咕嚕也仍然皺眉畏縮。他暫停了行動，三人便暫且休息，如同遭到狩獵的小動物般蹲在一處茂密的棕色蘆葦叢中。除了微微顫動的空蕩種子囊，以及他們察覺不到的斷裂葉片在飄動外，周圍寂靜無聲。

「連一隻鳥都沒有！」山姆哀傷地說。

「對，沒有鳥。」咕嚕說，「好乖的鳥！」他舔舔牙齒，「這裡沒有鳥。有蛇，有蟲，和水裡的東西。有很多東西，很多噁心的東西。沒有鳥。」他悲傷地說完。山姆作噁地看著他。

他們與咕嚕同行的第三天就此結束。在較愉快的其他地區中的夜色變深前，三人就再度出發，總是不斷向前，也只會短暫停下。他們停下並不是為了休息，而是幫助咕嚕，因為現在就連他都得小心翼翼地往前走，他有時還會感到不知所措。他們在天色正黑時來到了死亡沼澤中央。

他們緩緩屈身行走，緊緊跟上彼此，也專注地觀察咕嚕每個動作。沼地變得越來越溼，還出現寬闊的靜滯淺池，他們也越來越難找到不讓雙腳陷入泥巴的穩固地面了。旅行者們的體重很輕，不然他們或許就永遠找不到出路了。

天色立刻變暗：空氣似乎變得漆黑又難以呼吸。當光芒出現時，山姆就揉揉眼睛。他以為自己的腦袋出問題了。他先從左眼眼角瞥見一絲蒼白光芒，但那道光逐漸消失。其他光芒隨後迅速浮現，有些像是微微發亮的煙霧，有些則像霧氣般的火焰，在無形的蠟燭頂端慢慢閃動；它們如同隱身的對象展開的裹屍布幽影般扭動。但他的兩個同伴都沒有說話。

最後山姆再也忍受不住了。「這些是什麼東西，咕嚕？」他悄聲說道，「這些光是什麼？它們圍繞在我們身邊了。我們被困住了嗎？它們是什麼東西？」

咕嚕抬頭一看。他面前有處漆黑水潭，他在地上四處爬行，對路線感到困惑。「對，它們圍在我們身邊了。」他低聲說，「狡猾的光。它們是屍體點起的蠟燭，沒錯，沒錯。別理它們！別看！別跟上它們！主人在哪？」

山姆回頭看，發現佛羅多又落單了。他看不見對方。他往黑暗中走了幾步，不敢走太遠，或是用比嘶啞氣音更響亮的聲音喊叫。忽然間，他撞上了佛羅多，對方正站著沉思，並盯著蒼白的光線。他的雙手僵硬地掛在身體兩側，他手上滴下了水與汙泥。

「來吧，佛羅多先生！」山姆說，「別看它們！咕嚕說我們不該看。可以的話，我們就跟著他盡快離開這個鬼地方吧！」

「好吧。」佛羅多彷彿剛脫離夢境般地說，「我來了。走吧！」

山姆再度快步向前，卻因為踢到老樹根或草叢而滑了一跤。他跌了下去，雙手重重壓在地上，並立刻深陷黏膩的泥濘中，使他的臉逼近漆黑池塘的表面。上頭傳來一陣微弱的嘶嘶聲，一股討厭的味道也冒了出來，光芒隨之閃耀飄動。他底下的水塘一瞬間變得如同骯髒的玻璃鏡，而他注視著鏡子彼端。他把雙手從泥灘中拔出，慘叫一聲並立刻往後逃。「裡面有死掉的東西，水裡有死人的臉。」他驚恐地說，「死人的臉！」

咕嚕哈哈大笑。「死亡沼澤，對，對，這就是它們的名字。」他咯咯笑道，「當蠟燭亮起來時，你就不該看水裡。」

「它們是誰？又是什麼東西？」山姆發著抖問，一面轉向站在他身後的佛羅多。

「我不曉得。」佛羅多語氣迷濛地說，「但我也看到它們了。當蠟燭亮起來時，它們就出現在水中。它們倒在所有水池中，每張臉都蒼白無比，處在黑暗的水底深處。我看見了它們：陰沉而邪惡的臉龐；高貴而悲傷的臉孔。有許多張驕傲而俊美的臉，它們的銀髮間纏繞著水草。所有人都變得骯髒腐敗，所有人都死了。它們身上有股邪門的光。」佛羅多用雙手摀住眼睛。「我不曉得它們是誰，但我覺得我有看到人類和精靈，身旁還有歐克獸人。」

「對，對。」咕嚕說，「都死了，都爛了。精靈、人類與歐克獸人。死亡沼澤。很久以前有場大戰，對，當史麥戈年輕時，人們是這樣跟他說的。在寶貝出現前，當我還年輕時，那是場浩大的戰役。拿著長劍的高大人類，和可怕的精靈，還有尖叫的歐克獸人。他們在黑門前的平原打了好幾個月。從那時候開始，沼澤就開始出現，還吞沒了墳墓。它一直變大，一直變大。」

「但那是一個紀元多前的事了。」山姆說，「這裡不可能真的有死人！那是黑境的某種妖術嗎？」

「誰知道呢？史麥戈不知道。」咕嚕回答，「你摸不到它們，你摸不到它們。我們試過一次，對，寶貝。我試過一次，但你摸不到它們。也許只能看到的形狀，但碰不到。不，寶貝！全都死了。」

山姆陰沉地看著他，又打了個冷顫，覺得自己猜到為何史麥戈想碰它們了。「這個嘛，我不想看到它們。」他說，「再也不想了！我們能趕快離開嗎？」

「好，好。」咕嚕說，「但慢慢來，非常慢。要很小心！不然哈比人們就會掉下去加入死人，為自己點亮小蠟燭。跟著史麥戈！別看光線！」

他往右邊爬，想找路繞過淺池。其他人俯身緊跟在後，也經常和他一樣用雙手輔助行動。「如果一切再繼續下去，我們就會變成三個寶貝小咕嚕了。」山姆心想。

最後他們抵達漆黑淺湖的盡頭，並冒著危險跨越它，從一塊危機四伏的草叢浮島連爬帶跳地前往下一叢。三人經常費力掙扎，有時會踏入，或雙手向前摔進糞坑般噁心的髒水，直到他們的脖子底下幾乎沾滿淤泥與穢物，身上的臭味也飄入彼此的鼻孔中。

當他們抵達較穩固的地區時，已經深夜了。咕嚕發出嘶嘶聲，並輕聲自言自語，但他似乎感到滿意。透過某種神祕的方式，可能混合了觸覺、嗅覺與對黑暗中形體的不尋常記憶力，使他似乎弄清了自己的所在位置，也再度確定了前方的路線。

「我們走吧！」他說，「好心的哈比人！勇敢的哈比人！很累很累，當然了，我們也是，我的寶貝，我們都累了。但我們得帶主人遠離邪門的亮光，沒錯，沒錯，我們得離開。」說完，他就再度出發，幾乎像小跑步般地奔向高大蘆葦之間的一條長道，他們倆則跌跌撞撞地盡可能追向他。但過了一陣子後，他就突然停下腳步，狐疑地嗅著空氣，彷彿再度感到心煩或不悅地發出嘶嘶聲。

「怎麼了？」誤解這行為的山姆低吼道，「幹嘛聞東聞西？就算我捏著鼻子，臭味也快讓我暈倒了。你很臭，主人也很臭；整個地方都臭死了。」

「對，對，山姆也臭！」咕嚕回答，「可憐的史麥戈聞到了，但乖巧的史麥戈忍住了。幫助好主人。但那不重要。空氣在移動，要發生改變了。史麥戈覺得好奇，他不太開心。」

他繼續前進，但他的不安感逐漸增強，也經常完全挺直身子，將他的脖子往東方與南方伸去。三人忽然停了下來，身體僵硬地豎耳聆聽。對佛羅多和山姆而言，他們似乎聽到遠方傳來拖長的淒厲叫聲，聲音尖銳而殘酷。他們嚇得瑟瑟發抖。此時他們也能察覺到空氣中的動靜，氣溫也變得冷冽。當他們站著細心傾聽時，就聽到如同遠方傳來的風聲。朦朧的光芒稍作顫動，隨後變暗並完全熄滅。

咕嚕不願移動。他顫抖著胡亂自言自語，直到強風突然颳過，在沼澤高處颯颯作響。夜晚變得不那麼漆黑，足以勉強看到模糊的霧氣，從他們頭頂飄過時翻騰起伏。他們抬頭往上看，發現雲層已經破碎瓦解，而南方高空中的明月探出頭來，懸掛在浮雲間。

見到月亮時，哈比人們振奮了一刻，但咕嚕畏縮起來，低聲咒罵著白臉。接著佛羅多和山姆注視天空，正當他們深深吸進更新鮮的空氣時，親眼看見那東西現身：它像是從邪惡山丘飛來的一朵雲，也是來自魔多的黑影。它龐大的形體長有翅膀，並散發出不祥氛圍。它掠過月亮，隨著一聲令人喪膽的尖叫，便往西飛去，駭人的高速比強風移動得更快。

三人往前倒下，慌張地蜷縮在冰冷的土壤上。散發恐懼的陰影盤旋後便飛了回來，高度更低，可怕的雙翼掃過沼地間的惡臭。它隨即消失，隨著索倫的怒火急速飛回魔多，它身後的長風呼嘯，拋下荒蕪的死亡沼澤。用肉眼看來，從光禿的荒原一路到遙遠的危險群山，都籠罩在間歇出現的月光之下。

佛羅多和山姆站起身，並搓揉眼睛，宛如孩童從惡夢中驚醒，卻發現熟悉的夜色依然包覆著世界。但咕嚕倒在地上，彷彿遭到擊昏。他們費勁地拉起他，但他有好一陣子都不願抬高臉孔，反而用手肘往前撐住自己，再用扁平大手遮蔽後腦。

「死靈！」他哀鳴道，「有翅膀的死靈！寶貝是它們的主人。它們會看到一切，一切！沒有東西能躲過它們。可惡的白臉！它們會把所有事情都告訴他。他看到了，他知道了。啊，咕嚕，咕嚕，咕嚕！」一直到月亮往托爾布蘭迪爾遠方西沉，他才願意起身行動。

從那時開始，山姆就覺得自己又從咕嚕身上察覺了改變。他更容易擺出討好姿態，也表現得更友善，但山姆有時會從他眼中觀察到某種古怪眼神，特別是當他望向佛羅多時。他也越來越常用起先前的說話方式。山姆也逐漸擔心起另一件事——佛羅多似乎十分疲憊，幾乎快耗盡了精力。他什麼都沒說，確實一語不發，他也沒有抱怨，但走路的方式宛如背負重擔，重量還不斷增加。他走得也愈來愈慢，因此山姆經常得懇求咕嚕稍候，別把他們的主人拋在後頭。

其實，隨著走向魔多大門的每一步，佛羅多都感到頸上鍊子掛著的魔戒逐漸變得沉重。他開始覺得它成為貨真價實的重擔，正將他往地面拉。但邪眼目前更使他擔憂，這是他自己對它的稱呼。當他行走時，比起魔戒的拉扯，那股壓力更使他漸漸駝起背部。邪眼：那股充滿敵意的意志越趨明顯，並以強大力量穿透一切烏雲、大地與血肉，就為了看見你。它用凶險的目光死死壓住你，讓赤裸的你寸步難行。原先阻絕它的屏障，已變得無比纖細而脆弱。佛羅多清楚那股意志的當前位置與核心在哪，如同閉眼的人仍然能判斷太陽的方向。他正面對著它，強烈的力量迎面衝撞他的額頭。

咕嚕可能也產生了類似的感受。但他的扭曲內心夾在邪眼的壓力；對近在咫尺的魔戒感到的慾望；與在畏懼冰冷刀鋒時作出的懦弱承諾之間。究竟他有什麼想法，哈比人便不得而知了。佛羅多並沒有考量這點。山姆的思緒大多放在他主人身上，並沒有注意到蒙上自身心胸的陰影。他讓佛羅多走在前方，仔細盯著對方的動作，如果佛羅多絆倒，山姆便會攙扶對方，並試圖用笨拙的話語鼓勵他。

當白天終於到來時，哈比人們便訝異地發現，陰森的山脈已經逼近許多了。此刻的空氣較為乾淨而冷冽，儘管還在遠處，魔多群山已不再是視野邊緣的模糊威脅，而像是在不毛荒原彼端聳立的冷酷黑塔。沼澤已經來到盡頭，只剩下泥炭與廣闊的乾涸泥地。前方的土地隆起了荒蕪險峻的淺坡，一路延伸到索倫大門前的荒漠。

當灰暗的陽光依然照耀大地，他們如同蠕蟲般躲在一塊黑岩下，以免有翼妖物經過，用殘忍的雙眼注意到他們。剩餘的旅程僅帶來滿心的恐懼，過程全然不堪回首。他們在毫無路徑的荒原上繼續跋涉了兩個晚上。他們覺得空氣變得乾燥，還有股害他們嗆到的苦澀臭味，也使他們感到口乾舌燥。

最後，在與咕嚕旅行的第五天早上，他們再度停下腳步。黎明時在他們面前出現的，是聳立在濃煙與雲層中的高山。山腳下有寬闊的山麓與破碎的丘陵，現在只離他們不到十幾哩外。佛羅多畏懼地環視周遭。儘管死亡沼澤與無人地的高沼十分可怕，在他顫抖的雙眼前從陽光中緩緩浮現的地區，更令人厭惡。即便在飄蕩亡者臉孔的沼澤中，也能看到一丁點淒涼的春天綠意，但春天或夏天都不會出現在此處。沒有生物居住於此，就連以腐物維生的骯髒苔癬也不存在。乾涸的泥塘內滿是塵埃與汙泥，顯露出病態的灰白色澤，彷彿山脈將五臟六腑中的穢物一股腦地全吐在周圍地區上。高聳而破碎的岩丘矗立在此，承受過地底烈火灼燒與劇毒汙染的巨型圓丘，如同無止無盡的墳場中的墓碑，在灰暗的陽光下慢慢現身。

三人抵達了魔多前方的荒原：這是它奴隸們悽慘勞務的永恆紀念碑，當他們的苦勞受到遺忘後，它也將留在此地。這是塊受到汙染的土地，承受過無從治療的病魔襲擊——除非大海湧來，將一切徹底沖刷殆盡。「我想吐。」山姆說。佛羅多沒有說話。

他們站在原地半晌，像是在睡眠中即將墜入惡夢的人，努力抵擋這陣狂潮，但他們清楚只有穿越黑影，才能抵達清晨。陽光越變越強。大坑與有毒的土丘逐漸變得清晰。太陽高掛天際，在雲層與漫漫煙柱間遊走，但就連陽光也遭到汙染。哈比人並不想看到那股光線，它看起來並不友善，也突顯出他們的無助身影，如同在黑暗魔君的塵埃堆間流浪的渺小幽魂。

由於太過疲倦而無法前進，他們便找尋可供休息的地點。有一段時間，他們一語不發地坐在一座礦渣丘的陰影下，惡臭的濃煙從中飄出，嗆得他們無法呼吸。咕嚕率先起身。他語無倫次地咒罵著，對哈比人一句話也沒說，看也不看地就四肢著地爬走。佛羅多和山姆跟在他身後爬，直到他們來到一處幾乎呈圓形的寬坑，西側的土坡則較為高聳。它冷冽死寂，底部還有個漂滿彩色油星的髒油坑。他們縮在這個惡劣的坑洞中，希望能在此處的陰影下躲避邪眼的注意。

白天緩緩過去。他們感到極為乾渴，但也只從水瓶中喝了幾滴水——上次裝水是在山溝中了，當他們回想時，覺得那裡是個平靜優美的地點。哈比人們輪流把風。剛開始，儘管他們十分疲勞，兩人卻都無法入睡。隨著遠方的太陽逐漸落入移動緩慢的雲朵時，山姆打起了瞌睡。現在輪到佛羅多把風，他躺在坑洞中的坡壁上，但這並沒有減輕沉重的負荷。他抬頭望向濃煙密布的天空，也看到奇異的魅影，漆黑的騎馬形體，以及來自過往的臉孔。當他懸浮在睡夢與清醒之間時，就失去了對時間的掌握，直到他徹底失去意識。

山姆忽然醒了過來，以為他聽到主人的呼喚。已經是傍晚了。佛羅多不可能發出呼喚，因為他已陷入昏睡，也幾乎滑進坑洞底部。咕嚕待在他身旁，在那一瞬間，山姆以為他想叫醒佛羅多，卻發現情況並非如此。咕嚕在自言自語。史麥戈正和某個使用同種嗓音，卻多了不少嘶嘶聲的人格相互爭論。當他說話時，眼中就交替出現蒼白光芒與綠光。

「史麥戈答應過了。」第一個人格說。

「對，對，我的寶貝。」對方回答，「我們答應過：要拯救我們的寶貝，不讓他得手——永遠不行。但它正在往他前進，對，隨著每一步越來越近。我們想知道，哈比人和它有什麼關係？對，我們想知道。」

「我不知道。我沒辦法。主人保管著它。史麥戈答應要幫主人了。」

「對，對，幫助主人：寶貝的主人。但如果我們是主人，就能幫自己了，對，還可以守住承諾。」

「但史麥戈說他會很乖。好哈比人！他從史麥戈腿上鬆開殘忍的繩子。他對我溫和地說話。」

「很乖，啊，我的寶貝？那我們就乖吧，和魚一樣乖，親愛的，但只對我們自己乖。不傷害好哈比人，當然了，不會，不會。」

「但寶貝扣住了承諾。」史麥戈的聲音反駁道。

「那就拿走它，」另一個聲音說，「我們自己保管它！這樣我們就是主人了，咕嚕！讓另一個哈比人，那個滿懷疑心的臭哈比人，讓他在地上爬，對，咕嚕！」

「但不對好哈比人下手吧？」

「噢，不，如果我們不喜歡，就不會這樣做。但他還是袋金斯家的人，我的寶貝，對，袋金斯家的人。袋金斯家的人把它偷走了。他找到它，還什麼都沒說，什麼都沒講。我們痛恨袋金斯家。」

「不，不是這個袋金斯。」

「對，每個袋金斯。所有占據寶貝的人。我們必須得到它！」

「但他會看到，他會知道的。他會從我們手上奪走它！」

「他會看到。他會知道。他聽到我們作出愚蠢的承諾——反抗他的命令，對。一定得拿走它。死靈正在搜索。一定得拿走它。」

「不為他拿！」

「不，親愛的。聽著，我的寶貝：如果我們擁有它，就可以從他手中逃跑了，嗯？也許我們會變得很強，比死靈更強。史麥戈大王？咕嚕？咕嚕王！每天吃魚，一天吃三次，從海上撈來的鮮魚。最寶貝的咕嚕！一定要得到它。我們想要它，我們想要它，我們想要它！」

「但有兩個哈比人。他們會立刻醒來，把我們殺掉。」史麥戈最後努力嗚咽道，「現在不行。還不行。」

「我們想要它！但——」此時他停滯了一陣，彷彿浮現了新的思緒。「還不行，嗯？也許還不行。她或許能幫忙。她或許可以，沒錯。」

「不，不！別走那條路！」史麥戈哀鳴道。

「要！我們想要它！我們想要它！」

當第二個人格說話，咕嚕就會緩緩將長手伸向佛羅多，並在史麥戈開口時用力抽回。兩條手臂最後都探向他的脖子，修長的手指不住扭動。

一動也不動的山姆對這場爭辯感到訝異，但他眼皮半開地看著咕嚕的每個動作。在他單純的想法中，尋常的飢餓與吃掉哈比人的這股慾望，似乎是咕嚕帶來的主要危機。他現在明白並非如此，咕嚕正在感受魔戒的恐怖呼喚。黑暗魔君自然是「他」，但山姆想知道「她」是誰。他猜，是那個小怪物在流浪途中認識的噁心朋友之一。接著他忘了這點，因為事情已經進行夠久了，也正變得危險。他的四肢感到莫大疲勞，但他仍費勁坐起身。有種感覺警告他要小心，也別揭露自己偷聽到了爭辯內容。他嘆了響亮的一口氣，並大聲打了呵欠。

「幾點了？」他睡意濃濃地說。

咕嚕從齒縫中發出一長串嘶嘶聲。他緊繃又充滿威脅感地稍微站起身，接著他往前趴到地上，用四肢爬上坑壁。「好哈比人！好山姆！」他說，「貪睡蟲呀，對，貪睡蟲！讓乖史麥戈把風！但已經傍晚了。黃昏慢慢來了。該走了。」

「差不多了！」山姆心想，「我們也該分道揚鑣了。」但他想到，現在趕走咕嚕，會不會和把他帶在身邊一樣危險？「他真該死！我希望他噎死！」他咕噥道。他蹣跚地走下坡壁，叫醒他的主人。

奇怪的是，佛羅多感到神清氣爽。他剛正在作夢。黑影已經消失，而他也在這座病態大地上感受到美麗的幻象。他完全不記得夢境內容，但這場夢使他感到開心，心情也輕鬆多了。他的負荷減輕了點。咕嚕如同小狗般開心地迎接他。他咯咯大笑並嘰嘰喳喳地說話，一面敲打著長手指，並抓著佛羅多的膝蓋。佛羅多對他微笑。

「來吧！」他說，「你忠心地為我們帶路。這是最後一段路了。帶我們去大門，我就不會要你繼續走下去了。帶我們去大門，你就能任意去自己想去的地方，只要別去找我們的敵人就好。」

「去大門，嗯？」咕嚕尖聲說道，似乎感到又驚又懼。「主人說去大門！對，他是這樣說。乖史麥戈會照他說的做，沒錯。但當我們走近時，或許就知道狀況了，或許就知道了。看起來不會多好。噢，不！噢，不！」

「快走！」山姆說，「趕快解決這件事吧！」

他們在漸深的暮色中爬出大坑，緩緩穿過死寂的地區。他們還沒走遠時，有翼形體飛過沼澤時讓他們感到的恐懼，就再度襲上三人。他們停下腳步，蜷縮在臭氣熏天的地面上。在頭頂陰暗的傍晚天色中他們什麼也沒看見，威脅感也迅速從頭頂掠過，或許是為了進行巴拉多的某種任務。過了一陣子後，咕嚕就起身並再度往前爬，一面咕噥和發抖。

午夜過後一小時左右，他們就感到第三次恐懼，但感覺起來更加遙遠，彷彿它正從雲端高處飛過，用驚人的高速飛入西方。不過，嚇得動彈不得的咕嚕相信對方正在狩獵他們，也認為三人被發現了。

「三次！」他哀鳴道，「三次就是危機了。它們感覺到我們了，它們感覺到寶貝了。寶貝是它們的主人。我們不能再走這條路了，不行。沒用的，沒用的！」

懇求與溫和的話語毫無幫助。直到佛羅多憤怒地命令他，還把手放在劍柄上時，咕嚕才願意再度起身。最後他吼了一聲並爬起來，像條氣餒的狗般走在他們前方。

於是他們疲勞地跋涉整晚，直到充滿恐懼的另一個白天到來前，三人都沉默地低頭行走，除了在耳邊嘶嘶作響的風聲外，什麼也沒聽到。

## 第三章——

# 黑門關閉

在隔天黎明前，他們前往魔多的旅程就結束了。他們已將沼澤和荒漠拋在腦後。在他們面前的蒼白天空下，雄偉的漆黑高山揚起了懾人的頂峰。

陰森的黯影山脈伊費爾杜亞斯，在魔多西側綿延不絕，北側是伊瑞德里蘇依的破碎頂峰與荒蕪山脊，顏色近似灰燼。但儘管這些山脈靠近彼此，卻都是環繞厲斯拉德與哥葛洛斯兩座淒涼平原、與中央的苦澀諾南內海周邊的雄偉屏障，這兩座山脈都往北伸出漫長的支脈；這兩條支脈間有道深邃隘口。這就是陰森隘口基力斯哥葛，通往魔王國度的入口。兩側的高崖逐漸降低，它的開口前有兩座險峻丘陵，外型漆黑而光禿。丘陵頂端矗立著魔多之牙，那是兩座高聳堅固的巨塔。在許久以前的歲月中，當索倫遭到推翻並竄逃後，剛鐸人民在驕傲的全盛期打造了這兩座塔，以免他企圖回到自己的舊領土。但剛鐸的國力逐漸衰弱，人們也陷入酣睡，雙塔多年來都無人駐守。接著索倫歸來。這些曾一度荒廢的瞭望塔得到修復，內部武裝齊備，也駐有毫不懈怠的守軍。它們的護壁堅硬，漆黑的窗口緊盯北方、東方與西方，每道窗口也擠滿了無數不眠的眼珠。

在兩側高崖之間的隘口處，黑暗魔君建造了一道石牆。牆上有扇鐵製大門，哨兵在它頂端的城垛來回踱步。兩側山丘下的岩石中鑿開了上百個洞穴與孔洞，大量歐克獸人躲藏在此，準備好在上級一聲令下，如同無盡黑蟻般湧上戰場。沒人能通過魔多之牙而不遭到它們撕咬，除非來客受到索倫召喚，或曉得密語，能開啟他國度的黑門魔拉儂。

兩名哈比人絕望地盯著雙塔與城牆。就連在遠處，他們也能在黯淡的光線下看到城牆上黑色守衛的行動，也能看見大門前的巡邏兵。他們躲在伊費爾杜亞斯最北端山麓外伸的陰影下的崎嶇谷地邊緣，往外窺探著。從他們的藏身處到最近的高塔頂端，直線距離約有一弗隆。塔頂飄起了微弱的煙霧，彷彿底下的山丘有火焰熊熊燃燒。

白日到來，昏黃的太陽在伊瑞德里蘇依毫無生機的山脊上閃動。忽然間，周圍響起了黃銅小號的聲響：聲音來自瞭望塔，而從遠方丘陵間的隱匿要塞與崗哨中傳來回應聲。在更遙遠的空谷中，迴盪著巴拉多低沉而不祥的號角聲與鼓聲。充滿恐懼與磨難的另一天來到了魔多，夜班守衛被喚進他們的地牢與深邃廳堂，眼神邪惡的凶狠日班守衛則走上哨點。城垛上微微閃爍著鋼鐵的光澤。

「好啦，我們到了！」山姆說，「大門就在這，我覺得，我們就只能走到這裡了。老天呀，但如果老爹現在看到我，一定會念上一兩句！他常說，如果我不小心走路，就會碰到糟糕的結局。但我不覺得我能再見到那老頭了。他會想念能跟我說『我早就告訴你了，山姆』的機會，真令人難過。如果我能再見上他的老臉一面，他想對我嘮叨多久都可以。但我得先洗個澡，不然他可認不出我。

「我猜，問：『我們該往哪走？』應該沒用吧。我們無法再往前走了，除非我們想請歐克獸人送我們一程。」

「不，不！」咕嚕說，「沒用的。我們不能再走了。史麥戈說了。他說：我們會去大門，然後我們就知道了。我們會知道的。噢，對，我的寶貝，我們知道了。史麥戈知道哈比人不能走這條路。噢，對，史麥戈知道。」

「那你幹嘛帶我們來這裡？」山姆說，一點都不想好聲好氣地說話。

「是主人說的。主人說：帶我們去大門。所以乖史麥戈照做了。是主人說的，聰明的主人。」

「我的確說過。」佛羅多說。他的臉色陰鬱，但也充滿決心。他全身骯髒又形容枯槁，也感到身心交瘁，但他不再畏縮，雙眼也變得清澈。「我這樣說，因為我打算進入魔多，也不曉得其他路線。因此我得走這條路。我不要求任何人和我同行。」

「不，不，主人！」咕嚕哀嚎道，一面撫摸著他，似乎陷入極大恐慌中。「走那條路沒用的！沒用！別帶寶貝去給他！如果他得到它，就會把我們全吃了，他會吃掉整個世界。

留下它，好主人，對史麥戈好點。別讓他得到它。或是離開，去好地方，再把它還給小史麥戈。對，對，主人把它還來，好嗎？史麥戈會好好保管它。他會做很多好事，特別是對善良的哈比人們。哈比人們回家吧。別去大門！」

「我受命前往魔多國度，因此我必須去。」佛羅多說，「如果只有一條路可走，我就得踏上這條路。無論之後發生什麼事，都得聽天由命。」

山姆什麼也沒說。看到佛羅多臉上的表情，對他而言就夠了，他知道自己說什麼都沒用。畢竟，他從一開始就對整件事不抱多少希望，但由於他是個愉快的哈比人，只要能拖延絕望情緒，他的心中就不需要希望。現在他們已經來到了艱苦的結局。但他會一路追隨主人，那就是他的主要目的，也會繼續跟著對方。他的主人不會獨自前往魔多，山姆會跟他同行——而且他們得甩掉咕嚕。

不過，咕嚕還不打算被甩掉。他跪在佛羅多腳邊，不斷扭著自己的手並哀鳴。「別走這條路，主人！」他懇求道，「還有另一條路。噢，對，真的有。另一條路更陰森，更難找，更隱密。但史麥戈知道它在哪。讓史麥戈帶你去看！」

「另一條路！」佛羅多疑心重重地說，一面打量著咕嚕。

「對！是真的！真的有另一條路。史麥戈找到過。我們去看看它還在不在！」

「你之前沒提過這件事。」

「對。主人沒問。主人沒說他想做什麼。他沒告訴可憐的史麥戈。他說：史麥戈，帶我去大門——然後就說再見！史麥戈可以乖乖離開。但現在他說：我打算走這條路進入魔多。所以史麥戈很害怕。他不想失去好主人。他也答應過了，主人要他答應要保護寶貝。但如果主人要走這條路，就會把它送去給他，直接送給黑手。所以史麥戈得拯救他們倆，他也想到以前走過的另一條路。好主人。史麥戈很乖，總是幫忙。」

山姆皺起眉頭，如果能用雙眼在呼嚕身上打洞，他就會立刻這麼做。他的心中滿懷疑慮。從表面上看，咕嚕真心急於幫助佛羅多。但想到先前偷聽到的爭辯後，山姆就難以相信長期受到打壓的史麥戈會勝出——他的嗓音在爭辯中並沒有獲勝。山姆猜，史麥戈和咕嚕人格（他心裡稱他們為偷摸鬼和臭傢伙）談和並暫時結盟。雙方都不想讓魔王取得魔戒，也都不想讓佛羅多被抓，並盡可能繼續讓他待在雙方的監視下——只要臭傢伙還有機會奪得他的「寶貝」就行。山姆不太相信真的有另一條進入魔多的路。

「幸好老壞蛋的兩個人格都不曉得主人的打算。」他心想，「如果他知道佛羅多先生要毀掉他的寶貝，肯定馬上就會有麻煩了。而且臭傢伙很怕魔王，也接受了魔王的某種指令，或以前是這樣；比起幫忙我們，他寧可交出我們。或許也不願讓他的寶貝被熔掉。至少我是這樣想。我希望主人會謹慎地想出辦法。他睿智過人，但心腸很軟，這就是他的本性。沒有任何甘吉家的人能猜到他下一步要做什麼。」

佛羅多沒有立刻回答咕嚕。當山姆緩慢但敏銳的腦袋思索這些念頭時，他便望向基力斯哥葛的黑暗山崖。他們藏身的窪地位在一座矮丘的坡壁上，矮丘則處於壕溝般的長谷頂端一小段距離外，長谷坐落在矮丘和山壁外層的山麓之間。谷地中央矗立著西側瞭望塔的黑色地基。他們能在陽光下清楚看到，匯集在魔多大門前蒼白又滿布塵埃的道路。有一條路繞回北方；另一條路逐漸通往東方，伸入伊瑞德里蘇依山腳下的迷霧；第三條則繞向他。當它繞過瞭望塔時，就進入了一條狹窄隘道，通過他所站立的窪地下方不遠處。道路在他右邊往西轉，繞過山肩，並向南探入籠罩伊費爾杜亞斯西側的深邃黑影。進入他視野外的道路，逐漸延伸到山脈和大河之間的狹窄土地。

當佛羅多觀望時，就察覺到平原上出現了浩大動靜。似乎有批大軍正在行進，不過遠方濕地和荒原中飄出的臭氣與煙霧，遮蔽了軍隊主體。但他能在四處瞥見長矛與頭盔的閃光，也能在道路旁的平地看到大批騎士。他想起自己僅僅幾天前在遠方的阿蒙漢上看到的景象，不過那彷彿已經是多年前的事了。此時他得知，曾在心中短暫揚起的希望並非事實。喇叭並不是為了挑戰而響，反而是致意的象徵。這並不是剛鐸人民對黑暗魔君發動的攻擊，如同從長年墳墓中飄出的復仇幽魂。這些是來自廣闊東方大地的其他人類民族，受到霸主的召喚而來。夜裡駐紮在大門前的軍隊，現在則列隊進入門口，加入他旺盛的軍力。佛羅多彷彿忽然完全察覺到他們當前位置帶來的危機，迅速將灰色斗篷套在頭上，再走入窪地中。他們孤獨地待在逐漸增強的陽光下，十分靠近這股龐大威脅。接著他轉向咕嚕。

「史麥戈，」他說，「我要再信任你一次。顯然我得這樣做，也注定要向最不看好的你求助；而圖謀不軌地追蹤我的你，也注定要幫助我。目前你沒有辜負我，也守住了你的承諾。我真心認為，」他向山姆看了一眼，「我們有兩次全然受你掌握，而你都沒有傷害我們。你也沒有試圖從我身上奪走你曾找尋的東西。希望第三次是最好的狀況！但我警告你，史麥戈，你身陷危險了。」

「對，對，主人！」咕嚕說，「可怕的危險！史麥戈一想到就發抖，但他不會逃跑。他得幫忙好主人。」

「我說的不是我們共享的危險。」佛羅多說，「我指的是只有你承擔的危險。你用你稱為寶貝的東西發了誓。記好那點！它會逼你就範，但它也會找方式扭曲你的誓言，使你碰上不好的下場。你已經受到扭曲了。你才剛愚蠢的對我展現了本性。你說：『把它還給史麥戈。』別再說那種話了！別讓那種念頭在你心裡萌芽。你永遠無法把它拿回去。但對它產生的慾望，或許會讓你遭受苦澀的結局。你永遠不會取回它。在最後一刻，史麥戈，我會戴上寶貝，寶貝多年前就已經控制住你。如果戴上它的我對你下令，你就會服從命令，即便是跳下懸崖或掉入火中。我也可能會發出這種命令。所以當心點，史麥戈！」

山姆讚許地看著他的主人，但也同感訝異——他的神情和語氣中都有某種先前沒見過的感覺。山姆總是覺得，有鑑於親愛的佛羅多先生的善良性格，這肯定代表他也容易變得盲目。當然了，他也深信佛羅多先生是世上最睿智的人（可能除了老比爾博先生和甘道夫以外）。咕嚕或許以自己的方式犯了類似的錯，搞混了善心與盲目，而他認識佛羅多較短的時間可能也有影響。總之，這番話讓他感到又驚又懼。他縮在地上，除了「好主人」外，什麼都說不出口。

佛羅多耐心地等候了一陣子，接著他較不嚴厲地再度開口。「好了，咕嚕或史麥戈，把另外一條路的事告訴我，如果可以，也告訴我這條路有什麼希望，能讓我離開這條顯而易見的路。我很急。」

但咕嚕陷入了可憐兮兮的狀態，佛羅多的威脅使他嚇破了膽。在他的咕噥與哀鳴之間，很難從他口中逼出任何清晰的話語；他也經常在地上爬行，懇求他們倆善待「可憐的小史麥戈」。他過了一陣子才冷靜下來，佛羅多逐步得知，如果旅行者走上往伊費爾杜亞斯西邊轉的路，最後就會抵達一圈漆黑樹林之間的十字路口。右側的路通往奧斯吉力亞斯與安都因河上的橋梁，中央的路則往南延伸。

「一直走，一直走，一直走。」咕嚕說，「我們從來沒往那走，但人們說它延伸了上百里格，直到你能看到永不平靜的大水塘[1]。裡頭有許多魚，大鳥也會吃魚。大鳥很棒。但我們從來沒去過那裡，唉，沒有！我們從來沒有機會過。人們說，更遠的地方還有更多土地，但那裡的**黃臉**很熱，天上也沒有什麼雲，人們性格凶悍、臉孔黝黑。我們不想看到那塊土地。」

「不！」佛羅多說，「但別偏離你的道路。第三條路呢？」

「對，對，有第三條路。」咕嚕說，「就是往左轉的路。它立刻往上爬，往上爬，蜿蜒地伸往高大的陰影。當它在黑岩旁轉彎時，你就會看到它了。你會忽然看到它出現在你

1　譯注：Great Water，沒見過海的咕嚕對海洋的稱呼。

上頭，也會想躲起來。」

「看到它，看到它？到底會看到什麼？」

「老要塞，非常古老，非常嚇人。很久以前，當史麥戈很年輕時，我們聽過來自南方的故事。噢，對，我們以前常在傍晚講很多故事，邊坐在大河的河畔和柳林裡，當時大河也比較年輕，咕嚕，咕嚕。」他開始哭泣和低語。哈比人們耐心地等著。

「來自南方的故事，」咕嚕繼續說，「關於眼睛明亮的魁梧人類，還有他們像石丘的房子，和他們的國王的銀冠和白樹。這些故事很好聽。他們建造了高塔，其中有座銀白色的塔，裡頭還有顆像月亮的石頭，周圍還有雄偉的白牆。噢，對，有很多關於月之塔的故事。」

「那就是伊蘭迪爾之子伊西鐸建造的米那斯伊希爾。」佛羅多說，「伊西鐸砍下了魔王的手指。」

「對，他的黑手只有四根手指，但這樣也夠了。」咕嚕顫抖地說，「他也痛恨伊西鐸的城市。」

「他有什麼不恨的嗎？」佛羅多說，「但月之塔和我們有什麼關係？」

「這個嘛，主人，它就在那，高塔、白屋和高牆都在那裡。但現在已經不好也不漂亮了。他很久以前征服了它。那裡現在是個很可怕的地方了。當旅行者們看到它時，就會發抖和偷偷逃跑，也會避開它的陰影。但主人得走那條路。那是唯一的另一條路。因為那裡的山脈比較矮，古道也一路攀升，直到它抵達山頂的漆黑隘口，然後又會一路往下——到哥葛洛斯。」他的聲音變小到幾乎聽不見，他還打起冷顫。

「但那對我們有什麼用？」山姆問，「魔王肯定熟知自己的山區，那條路也和這裡一樣有重兵戍守吧？那座塔不是空的，對吧？」

「噢不，不是空的！」咕嚕悄聲說道，「看起來很空，但並不是這樣，噢不！有非常可怕的東西住在那裡。歐克獸人，對，總是有歐克獸人，但有更糟糕的東西住在那裡。道路伸進高牆的陰影下，並穿過大門。它們對在路上移動的一切瞭若指掌。裡頭的東西都知道，那些沉默監視者都知道。」

「所以你的建議是，」山姆說，「我們該往南走另一條長路，等我們抵達那裡時，就會碰上同樣或更糟的麻煩？」

「不，不是的。」咕嚕說，「哈比人們得注意聽，得想辦法聽懂。他不認為有人會從那裡發動攻擊。他的邪眼四處觀望，但它更常看某些特定地點。他沒辦法同時看到一切，還不行。聽著，他征服了黯影山脈以西到大河間所有地區，現在也掌控了橋梁。他認為不在橋邊發動大戰，就沒人能抵達月之塔，而如果對方弄來藏不了的大量船隻，他也會發現的。」

「你好像知道很多他的行為和想法。」山姆說，「你最近跟他說過話嗎？還是只是和歐克獸人瞎混？」

「哈比人不好，腦筋不清楚。」咕嚕說，邊憤怒地瞪了山姆一眼，再轉向佛羅多。「在遇見主人前，史麥戈當然和歐克獸人講過話，也和很多人講過話，他走了很遠。他說的事，現在有很多人也在說。對他來說，北方才是大危機會出現的地點，對我們也一樣。有一天，他會走出黑門，那天也快到了。那是大軍能使用的唯一路線。但他在西邊沒什麼好怕，那裡還有沉默監視者。」

「這樣呀！」山姆說，一點都不想退讓，「所以我們得走去敲門，問他們說，我們是不是走在前往魔多的正確路線嗎？還是他們太沉默了，回答不了？一點都不合理。我們乾脆從這裡進去，省下一大趟路程。」

「別開玩笑了。」咕嚕嘶嘶作響地說，「一點都不好笑，噢不！不有趣。想辦法進入魔多一點都不合理。但如果主人說『我得去』或『我要去』，那他就得嘗試別的路線。但他不該去恐怖城市，噢不，當然別去。史麥戈這時就能幫上忙，乖史麥戈，但沒人告訴他這一切究竟是怎麼回事。史麥戈又幫忙了。他找到了。他知道。」

「你找到什麼？」佛羅多問。

咕嚕蹲下身子，聲音又幾乎變得細小難聞。「有條通往山脈的小路，然後有座階梯，很窄的階梯，對，又長又窄。然後有更多階梯。然後——」他的聲音變得更低。「——有座隧道，漆黑的隧道。最後有一小道裂口，主要隘口上方高處有條通道。史麥戈就是走那裡逃出黑暗的。但那是很多年前的事了。那條路現在可能消失了，但或許還沒，或許還沒。」

「我不喜歡這件事。」山姆說，「怎麼聽都太簡單了。如果那條路還在，一定也有人看守。那裡沒人看守嗎，咕嚕？」當他這麼說時，就察覺咕嚕眼中閃過一抹綠光。咕嚕喃喃自語，但沒有回答。

「那裡沒人看守嗎？」佛羅多嚴厲地問，「你有逃出黑暗嗎，史麥戈？難道不是有人放你離開，讓你去執行任務嗎？至少亞拉岡是這麼想的，幾年前他曾在死亡沼澤旁發現你。」

「他說謊！」咕嚕嘶嘶叫道，一聽到亞拉岡的名字，他的眼中就亮起邪惡的精光。「他誣賴我，對。我真的逃了，全靠我可憐的自己。他的確要我去找寶貝，我也找來找去，我當然找過。但不是為了黑魔[2]。寶貝是我們的，我告訴你，它是我的。我真的逃跑了。」

佛羅多產生了古怪的感覺，認為咕嚕這次並沒有如外人懷疑的那樣撒謊；他可能找出離開魔多的路，也至少相信是靠他自己的智慧所為。首先，他注意到咕嚕使用了「我」，那似乎是罕見的跡象，象徵當前浮現的某種昔日真相與誠摯。但就算此時能信任咕嚕，佛羅多也沒有忘記魔王的詭計。那場「脫逃」可能受到允許或安排，邪黑塔對此也一清二楚。再說，咕嚕顯然還隱藏了許多祕密。

「我再問你一次，」他說，「沒人看守這條路嗎？」

但亞拉岡的名字使咕嚕陷入陰鬱的情緒。他感覺起來像是難得說出真相或部分實話，卻因此遭受懷疑的騙子。

「這條路沒人看守嗎？」佛羅多重覆道。

「有，有，或許吧。這一帶沒有安全的地方。」咕嚕悶悶不樂地說，「沒有安全的地方。但主人得嘗試或回家。沒有其他路了。」他們無法逼他說出更多資訊。他無法或不願說出那個危機四伏的地點與高山隘口的名稱。

——

2 譯注：Black One，此處指索倫。

它的名稱是基力斯昂戈[3]，那是個惡名昭彰的地點。亞拉岡或許能把那個名字告訴他們，並講述它的意義；甘道夫也會警告他們。但他們獨自在此，亞拉岡也待在遠處，甘道夫則在艾森格的廢墟中與薩魯曼抗衡，因背叛而遭受耽擱。但即便當他對薩魯曼說出最後一番話，帕蘭提爾也在歐散克塔的石階上撞出火花時，他的思緒也依然放在佛羅多與山姆懷斯身上——他的心思帶著希望與憐憫，在迢迢長路中尋找他們。

也許佛羅多在不知情的狀況下感覺到這點，如同在阿蒙漢時，即便他相信甘道夫已經死了，永遠消失在遠方墨瑞亞的陰影中。他在地上沉默地端坐許久，並低垂著頭，努力回想甘道夫對他說過的所有話語。但關於這項選擇，他完全摸不著頭緒。他們確實太快失去甘道夫的領導了，當時黑境還遠在天邊。甘道夫沒有提過，他們最後究竟該怎麼進入此地。或許他不曉得。他曾經冒險進入魔王在北方的要塞多爾哥多。但自從黑暗魔君再度崛起，他曾踏入魔多，前往火山與巴拉多嗎？佛羅多不這麼認為。他只是個來自夏郡的半身人，是來自寧靜鄉間的單純哈比人，卻得找到偉人無法或不敢前往的地點。這是段糟糕的命運。但遙遠某年的春天，他在客廳中接下了這項任務，現在感覺那像是世界太初時的故事篇章，當時金銀雙樹依舊花團錦簇。這是個不祥的選擇。他該選哪條路呢？如果兩條路都導向恐怖與死亡，又為何要作出選擇呢？

時間繼續過去。他們藏身的灰色小窪地陷入死寂，此地也非常靠近恐懼之境的邊界，他們能感受到這股寂靜，彷彿它是某種將他們與周圍世界隔離的厚重紗布。煙霧飄上他們頭頂的蒼穹，但他們彷彿得透過瀰漫沉重思緒的深淵，才能看到遙不可及的天空。

就連太陽下的老鷹，都不可能看到坐在此地的哈比人，肩負命運重擔的他們，正沉默並毫無動靜地用單薄的灰色斗篷裹住身子。牠或許會稍微停下來打量咕嚕，對方是個趴在地上的渺小人影，或許是某個餓死的人類孩童骨骸，破爛的衣物仍舊黏著屍骨，長臂與長腿幾乎如骨頭般蒼白纖細，沒有值得啃食的肉。

佛羅多低頭靠在膝上，山姆往後靠，雙手擺在腦袋後方，從兜帽下盯著空蕩蕩的天空，許久都沒有形影現蹤。接著山姆覺得，某個像是黑鳥的物體飛入他的視野，先在空中盤旋，隨即飛走。有兩個形體隨後跟上，接著又有第四個。它們看來很小，但他心裡不知為何清楚它們的體型其實龐大，以寬闊的翅膀在高空翱翔。他遮住眼睛並往前屈身，也縮起身子。他感受到碰上黑騎士時的相同恐懼，那種無助的恐懼感與風中的尖叫聲和月上的陰影一同浮現，但現在沒有那麼令人膽戰心驚。威脅感遠去不少，但仍舊存在。佛羅多也感受到了，思緒頓時中斷，他動了身子並發抖，但沒有抬頭仰望。咕嚕如同困在角落的蜘蛛般縮了起來。有翼形體在天空盤旋，並迅速向下俯衝，急速趕回魔多。

山姆深吸一口氣。「騎士又來了，這次在天上。」他嘶啞地低聲說道，「我看到它們

3 譯注：Cirith Ungol，在辛達林語中意指「蜘蛛裂口」。

了。你覺得它們看得見我們嗎？它們飛得很高。如果它們是和之前一樣的黑騎士，那它們在陽光下就看不到太多東西，對吧？」

「對，或許看不到吧。」佛羅多說，「但它們的坐騎看得見。而它們現在騎的有翼生物，視力或許比其他生物更好。牠們像是巨大的食腐鳥。牠們在找某種東西，恐怕魔王也提高警覺了。」

恐懼感已經消逝，周圍的沉默也不復存在。有段時間裡，他們如同待在隱形島嶼上，與世界隔離開來；現在他們再度暴露在陽光下，危機也已回到身邊。但佛羅多依然沒有向咕嚕說話或作出選擇。他閉上雙眼，彷彿正在作夢，或審視著內心與回憶。最後他移動並站起身，似乎正要開口作出決定。他說：「注意聽！那是什麼？」

他們產生了新的恐懼。三人聽見歌聲與嘶啞的叫喊。剛開始聲音似乎很遠，但正逐漸逼近，並向他們飄來。他們立刻以為黑翼生物發現了自己，還派出武裝士兵來捉拿他們，這些可怕的索倫爪牙在速度上無比驚人。他們屈身仔細聆聽，說話聲與武器和鞍具的鏗鏘聲十分靠近。佛羅多和山姆從劍鞘中鬆開短劍，現在不可能脫逃了。

咕嚕緩緩起身，如同昆蟲般地爬到窪地邊緣。他小心翼翼地逐漸抬高身子，直到他能從兩處碎岩間往外窺探。他一動也不動地待在原處一陣子，沒有發出聲音。說話聲開始變小，接著逐漸往遠方散去。遠方魔拉儂的壁壘上傳來號角聲。接著咕嚕緩緩後退，溜回窪地中。

「有更多人要去魔多。」他低聲說道，「他們的臉孔很黑。我們之前沒看過這種人類，不，史麥戈沒看過。他們很凶猛。他們有黑眼珠和黑色長髮，耳朵上也戴了金環──沒錯，有很多漂亮的黃金。有些人的臉頰上塗了紅色顏料，還穿了紅色斗篷；他們打著紅色旗幟，矛尖也是紅的。他們帶了黃黑交雜的圓盾，上頭還有很大的刺。看起來像是殘忍的人類，一點都不好，幾乎和歐克獸人一樣惡劣，還更高大。史麥戈覺得他們來自南方大河的盡頭，他們是從那條路上來的。他們走進黑門，但還有更多人會跟上。老是有更多人要來魔多。有一天，所有人都會進去裡頭。」

「有洪荒象[4]嗎？」山姆問，當他為奇異場所的消息感到興奮時，就暫時忘卻了畏懼。

「不，沒有洪荒象。什麼是洪荒象？」咕嚕說。

山姆站起身，把手擺到背後（他「吟詩」時總會這樣做），並開口朗誦：

灰如鼠，
大如屋，

4 譯注：oliphaunt，源自古法文「olifant」，為「大象」（elephant）的古典稱呼，在此作為在夏郡使用的鄉野俗名。

鼻如蛇，
我使大地顫動，
大步踏過青草。
我的嘴裡長了長角，
我在南方行走，
拍打著大耳朵。
經歷無數歲月，
我大步踏遍四方，
從不躺在地上，
連死亡也不願倒下。
我是洪荒象，
世上我最大，
古老又魁梧。
如果你碰上我，
絕對忘不了我。
如果你看見我，
不會覺得我真實存在。
但我是洪荒象，

從不撒謊。

「那首歌呢，」山姆唸完時說道，「是我們在夏郡會唱的歌。或許沒什麼邏輯，也可能是事實。但我們也有故事，和從南方傳來的消息。古代的哈比人經常會出外旅行。沒有很多人回來，大多人也不相信他們說的話。俗話說：『布理來的消息，不比夏郡人說的話可靠。』但我聽說過住在日之地[5]的大傢伙。我們在故事裡叫他們史威汀人[6]，據說他們在作戰時會騎洪荒象。他們會把房子和戰塔裝在洪荒象背上，洪荒象則會往彼此投擲岩石和樹木。所以當你說：『身穿金紅衣著的南方人』時，我就會說：『有洪荒象嗎？』如果有的話，無論冒不冒險，我都要看一眼。但現在我不覺得會看到洪荒象了。也許根本沒有這種動物。」他嘆了口氣。

「不，沒有洪荒象。」咕嚕又說，「史麥戈沒聽過牠們。他不想看到牠們。他不希望牠們出現。史麥戈想離開這裡，躲到安全的地方去。史麥戈想要主人離開。好主人，他不願意和史麥戈走嗎？」

---

5 譯注：Sunlands，即為哈拉德。

6 譯注：Swerting，即為哈拉德人。字義中帶有「黝黑」（swarthy）的意思。

佛羅多站了起來。當山姆唱起古老的爐邊歌謠〈洪荒象〉時，內心滿懷疑慮的他便開懷大笑，笑聲也使他脫離了猶豫。「我真希望我們有上千頭洪荒象，甘道夫還騎了頭白色洪荒象帶隊。」他說，「或許我們就能突破這座邪惡地帶了。但我們沒有這種優勢，只有疲勞的雙腿。哎，史麥戈，第三次也許會帶來最好的結果。我會跟你走。」

「好主人，聰明的主人，善良的主人！」咕嚕欣喜地說，一面拍拍佛羅多的膝蓋。「好主人！現在先休息吧，好哈比人們，躲在岩石的陰影下，靠近石頭底下！好好安靜休息，直到黃臉離開。之後我們就可以迅速離開。我們得像陰影一樣安靜又敏捷！」

# 第四章——
# 香草與燉兔肉

他們在剩下的幾小時陽光中休息，隨著太陽移動移入陰影中，直到谷地邊緣的黑影逐漸變長，黑暗也籠罩住整塊窪地。他們隨後吃了點東西，並喝下少量清水。咕嚕什麼也沒吃，但他開心地接受了水。

「很快就能喝到更多了。」他說，邊舔著嘴唇，「溪裡的好水流進大河，我們要去的地方也有好水。史麥戈或許也能在那找到食物。他很餓，沒錯，咕嚕！」他將兩隻扁平大手擺在乾扁的肚子上，眼中發出淡綠色的光芒。

當他們終於動身時，暮色已經變深，並跨越了谷地西側邊緣，如同幽魂般融入道路邊界旁的碎裂地帶。還有三天月亮就會化為滿月，直到午夜，它才爬升到山脈頂端，先前的夜色漆黑無比。有道紅光在牙之塔高處熊熊燃燒，但除此之外，魔拉儂上毫不沉睡的哨兵們沒有發出其他跡象。

當他們在不毛的崎嶇地帶蹣跚逃跑時，紅眼在好幾哩路上似乎都盯著他們。他們不敢走上道路，但仍讓道路維持在左側，在一小段距離外盡量沿著相同路線走。最後夜色漸深，三人也筋疲力竭，因為他們只短暫休息片刻，此時的紅眼已縮成一小顆光點，並隨即消失。他們轉向低處山區的漆黑北方山肩，往南方前進。

由於內心出奇地感到放鬆，他們便再度休息，但時間不久。對咕嚕而言，他們的速度不夠快。照他的判斷，從魔拉儂到奧斯吉力亞斯上頭的十字路口有近三十里格的距離，他也希望在四趟路內走完這段路程。所以他們很快就奮力出發，直到黎明開始緩緩照亮灰色的孤寂大地。此時他們已經走了大約八里格，就算哈比人們敢繼續前進，也走不動了。

★　★　★

逐漸明朗的光線，讓他們看到不再荒蕪淒涼的大地。山脈依然陰森地聳立在左邊，他們能在附近看到南向道路，那條路正遠離丘陵的黑色山腳，傾斜地伸向西方。它遠方的山坡長滿烏雲般肅穆的樹木，但他們周圍有崎嶇的荒野，上頭長滿歐石楠、金雀花與山茱萸，以及他們不認得的其他灌木。他們經常看到叢生的松樹。儘管疲勞，哈比人們的心情依然開朗。空氣新鮮而芬芳，讓他們想起遠方夏郡北區的高地。能走在只受到黑暗魔君統治幾年的地區，情況暫時的緩和讓他們鬆了口氣。但他們沒有遺忘自己遭遇的危險，也沒忘掉依然不遠的黑門，它還隱藏在陰暗的高山後。他們尋覓著藏身處，以便在白天躲過不懷好意的目光。

這一天不安穩地過去了。他們躲在石楠花叢深處，緩慢地數著逝去的時間，周圍也似乎沒有多少變化，他們仍待在伊費爾杜亞斯的山影下，太陽也受到遮蔽。佛羅多有時會平靜地熟睡，要不是信任咕嚕，就是疲勞到無法擔心他。但就算咕嚕顯然正在酣睡，在他的祕密夢境中吐氣扭動時，山姆也覺得自己連打盹都辦不到。比起對咕嚕的不信任，飢餓還更容易使他保持清醒，他開始渴求大餐：「想吃點鍋子裡熱騰騰的東西。」

當周圍地區在夜色下融入朦朧的灰色遠景後，他們便再度出發。過了一陣子，咕嚕就帶他們走上南向道路。之後他們便行動得更快，不過危機也隨之高漲。他們豎耳聆聽前方或後頭的馬蹄聲或腳步聲，但隨著夜晚過去，他們也沒聽見任何行人或騎士的聲音。

道路是在早已受人遺忘的歲月中所建造的，而在魔拉儂以下三十哩的部分最近才經歷修繕，隨著它往南延伸，野地便逐漸逼近。從筆直平坦的路面看來，還能觀察到古代人類的工藝——它經常穿過山坡，或透過寬敞優美的穩固石橋越過溪流。但最後除了有時出現在路旁灌木叢中的破碎石柱，或是依然潛藏在雜草與苔蘚中的古老鋪石外，所有石雕構造都已完全消失。石楠叢、樹木與蕨類零散地生長在土坡上，或是在地面上蔓生。它縮小成罕有人用的鄉間小道，但它並沒有四處轉彎。它繼續維持走向，以最迅速的路線引領他們。

於是他們進入了那塊土地的北方邊界，人們曾將此稱為伊西力安，這是塊滿布林木與溪流的優美地區。在繁星與圓月下夜晚恬靜宜人，當他們前進時，哈比人們也覺得空氣變得更加芬芳。從咕嚕的吐息與咕噥聲聽來，他也察覺到了，而且並不喜歡如此。一看到黎明即將出現，他們再次止步。他們抵達了一道修長的深溝，陡峭的坡壁緊靠中央，道路由此穿越了崎嶇山脊。他們爬上西側高坡，並往外望去。

天空中綻放出黎明的光芒，他們也發現山區現在遠多了，它們在東方形成一長條曲線，並消失在遠方。當他們往西轉時，面前的緩坡就伸向下方遠處的朦朧霧氣中。他們周圍有飽含樹脂的小型樹林，包括冷杉、雪松與柏樹，還有其他在夏郡看不到的樹種，樹木間也有寬闊林地。四處都長滿了氣味香甜的香草與灌木。從裂谷開始的漫長旅程，讓他們抵達故鄉以南的遙遠地帶，但一直到現在，他們才在這處提供了更多遮蔽處的地區，感受到氣候的改變。春天的氛圍已經瀰漫在他們周遭，蕨葉穿透了青苔與黴菌，落葉松長出綠葉，草地上的小花盛開，鳥兒也啁啾歌唱。伊西力安這座剛鐸的荒廢花園，依然保有凌亂而秀麗的蔥鬱風光。

它往南方和西方面向安都因河溫暖的下游谷地，伊費爾杜亞斯在東方形成屏障，但它並不處在山影下。北方則受到艾明穆伊保護，並向來自遙遠南方大海的潮溼空氣與微風敞開。有許多在古代栽種的樹木生長於此，但無人照料的古樹群已陷入大量雜亂生長的植被中。這裡有以樫柳和芳香的篤褥香組成的樹叢，也有橄欖和月桂。樹林中還有杜松子與香桃木。百里香長在灌木叢中，或蔓生在隱密石縫間。種類繁多的鼠尾草開出藍色、紅色或淡綠色的花朵。周圍也有墨角蘭與新發芽的香芹，和型態與氣味都遠遠超出山姆園藝知識的諸多香草。洞穴和岩壁上早已長滿虎耳草和佛甲草。櫻草花與銀蓮花在榛樹林中盛開。水仙和許多百合半開的花苞在草地上下垂。水池旁長有茂密綠草，溪水在流向安都因河時，則在冰涼的窪地中暫時停歇。

旅行者離開道路，開始往下坡走。當他們穿過灌木叢與香草時，身邊就飄來濃郁香氣。咕嚕咳嗽並發出乾嘔聲，哈比人們深深呼吸，山姆也忽然笑出聲來，這是他寬心的反應，並不是為了開玩笑。他們順著面前快速流動的小溪走，它立刻帶他們來到空谷中的清澈小湖。湖泊坐落在古老石坑的破損遺跡中，雕刻邊緣上幾乎長滿青苔與薔薇荊棘。周圍滿是鳶尾花葉，睡蓮葉則漂在漣漪微動的黯淡水面。但湖水深沉清澈，並輕輕灑出遠端的石坑邊緣。

他們在此洗淨自己，並在流入池裡的水流中喝了個飽。接著他們開始找尋能供休息的藏身處。儘管這塊地區看似優美，卻依然是魔王的地盤。他們沒有走到離道路很遠的位置，但就算在這麼短的距離中，他們也看到了過往戰爭的痕跡，以及歐克獸人和黑暗魔君其他邪惡爪牙最近造成的傷害——有個滿是穢物與垃圾的大坑，還有遭到胡亂砍下任其死亡的樹木，樹皮上還蠻橫地刻了邪惡符文或邪眼的墮落標誌。

山姆蹣跚地走到湖泊的出水口以下，嗅聞並撫摸陌生的植物與樹木，並暫時忘卻了魔多，但他忽然想起了他們身處的危機。他無意見發現一處遭到燒灼的圈子，並在圈子中央找到一堆燒焦碎裂的遺骨與顱骨。野外的野薔薇和多花薔薇和蔓生的鐵線蓮，遮掩了這個駭人的屠殺饗宴，但痕跡還算新。他趕回同伴們身邊，但什麼也沒說。最好讓那些遺骨安息，別讓咕嚕去亂動。

「我們找個地方躺一下吧。」他說，「別找太低的地點，我想找高一點的。」

在湖泊北方一小段距離外，他們發現一大堆來自去年的厚重棕色羊齒蕨葉片。遠方有一叢葉片顏色黯淡的月桂樹，沿著頂端有雪松林的陡坡生長。他們決定在此休息並度過白天，天氣顯然明亮又溫暖。這是沿著伊西力安的樹林與林地散步的好日子，但儘管歐克獸人也許會躲避陽光，但有太多地方能讓牠們躲起來監看外界。外頭還有其他邪惡的眼目，因為索倫擁有許多僕人。總之，咕嚕也不願在黃臉下行動。它很快就會攀上伊費爾杜亞斯的漆黑山脊高空，咕嚕則會在強光與高溫下感到暈眩，並膽怯地畏縮。

當他們旅行時，山姆一直對食物耿耿於懷。既然無法通行的大門帶來的絕望感已經被拋在腦後，他就不想和他主人一樣，不願思索他們在任務結束後的生計。總之，他覺得為了前頭更糟的時刻，而省下精靈的旅途麵包，仍然是明智之舉。自從他覺得他們只剩下三週的補給品後，已經過了六天左右。

「如果我們及時抵達火山，就夠幸運了！」山姆心想，「我們還可能會想回去。很有可能！」

而且，在晚上走了很長一段路，還洗澡喝水過後，他就覺得比平常更餓。他最想要的，就是在袋邊路的老廚房火爐邊吃晚餐或早餐。他想出了一個點子，並轉向咕嚕。咕嚕才剛準備溜走，四肢著地的他爬過蕨類間。

「嘿！咕嚕！」山姆說，「你要去哪？嘿，聽著，老傢伙，你不喜歡我們的食物，我也想換點口味。既然你的新座右銘是『準備好幫忙』，那可以幫餓肚子的哈比人找點吃的嗎？」

「好，或許吧，好啊。」咕嚕說，「如果他們好好要求，史麥戈就會幫忙——如果他們好好要求的話。」

「對！」山姆說，「我會好好要求。如果這還不夠好的話，我就求你了。」

咕嚕消失了。他離開了一陣子，而佛羅多吃了幾口蘭巴斯後，就在棕色蕨葉中屈起身子睡覺。山姆注視著他。清晨的陽光才剛竄進樹下的陰影，但他清楚地看到他主人的臉，以及擺在地面的雙手。他忽然想到當佛羅多遭受致死傷後，躺在愛隆宅邸中熟睡的模樣。當時，當他在旁守候時，山姆就發現對方體內有時似乎散發出微光，但現在那道光似乎變得更為清晰明亮。佛羅多的臉十分平靜，恐懼與憂心的跡象已從他臉上消失。那張臉看來老邁而俊美，彷彿歲月鑿出的無數皺紋先前曾隱藏起來，現在卻盡數現形，但面容卻沒有改變分毫。山姆．甘吉並沒有對自己這麼說。他搖搖頭，彷彿覺得無法用言語形容這種感覺，並咕噥道：「我敬愛他。他就是這樣，有時候也會透出光來。但無論如何，我都敬愛他。」

咕嚕靜靜地回來，並從山姆肩後窺探。他望向佛羅多，並閉上眼睛再安靜地爬走。過了一陣子後，山姆走向他，發現他正在嚼某種東西，並低聲自言自語。他身旁的地上放了兩隻小兔子，他也開始貪婪地盯著牠們。

「史麥戈總會幫忙。」他說，「他帶了兔子來，很棒的兔子。但主人去睡了，也許山姆也想睡。不要兔子了嗎？史麥戈想幫忙，但他沒辦法一次抓到很多東西。」

不過，山姆一點都不排斥兔子，也這樣告訴對方。至少他不排斥煮熟的兔肉。所有哈比人自然都會烹飪，因為他們在識字前（很多人從來沒學過這門技術）就學會廚藝；但就算以哈比人的標準看來，山姆也是個好廚師，在旅行中有機會時，他也在營地中煮了不少次菜。他仍然充滿希望地在背包裡放了一些用具：一只小火絨盒，兩只小平底鍋，較小的鍋子擺在較大的鍋子裡。裡頭裝了根木湯匙、一把短雙尖叉和幾根烤肉叉。背包底下的扁木盒中藏了另一個逐漸減少的寶物：鹽巴。但他需要火，還有其他東西。他想了一下，並取出刀子，清理和磨利它，再開始剝兔子的皮。就算只花幾分鐘，他也不願留佛羅多獨處。

「現在呢，咕嚕，」他說，「我要給你另一件差事。去把這些鍋子裝滿水，再拿它們回來。」

「史麥戈會去裝水，好。」咕嚕說，「但哈比人要水幹嘛？他喝過水，也洗過澡了。」

「你不用管。」山姆說，「如果你猜不到，也很快就會明白了。你越快把水拿來，就會越快知道。別弄壞我的鍋子，不然我就會把你碎屍萬段。」

當咕嚕離開時，山姆又看了佛羅多一眼。他還在熟睡，但他纖瘦的臉龐和雙手最讓山姆感到訝異。「他太瘦了。」他咕噥道，「對哈比人而言，這樣不好。如果我能煮熟這些兔子，就要叫醒他。」

山姆收集了一堆乾蕨葉，再爬上高坡，找來了樹枝和碎木塊——坡頂某棵雪松掉落的斷枝讓他得到不少柴薪。他在坡底的蕨葉堆外挖掉了一部分草皮，再挖了個淺洞，把燃料放進去。由於他善於使用燧石和火種，因此很快就升起了一個小火堆。它沒有冒煙，但飄出了香味。他俯身接近火堆，護住它並用更重的木頭為它增添燃料，此時咕嚕回來了，他小心地拿著鍋子，一面低聲自言自語。

他放下鍋子，忽然看見山姆的行為。他發出嘶嘶尖叫，似乎感到害怕又憤怒。「啊！嘶嘶——不！」他叫道，「不！蠢哈比人，太蠢了，對，太蠢了！他們不能這樣做！」

「不能怎樣做？」山姆訝異地問。

「不能搞出可惡的紅火舌。」咕嚕說，「火，火！它很危險，對，很危險。它會燃燒，它會殺死東西。它也會帶來敵人，對，它會的。」

「我不覺得。」山姆說，「如果你沒把溼掉的東西放上去，讓火熄掉的話，就不會冒煙了。但如果冒煙，就冒吧。不管怎樣，我都要冒險。我要燉這些兔子。」

「燉兔子！」咕嚕焦慮地哀鳴道，「毀了史麥戈幫你留下的好肉，可憐的餓肚子史麥戈。為什麼要這樣做？為什麼，蠢哈比人？牠們很年輕，牠們很嫩，牠們很好吃。吃了牠們，吃了牠們！」他向最靠近的兔子伸手，擺在火邊的兔子已經剝完皮了。

「好了，好了。」山姆說，「每個人都有自己的吃法。你吞不下我們的麵包，我也吞不下生兔肉。如果你給我兔子，兔子就是我的了，我想煮就煮。我的確想煮。你不用看我。去抓另一隻兔子，照你想的方式吃——但是去別的地方吃，別讓我看到。這樣你就不會看到火，我也不會看到你，我們倆就都會開心點。如果這能讓你安心的話，我會注意讓火不冒煙。」

咕嚕邊嘀咕邊後退，並爬到蕨樹叢裡。山姆忙著處理鍋子。「除了兔肉外，」他自言自語道，「哈比人還需要點香草和根莖類，特別是洋芋——當然還有麵包。看來我們可以弄到香草。」

「咕嚕！」他輕聲喊道，「幫第三次忙吧。我需要一點香草。」咕嚕的頭從蕨葉中探出，但他的眼神看起來一點都不想幫忙，也不友善。「在水煮開前，只要幾片月桂葉，再加點百里香和鼠尾草就夠了。」山姆說。

「不！」咕嚕說，「史麥戈不開心。史麥戈也不喜歡臭葉子。他不吃草或樹根，不，寶貝，除非他很餓或生重病，可憐的史麥戈。」

「等水煮開時，如果史麥戈不照做，他就會泡進熱水裡。」山姆低吼道，「山姆會把他的頭塞到水裡，沒錯，寶貝。如果現在是對的季節，我也會要他去找蕪菁和胡蘿蔔，還有洋芋。我敢說，這一帶肯定長了很多好東西。我願意付很多錢來換六顆洋芋。」

「史麥戈不去，不，寶貝，這次不去。」咕嚕嘶嘶說道，「他很害怕，也很累，這個哈比人很不好，一點都不好。史麥戈不挖樹根和胡蘿蔔和——洋芋。洋芋是什麼，寶貝，啊，洋芋是什麼？」

「馬—鈴—薯。」山姆說，「是老爹的最愛，也可以填飽飢餓的肚子。但你找不到的，所以別找了。但當個乖史麥戈，去幫我找香草，我就會對你改觀了。而且，如果你好好表現，最近我就煮洋芋給你吃。山姆．甘吉大廚做的炸魚薯條。你絕對拒絕不了！」

「不，我們拒絕。搞砸了好魚，還把它烤壞。現在就給我魚，自己留著臭薯條吧！」

「你真是無藥可救。」山姆說，「去睡吧！」

最後，他得親自去找需要的材料。但他不用走太遠，也不用遠離他主人熟睡的位置。山姆坐著思考了一陣子，並在水煮開時照料火堆。陽光逐漸變強，空氣也變得溫暖，露珠從草地和葉片上蒸發。切好的兔肉很快就和成束的香草在鍋子裡燉煮。隨著時間過去，山姆也幾乎要睡著了。他讓食材燉了接近一小時，不時用叉子檢查它們，再試吃燉湯。

當他覺得完工時，就把鍋子從火邊移開，再慢慢走向佛羅多。當山姆俯身靠近時，佛羅多就半睜開眼睛，從睡夢中甦醒，那又是另一段不再復返的平靜美夢。

「哈囉，山姆！」他說，「你沒休息嗎？發生什麼事了？現在幾點了？」

「大約是天亮後幾小時，」山姆說，「或許靠近夏郡時間的八點半了。但沒有出事。不過這還不到我覺得好吃的標準：沒有湯頭，沒有洋蔥，也沒有洋芋。我幫你做了點燉肉，還有些燉湯，佛羅多先生。這對你有好處。你得用你的杯子裝來吃，或是等湯涼一點，再直接從鍋裡吃。我沒有帶碗或其他恰當的餐具來。」

佛羅多打了呵欠並伸懶腰。「你該休息了，山姆。」他說，「在這一帶生火很危險。但我的確餓了。嗯！我可以從這裡聞到嗎？你煮了什麼？」

「是史麥戈帶來的禮物。」山姆說，「是一對小兔子。不過我覺得咕嚕已經後悔了。但除了點香草外，沒東西可配著吃。」

山姆和他的主人坐在蕨樹叢中，吃著鍋裡的肉，共用著舊叉子和湯匙。他們一人吃了半片精靈旅途麵包。感覺起來像頓大餐。

「呼！咕嚕！」山姆喊道，並輕聲地吹起口哨。「來吧！還有時間改變心意。如果你想嘗嘗燉兔肉的話，還剩下一點。」周圍傳來回應。

「好吧，我猜他去找東西吃了。我們把它吃完吧。」山姆說。

「然後你得睡一下。」佛羅多說。

「當我小睡時，你別睡著呀，佛羅多先生。我不太相信他。他心裡還有一大半臭傢伙的人格——我指的是壞咕嚕，而且又變得更強了。我覺得他會想先掐死我。我們和彼此看不對眼，他也不喜歡山姆，噢不，寶貝，一點都不喜歡。」

他們吃完東西，山姆去溪邊清洗廚具。當他起身要回去時，便回頭往山坡看。此時他發現太陽從總是瀰漫在東方天際的臭氣、霧霾或黑影中升起，往他身邊的樹林與林地灑落金光。接著他注意到一股在陽光中十分明顯的青灰色細煙，從他頭頂的樹叢中飄出。他震驚地明白，這就是從他的小營火冒出的煙，因為他忘記熄火了。

「這可不行！我沒想到會變成這樣！」他咕噥道，並立刻趕回去。他忽然停下腳步，並仔細聆聽。他有聽到一股口哨聲嗎？還是那是某種古怪鳥類的叫聲？如果是哨音，也不是從佛羅多的方向傳來的。它又從另一個地方響起了！山姆開始盡快奔向上坡。

他發現有一小根幾乎燒盡的柴薪，點燃了火堆外的一些蕨葉，起火的蕨葉讓草地冒起煙來。他趕緊踏熄餘火，撥開灰燼，再把草皮壓在洞上。接著他悄悄溜回佛羅多身邊。

「你有聽到一股口哨聲，還有像是回應的聲響嗎？」他問，「是幾分鐘前出現的。我希望那只是鳥，但聽起來不太像。我覺得，比較像是有人在模仿鳥叫。恐怕我生的火也冒煙了。如果我惹出麻煩，就永遠不會原諒自己。可能連責罵自己的機會都沒了！」

「噓！」佛羅多輕聲說，「我好像聽到聲音了。」

兩名哈比人繫緊小背包，背好它們以準備隨時逃跑，接著他們爬進蕨樹叢的更深處，他們在那蹲下來仔細聽。

附近肯定有談話聲。對方鬼鬼祟祟地低聲交談，但已十分靠近，也逐漸逼近了。有個聲音忽然在附近清楚地開口。

「在這裡！煙就是從這裡來的！」它說，「肯定就在附近，一定是躲在蕨樹叢裡。我們會把它像陷阱裡的兔子一樣困住，然後就會知道那是什麼東西了。」

「對，還有它知道的事！」第二股聲音說。

有四個人立刻從不同方向踏入蕨樹叢中。既然已經不可能脫逃和躲藏，佛羅多和山姆就立刻跳起身，背靠彼此並抽出短劍。

如果他們對眼前的對象感到訝異，逮到他們的人反而更加震驚。有四個高大的人類站在那裡——兩人握著尖端寬闊閃亮的長矛；兩人帶了幾乎和他們同高的長弓，還有裝滿綠羽長箭的箭筒。所有人腰間都有配劍，身上的衣服帶有色澤繁雜的綠色與棕色，彷彿最適合在伊西力安的林地中潛行。他們的手上戴了綠色長手套，頭上頂著綠色兜帽，臉上也戴了綠色面罩，只有銳利而明亮的眼睛露在外頭。佛羅多立刻聯想到波羅米爾，因為這些人的體態與氣度與他相仿，說話方式也相當雷同。

「我們沒找到意料之中的東西。」一人說，「但我們究竟找到了什麼？」

「不是歐克獸人。」另一人說，邊鬆開劍柄。當他看到刺針的鋒芒時，便曾緊握劍柄。

「是精靈嗎？」第三人狐疑地說。

「不！不是精靈。」第四人說，他是其中最高的成員，似乎也是領袖。「精靈在這些日子裡不會在伊西力安出沒。而且據說，精靈的外表看起來非常俊美。」

「意思是我們不美，我懂了。」山姆說，「多謝你喔。等你們對我們的討論結束，或許就會解釋你們是誰，又為何不讓兩個疲勞的旅行者休息？」

高大的綠衣人嚴肅地笑了一聲。「我是剛鐸將軍[1]法拉米爾。」他說。「但這一帶沒有旅行者，只有邪黑塔或白塔[2]的僕人。」

「但我們兩者都不是。」佛羅多說，「無論法拉米爾將軍怎麼說，我們都是旅行者。」

「那就快點說明你們的身分和來意。」法拉米爾說，「我們有差事得做，這裡也不適合猜謎或談判。快！你們之中的第三人呢？」

「第三人？」

「對，我們看到那個鬼鬼祟祟的傢伙在附近的水池探頭探腦。他的外型很不討喜。我猜，是歐克獸人的某種偵查用品種，或是牠們手下的生物。但他狡猾地溜掉了。」

「我不曉得他在哪。」佛羅多說，「他只是我們在路上巧遇的同伴，我也無法為他負責。如果你碰到他的話，請饒過他，把他帶來或要他來找我們。他只是個可憐的流浪生物，我照顧了他一陣子。但至於我們，我們是來自夏郡的哈比人，該地位在遙遠的西北方，得跨越許多河流才能抵達。我的名字是卓哥之子佛羅多，他則是哈姆法斯特之子山姆懷斯，是為我效命的忠心哈比人。我們從裂谷踏過漫漫長路來此，有些人稱它為伊姆拉翠。」此時法拉米爾吃了一驚，並專注起來。「我們先前有七名同伴：我們在墨瑞亞失去一人，而我們倆和其他人在勞洛斯瀑布頂端的帕斯蓋蘭分離。其中有我的兩名族人，還有位矮人，一位精靈，和兩名人類。他們分別是亞拉岡和波羅米爾，後者說他來自南方的城市米那斯提力斯。」

「波羅米爾！」四人一致發出驚呼。

「迪耐瑟領主之子波羅米爾？」法拉米爾說，他臉上流露出怪異的嚴厲神情。「你和他同行？如果此話屬實，就的確是大消息。聽好了，小陌生人們，迪耐瑟之子波羅米爾是

---

1 譯注：Captain of Gondor，剛鐸軍階，先前最早的紀錄為在第三紀元一九七三年率領西方大軍（Host of the West）對抗安格馬巫王的剛鐸王子埃爾諾（Eärnur）所持有。

2 譯注：White Tower，此處指位在米那斯提力斯最頂端的艾克賽里昂之塔（Tower of Ecthelion），並非位於夏郡以西的白塔；原文以複數型態（White Towers）來提及這三座由吉爾加拉德建造的高塔。

白塔護衛長[3]，也是我們的統帥。我們非常懷念他。你們是誰，和他又有什麼關係？快說，太陽已經爬上天空了！」

「你們曉得波羅米爾捎來裂谷的謎語嗎？」佛羅多回答。

尋覓斷折之劍：
藏於伊姆拉翠；

「我們的確知道這道謎語。」法拉米爾吃驚地說，「既然你也曉得，顯然你的確說了實話。」

「我剛提到的亞拉岡就是斷折之劍的持有者。」佛羅多說，「我們則是歌謠中的半身人。」

「我看出來了。」法拉米爾若有所思地說，「我想應該沒錯。伊西鐸剋星又是什麼？」

「目前它被藏了起來。」佛羅多回答，「真相遲早會明朗的。」

「我們得弄清楚這件事。」法拉米爾說，「也得知道你們為何來到遙遠東方該處的陰影下。」他往外指去，但沒有說出地名，「但不是現在。我們有要事得辦。你們身陷危機，今天也無法在野地或道路上走遠。在中午前，附近就會爆發慘烈大戰。隨後眾人要不是死亡，要不就得快速逃回安都因河。為了你我好，我會派兩人看守你們。智者不會信任在這一帶路上發生的偶遇。如果我回來的話，就會再和你好好談。」

「再會！」佛羅多說，一面深深鞠躬。「無論你怎麼想，我都是魔王所有敵人的朋友。如果我們半身人能幫助你們這些強悍勇士，而我的任務也允許的話，我們就會和你們同行。願陽光照耀你們的刀劍！」

「不管半身人是什麼東西，都是彬彬有禮的種族。」法拉米爾說，「再會！」

哈比人們又坐了下來，但他們沒有對彼此說出自己的思緒與憂慮。負責看守的兩人待在陰暗月桂樹的陰影下。隨著溫度越來越高，他們經常脫下面罩以便散熱，佛羅多也發現他們是長相親切的人，皮膚蒼白，留著黑髮，灰眼珠與臉龐顯得悲傷而驕傲。他們輕聲與彼此交談，剛開始使用語調古雅的通用語，接著再換成自己的另一種語言。當佛羅多傾聽時，便驚奇地發現對方說的是精靈語，或是某種稍微不同的方言。他訝異地注視他們，因為他明白這些人就是南方的杜納丹人，也是西陸王族的後裔。

過了一陣子後，他對他們開口說話，但他們回答得緩慢又謹慎。他們自稱馬伯龍和達姆羅，是剛鐸的士兵，和伊西力安的遊俠。在伊西力安陷落前，他們的祖先曾居住在當地。

---

3 譯注：High Warden of the White Tower，剛鐸軍階。但不確定是否與白塔將軍（Captain of the White Tower）為相同職務，兩者都是波羅米爾在剛鐸的頭銜。

迪耐瑟領主從這些人中選出突襲士兵，他們則祕密渡過安都因河（他們不願明說方式和地點），前來襲擊在伊費爾杜亞斯和大河間出沒的歐克獸人和其他敵人。

「從這裡到安都因河東岸有近十里格的距離。」馬伯龍說，「我們也很少來到這麼遠的地方。但我們這趟路有新的任務：伏擊哈拉德人。他們真該死！」

「對，可惡的南方人！」達姆羅說，「據說古代的剛鐸和南方的哈拉德王國打過交道，但雙方間從來沒有友誼。當時我們的國境拓展到安都因河口遠方，最靠近他們國度的昂巴，也承認我們的治權。但那是很久以前的事了。自從我們雙方上次有過來往，已經經過幾百年了。近來我們得知魔王聯絡他們，他們也已倒戈到他那邊去，或是回到他的陣營——他們總是準備好聽他號令，東方有許多人也是如此。因為他的力量與惡意日漸增長，我相信剛鐸即將迎來末日，米那斯提力斯的城牆也終將淪陷。」

「但我們一定不會坐以待斃，讓他恣意而為。」馬伯龍說，「這些可惡的南方人從古道上前來，壯大邪黑塔的軍容。對，還踩著用剛鐸的技術打造出的道路。我們發現，他們走得更無所忌憚，認為新主人的力量已經夠強，因此光靠他國度山丘的陰影，就能保護他們。我們來教他們另一課。我們幾天前得知，他們的大批軍力正在往北走。根據我們的判斷，其中一批部隊在中午前即將經過——就在上頭的道路穿越山溝的位置。道路或許會往前伸，但他們不會再前進！當法拉米爾還是將軍時，就不可能。他現在領導了所有危險任務。但他的性命似乎有魔咒保護，或是命運為他準備了別的結局。」

他們的交談逐漸安靜下來。一切似乎變得靜止又充滿戒心。蹲在蕨樹叢邊緣旁的山姆往外窺探。他銳利的哈比人雙眼看到附近有許多人類。他能看到他們悄悄走上山坡，有些獨自行動，有些則以隊伍前進，總是躲在林木或樹叢的陰影中，或是在地上攀爬，也難以從草皮或樹叢中看清穿著棕綠交雜服裝的他們。所有人都戴著兜帽和面罩，手上也戴著手套，佩帶著和法拉米爾與他同伴們相同的武裝。不久他們就全都消失得不見蹤影。太陽升到靠近南方的位置。陰影逐漸縮短。

「我想知道，討厭的咕嚕跑哪去了？」當他爬回更深處的陰影時，山姆就想道。「他很容易被當成歐克獸人，或是讓太陽烤熟。但我覺得他會顧好自己。」他在佛羅多身旁躺下，並開始打盹。

他醒來時，以為自己聽到了號角聲。他坐挺身子。時值正午時分。守衛們警覺而緊張地站在樹蔭下。號角忽然從坡頂大聲響起。山姆覺得自己也聽見叫聲與狂亂的呼喊，但聲音十分微弱，彷彿來自遠方某座洞穴。打鬥聲隨即從附近傳來，地點就在他們的藏身處上方。他聽到鋼鐵之間的鏗鏘撞擊聲，劍刃劈在鐵盔上的鏘啷聲，以及刀刃擊打盾牌時發出的悶響。人們高聲喊叫，其中一個清亮的聲音高聲喊道：「剛鐸！剛鐸！」

「聽起來像是上百個鐵匠一起打鐵。」山姆對佛羅多說，「我可不喜歡他們靠得這麼近。」

但噪音現在逐漸逼近。「他們來了！」達姆羅說，「瞧！有些南方人突破陷阱，從道路上逃跑了。他們跑到那去了！我們的人正在追他們，還由將軍率領。」

由於想看更多，山姆便走到守衛身旁。他往較高大的月桂樹上爬了一小段距離。在一瞬間中，他瞥見一群穿紅衣的黑人跑下山坡，身穿綠衣的戰士們在後追趕，趁對方逃竄時將他們砍倒。空中落下箭雨。忽然間，有個男人在他們藏身土坡的邊緣倒下，一頭栽進纖細的樹林間，差點落在他們上頭。他在幾呎外的蕨樹叢中停下，臉部朝下，綠羽箭矢插在他黃金項圈下的脖子上。他的紅袍變得破爛，層層疊疊的銅板鎖子甲也凹陷扭曲，別上金飾的黑色髮辮染上了鮮血。他棕色的手仍舊抓著斷劍的握柄。

這是山姆首次看到人類之間的戰爭，也一點都不喜歡。他很慶幸自己看不見死者的臉。他想知道那人的名字是什麼，又是從哪裡來的？他是否真的心地邪惡，或因哪種謊言或威脅，而使他踏上離家的漫漫長路？他又是否寧可平靜地待在故鄉呢？這些思緒從他心中一閃而過。當馬伯龍走向屍體時，外頭就傳來了新的聲響。山姆聽見一股如喇叭聲的尖鳴。隨後則是轟然巨響和撞擊聲，如同巨型破城錘敲打著地面。

「小心！小心！」達姆羅對他的同伴喊道，「願維拉讓牠轉向！猛瑪[4]！猛瑪！」

使他又驚又懼、同時又喜出望外的是，山姆看到一個龐大身影衝出樹林，往下坡飛奔而去。牠比房屋要大得多，他也覺得牠看起來像是會移動的灰色山丘。恐懼與驚奇感或許在哈比人的眼中放大了牠，但哈拉德的猛瑪的確是龐然巨獸，當今的中土世界也不再有這種生物。牠後世的同胞，都無法與牠的體型與雄偉身姿相比。牠一路衝來，直接衝向旁觀者們，並即時在僅僅幾碼外轉彎，讓他們腳下的地面為之震動。牠的巨腿宛如樹木，寬闊如帆的大耳往外搧，長鼻如同出擊的巨蛇往上揚起，渺小的紅眼中瀰漫怒火。牠向上長的長牙如同巨角，上頭纏有金環，也沾滿血跡。金色與紅色的破爛裝飾拍打著牠的身軀。牠起伏的背部上有座損壞的戰塔，在牠衝過樹林時被撞得粉碎。而在牠的脖子高處，有個小人影依然緊緊抓住牠——那是個壯碩的戰士，在史威汀人中可稱得上是巨人。

巨獸如雷貫耳地向前衝刺，怒氣衝衝地踏過水池與樹叢。箭矢無能為力地撞上牠厚重的側腹。兩邊陣營的人都在牠面前逃竄，但牠追上了許多人，並將他們踩扁在地。牠很快就消失在視野中，尖鳴與蹼步聲也不斷從遠方傳來。山姆從來沒聽說過牠的下場：牠可能在野外逃了一陣子，直到死在家園遠方，或困在某座深坑中；也可能憤怒地衝進大河，最後慘遭滅頂。

★　★　★

山姆深吸一口氣。「是洪荒象！」他說，「所以世上真的有洪荒象，我也看到一頭了。真是精采的人生！但老家沒人會相信我的。哎，如果一切已經結束，我就要睡一下。」

「有時間就睡吧。」馬伯龍說，「但如果將軍沒有受傷的話，就會回來。等他一到，我

---

4　譯注：Mûmak，複數型態為Mûmakil，是哈拉德人對洪荒象的稱呼。

們就會立刻離開。當我們的突襲消息傳到魔王耳中，他就會派兵殺來，不久就會發生了。」

「等你們離開時，就小聲點吧！」山姆說，「沒必要打擾我睡覺。我走了一整晚。」

馬伯龍哈哈大笑。「我不覺得將軍會讓你們留在這裡，山姆懷斯大爺。」他說，「你等著瞧吧。」

# 第五章——西方之窗

當山姆醒來時，他覺得自己似乎才睡了幾分鐘，但下午即將結束，法拉米爾也回來了。他帶來了許多人，突襲戰的所有生還者都聚集在附近的山坡上，大約有兩三百人。他們以寬闊的半圓形陣列坐下，法拉米爾坐在中央的地面上，佛羅多則站在他面前。這奇異的情況看起來像是囚犯的審判。

山姆悄悄走出蕨樹叢，但沒人注意他，他站在人群中的最後一排，在這邊他能聽到和聽見所有狀況。他仔細觀察，準備好隨時衝去幫忙主人。他能看到法拉米爾脫下面罩的臉龐：那張臉堅毅且威嚴十足，打量對方的目光中潛藏著敏銳的智慧。直盯著佛羅多的灰眼珠中充滿狐疑。

山姆很快就明白，對於佛羅多關於自己的描述，將軍有幾點很不滿意：他在從裂谷出發的團隊中扮演什麼角色？他為何離開波羅米爾，現在又要去哪？他經常特意重複問伊西鐸剋星的事。他顯然認為，佛羅多隱瞞了某件重大要事。

「但照預言內容看來，半身人的到來代表伊西鐸剋星將再度甦醒。」他堅稱道，「如果你就是預言中的半身人，那你肯定把這個東西送到你口中的會議去過，無論那東西是什麼。波羅米爾也在那目睹了它。你否認嗎？」

佛羅多沒有回答。「好！」法拉米爾說，「我想從你口中弄清楚更多事，和波羅米爾有關的事，也和我有關。根據古老傳說，有支歐克獸人的箭殺死了伊西鐸。但世上有很多歐克獸人的箭，剛鐸的波羅米爾也不會因為區區一支箭，就覺得那是末日跡象。你保管了這東西嗎？你說它被藏了起來，但不是因為你選擇藏起它嗎？」

「不，這不是我的選擇。」佛羅多回答，「它不屬於我。它不屬於任何凡人，無論是偉人或小人物都一樣。不過如果有人有資格占有它，就會是我提過的亞拉松之子亞拉岡，他是我們團隊從墨瑞亞到勞洛斯瀑布一路上的領袖。」

「為何不是波羅米爾呢？他是伊蘭迪爾子嗣建造的城市中的王族。」

「因為亞拉岡是伊蘭迪爾之子伊西鐸的直系子孫。他佩戴的劍就是伊蘭迪爾之劍。」

眾人響起了震驚的低語。「伊蘭迪爾之劍！伊蘭迪爾之劍要來到米那斯提力斯了！真是大消息！」但法拉米爾的神情無動於衷。

「也許吧。」他說，「但如果這個亞拉岡來到米那斯提力斯，如此重大的說法就得受到驗證，也需要明確證據。當我在六天前離開時，他和你團隊的其他成員都還沒來。」

「波羅米爾接受了那說法。」佛羅多說，「的確，如果波羅米爾在這裡，他就會回答你所有問題。既然他好幾天前已經抵達勞洛斯瀑布，也打算直接前往你的城市，那當你回去時，可能就會得知解答了。他清楚我在團隊中扮演的角色，其他隊員也都知道，因為伊姆拉翠斯的愛隆本人在所有會議成員面前親自指派我。我為了這項任務來到此地，但我不能對團隊以外的人揭露真相。但宣稱要對抗魔王的人，最好不要阻礙這項任務。」

無論佛羅多的感覺如何，語氣都十分驕傲，山姆也讚許這點，但這並沒有讓法拉米爾感到滿意。

「好！」他說，「你要我管好自己的事，並要我回家，讓你繼續前進。等波羅米爾到來時，就會說明一切。你說，等他到來時？你是波羅米爾的朋友嗎？」

遭到波羅米爾攻擊的鮮明記憶躍上佛羅多心頭，他猶豫了半晌。法拉米爾的雙眼更專注地注視他。「波羅米爾是我們團隊中的英勇成員。」佛羅多最後說道，「沒錯，對我而言，我是他的朋友。」

法拉米爾露出陰沉的微笑。「那當你得知波羅米爾死訊的話，會感到難過嗎？」

「我的確會難過。」佛羅多說。而當他觀察到法拉米爾的眼神時，他就停了下來。「死訊？」他說，「你是說他死了，而你知道這件事？你想用文字遊戲唬弄我嗎？還是你想用謊言欺騙我？」

「就算對上歐克獸人，我也不會用謊言欺騙對方。」法拉米爾說。

「那他是怎麼死的，你又是怎麼知道的？你剛剛才說，當你離開時，我的團隊成員都沒有抵達城市。」

「至於他的死法，我倒希望他的朋友和同伴能告訴我詳情。」

「但當我們分別時，他還活得好好的。就我所知，他也還活著。不過世上肯定還有很多危機。」

「的確有很多，」法拉米爾說，「特別是背叛。」

山姆對這番談話感到越來越不耐煩和光火。他無法忍受最後這幾句話，便衝進人群中央，大步走到他主人身邊。

「不好意思，佛羅多先生，」他說，「但這件事太誇張了。他沒有權利這樣對你說話。而且你經歷了這一切，還是為了救他和這些偉大的人類。」

「聽好了，將軍！」他直挺挺地站在法拉米爾面前，雙手插在腰際，臉上的表情彷彿像在跟某個年輕哈比人講話，當他質問對方為何來他的果園時，對方還對他大言不慚。圍觀的人群中有人竊竊私語，但有些人也咧嘴一笑。他們的將軍坐在地上，和一個雙腿打直、怒氣沖沖的年輕哈比人四目相交，這是他們從沒見過的景象。「聽好了！」他說，「你到底想問什麼？我們來說說所有魔多歐克獸人衝來殺我們之前的事吧！如果你覺得我主人殺了波羅米爾後逃跑，就一點邏輯也沒有。但把話說清楚吧！讓我們知道你打算怎麼做。真可惜，自稱在對抗魔王的人，居然不能讓別人好好盡自己的責任。如果魔王現在看見你，一定會樂昏頭的。他肯定會覺得自己有了新朋友。」

「有耐心點！」法拉米爾平靜地說，「別搶在你主人之前開口，他比你睿智多了。我也不需要別人提醒我當前的危機。即便如此，為了在重要大事上作出公平判斷，我也花了一小段時間。如果我和你一樣急躁，很早之前就該殺了你們。因為我受命殺死在此地找到的所有人，不需要剛鐸領主的允許。但我不會在沒必要的狀況下屠殺人類或走獸，就算有必要下手，也不會感到高興。我也不會進行沒意義的對話。你可以放心，在你主人身旁坐下，安靜點！」

山姆面紅耳赤地重重坐下。法拉米爾再度轉向佛羅多，「你問我怎麼曉得迪耐瑟之子已經死了。死訊有諸多傳達方式。俗話說：『夜晚經常為近親捎來風聲。』波羅米爾是我的兄長。」

他的臉孔蒙上悲傷的神色。「你記得波羅米爾大人的裝備中有什麼特別之處嗎？」

佛羅多想了一下，擔心這又是某種陷阱，也想知道這番爭論最後會有什麼結果。他好不容易避免魔戒落入波羅米爾傲慢的手掌心，現在也不曉得自己該如何對抗這麼多剽悍的人類。但他內心覺得，儘管法拉米爾的外表與兄長相似，卻是個較不自大的人，態度更為嚴厲，卻也更睿智。「我記得波羅米爾帶了一只號角。」他說。

「你記得沒錯，也證明你確實見過他。」法拉米爾說，「那你或許能想像出它的模樣：來自東方野牛的巨角，上頭纏有銀環，也寫有古老文字。好幾代以來，我們家族中的長子都會持有那只號角。據說在古代剛鐸的國境中，只要在情急時刻吹響它，就一定會有人聽到聲音。

「在我出發執行這項任務的五天前，也就是十一天前，大約在這個時間點，我聽到了那只號角的聲響。它似乎是從北方傳來，但聲音微弱，彷彿只是心中的回音。我父親和我覺得這是不祥的徵兆，因為自從波羅米爾離開後，我們就沒有聽聞他的音訊，邊界上的守衛也沒看到他經過。而在過了另一天後的第三晚，我碰上了怪事。

「在蒼白月亮下的灰暗夜色中，我坐在安都因河旁，觀望不斷流動的河水。蘆葦發出悲傷的沙沙聲。我們總會這樣監視靠近奧斯吉力亞斯的河岸，我們的敵人現在掌握了部分城區，也會從裡頭出發襲擊我們的土地。但那晚，全世界都在午夜時陷入昏睡。接著我看見……或彷彿看見水面上漂流著一艘泛著灰色微光的船，那是艘外型奇特的小船，船首很高，上頭也沒人划船或掌舵。

「我感到驚懼，因為船身周圍浮現出蒼白光芒。但我起身並走到河岸邊，並開始步入水中，因為它吸引了我。接著小船轉向我，速度維持不變，並緩緩漂過我的雙手可觸及的範圍，但我不敢碰它。它吃水很深，彷彿乘載了重物，而當它經過我的目光時，我就覺得它幾乎裝滿了清水，裡頭映射出光芒，有名戰士正在水中沉眠。

「他膝上擺了把斷劍，我看到他身上有許多傷痕。那是我的哥哥波羅米爾，他已經死了。我認得他的裝備，他的佩劍，和他令人喜愛的臉龐。只少了一個東西：他的號角。只有一個東西我不認得：他腰上有條如同以金葉串聯的華美繫帶。『波羅米爾！』我喊道，『你的號角何在？你要前往何方？噢，波羅米爾！』但他消失了。小船順流而下，在微光中漂入夜色。那光景如夢似幻，但那並不是夢，因為我沒有醒來。我相信他已經死了，並順著大河漂向大海。」

「唉！」佛羅多說，「那的確是我認識的波羅米爾。洛斯羅瑞安的格拉翠兒夫人將金腰帶送給他。如你所見，她讓我們穿上灰色的精靈斗篷。這個別針也出自同種工法。」他碰了碰在喉嚨下繫住斗篷的綠銀葉片。

法拉米爾仔細觀察它。「它很精美。」他說，「對，這是同種工法的作品。所以你們通過了羅瑞安？它在古代名為羅瑞林多瑞南，但現在人類對它理解甚少。」他輕聲補充道，注視佛羅多的眼中產生了新的驚奇感。「我開始明白你身上的奇異氣息了。你不願告訴我更多事嗎？想到波羅米爾在靠近故鄉的地點過世，就讓人感到難過。」

「我已經把知道的事說完了。」佛羅多回答，「但你的故事讓我感到不安。我想，你看到的只不過是幻象，是某種在過去或未來發生的厄運。除非它是魔王的某種招數。我在死亡沼澤中看過古代俊美戰士的臉孔，他們躺在水池深處，或因魔王的法術而看似如此。」

「不，不是這樣。」法拉米爾說，「因為他的造物讓人心作噁，但我的心中卻滿懷悲傷與憐憫。」

「但怎麼可能發生這種事？」佛羅多問道，「沒有船能通過托爾布蘭迪爾的崎嶇丘陵，而波羅米爾也打算跨越恩特河和洛汗原野回家。而且，又怎麼有船能度過大瀑布的滔天白沫，還不在底下翻騰的水池中沉沒，裡頭還裝滿了水？」

「我不知道。」法拉米爾說，「但那艘船是哪來的？」

「羅瑞安。」佛羅多說，「我們划了三艘這類小船沿著安都因河抵達瀑布。它們也是精靈的作品。」

「你們經過了隱匿國度，」法拉米爾說，「但你們似乎不太了解它的力量。如果人類與住在黃金森林裡的魔法女王打交道，就得預料到會有怪事發生。凡人一走出太陽下的世界，就會遭逢危險，據說古代也很少人毫無改變地回來。」

「波羅米爾，噢，波羅米爾！」他喊道。「那位不死的夫人對你說了什麼？她看到了什麼？你心中產生了什麼感覺？你為何前往羅瑞林多瑞南，也沒有順原路回來，駕馭洛汗駿馬在清晨返鄉？」

他再度轉向佛羅多，語氣平靜地開口。「我猜你能夠為那些問題做出部分答覆，卓哥之子佛羅多。但或許不該在這裡或現在說。不過，假如你還認為我的故事只是幻覺，那我就會告訴你一件事。波羅米爾的號角的確返鄉了，它並不是幻覺。回來的號角被砍成兩半，彷彿遭到斧頭或刀劍劈砍。碎片在不同的地方飄上岸：一塊碎片出現在剛鐸哨兵駐守的蘆葦叢中，位在恩特河匯流處底下；某個在河上執行任務的人，則在水上找到漂浮的另一塊碎片。機緣相當歧異，但俗話說，真相終究會水落石出。

「現在長子號角的兩塊碎片，正擺在端坐高位的迪耐瑟腿上，他正在等待消息。你沒辦法告訴我和號角碎裂有關的事嗎？」

「不，我不曉得這件事。」佛羅多說，「但如果你的判斷沒錯，你聽到號角聲的那天，就是我們分開的日子，我和我的僕人也是在那天離開團隊。你的故事讓我感到畏懼。如果波羅米爾碰上危機並慘遭殺害，恐怕我所有同伴可能也都遇難了。他們是我的族人與朋友。

「你不能放下疑慮，讓我離開嗎？我很疲倦，也感到滿心悲傷與恐懼。但在我也遭到殺害前，還有任務得執行。如果我們兩個半身人是團隊中僅剩的成員，動作就得加快了。

「回去吧，法拉米爾，英勇的剛鐸將軍。盡力捍衛你的城市，讓命運送我到該去的地方。」

「這番談話無法安撫我，」法拉米爾說，「但你肯定過度杞人憂天了。除非羅瑞安的人民自己來找他，不然會有誰為波羅米爾準備了葬禮？絕對不是歐克獸人或魔王的僕人。我猜，你有些團隊成員還活著。

「但無論在北境發生了什麼事，我都不再質疑你了，佛羅多。如果艱困的歲月教會了我如何審視人類的話語和面孔，那我也能猜猜半身人的心理！不過，」他露出微笑，「你身上有種特異氣質，佛羅多，也許是精靈的氣息。但我們的交談內容，比我剛開始料想的更重要。我該帶你回米那斯提力斯，而如果我為我的城市作出錯誤選擇，那我也會送命。所以我不會輕率地決定該怎麼做。但我們得盡快移動，不能拖延了。」

他立刻起身並下達了些命令。聚集在他周圍的人隨即分散，並組成許多小隊，再往各方前進，迅速消失在岩石與樹林的陰影中。不久，留下的人就只剩下馬伯龍與達姆羅了。

「現在你們倆，佛羅多與山姆懷斯，得和我與我的守衛一起走。」法拉米爾說，「如果你打算往南走，就不能走那條路了。接下來幾天它不太安全，在這場突襲後，它也會受到更緊密的監視。我想，今天你們也無法走遠，因為你們夠累了。我們也是。我們要去一個祕密地點，離這裡不到十哩遠。歐克獸人和魔王的間諜還沒有發現它，就算發現了，我們也能長期死守，對抗大量敵人。我們能躲在裡頭休息一陣子，你們也能和我們待在一起。我會在早上決定怎麼做對你我最恰當。」

★ ★ ★

佛羅多只好接受這項要求或命令。當下這似乎也是明智的選擇，因為這批剛鐸士兵的突擊，已經使在伊西力安的旅程變得危險無比。

他們立刻出發，馬伯龍和達姆羅走在前方，法拉米爾則帶著佛羅多和山姆走在後頭。他們繞過先前哈比人盥洗的水池一側，並跨越溪流，爬上一道長坡，再踏入綠蔭下的樹林，林子一路往下坡和西邊延伸。當他們以哈比人最快的速度盡快行走時低聲談話。

「我中斷了我們的對話，」法拉米爾說，「不只是因為山姆懷斯大爺提醒過，現在的時間緊迫，也是由於我們逼近了最好別在許多人面前討論的議題。因此我寧可談起我哥哥的事，也沒有追問伊西鐸剋星的問題。你沒有對我全然坦承，佛羅多。」

「我沒有說謊，也盡量講述真相了。」佛羅多說。

「我不怪你。」法拉米爾說，「我覺得，你在困境中講得非常有技巧，也很睿智。但從你口中，我得知了更多你沒說明白的事。你和波羅米爾之間並不友善，或在分離時已不再是朋友。我猜，你和山姆懷斯大爺與他有某種嫌隙。我非常愛他，也樂意為他的死復仇，但我很了解他。伊西鐸剋星——我猜伊西鐸剋星卡在你們倆之間，也在你們的團隊中掀起爭端。它顯然是某種強大的繼承品，而根據古代故事，這種東西在盟友之間也無法催生和平。我猜得準嗎？」

「很接近了，」佛羅多，「但沒有猜中目標。我們的團隊中沒有爭端，不過的確有疑慮：關於我們該從艾明穆伊走哪條路。但儘管如此，古代故事也向我們說明——輕率評論繼承品這類物品的危機。」

「啊，如我所想：你只和波羅米爾產生了麻煩。他想把這東西帶到米那斯提力斯。唉！最後見到他的你，居然閉口不言，不讓我明白我渴求得知的事，真是命運的捉弄：我想知道在他臨終前，他的心中有什麼思緒？無論他是否犯錯，我都確信這點：他死得其所，還做出了某種好事。他的臉看上去比生前更俊美。

「但佛羅多，我一開始對伊西鐸剋星這件事把你逼得太急了。原諒我！在此時此地，此舉並不明智。我沒有時間思考。我們才剛打過慘烈的一仗，心裡也思緒重重。當我和你交談時，逐漸逼近真相，因此也刻意偏離了重點。你一定曉得，城市的統治者們依然保存了古代知識，也沒有多少人知道這些事。我們家族的成員並不是伊蘭迪爾的子孫，但我們體內流著努曼諾爾的血。我們能將族系追溯到良相馬迪爾[1]，他在國王出征時代替對方治國。當時的國王是埃爾諾王[2]，他是安諾瑞昂家族最後的子孫，膝下無子的他從未歸來。自從那天開始，宰相們就負責治理城市，不過那是好幾代祖先之前的事了。

---

1 譯注：Mardil，在昆雅語語中意指「為（王室）家族效忠」。

2 譯注：參見附錄A中「剛鐸與安納瑞昂子嗣」。接受巫王的挑戰而進入米那斯魔窟後，埃爾諾再也沒有回到米那斯提力斯，剛鐸的王者血脈就此終結。

「我記得在波羅米爾的孩提時代，當我們倆一起研讀祖先的故事，和我們城市的歷史時，他總是對父親不是國王一事感到不滿。『如果國王沒有歸來，要花幾百年才能讓宰相當上國王？』他問道，『在其他缺乏尊嚴的地方，或許只要幾年。』我父親回答：『在剛鐸，就算一萬年都不夠。』唉，可憐的波羅米爾。這能讓你看出他的個性嗎？」

「確實可以。」佛羅多說，「但他總是對亞拉岡以禮相待。」

「我相信這點。」法拉米爾說，「假若如你所說，他確實相信亞拉岡的說詞，那他就會非常尊敬對方。但那時刻尚未到來。他們還沒抵達米那斯提力斯，或成為戰爭中的對手。

「但我離題了。我們迪耐瑟家族的成員，長久以來都深知古代學識，我們的寶庫中也保存了許多物品：書本與乾扁羊皮紙上的的文件，沒錯，還有石板和金銀葉片上的各種文字。有些內容現在已無人能辨，也很少有人會解讀其他資料。我能稍微讀懂一些，因為有人教過我。這些紀錄讓灰袍聖徒前來造訪，我在小時候首度見到他，之後他還來過兩三次。」

「灰袍聖徒？」佛羅多說，「他有名字嗎？」

「我們照精靈的風俗稱他為米斯蘭迪爾。」法拉米爾說，「他並不介意。『我在許多地區有不同名字』他說，『精靈稱我為米斯蘭迪爾，矮人則稱我為塔昆[3]。當年輕的我住在遠古西方時，叫作歐絡因，在南方叫殷卡諾斯[4]，在北方則叫甘道夫[5]，而我不去東方。』」

「甘道夫！」佛羅多說，「我想就是他。灰袍甘道夫是我最親近的朋友。他是我們團隊的領袖。他在墨瑞亞殞落了。」

「米斯蘭迪爾殞落了！」法拉米爾說，「你們的團隊似乎遭到厄運纏身。很難相信這種充滿高深智慧和力量的人居然會死，世上有許多學識就如此消失了，他曾在我們之間做出許多令人讚歎的事蹟。你確定這點嗎？他會不會只是離開你們，去自己想去的地方？」

「唉！沒錯。」佛羅多說，「我親眼看到他落入深淵。」

「我看得出其中有某種可怕的故事。」法拉米爾說，「或許你今晚能告訴我詳情。我猜，這個米斯蘭迪爾不只是個學者，而是當代重大事件的幕後推手。如果我們能向他請教夢境中的神祕謎語，他或許就能向我們解釋清楚，我們也不需要派出使者了。但也許他不會這麼做，而波羅米爾也注定得啟程。米斯蘭迪爾從未向我們提起將來的事，也不明說他的目的。我不曉得他是如何取得迪耐瑟的允許，來觀看我們寶庫中的祕密，但當他願意教我時（這種事很少發生），我就從他身上學到了一點東西。他經常搜索史料，並特別詢問

---

3 譯注：Tharkûn，《未完成的故事》解釋該名稱的意思為「持杖人」。

4 譯注：Incánus，《未完成的故事》解釋該名稱不屬於西方語或精靈語，《領主書》（*Thain's Book*）的注記則說明它是改自哈拉德語的昆雅語名稱，意指「北方間諜」。

5 譯注：《未完成的故事》中解釋，「甘道夫」一名源自北歐詩集《詩體埃達》（*Poetic Edda*）中的詩篇〈女巫的預言〉（Völuspá）中的矮人。在古老的北方人類語言中意指「魔杖精靈」，並不是精靈語詞彙。

我們和剛鐸建國初期發生在達哥拉上的大戰[6]有關的事，當時我們不願提起名諱的魔王遭到推翻。他也急於尋找伊西鐸的故事，不過我們無法告訴他多少事，因為我們並不清楚他何以離世。」

此時法拉米爾壓低音量。「但我得知或猜測出這些事，自此之後也一直將之守在心裡：伊西鐸從無名者[7]手中拿走了某種東西，之後他離開剛鐸，此後再也沒有凡人見過他。我認為這就是米斯蘭迪爾問題的答案。但似乎只有追尋古老學識的人在乎這點。當我們對夢境中的謎語進行爭論時，我也沒想到伊西鐸剋星會是這東西。因為根據我們僅知的傳說，歐克獸人的箭射死了遭到伏擊的伊西鐸，米斯蘭迪爾也沒有告訴我其他事。

「我猜不出這東西的底細，但肯定是某種具有力量的危險繼承品。或許是黑暗魔君設計的某種武器。如果它是能在戰爭中帶來優勢的東西，我就相信驕傲無懼，又經常輕率魯莽，卻總為米那斯提力斯的勝利（以及他自己的榮耀）操心的波羅米爾，可能會想要這種東西，並受它誘惑。可惜居然是他接下那場任務！我父親與長老們應該選擇我，身為長子與強者（兩者都是事實）的他自願出發，也不願留下。

「但別怕！就算這東西掉在路邊，我也不願收下它。就算米那斯提力斯即將淪陷，也只有我能拯救她，我也不願意為了她的存亡與我的榮譽，而使用黑暗魔君的武器。不，我不希望得到這種勝利，卓哥之子佛羅多。」

「會議成員也不願如此。」佛羅多說，「我也不想。我寧可不要插手管這些事。」

「對我而言，」法拉米爾說，「我寧願看到王家宮廷中的白樹再度繁花盛開，銀冠也重新回歸，米那斯提力斯也進入和平盛世，再度化為古代的米那斯雅諾，光采動人而雄偉壯麗，如同眾王后之中的女王。但不是諸多奴隸的女王，不，就算是心甘情願的奴隸之上的好心女主人也不行。當我們為了性命而抵抗即將吞噬一切的毀滅者時，戰爭就會爆發。但我不喜愛閃亮的刀劍，或是速度飛快的箭矢，也不愛為了榮耀奮鬥的戰士。我只愛它們捍衛的目標：努曼諾爾人的城市。我希望她能因她的回憶、她的歷史、她的美麗與智慧而受人敬愛，而不是受人畏懼，除非是像人們對年邁智者的尊嚴所抱持的敬畏。

「所以別怕我！我不會要你告訴我更多事。我甚至不會要你說明我是否有猜中事實。但如果你願意信任我，或許我就能為你當前的任務提供建議，無論任務的本質為何——對，甚至是幫助你。」

佛羅多沒有回答。他幾乎想接受對方的幫助與建議，並把所有心事告訴這名嚴肅的年輕人，對方的話語似乎睿智又動聽。但有某種感覺阻止了他，他的內心瀰漫著恐懼與悲傷。如果他和山姆的確是九行者中僅剩的成員，那他就是唯一掌管任務祕密的人。比起輕率開口，最好還是先仰賴對外人的質疑。而當佛羅多注視法拉米爾並傾聽對方的聲音時，關於波羅米爾的回憶，以及魔戒的誘惑為他所帶來的駭人改變，便襲上他的心頭——他們不太

---

6 譯注：Great Battle，此處指最後同盟之戰（War of the Last Alliance）。

7 譯注：Unnamed，指索倫，剛鐸人民大多不願直呼他的名諱。

相像，卻又無比相似。

眾人沉默地走了一陣子，如同灰綠色陰影般經過老樹下，雙腳沒有發出任何聲音。許多鳥兒在他們頭頂歌唱，太陽也在伊西立安常青樹林光滑的暗色葉頂上閃閃發光。

山姆沒有參與對話，但他在旁傾聽，同時以敏銳的哈比人雙耳聆聽周圍林地的輕柔聲響。他注意到一件事：在所有交談中，咕嚕的名字都沒有出現。他對此感到慶幸，但他覺得希望自己再也不會聽到那名字，簡直是痴心妄想。他也很快就察覺，儘管他們獨自行走，附近卻緊跟著許多人，不只有在前方陰影中來回出現的達姆羅與馬伯龍，兩側也有其他人，全都迅速而低調地前往指定的地點。

有一次，當他忽然回頭，彷彿皮膚上的雞皮疙瘩讓他覺得有人在後頭偷看時，就覺得自己瞥見了某個溜到樹幹後的黑色小身影。他張口想說話，卻又閉上嘴巴。「我不確定。」他自言自語道，「如果他們想忘記他，我又為什麼要讓他們想起那個老壞蛋呢？我真希望我能忘了他！」

★　★　★

於是他們繼續前進，直到林地變得稀疏，地勢也開始陡峭地往下伸去。接著他們又往右轉了一次彎，迅速抵達狹窄山溝中的一條小河；那就是從高處流入圓池的那條河，現在已變成了急流，在深邃河床上的岩石間洶湧翻騰，河邊長滿了冬青和漆黑的黃楊木。他們望向西邊，在朦朧光芒中看到底下的低地和寬廣的草原，遠方的安都因大河正在西沉的太陽下閃動光芒。

「唉！我得在這裡對你們失禮了。」法拉米爾說，「我希望你們會原諒我，目前為止我為了禮貌，沒有照命令殺害或束縛你們。但沒有陌生人能親眼看到這條路，就算是和我們共同奮戰的洛汗人也一樣。我必須蒙住你們的眼睛。」

「就照你說的做。」佛羅多說，「就算是精靈，也會在必要時這麼做，我們就蒙眼通過了洛斯羅瑞安的邊界。矮人金力對此感到不滿，但哈比人們忍受下來了。」

「我要帶你們去的地方沒有那麼優美。」法拉米爾說，「但我很慶幸你願意接受，而不需要強逼。」

他輕聲呼喚，馬伯龍與達姆羅立刻從樹林中出現，回到他身邊。「蒙上這些客人的眼睛。」法拉米爾說，「把布綁好，但別緊到讓他們不舒服。別綁起他們的手。他們會答應不要偷看。我能信任他們會自行閉眼，但如果雙腳絆倒，眼睛就會睜開。牽好他們，別讓他們失足。」

兩名守衛用綠圍巾蒙住了哈比人們的雙眼，再把他們的兜帽幾乎拉到嘴邊，接著他們各自牽起一位哈比人的手繼續前進。佛羅多和山姆只能在黑暗中猜測最後這趟路的狀況。過了一陣子後，他們發現自己踏上陡峭的下坡路。道路很快就變得狹窄，使他們得以縱隊方式前進，兩側都有粗糙的岩壁。他們的守衛從身後引導兩人，把手穩穩地擺在對方肩膀上。他們經常來到難走的路段，守衛們便得扛起他們一陣子，之後再把他們放下。流水的聲響總會在他們的右手邊響起，水聲也變得更近也更響亮。最後他們停下腳步。馬伯龍和達姆羅將他們迅速轉了好幾次，使他們失去了所有方向感。他們往上爬了一小段路，感覺起來似乎變得寒冷，溪水聲也變得微弱。守衛們將他們抬起來並往下搬，走下許多臺階，再繞過一個轉角。他們忽然再度聽到水聲，滔滔水聲這次變得更加宏亮。水聲似乎環繞他們周圍，兩人也感到有水滴灑到手上和臉頰上。最後對方又把他們放下。他們站了半晌，蒙著眼的兩人有些畏懼，不曉得自己究竟身在何處；周圍沒有人說話。

法拉米爾的嗓音從後頭不遠處傳來。「讓他們看看！」他說。有人解下圍巾，並拉下他們的兜帽，他們眨了眨眼，並發出驚歎。

他們站在潮溼的打磨岩石地板上，那是他們身後一道粗糙岩門的門檻。但前方有道淺薄的水幕，近到使佛羅多能把手臂伸進去。它面向西方。後頭西下太陽的水平光線照耀其上，紅光分裂成諸多變色的光芒。他們彷彿站在某種精靈高塔的窗口邊，上頭裝有以金銀珠寶編製而成的簾幕，還有紅寶石、藍寶石與紫水晶，所有寶石都閃爍著不滅的火光。

「幸好我們在正確時刻抵達，以便獎勵你們的耐心。」法拉米爾說，「這是落日之窗漢納斯安農，是諸泉之地伊西力安最美麗的瀑布。很少有外來者看過它。但後頭並沒有富麗堂皇的宮殿。進來看看吧！」

太陽在他說話時下沉，火光也在流水中消逝。他們轉身穿越低矮的拱門。兩人立刻發現自己踏進一處寬闊的石廳，低垂的廳頂顯得不太平整。周圍有幾根火炬，在閃爍的牆上投射出模糊火光。裡頭已經有許多人了。其他人依然三三兩兩地穿過一側牆面上的烏黑窄門。當哈比人習慣了晦暗光線後，就發現洞穴比他們猜得大，裡頭擺滿了大量武器與食物。

「好了，此處就是我們的避難所。」法拉米爾說，「不是個太舒服的地方，但你們能在這裡平靜過夜。這裡至少很乾，裡頭也有食物，不過沒有火堆。河水曾流進這座洞穴，並從拱門流出，但古代工匠將它的流向改到山溝去，河水由上頭遠方的岩石形成瀑布流下。進入這座洞穴的所有通道都被封死，不讓水或其他東西進入，只留下一個孔道。裡頭只有兩條路能出去：你們剛蒙眼通過的通道，和穿過窗口水簾，跳進滿是尖銳石刃的深坑中。在我們準備晚餐時，先休息一下吧。」

人們將哈比人帶到角落，讓他們躺在一張矮床上。在此同時，眾人在洞穴裡忙進忙出，動作安靜、俐落。他們從牆上取下輕桌，將桌子擺在支架上，在上頭放滿餐具。這些物品大多毫無裝飾，但製作工法良好——有滑順乾淨的圓盤，還有上釉棕色黏土或光滑黃楊木製的碗盤。四處都有杯子或光亮的銅盆，最內側中央的將軍位子旁還有只樸素銀杯。

法拉米爾在人群之間遊走，輕聲向進來的每個人發問。有些人從追趕南方人的過程中返回，而留在道路附近擔任偵查兵的人，則是最晚進來的成員。所有南方人都已遭到殲滅，除了巨大的猛瑪以外，沒人曉得牠發生了什麼事。沒人察覺敵人的動靜，外頭連一個歐克獸人間諜都沒有。

「你什麼都沒發現嗎，安彭？」法拉米爾問最後進來的人。

「這個嘛，沒有，大人。」男子說，「至少沒有歐克獸人。但我看到，或以為看到某個奇怪的東西。暮色正在變深，雙眼中的景象也容易變得誇大。所以或許那只是松鼠。」此時山姆豎耳聆聽。「但就算如此，那也是隻黑松鼠，我也沒看到尾巴。看起來像是地面上的陰影，當我靠近時，它就一溜煙躲到樹幹後，並和普通松鼠一樣迅速爬到高處。你不准我們無端殺害野獸，對方看起來也僅僅是如此，因此我沒有射箭。當時太黑了，也射不準，而那生物一下子就跑進漆黑的樹葉中了。但我待了一下，因為狀況似乎很怪，接著我快步趕了回來。當我轉身時，我覺得自己聽到那東西在高處對我發出嘶嘶聲。那可能是隻大松鼠。或許在無名者的陰影下，有些來自幽暗密林的野獸跑到我們的樹林裡來了。據說當地有黑松鼠。」

「也許吧。」法拉米爾說，「但如果屬實，也是個惡兆。我們不想讓幽暗密林的東西逃到伊西力安來。」山姆覺得當他說話時，便往哈比人們迅速瞄了一眼，但山姆什麼也沒說。他和佛羅多躺著觀看火光，人們低聲談話並來回走動。佛羅多忽然陷入夢鄉了。

山姆奮力與自己爭辯。「他也許是好人，」他想，「但也可能不是。好聽的話下也許藏了顆黑心。」他打起呵欠。「我可以睡上一整個禮拜，這樣也比較好。如果我獨自保持清醒，又能拿這些強壯的人類怎麼辦呢？完全沒辦法，山姆．甘吉，但你還是得醒著。」他也不知怎地成功了。光芒從洞穴入口消失，灰色水幕也變得黯淡，消失在越趨濃密的陰影下。水聲繼續作響，無論早晨、黃昏或夜晚，都從未改變它的音調。它低聲說出了催眠的話語。山姆揉了揉眼睛。

★　★　★

有更多火炬亮了起來。有人打開了一只酒桶，也開啟了不少儲物桶。人們從瀑布取來清水。有些人在銅盆中洗手。有人端了寬銅盆與白布給法拉米爾盥洗。

「叫醒我們的客人。」他說，「拿水給他們。該用餐了。」

佛羅多坐起身，打了呵欠並伸懶腰。不習慣受到服侍的山姆，訝異地看著向他鞠躬、手裡捧著一盆水的男子。

「請把東西放在地上吧，先生。」他說，「對你我都方便點。」讓人類們訝異又驚奇的是，他把頭浸入冷水中，再把水潑到脖子和耳朵上。

「在晚餐前洗頭是你們國度的風俗嗎？」服侍哈比人的侍者說。

「不，在早餐前才會。」山姆說，「但如果睡眠不足，那往脖子淋冷水，就像雨水落在枯萎的甘藍菜上。好了！我可以清醒到吃完一點東西了。」

人們將他們帶到法拉米爾身邊。木桶上鋪了皮草，也比人們的長椅高，能供他們方便使用。在他們用餐前，法拉米爾和他所有手下轉身面對西方，維持了片刻沉默。法拉米爾對佛羅多和山姆示意，讓他們也照做。

「我們總會這樣做。」當他們坐下時，他就說道，「我們望向往日的努曼諾爾，以及尚存世間的精靈家鄉，以及精靈家鄉遠處的永恆之地。你們用餐前沒有這種習慣嗎？」

「沒有。」佛羅多說，他感到自己彷彿是未開化的鄉下人。「但如果我們是客人，就會向東道主鞠躬，而用餐過後，我們會起身向他致謝。」

「我們也會那樣做。」法拉米爾說。

在經跋涉與露營了這麼久，還在寂寥的野外待了數不清的日子後，這頓晚餐對哈比人們感覺起來就像頓饗宴：他們暢飲淡黃色的葡萄酒，嘗起來冰涼又芬芳，還吃了麵包與奶油，以及醃肉與果乾，還有優秀的紅乳酪，也能用乾淨的雙手使用潔淨的刀子與盤子。佛羅多和山姆都沒拒絕對方提供的任何食物，連第二分和第三分也一樣。酒液在他們的血管與疲勞的四肢中流淌，自從他們離開羅瑞安之後，他們就沒有感到這麼開心而輕鬆過了。

用餐完畢後，法拉米爾就帶他們到洞穴後方的一處凹室去，這裡稍微有布簾遮掩。人們將一張椅子和兩張凳子送到此處。壁龕中有盞小型陶製油燈發出了火光。

「你們可能很快就想睡了，」他說，「特別是善良的山姆懷斯，他在用餐前不願合眼——無論是為了不讓自己顯得太餓，或是因為害怕我，我就不曉得了。但用餐後不適合太快入睡，也得禁食一陣子。我們來談一下吧。在你們從裂谷出發的旅程中，肯定有許多事能講。你們或許也想得知一些關於我們和你們所在地的事。談談我哥哥波羅米爾的事吧，還有老米斯蘭迪爾，以及洛斯羅瑞安的美麗人民。」

佛羅多不再感到睡意沉重，也願意談話。但儘管食物與美酒讓他感到輕鬆，他也沒有卸下所有戒心。山姆露出微笑並哼著歌，但當佛羅多開口時，他一開始滿於在旁聆聽，只會偶爾發出驚歎或附和。

佛羅多說了許多故事，但他總是將焦點從護戒隊的任務上移開，轉而聚焦在波羅米爾在眾人冒險中扮演的英勇角色，像是對抗荒野中的狼群，在卡拉瑟拉斯山的大雪中，還有當甘道夫殞落時在墨瑞亞礦坑中的經歷。法拉米爾對橋上的決鬥感觸最深。

「從歐克獸人面前逃走，肯定讓波羅米爾忿忿不平。」他說，「或是逃離你口中的怪物炎魔——儘管他是最後離開的人。」

「他最後才走，」佛羅多說，「但亞拉岡被迫領導我們。在甘道夫殞落後，只有他清楚去路。但如果不是得照顧我們這些弱小同伴，我相信他和波羅米爾都不會逃跑。」

「也許吧，如果波羅米爾和米斯蘭迪爾在那壯烈犧牲就好了。」法拉米爾說，「這樣就不必面對守候在勞洛斯瀑布上的命運。」

「也許吧。但告訴我你們的狀況。」佛羅多說，再度轉移了焦點。「我很想知道更多關於米那斯伊西爾和奧斯吉力亞斯的事，以及屹立不搖的米那斯提力斯。在漫長的戰爭中，你們的城市有什麼希望？」

「我們有什麼希望？」法拉米爾說，「我們已經很久都沒有任何希望了。如果伊蘭迪爾之劍確實歸來，或許就能重燃希望，但我不認為它能拖延末日的到來，除非有精靈或人類提供意料之外的幫助。因為魔王的勢力與日俱增，我們節節敗退。我們是逐漸沒落的民族，如同不會碰上新春的秋天。

「努曼諾爾人散居在大陸[8]岸邊與濱海地區，但他們大多都走上歧途。許多人沉迷於黑暗與黑魔法中。有些人全然陷入怠惰生活，有些人則與彼此內鬥不斷，直到野人趁機征服了他們。

「剛鐸從來沒有人施行邪術，無名者也從未在此得到禮遇。來自西方的古老智慧與美麗事物，依然留存於俊美伊蘭迪爾的子嗣的國度，現在也依然存在。但即便如此，剛鐸依然為它自己帶來了腐敗，一步步邁向凋零，認為魔王沉睡不起，但他只是遭到驅逐，並沒有受到摧毀。

「死亡無所不在，因為如同在古老王國時般，努曼諾爾人依然渴求永不改變的永恆生命，就連失去故土時亦然。國王建造出比活人住處更華麗的陵墓，把家譜中的祖先名諱看得比兒子們的名字還要親。膝下無子的王族坐在古老廳堂中鑽研家族紋章。老態龍鍾的人們在祕室中調製強效靈藥，或是在冰冷高塔中向群星發問。而安納瑞昂血脈的最後一名國王也沒有子嗣。

「但宰相們更為睿智，也更幸運。更睿智的原因，是由於他們從海岸地區與伊瑞德尼姆拉斯的險峻高山中招募了我國的強悍人民。他們也與北方的驕傲人民締結盟約，儘管這些剽悍的民族經常襲擊我們，但他們卻是我們的遠親，不像野蠻的東方人或殘忍的哈拉德人。

「到了第十二代宰相基里昂（家父則是第二十六代）掌權時，他們策馬前來幫助我們，在凱勒布蘭特平原上摧毀了占據我國北方省分的敵人。我們將這些御馬王稱為洛希人，並將卡蘭納松平原送給他們，因為該省分長久以來無人居住，此後那塊地被稱為洛汗。他們成為了我們的盟友，也對我們忠心耿耿，總是在危急時刻支援我們，守住了我們的北方邊境和洛汗隘口。

「他們盡量學習了我們的學識與風俗，王族有必要時也會說我國的語言。他們大致遵照自己祖先與回憶中的風俗行事，與族人交談時也使用自己的北方語言。我們很喜愛他們。他們的男女高大俊美，都英勇無比，金髮碧眼又身強體壯。他們讓我們想起遠古年代的先人。我們的學者們確實提過，他們從古代就與我們有關聯，因為他們一開始也和努曼諾爾人一樣，來自人類三大家族[9]；或許不是直接源自精靈之友金髮哈多[10]，但也是來自沒有渡海西行的族人，這些人拒絕了維拉的呼喚。

「因此我們在學說中對人類進行了分類，分別是上民，又稱西方人類，也就是努曼諾

---

8 譯注：Great Lands，努曼諾爾人對中土世界的稱呼。

9 譯注：Three Houses of Men，在第一紀元與精靈結盟的三個人類家族，分別是比歐家族（House of Bëor）、哈多家族（House of Hador）和哈勒斯家族（House of Haleth）。三大家族的後裔在第二紀元便成為努曼諾爾人。

10 譯注：Hador the Goldenhaired，哈多家族的建立人，同時也是第一任多羅明領主。由於與精靈交好，他的家族只使用精靈語。哈多跟隨精靈王芬國昐（Fingolfin）參與了第一紀元的貝勒爾蘭第四次大戰達哥布拉拉赫（Dagor Bragollach，意指迅火之戰［Battle of Sudden Flame］），並與兒子剛多（Gundor）一同戰死。

爾人。中民，又稱暮色之民，像洛希人與他們仍然居住在遙遠北方的族人。還有野民，又稱黑暗之民。

「但到了現在，如果洛希人在某些方式變得更像我們，在技藝與溫和性格上有所成長，我們也變得更類似他們，也不再能自稱上民了。我們成為了暮色中民，但也懷抱著與其他事物有關的回憶。和洛希人相仿的是，我們現在喜愛戰事與武勇，認為它們是優秀事物，不僅是娛樂，也是行事手段；儘管我們依然認為，除了精通武器與殺人技術，戰士也該擁有更多技術與知識，但我們仍然認為戰士比專精其他技術的人更為優秀。這就是當代的需求。我哥哥波羅米爾就是一例：他是位勇士，因此被視為剛鐸最優秀的人。他確實英勇無雙，米那斯提力斯多年來沒有任何子弟如此驍勇善戰，也如此精於作戰，也沒人能像他一樣把大號角吹得如此響亮。」法拉米爾嘆了口氣，並沉默了一陣子。

「你沒有提太多關於精靈的事，先生。」忽然鼓起勇氣的山姆說。他注意到法拉米爾似乎語帶尊敬地提到精靈，與對方溫文有禮的氣度、食物與美酒相比，這點反而贏得了山姆的尊敬，也平撫了他的疑心。

「的確沒有，山姆懷斯大爺，」法拉米爾說，「因為我並不熟悉關於精靈的學識。但你剛好提到了我們改變的另一項習慣，這點從努曼諾爾到中土世界逐漸凋零。如果米斯蘭迪爾曾是你們的同伴，你們也與愛隆談過的話，或許就知道努曼諾爾人的祖先伊甸人，在太古時代的戰爭中與精靈並肩作戰，並獲得位於大海中央的王國作為獎勵，也能在此遠眺精靈家鄉。但由於魔王的詭計，以及時間的緩慢變化，使中土世界的人類與精靈在黑暗歲月中與彼此漸行漸遠。人類現在畏懼和不信任精靈，也對他們所知甚少。我們剛鐸人也越來越像其他人類，比方說洛汗人。就連這些同為黑暗魔君敵人的人，也遠離精靈，並心懷畏懼地提起黃金森林。

「但我們之中還有人會與精靈打交道，有時也有人會前往羅瑞安，這些人很少歸來。我不是這種人。因為我認為，如果凡人任性地去尋找古老民族[11]，便會引來危險。但我很羨慕曾經與白衣夫人交談過的你們。」

「羅瑞安夫人！格拉翠兒！」山姆喊道，「你該見見她，真的該見見她呀，先生。我只是個哈比人，我在老家的工作是園丁，先生，也對詩詞不太拿手——我不太會寫詩，可能有時會編出一些滑稽歌謠，但不算真的詩啦。所以我沒辦法為你明確解釋。歌謠應該要用唱的。你得找快步客，也就是亞拉岡，或是比爾博先生來做這件事。但我希望自己能為她做首歌。她太美了，先生！真的很美！有時候像開花的大樹，有時像嬌小纖細的白色水仙花。像鑽石一樣堅硬，又和月光一樣柔和。像陽光般溫暖，也像星辰中的風霜般冰冷。如同雪山般驕傲而遙遠，也和春天時頭髮上插了雛菊的小姑娘一樣快樂。但這都是胡言亂語啦，我想太多了。」

——

11　譯注：Elder People，精靈的別稱。

「那她肯定很美。」法拉米爾說，「危險的美。」

「『危險』我倒不曉得。」山姆說，「我覺得，人們會把自己的危險帶進羅瑞安，並在那裡碰上自己隨身帶來的危機。但或許你可以說她危險吧，因為她非常強大。你，你可能會因撞上她而粉身碎骨，就像觸礁的船。或是害自己淹死，像掉到河裡的哈比人。但這都不是岩石或河流的錯。而波羅……」他停了下來，滿臉變得通紅。

「然後呢？你想說『而波羅米爾』？」法拉米爾說，「你要說什麼？他帶來了自己的危機嗎？」

「是的，先生，不好意思，你哥哥也是個好人。但你也嗅到蛛絲馬跡了。從裂谷一路以來，我都觀察著波羅米爾，也仔細聽他說的話——這是為了看顧我主人，希望你明白這點，我沒打算傷害波羅米爾。我覺得，他在羅瑞安首度清楚明白我後來猜到的事：他明白自己想要的是什麼了。從第一眼看到它開始，他就想要魔王的魔戒！」

「山姆！」佛羅多驚愕地大喊。他才剛沉思片刻，但回神得太遲了。

「救救我呀！」山姆說，他的臉色頓時變白，隨即又變得通紅。「我又搞砸了！老爹常對我說：『只要你張開大嘴巴，就把腳塞進去。』說的真對。天啊，天啊。」

「聽好，先生！」他轉過身，盡量鼓起勇氣面對法拉米爾。「別因為僕人傻得可憐，就占我主人的便宜！你說了很多動聽的話，還講到精靈什麼的，害我放下戒心。但俗話說：『舉止良善才是真漢子。』現在就是證明你品行的時機了。」

「似乎沒錯。」法拉米爾緩慢輕柔地說，臉上露出一抹古怪的笑容。「所以這就是一切謎題的答案！人們以為早已從世上消失的至尊魔戒。波羅米爾想搶走它？你們還逃跑了？而且一路跑到了我手上？我在荒野中掌握了你們，兩個半身人，還有一群聽我號令的手下，以及眾戒之首。這可不是命運的眷顧嗎！恰好是讓剛鐸將軍法拉米爾證明品行的好機會！哈！」他站起身，看來高大又嚴厲，灰色眼珠放出精光。

佛羅多和山姆從他們的凳子上跳了起來，兩人緊靠著彼此與岩壁，忙亂地摸索自己的劍柄。周圍一片死寂。洞裡的所有人都停止說話，好奇地望向他們。但法拉米爾又往椅子坐下，平靜地笑了起來，隨即又忽然變得嚴肅。

「可憐的波羅米爾！這項試煉太艱困了。」他說，「你們兩位來自遠方的奇特旅行者，居然使我感到悲從中來；你們背負了人類的危機！但比起我對半身人的看法，你們對人類判斷得並不準確。我們剛鐸人言出必行，我們鮮少自誇，只會履行諾言，或在過程中犧牲自己。我說過：『就算這東西掉在路邊，我也不願收下它。』即便我是想要這東西的人，而就算當我先前開口時，並不曉得它的底細，我也會把這句話視為承諾，並好好遵守它。

「但我並不是這種人。或者該說，我清楚凡人該遠離世上某些危機。安心坐下吧！如果你似乎犯錯，就認為這是天意吧。你的內心精明又忠誠，看得也比肉眼更清晰。儘管這似乎很怪，但對我說出這件事，其實非常安全。這甚至會幫上你敬愛的主人。如果我有能力幫忙的話，甚至還能輔佐他。安心點吧。但別再大聲說出這東西的名號。一次就夠了。」

哈比人們回到位子上，並安靜無比地坐著。發現將軍只是對小客人們開了某種玩笑後，人們就轉身回去喝酒聊天，一切恢復平靜。

「好了，佛羅多，我們終於理解彼此了。」法拉米爾說，「如果你在別人的要求下不情願地保管這東西，那我就同情你，也尊敬你。我也對你大感驚奇，居然能藏起而不使用它。對我而言，你們是全新的人民與世界。你們的族人都像這樣嗎？你們的國度肯定平靜又安詳，園丁也備受尊敬。」

「那裡的情況沒那麼好。」佛羅多說，「但園丁的確受人尊敬。」

「但就算在花園中，人們肯定還是會感到疲倦，如同太陽底下的萬物。你們遠離家鄉，還在異地迷途。今晚就此為止。你們倆睡吧，盡量安睡。別怕！我不想看到或碰到它，或是得知更多事（今天的分已經夠了），以免我身陷危機，並在考驗中輸給卓哥之子佛羅多。去休息吧——但如果你願意，就先把你的去向和計畫告訴我。我得好好觀察並等待，也得思考。時間已不斷逝去。到了早上，我們就得迅速踏上命定路途。」

當首波恐懼消散後，佛羅多就顫抖起來。倦意如同烏雲般籠罩住他。他無法再抗拒了。

「我得找路進入魔多。」他虛弱地說，「我要去哥葛洛斯。我必須找到火山，把那東西拋進末日深淵，甘道夫是這樣說的。我不覺得我能抵達那裡。」

法拉米爾震驚地看了他半晌。他隨即在對方搖晃時扶住佛羅多，再輕輕抱起他，把他送到床上躺好，並為他蓋上溫暖的被單。他立刻陷入沉睡。

他身邊有另一張為僕人準備的床。山姆猶豫片刻，接著深深鞠躬。「晚安，將軍大人。」他說，「你把握了機會，先生。」

「我有嗎？」法拉米爾說。

「對，先生，也展現了品行：你是高尚的人。」

法拉米爾露出微笑。「你真是俏皮的僕人，山姆懷斯大爺。不，能受到優秀人士的讚美，比任何獎勵更美好。但沒什麼好稱讚的。我一點都不想作出別的決定。」

「哎呀，先生。」山姆說，「你說我主人身上有精靈的氣息，說得沒錯。但我也得說，你也有種氣息，先生，這讓我想到，想到——這個嘛，想到甘道夫，還有巫師。」

「也許吧。」法拉米爾說，「或許你察覺到遙遠的努曼諾爾氣息了。晚安！」

第六章——

# 禁忌之池

佛羅多醒來時，就發現法拉米爾俯身看著自己。在那一瞬間，先前的恐懼襲上他心頭，他也立刻坐起身並畏縮起來。

「沒什麼好怕的。」法拉米爾說。

「已經早上了嗎？」佛羅多打著呵欠說。

「還沒，但夜晚即將結束，滿月也將西沉。你要來看看月亮嗎？有件事我需要你的意見。很抱歉打擾你的睡眠，但你願意來嗎？」

「好。」佛羅多說，一邊起身並在離開毯子和皮草時打了哆嗦。沒有生火的洞穴十分冰冷。水聲在寂靜中顯得格外響亮。他披上斗篷，跟上法拉米爾。

忽然因某種警覺而驚醒的山姆，一看到他主人空蕩蕩的床鋪，就立刻跳起身。他隨即察覺站在拱門前的兩個人影，分別是佛羅多和一名男子，門口瀰漫著蒼白光芒。他快步追上他們，經過好幾排睡在牆邊床墊上的人。當他走過時，就發現水幕現在成了如同絲綢、珍珠與銀絲構成的眩目薄紗，也像是月光形成的溶化冰柱。但他沒有停下來欣賞，並轉身跟著主人穿過洞穴岩壁上的狹窄門口。

他們先沿著漆黑的通道走，再踏上諸多潮溼的臺階，來到在岩石中鑿出的小型平臺，天空中的蒼白光芒透過深邃的井道從上方照亮此處。有兩列階梯從此處延伸出去：一道似乎往上伸向高處河畔，另一道則往左轉。他們沿著這條臺階走。它如同塔樓的樓梯般蜿蜒向上伸。

他們最後走出漆黑的岩洞，並四處張望。他們站在沒有裝設欄杆或護牆的寬闊岩石平面上。激流從他們右側東方往下墜落，向諸多岩臺灑落，水流順著陡坡往下流，泛著白沫的漆黑河水填滿了光滑的水道，幾乎就在他們腳邊翻騰，再從他們左側的山崖邊落下。有個人站在靠近邊緣的位置，沉默地往下看。

佛羅多轉身觀看平順的水流左右拐彎。接著他抬起目光，往遠處看去。世界沉默而冰冷，彷彿黎明將近。西方遠處的滿月逐漸下沉，月亮又圓又白。蒼白的霧氣在底下的雄偉谷地：它宛如寬闊的銀色海灣，安都因河冰涼的河水在夜間流動。有個漆黑輪廓在遠方隆起，上頭四處閃爍著冷冽微光，如同幽魂之牙般白淨：那是伊瑞德尼姆拉斯的高峰，也就是剛鐸國境內的白色山脈，頂端堆滿了永恆的白雪。

佛羅多在岩石高處上站了半晌，全身顫抖起來，心裡思忖：他的昔日同伴們究竟在夜間寬廣大地的何處行走或睡覺，或是已在霧氣中死去？為何要把他從睡夢中帶來這裡？

山姆也想知道這問題的答案，也不自禁地咕噥起來，以為只有他主人會聽到：「這裡的景色肯定不錯，佛羅多先生，但我冷到骨子裡了！發生了什麼事？」

法拉米爾聽到後便回答：「月落剛鐸。美麗的伊希爾[1]離開中土世界，臨走前望向老敏多陸因山的蒼蒼白髮。美景值得顫抖。但那並不是我帶你來看的東西——至於你，山姆懷斯，我沒有帶你過來，過來為你的謹慎付出代價吧。罰一杯酒就行了。來，看看吧！」

他走到漆黑邊緣的沉默哨兵旁，佛羅多也跟著他。山姆留在後頭。光是站在溼漉漉的高聳岩臺，就已經使他感到夠不安全了。法拉米爾和佛羅多往下一看。他們在腳下遠處看到白色流水湧進滿溢水沫的大坑，並在岩石間的深邃橢圓形水池中流動，直到河水流出狹窄的關口，再隨著潺潺水聲流到更平靜和平坦的地區。月光依舊斜照瀑布底部，在水池的漣漪上閃爍。佛羅多隨即察覺在較近的岸邊有個黑色小物體，但當他專注地看它時，它就潛入水中，消失在瀑布洶湧的水波中，如同箭矢或銳利石塊般切過漆黑的水面。

法拉米爾轉向身邊的男人。「你覺得那是什麼，安彭？是松鼠，還是翠鳥？幽暗密林夜晚中的水池邊有黑翠鳥嗎？」

「無論這是什麼東西，都不是鳥。」安彭回答，「它有四肢，還用人類的方式潛水；游泳技巧也很純熟。它想做什麼？想找路穿過水幕到我們的藏身處嗎？似乎終於有人找到我們了。我已經備好弓箭，也在兩側河岸安排了其他幾乎和我一樣百發百中的弓箭手。我們靜候你下令，將軍。」

「我們該射嗎？」法拉米爾說，邊迅速轉向佛羅多。

佛羅多有陣子沒有回答。接著他說：「不！我請你別射箭。」如果山姆敢，就會更快更大聲地說：「該射！」他看不見東西，但從他們的對話中，他已經猜到他們在看什麼了。

「那你知道這東西是什麼了？」法拉米爾說，「好了，既然你看過了，就告訴我為何該饒過他。在我們的對話中，你從來沒提到你的流浪同伴，我也暫時沒有處理他。他可以等自己遭到捕捉，並被送到我面前。我派了手下最精良的獵人去找他，但他躲過了他們，他們也一直到現在才發現他，只有安彭在昨天黃昏時看過他一次。但現在他犯下了比在高地獵兔子更嚴重的罪行：他居然敢跑來漢納斯安農，因此得賠上小命。我對這隻生物感到訝異，他這麼謹慎又狡猾，還跑來我們窗口前的水池玩耍。他以為人類整晚都不會派人看守嗎？他為什麼要這樣做？」

「我想，有兩種答案。」佛羅多說，「首先，他不太了解人類，儘管他生性狡猾，但你們的避難所太隱密了，或許他不曉得有人類躲在這裡。再來，我想有股強烈慾望吸引了他，遠遠蓋過了他的謹慎。」

「你是說，他被引誘來此？」法拉米爾低聲說道，「那他知道你的重擔嗎？」

——

1 譯注：Ithil，在辛達林語中意指「月亮」，米那斯伊希爾（意指「昇月之塔」）便採用此義。

「確實沒錯。他自己持有過它許多年。」

「他持有它？」法拉米爾說，驚訝地倒抽了一口涼氣。「這件事總是會產生新謎團。那他在追蹤它囉？」

「也許吧。這對他而言很寶貴。但我指的不是這點。」

「那這生物要找什麼？」

「魚。」佛羅多說，「快看！」

他們往下望向漆黑的水池。有顆黑色小腦袋出現在池子另一頭，剛好從岩石間的黑影中探出。底下短暫閃出銀光，也浮現細小漣漪。它游到岸邊，而那青蛙般的形體則以驚人的敏捷動作爬出水面，再躍上岸。它立刻坐下，在轉身時開始啃咬閃爍的銀色小物體，最後一絲月光落在水池盡頭的岩壁後頭。

法拉米爾輕聲笑了起來。「魚！」他說，「這種飢餓比較不危險。或許不然，漢納斯安農水池的魚可能會使他失去一切。」

「箭尖已瞄準他了。」安彭說，「我不該射嗎，將軍？我們的法律規定，在未經許可的狀況下來此，就只有死路一條。」

「等等，安彭。」法拉米爾說，「這件事比表面看來還複雜。你怎麼說，佛羅多？我們為什麼該饒過他？」

「這生物疲勞又飢餓，」佛羅多說，「也不曉得他身陷危機。而甘道夫，也就是你口中的米斯蘭迪爾，也會因此和其他原因要求你別殺他。他禁止精靈這麼做。我不曉得原因為何，也不能在此公開講出我的猜測。但這生物以某種方式和我的任務有關。直到你發現並帶走我們前，他曾是我的嚮導。」

「你的嚮導！」法拉米爾說，「這件事越來越奇怪了。我願意幫你很多忙，佛羅多，但我無法答應這件事：無論是讓這個狡猾的流浪生物從這裡自由離開，順他的意在之後加入你；或是讓他遭到歐克獸人擄走，並在痛苦的要脅下供出他所知的一切。我們得殺死或抓住他。如果無法迅速逮到他，就只能殺他了。但除了使用箭矢，又該怎麼抓到這個千變萬化的狡猾傢伙呢？」

「讓我悄悄下去找他。」佛羅多說，「你們可以繼續彎弓，如果我失敗的話，至少可以射我。我不會逃跑。」

「那趕快去吧！」法拉米爾說，「如果他活下來，在接下來的倒楣生活中就得擔任你忠實的僕人。帶佛羅多去河畔，安彭，走路留神點。這東西有鼻子和耳朵。把你的弓給我。」

安彭咕噥一聲，並帶路走下蜿蜒的臺階，抵達下方平臺，接著走上另一道臺階，直到他們終於抵達長滿茂密灌木叢的狹窄開口。佛羅多沉默地跨越開口，發現自己處在水池頂端的南岸上。天色變得漆黑，瀑布也顯得灰暗，只反映出西方天空中的殘餘月光。他看不見咕嚕。他往前走了一小段路，安彭輕輕走到他後頭。

「去吧！」他在佛羅多耳邊用氣音說道。「小心你的右邊。如果你掉進池塘，就只剩你的釣魚朋友能救你了。別忘了，儘管你看不見，但附近還有弓箭手待命。」

佛羅多緩緩走向前，像咕嚕一樣用雙手摸索前方，並穩住自己的身子。大多岩石摸起來平坦光滑，但十分滑溜。他停下腳步仔細傾聽。剛開始除了從不停歇的瀑布聲外，他什麼都聽不見。接著他隨即聽到，前方不遠處傳來了低沉的嘶嘶聲。

「魚，好吃的魚。白臉消失了，我的寶貝，終於消失了，沒錯。我們可以平靜地吃魚了。不，沒辦法平靜，寶貝。因為寶貝不見了，對，不見了。骯髒的哈比人，可惡的哈比人。拋下我們了，咕嚕，寶貝也走了。只剩下可憐的史麥戈。不，寶貝。骯髒的人，他們會搶走它，偷走我的寶貝。小偷。我討厭他們。魚，好魚。讓我們變得強壯。讓眼睛變亮，手指捏得更緊，對。掐死他們，寶貝。如果我們有機會。對，就掐死他們所有人。好吃的魚。好吃的魚！」

咕噥聲繼續響起，幾乎和瀑布一樣毫不止息，只有偶然浮現的流口水聲或呼嚕聲會打斷它。佛羅多打起冷顫，同情又作嘔地傾聽。他希望這股聲音能停下來，自己也不需要再聽了。安彭待在後頭不遠處。他可以偷偷回去，要對方讓獵人們射箭。趁咕嚕正在大吃、放下戒心時，他們或許能靠得夠近。只要命中一箭，佛羅多就永遠不需要再聽到那討厭的聲音了。但不行，他現在對咕嚕有責任了。主人得照料僕人，儘管是迫於恐懼也一樣。要不是咕嚕，他們就會陷進死亡沼澤了。不知怎的，佛羅多也清楚甘道夫不會希望這種事發生。

「史麥戈！」他輕聲說道。

「魚，好吃的魚。」聲音說。

「史麥戈！」他稍微提高音量說。聲音停了下來。

「史麥戈，主人來找你了。主人在這。來吧，史麥戈！」對方沒有回應，只發出輕柔的嘶嘶聲，彷彿正在吸氣。

「來吧，史麥戈！」佛羅多說，「我們有危險。如果人類發現你的話，就會把你殺了。如果你不想死，就快過來。來主人這！」

「不！」聲音說，「主人不好。拋下可憐的史麥戈，還和新朋友走了。主人可以等。史麥戈還沒吃完。」

「沒時間了。」佛羅多說，「帶魚一起來。快來！」

「不！得吃完魚。」

「史麥戈！」佛羅多焦急地說，「寶貝會生氣的。我會拿出寶貝，還會說：讓他吞下骨頭並噎死。永遠吃不到魚了。來吧，寶貝在等！」

對方傳來尖銳的嘶嘶聲。咕嚕隨即從黑暗中爬出，如同被喚來的犯錯小狗。他嘴裡有條吃了一半的魚，手裡還拿著另一條魚。他蒼白的雙眼閃閃發光。接著他取出嘴裡的魚，並站起來。

「好主人！」他悄聲說道，「好哈比人，回來找可憐的史麥戈了。乖史麥戈過來了。走吧，趕快走，沒錯。趁兩張臉都還很黑，趕快穿越樹林。對，來吧，快走！」

「對，我們很快就走。」佛羅多說，「但不是立刻走。我會照諾言和你走。我再承諾一次。但不是現在。你還不安全。我會救你，但你得信任我。」

「我們得信任主人？」咕嚕狐疑地說，「為什麼？為什麼不立刻走？另一個粗魯的哈比人呢？他在哪？」

「在上面。」佛羅多說，邊指向瀑布。「沒有他，我就不走。我們得回去找他。」他的心頭一沉。這感覺起來太像騙局了。他不擔心法拉米爾會讓咕嚕被殺，但他可能會囚禁並束縛咕嚕；而佛羅多的行為，對這圖謀不軌的可憐生物而言，肯定會像是背叛。可能永遠無法讓他理解或相信，佛羅多其實用唯一的辦法救了他的性命。他又能怎麼做？只能盡量滿足對雙方所作的承諾。「來吧！」他說，「不然寶貝就會生氣了。我們要回到上頭，到溪水上游去。走吧，走吧，你走前面！」

咕嚕沿著邊緣爬行了一陣子，邊狐疑地嗅聞。他立刻止步並抬頭。「有東西在那！」他說，「不是哈比人。」他忽然轉身。圓凸的雙眼中閃動綠光。「主人，主人！」他嘶嘶叫道，「壞人！騙子！撒謊！」他吐痰並伸出長有慘白手指的長臂。

說時遲那時快，安彭高大而漆黑的身影出現在他身後，並撲向他。一隻強壯的大手捉住他的頸背，把他扣住。全身溼漉又黏滑的他迅速轉身，如同鰻魚般扭動，一面如貓般又咬又抓。但陰影中又出現了兩個人。

「別動！」一人說，「不然我們就會把你變得像插滿箭的刺蝟。別動！」咕嚕癱軟下來，開始嗚咽啜泣。他們綁住他，動作不太溫柔。

「輕點，輕點！」佛羅多說，「他的力氣比不上你們。可以的話，別弄痛他。如果你們不弄痛他，他就會安靜一點。史麥戈！他們不會傷害你。我會跟你一起走，你也不會受到傷害。除非他們也殺了我。相信主人！」

咕嚕轉身對他吐痰。人們抓起他，用布袋蒙住他的眼睛，再把他扛走。

佛羅多跟著他們，內心感到非常混亂。他們穿過灌木後，就回到臺階與通道中，進入洞穴。裡頭亮起了兩三根火把。人們來來去去。山姆待在裡面，對人們扛的癱軟包裹投以奇怪的眼神。「抓到他了嗎？」他對佛羅多說。

「對。哎，不，我沒有抓到他。他主動來到我身邊，因為他剛開始信任我。我不想讓他被綁成這樣。我希望一切都沒事，但我討厭這整件事。」

「我也是。」山姆說，「無論這傢伙在哪，都準沒好事。」

有個人過來對哈比人們招手，把他們帶到洞穴後頭的凹室中。法拉米爾坐在椅子上，他頭頂壁龕的油燈也重新點燃了。他向他們示意，要他們坐在他身旁的凳子上。「為客人們上酒。」他說，「再把囚犯帶來見我。」

人們送來葡萄酒，安彭則扛著咕嚕進來。他取下咕嚕頭頂的布，讓對方站起身，並站在咕嚕後頭穩住他。咕嚕眨了眨眼，用沉重的蒼白眼瞼遮蔽眼中的惡意。他看起來像個淒慘落魄的生物，身上滴著水，渾身瀰漫魚腥味（他手裡還抓了條魚）。他稀疏的頭髮如同醜陋水草般貼在骨瘦嶙峋的額頭上，鼻子則抽抽噎噎。

「放開我們！放開我們！」他說，「繩子讓我們好痛，是真的，它讓我們好痛，我們什麼也沒做。」

「什麼也沒做？」法拉米爾說，邊用銳利目光盯著這可悲的生物，但臉上沒有任何一絲憤怒、憐憫或好奇。「什麼也沒做？你沒做過任何理應遭到綑綁或更糟處分的事嗎？不過，幸好要做決定的人並不是我。但今晚你來到了會送命的地方。拿走這座水池裡的魚，就得付出沉重代價。」

咕嚕丟下手中的魚。「不要魚了。」他說。

「代價並不在魚身上。」法拉米爾說，「光是來這裡看一眼水池，就會遭到處死了。由於佛羅多的懇求，我到目前還沒有殺你，他說自己至少得對你抱持一點謝意。但你也得讓我滿意才行。你叫什麼名字？你是從哪來的？你要去哪？你想做什麼？」

「我們迷路了，迷路了。」咕嚕說，「沒有名字，沒有想做的，沒有寶貝，什麼都沒有。只有空蕩蕩。只有飢餓。對，我們很餓。可憐蟲只抓了幾條小魚，瘦巴巴的臭小魚，他們就說得死。他們真睿智，真公正，真的很公正。」

「說不上睿智。」法拉米爾說，「但沒錯，或許照我們微薄的智慧看來，的確很公正。解開他的束縛，佛羅多！」法拉米爾從他的腰帶上取下一把小刀，把它遞給佛羅多。咕嚕誤會了這行為，因此發出哀鳴並畏縮起來。

「好了，史麥戈！」佛羅多說，「你得信任我。我不會拋棄你。盡可能老實回答。這對你有好處。」他割斷咕嚕手腕和腳踝上的繩索，把他扶了起來。

「過來！」法拉米爾說，「看我！你知道這個地方的名稱嗎？你之前來過這裡嗎？」

咕嚕緩緩抬起雙眼，不情願地注視法拉米爾的眼睛。他的眼珠喪失精光，蒼白無神地盯著剛鐸人毫不動搖的澄澈眼珠。周圍沉默無聲。接著咕嚕低下頭並縮起身子，直到他蹲踞在地上顫抖。「我們不知道，也不想知道。」他嗚咽地說道，「從沒來過這裡，絕對不來了。」

「你心中有上鎖的門窗，後頭潛藏著漆黑的空間。」法拉米爾說，「但我認為你這次說了實話。你做得很好。你要如何宣誓不會回來，也不透過話語或記號帶任何生物來此？」

「主人知道。」咕嚕說，邊瞄了佛羅多一眼。「對，他知道。如果主人救我們，我們就會答應他。我們會向它保證，對。」他爬到佛羅多腳邊。「救救我們，好主人！」他哀求道，「史麥戈向寶貝保證，忠心地保證。永遠不來了，永遠不說，永遠不會！不會，寶貝，不會！」

「你滿意了嗎？」法拉米爾說。

「對。」佛羅多說，「至少，你得接受這個承諾，或執行你的法律。沒有其他結果了。但我保證過，如果他來找我，就不會受到傷害。我不願意破壞自己的諾言。」

法拉米爾坐著沉思了半晌。「很好。」他最後說道，「我將你交給你主人卓哥之子佛羅多。讓他宣布他該如何處置你吧！」

「但是，法拉米爾大人，」佛羅多鞠了躬說道，「你還沒有宣布你該如何處置這位佛羅多，直到你作出決定前，他無法為自己或他同伴安排計畫。直到早晨前，你都還沒作出判斷，但現在已經是時候了。」

「那我就宣布我的決定。」法拉米爾說，「至於你，佛羅多，透過上級賦予我的權力，我宣布你在剛鐸國境內能自由行動，遠至它的古老國境。但你和任何與你同行的人，都不准在沒得到允許的狀況下來到此處。這項決定將維持一年又一天，便就此終止，除非你在期限內來到米那斯提力斯，晉見都城領主與宰相。我便會懇請他確認我的決定，並使效力維持終生。在此同時，受到你保護的對象，都同樣受到我與剛鐸的保護。你接受嗎？」

佛羅多深深一鞠躬。「我接受。」他說，「我也任你差遣，希望我能幫上如此高貴的人物。」

「你確實提供了莫大幫助。」法拉米爾說，「好了，你願意為這個生物史麥戈提供庇護嗎？」

「我願意為史麥戈提供庇護。」佛羅多說。山姆長嘆了一口氣，並不是因為這種禮數，因為任何哈比人都會讚許這點。在夏郡，這種事的確需要說更多話和鞠躬更多次才會成功。

「那我就告訴你，」法拉米爾轉向咕嚕說，「你犯下了死罪，但當你與佛羅多同行時，我們就不會處分你。但如果有剛鐸人民發現你在少了他的狀況下遊蕩，死罪就會立刻生效。如果你不好好服侍他，無論在剛鐸內外，都願死亡迅速來到你身邊。現在回答我：你要去哪？他說，你是他的嚮導。你要帶他去哪？」咕嚕沒有回答。

「這件事不准保密。」法拉米爾說，「回答我，不然我就收回判決！」咕嚕仍然沒有回答。

「我為他回答。」佛羅多說，「他照我的要求，帶我抵達黑門。但那裡無法通行。」

「無名之地[2]沒有敞開的大門。」法拉米爾說。

「有鑑於此，我們轉向並走上南方的道路。」佛羅多繼續說，「因為他說在靠近米那斯伊希爾的位置，可能有條通道。」

「米那斯魔窟。」法拉米爾說。

「我不太清楚。」佛羅多說。「但我想，那條路會往上伸入那座古老城市所在谷地的北側山區。它會攀升到高處的隘口，再往下伸向——另一端的地區。」

「你知道那座高處隘口的名稱嗎？」法拉米爾說。

「不。」佛羅多說。

「它叫基力斯昂戈。」咕嚕發出尖銳的嘶嘶聲，並咕噥起來。「那不是它的名字嗎？」法拉米爾轉向他。

「不！」咕嚕說，接著又發出哀鳴，彷彿有東西刺中他。「對，對，我們聽過那名字一次。那名字跟我們有什麼關係？主人說他得進去。所以我們必須嘗試某些路。沒有別條路可試了，沒有。」

「沒有別條路？」法拉米爾說，「你怎麼知道？有誰探索過那座黑暗國度的疆域？」他若有所思地看了咕嚕很久。他再度開口，「把這生物帶走，安彭。對他好一點，但好好看守他。史麥戈，別想跳進瀑布。裡頭的銳利岩石會害你送命。離開我們，把你的魚帶走！」

安彭走了出去，咕嚕則畏縮地走在他面前。凹室前的簾幕再度拉上。

——

2 譯注：Nameless Land，指魔多。

「佛羅多，我覺得此舉很不明智。」法拉米爾說，「我覺得你不該和這個生物同行。它很邪惡。」

「不，不完全邪惡。」佛羅多說。

「或許不是全心邪惡吧。」法拉米爾說，「但惡意如同病魔般啃噬他，他心中的邪惡也持續增長。他不會讓你有好下場的。如果你願意和他分開，我就會庇護他，並指引他到剛鐸邊境上他想去的任何地點。」

「他不會願意的。」佛羅多說。「他會和往常一樣繼續跟著我。我也答應他許多次過，會保護他並跟隨他的引導。你不會要我破壞對他的承諾吧？」

「不會。」法拉米爾說。「但我內心希望如此。建議別人破壞諾言，似乎比自己毀約簡單，特別是在看到朋友不智地走向災難時。但不行——如果他願意和你走，你就得忍受他了。但我不認為你該去基力斯昂戈，他沒有把該處的祕密全部告訴你。我在他心中明確察覺到這點。別去基力斯昂戈！」

「那我該去哪？」佛羅多說，「回到黑門，向守衛自首嗎？你對這個地方究竟知道些什麼，讓它的名稱顯得這麼駭人？」

「沒有任何肯定的消息。」法拉米爾說，「我們剛鐸人近來已不再沿著道路往東走，較年輕的人也不這樣做，我們之中沒人會登上黯影山脈。我們只能從古老資料與昔日的傳言，得到關於這些山區的理解。但有某種恐怖魔物住在米那斯魔窟頂端的隘口中。只要有人提到基力斯昂戈，耆老和學者就會臉色發白，並陷入沉默。

米那斯魔窟之谷在很久以前就淪陷到魔掌中，而當遭到驅逐的魔王還住在遠方時，它就已是可怕威脅了，當時伊西力安大部分地區還在我們的掌管中。你知道，那座城市曾是個固若金湯的要塞，也就是驕傲而瑰麗的米那斯伊希爾，我們城市的姊妹城。但魔王手下最初的爪牙襲擊了該城，當他敗亡時，這些無處可歸的爪牙，就群龍無首地四處流浪。據說他們的首領們，是墜入邪道的努曼諾爾人[3]。魔王賜給他們力量之戒，並吞噬了他們；他們成為活生生的鬼魂，充滿恐怖的邪惡力量。在他離開後，它們便占據米那斯伊希爾，並居住在當地，讓城市與周遭山谷陷入腐敗。它看似空無一人，但並非如此，因為毀損的城牆中飄蕩著無形恐懼。那裡有九名王族，它們祕密輔助魔王，並為他作好準備，當它們的魔主回歸後，它們就再度變得強大。九騎士隨後從恐懼之門中出動，我們也無法阻擋它們。別靠近它們的堡壘。它們會發現你的。那是個充滿不眠惡意與赤裸邪眼的地方。別走那條路！」

「但你要我往哪走呢？」佛羅多說，「你說，你無法親自指引我進入山區，也無法帶我越過它們。但會議把任務託付給我，使我必須跨越山區，得找到出路，或在路上犧牲。

3　譯注：《精靈寶鑽》中的〈阿卡拉貝斯：努曼諾爾淪亡史〉（Akallabêth: The Downfall of Númenor）提到，有三名戒靈是努曼諾爾的王族。《未完成的故事》中描述了名為卡穆爾（Khamûl）的戒靈，它的名字意指「東方暗影」，似乎象徵了它身為人類時的東方背景。它對至尊魔戒的感應立僅次於巫王，也曾駐守在多爾哥多，但它也是最容易受到陽光干擾與削弱的戒靈。卡穆爾曾在哈比屯與甘吉老爹交談，並一路追蹤佛羅多一行人到雄鹿堡渡口。

如果我掉頭回去，拒絕面對盡頭悲慘的道路，那我又該如何躋身於精靈與人類之間？你要我帶這個東西到剛鐸嗎？這個讓你哥哥因慾望而瘋狂的東西？它會在米那斯提力斯掀起什麼風波？難道該有兩座米那斯魔窟，在四處腐爛的不毛之地兩端對彼此微笑嗎？」

「我不願如此。」法拉米爾說。

「那你要我怎麼做？」

「我不曉得。但我不想讓你送死或遭受凌虐。我也不認為米斯蘭迪爾會選這條路。」

「但既然他不在了，我就得走自己找到的路。現在也無法花時間找路了。」佛羅多說。

「命運艱難，任務也毫無希望。」法拉米爾說，「但至少記好我的警告：小心這個嚮導史麥戈。他之前殺過人。我看得出來。」他嘆了口氣。

「好吧，我們就此相遇與別離，卓哥之子佛羅多。溫柔的話語對你派不上用場：我不認為會在白日下與你重逢。但當你上路時，我就祝福你與你所有族人。在我們為你準備食物時，休息一下吧。

「我很想知道這個鬼鬼祟祟的史麥戈，是怎麼得到我們口中的這東西，又是如何失去它的，但我現在不打擾你了。如果你出乎意料地回到凡人世界，我們也坐在太陽下的牆邊講述老故事，一面談笑風生的話，你再告訴我吧。直到那時，或是努曼諾爾的遠望晶石所無法顯示的遙遠時刻到來前，再會了！」

他起身對佛羅多深深鞠躬，再拉開簾幕，走進洞穴中。

# 第七章——前往十字路口

佛羅多和山姆回到床上，沉默地躺在上頭稍作休息，人們則忙著展開一天的工作。過了一陣子後，人們送了水給他們，接著帶他們到桌邊，上頭擺了為三人準備的食物。法拉米爾和他們一起吃早餐。自從前天的戰鬥以來，他就沒有睡覺，但他看起來並不疲勞。

當他們吃完時，就站起身。「你們的存糧不多，但我已經要人在你們的行囊中放入適合旅行者的少量食物。當你們在伊西力安行走時，就不會缺乏水源，但別喝任何從活死谷伊姆拉德魔窟中流出的河水。我還得告訴你們一件事。我的偵查兵和監視者都回來了，有些人甚至還偷偷去過魔拉儂附近。他們都提到一件怪事，大地空無一物，路上什麼也沒有，也聽不見腳步聲、號角聲或弓弦聲。有股沉默籠罩了無名之地，彷彿在等待某種事發生。我不曉得這有什麼意義。但重大終局即將到來。風暴即將來臨。趕快上路吧！如果你們準備好了，我們就走吧。太陽很快就會升到黑影上空了。」

人們送來哈比人的行囊（比先前重了點），還有兩根用光滑木料製成的堅硬手杖，底部裝有鐵製護頭，木雕頂端的洞口中繫有編織成的皮條。

「我沒有為分離時刻準備的恰當禮物。」法拉米爾說，「但收下這些手杖吧。它們或許能幫助在野外行走或登高的人。白色山脈的居民會使用它們，不過這些手杖都已被裁切到適合你們的高度，也剛裝上了新的鐵皮。它們用美麗的萊貝斯隆樹所製，這是深受剛鐸木匠喜愛的材料，擁有尋物與順利返鄉的效力。希望這能力不會在你們即將進入的邪影下完全失效！」

哈比人們深深鞠躬。「慷慨的東道主，」佛羅多說，「半精靈愛隆曾對我說，我會在途中尋得不經意的友誼。我確實從未料到會碰上你展現的友情。遇到這種情誼，大幅扭轉了劣勢。」

★　★　★

他們準備好離開。有人把咕嚕從某個角落或洞口帶了出來，他看起來開心了點，不過他總是緊跟著佛羅多，也避開法拉米爾的目光。

「你的嚮導得蒙上眼睛，」法拉米爾說，「但如果你願意，我就允許你和你僕人山姆懷斯不必蒙眼。」

當人們過來蒙住他的雙眼時，咕嚕哀鳴並畏縮起來，並緊抓佛羅多。佛羅多則說：「蒙上我們三人的眼睛，也先蓋住我的眼睛，或許他就會明白這不是惡意之舉了。」人們照做，並把他們帶到漢納斯安農洞穴外。當他們穿越通道與臺階時，就在周圍感受到涼爽的早晨空氣，嗅起來新鮮而甜美。他們依然盲目地往前走了一段時間，先往上坡走，接著再緩緩向下走。最後法拉米爾的聲音命令人們揭開他們眼前的布條。

他們再度站在森林樹梢下。周圍聽不到瀑布的噪音，因為有條南向長坡擋在他們與溪水流入的山溝之間。他們可以往西邊看到從樹林間透出的光芒，彷彿世界在此忽然出現了盡頭，形成只面對天空的懸崖邊緣。

「我們就在此別過。」法拉米爾說，「如果你接受我的建議，就先不會往東轉。直直往前走，這樣你們就能在接下來數哩路上受到林地掩護。你們西邊有道山崖，地勢由此向下形成巨形谷地，有時十分陡峭，有時則會出現長坡。靠近這道山崖和森林邊緣走。我想，在你們旅程的開頭中，你們或許能走在陽光下。大地處在虛假的平靜幻夢中，邪惡勢力則暫時撤退。再會了，趁機快走吧！」

他隨即照族人的風俗擁抱了哈比人們，並俯身將他的雙手擺在他們的肩膀上，再親吻他們的額頭。「帶著所有善良人民的祝福上路吧！」他說。

他們彎腰鞠躬。接著他頭也不回地轉身離開，回到站在一小段距離外的守衛旁。他們驚奇地看到這些綠衣人移動得如此迅速，幾乎在一眨眼間就頓時消失。法拉米爾先前身處的森林現在顯得空蕩冷清，彷彿夢境已經消失。

佛羅多嘆了口氣，並轉回南方。咕嚕彷彿要凸顯出對這一切不屑一顧，並摳抓著一棵樹底下的植被。「已經餓了？」山姆心想。「好吧，該出發了！」

「他們終於走了嗎？」咕嚕說，「噁心的壞人！史麥戈的脖子還會痛，真的。我們走吧！」

「對，我們走吧。」佛羅多說，「但如果你只會埋怨對你展現憐憫的人，就安靜點！」

「好主人！」咕嚕說，「史麥戈只是開玩笑。他老是會原諒，對，對，就連好主人的小花招都原諒。對，好主人，乖史麥戈！」

佛羅多和山姆沒有回答。他們扛起背包並拿起手杖，並走進伊西力安的樹林。

那天他們休息了兩次，也吃了些法拉米爾提供的食物：足以吃上好幾天的果乾和醃肉，以及數量足夠撐一陣子的新鮮麵包。咕嚕什麼也沒吃。

太陽升起，並在視野外越過頭頂，再逐漸下沉，穿過樹林的光線化為金色。他們總是走在清涼的翠綠陰影下，周圍則一片死寂，鳥兒似乎全都飛走或陷入沉默。

黑暗提早籠罩寂靜的樹林，而他們在入夜前疲勞地停下腳步，因為已從漢納斯安農走了七里格多的距離。佛羅多在一棵古樹下的植被上躺下，並立刻睡著。他身旁的山姆感到不太安穩。他甦醒了不少次，但周圍總是沒有咕嚕的蹤影，當兩人準備好休息時，他就立刻溜走。無論他是獨自睡在附近的某個地洞，還是不安地整晚遊走，他都沒說；但在第一道曙光出現時，他就回來並喚醒同伴。

「該起來了，對，他們該起來了！」他說，「還有很長的路得走，要往南和東走。哈比人得快點！」

那天和前一天沒有多少差異，不過周圍似乎顯得更為寂靜；空氣變得沉重，樹下的氣氛也開始令人喘不過氣。似乎有場雷雨正在醞釀。咕嚕經常停下腳步，嗅著空氣，再低聲咕噥，並催促他們加速前進。

到了他們當天路程的第三階段時，下午正逐漸結束，森林也變得開闊，樹木的體積長得更高大，位置也更加分散。樹幹寬闊的大冬青樹肅穆地聳立在寬廣的林地中，之間還有蒼老的梣樹，巨大的橡樹也才剛長出棕綠色的花苞。他們周圍有漫長的蔥鬱草地，上頭長了白色與藍色的白屈菜和銀蓮花，花瓣陰沉睡而閉合。地上也長滿林地風信子的葉片，它們光滑的鐘狀莖幹已經從植被中長出。附近看不到任何生物，連一隻野獸或飛鳥都沒有，但咕嚕在開闊地帶感到害怕，他們現在小心翼翼地前進，在長影之間快步行動。

當他們來到林間道路時，陽光已經減弱不少。他們坐在一棵盤根錯節的老橡樹下，如蛇般扭曲的樹根鑽進陡峭破碎的土坡。他們面前有座黯淡深谷。樹林在谷地遠處再度變得茂密，在陰暗的黃昏下凸顯出藍色與灰色色澤，並往南延伸。西方遙遠的剛鐸群山在右側火紅的天空下閃動光芒。左邊則一片漆黑：那是魔多的高聳山牆，長谷從那團黑暗中伸出，陡峭地變成漸漸變寬的溝壑，並伸向安都因河。谷地底部有條潺潺溪流。佛羅多能在寂靜中聽到它的水聲。溪水旁的坡壁有條道路如同蒼白緞帶般往下蜿蜒延伸，探入夕陽光芒無法穿透的冷冽灰霧。佛羅多覺得他似乎能看到陰暗頂峰，以及漆黑寂寥的古塔破損尖頂，彷彿漂浮在遙遠的陰暗海洋上。

他轉向咕嚕。「你知道我們在哪嗎？」他說。

「知道，主人。危險的地方。這是來自月之塔的道路，主人，一路延伸到大河河岸旁的城市遺跡。城市遺跡，對，很糟糕的地方，裡面都是敵人。我們不該接受人類的建議。哈比人們偏離道路很久了。現在得往東走，往上面那頭走。」他用纖瘦的手臂揮向漆黑的山脈。「我們也不能用這條路。噢不！慘忍的人會從月之塔走這條路過來。」

佛羅多往下望向道路。目前上頭毫無動靜。它看起來孤寂而冷清，往霧中的空蕩遺跡伸去。但空氣中有股邪惡的氛圍，彷彿有肉眼不可見的東西在陸上移動。當佛羅多再度注視消失在夜色中的遙遠山巔時，就打起冷顫，河水的聲音也顯得冰冷殘酷。那是魔窟都因河的聲響，也就是從死靈之谷[1]流出的汙穢溪流。

「我們該怎麼做？」他說，「我們已經走很遠了。我們該在後頭的樹林找地方藏起來休息嗎？」

「躲在黑暗裡不好。」咕嚕說，「哈比人們現在得在白天躲起來。對，在白天。」

「好了吧！」山姆說，「就算我們得在半夜再度出發，現在也得休息一下。如果你認得路的話，到時候有好幾小時的夜晚，夠讓你帶我們走上很長一段路了。」

咕嚕勉強同意，便轉身面對樹林，往東邊沿著樹林的雜亂邊緣走了一陣子。他不願在這麼靠近邪惡道路的地面休息，而在一陣爭辯後，他們全爬上一棵高大圓葉櫟的枝枒間，樹幹長出粗厚的樹枝，形成了不錯的藏身處，以及相對舒適的避難點。夜色已經落下，樹頂下也變得漆黑無比。佛羅多和山姆喝了點水，並吃了些麵包和果乾，但咕嚕立刻蜷縮身子入睡。哈比人們沒有合眼。

當咕嚕醒來時，肯定是午夜過後一陣子了。他們忽然發現他蒼白的眼珠正對他們閃閃發光。他傾聽並嗅聞了幾下，他們先前就注意到，這似乎是他感受夜晚時間的方式。

「我們休息夠了嗎？我們睡得甜嗎？」他說，「我們走吧！」

「我們沒有休息，也沒睡多甜。」山姆低吼道，「但有必要的話，我們就會出發。」

咕嚕立刻跳下樹枝，並四肢著地。哈比人們則更緩慢地跟上。

當他們爬下樹後，就再度跟著咕嚕往東邊走，踏上漆黑的斜坡。他們無法看到多少東西，因為深沉的夜色使他們在撞上樹枝前，都幾乎無法察覺障礙物的存在。地勢更趨破碎，也使行走變得更難，但咕嚕似乎毫不在意。他帶他們穿越樹叢與長滿荊棘的荒地，有時繞過深溝或坑洞邊緣，有時走下周圍長滿灌木的漆黑窪地，並再度走出來。但如果他們往下坡走了點路，遠方的山坡就會顯得更長更陡。接著他們緩緩爬升。當他們首度停下時，就回頭一看，便能模糊地看出拋在腦後的森林樹頂，如同宏大的濃密陰影般籠罩大地，在黑色天空下顯得比夜色更暗。東方似乎緩緩出現了一大片黑暗，吞沒了模糊的星光。之後西

1 譯注：Valley of the Wraiths，伊姆拉德魔窟的別稱。

沉的月亮逃出了雲層，但它周圍環繞著病態的黃色光暈。

最後咕嚕轉向哈比人。「白天快到了。」他說，「哈比人得快點。待在這一帶空曠處不安全。快點！」

他加快了腳步，他們則疲倦地跟上他。他們很快就爬上一座拱丘。上頭長滿了茂密的金雀花和黑果越橘，還有低矮堅韌的荊棘，不過四處都有近來起火燒出的空地。當他們靠近頂端時，金雀花叢就更常出現。它們古老而高大，底部剛硬而修長，但上頭十分濃密，也已經長出了在黑暗中微微反光的黃色花朵，也散發微弱的甘甜氣味。這些長滿尖刺的樹叢長得太高了，使哈比人們能挺直身子走在底下，穿過乾燥長徑上的深邃植被。

他們在這座寬厚丘壁遠端止步，並爬到一叢荊棘底下躲藏。它扭曲的樹枝伸到地面，上頭也長滿野薔薇。樹叢深處有個空間，由枯枝和刺藤支撐起來，頂端堆有春天的新葉與嫩芽。他們在那躺了一會，太過疲勞而吃不下東西，從隱密處的漏洞中窺探緩緩改變的天色。

但白日沒有到來，只出現深棕色的微光。東方低垂的雲層底下有股暗紅色光線：那並非黎明的紅光。伊費爾杜亞斯的群山越過顛簸的地勢瞪視他們，漆黑朦朧的山脈位在最濃厚的夜色下方，此處的夜晚沒有消失；火光下山脈尖銳的頂峰看來險峻又充滿威脅性。有座往西伸出的雄偉山肩聳立在他們右邊，在陰影中顯得黝黑無比。

「我們該走哪條路？」佛羅多問，「遠處那團黑暗外的，就是……魔窟谷的入口嗎？」

「我們現在該考量這件事嗎？」山姆說，「就算現在是白天，我們今天也不能再走了吧？」

「或許不行，或許不行。」咕嚕說，「但我們得趕快下去，到十字路口去。那條路就在那裡，對，主人。」

魔多上空的紅光逐漸淡去。當大片蒸氣從東方升起，並緩緩飄到他們頭頂時，微弱的光線就變得更暗。佛羅多和山姆吃了點食物後就躺下，但咕嚕感到不安。他不願吃他們的食物，但他喝了些水，接著爬到灌木下，邊嗅聞邊低聲咕噥。接著他忽然失去蹤影。

「我猜是去打獵吧。」山姆說，並打了呵欠。這次輪到他先睡，他也迅速陷入睡夢中。他以為自己回到了袋底洞的花園，在裡頭找某個東西，但他背了個沉重行囊，使他屈起身子。周圍似乎雜草叢生，荊棘與蕨類也蔓延到靠近下方樹籬的底部。

「我知道這是我該做的工作，但我好累喔。」他一直說。他隨即想起自己在找什麼。「我的菸斗！」他說，並隨即甦醒。

「傻瓜！」當他睜開眼睛，想知道自己為何躺在樹籬底下時，就自言自語道。「東西一直在你的背包裡呀！」接著他先想起，菸斗也許在他的背包裡，但他沒有菸草，而且自己還離袋底洞有數百哩的距離。他坐起身子。周圍幾乎要天黑了。他主人為何沒有去睡覺，還一路把風到傍晚呢？

「你沒睡嗎，佛羅多先生？」他說，「幾點了？好像很晚了！」

「不，還沒有。」佛羅多說，「但天色不斷變暗，並沒有變亮；一切都變得更加漆黑。就我看來，現在還不到中午，你也只睡了三小時左右。」

「我想知道發生了什麼事。」山姆說，「有風暴要來了嗎？如果有，那就會是前所未見的糟糕風暴。我們很快就會希望自己躲在深洞裡，而不是卡在樹籬下。」他豎耳傾聽。

「那是什麼聲音？是雷聲還是鼓聲，還是別的聲音？」

「我不知道。」佛羅多說，「它響了好一陣子。有時候地面似乎會震動，有時又似乎是沉重的空氣在耳朵中鼓盪。」

山姆觀望四周。「咕嚕在哪？」他說，「他還沒回來嗎？」

「還沒。」佛羅多說。「完全沒有他的跡象或聲音。」

「哎，我受不了他。」山姆說，「事實上，我從來沒在旅行中帶過丟掉也不覺得可惜的東西。但走了這麼長的路後，在我們最需要他的時候，就這樣溜走，還真是他的典型作風——不過，我不太覺得他真的會派上用場。」

「你忘了沼澤的事。」佛羅多說，「我希望他沒出事。」

「我希望他不要搞鬼。總之，我也希望他不要落入別人手中。如果他被抓到，我們很快就會有麻煩了。」

此時他們又聽到一股轟隆聲，現在變得更為響亮低沉。地面似乎在腳下顫動起來。「我想我們還是碰上麻煩了。」佛羅多說，「恐怕我們的旅程快要結束了。」

「也許吧，」山姆說，「但我老爹常說：『活著就有希望。』他也常補充說：『也需要吃的啦。』你吃點東西吧，佛羅多先生，然後再睡一下。」

下午繼續過去——山姆覺得當時應該是下午，他從隱蔽處往外看，也只能看到沒有陰影的黯淡世界，它正逐漸化為毫無色彩的朦朧黑暗。感覺起來十分沉悶，但並不溫暖。佛羅多睡得並不安穩，不時輾轉反側，有時還發出低語。山姆覺得自己聽到他說了甘道夫的名字兩次。時間似乎毫無止盡地不斷拉長。忽然間，山姆聽到身後傳來嘶嘶聲，以四肢爬行的咕嚕正用閃爍的雙眼看著牠們。

「醒來，醒來！醒來，貪睡蟲！」他悄聲說，「醒來！沒時間浪費了。我們得走，對，我們得立刻出發。沒時間浪費了！」

山姆狐疑地瞪著他，對方看起來似乎感到害怕或興奮。「現在出發？你想搞什麼花招？時間還沒到。現在連午茶時間都還沒到，至少在還有午茶時間的正常地方是這樣。」

「傻子！」咕嚕用嘶嘶氣音說道，「我們不在正常地方。時間快花光了，對，花得很快。沒時間浪費了。我們得走了。醒來，主人，醒來呀！」他抓向佛羅多，而驚醒的佛羅多忽然坐起身，抓住他的手臂。咕嚕抽回手臂並往後退。

「他們不能這麼傻。」他嘶嘶說道，「我們得走了。沒時間浪費！」他們無法逼他說出更多事。他不願說自己上了哪去，或是什麼讓他想這麼急。山姆滿腹狐疑，也毫不掩飾這點。但佛羅多沒有透漏心中的想法。他嘆了口氣，扛起背包，準備好走進逐漸凝聚的黑暗。

咕嚕小心翼翼地帶他們走下山坡，盡可能躲藏在掩護下，並幾乎屈身行動，快步衝過任何開闊空間。但光源現在非常黯淡，因此就連目光銳利的野獸，都很難看見頭戴兜帽、身穿灰色斗篷的哈比人，也聽不見這些嬌小種族謹慎走路時的聲音。他們完全沒觸發樹枝的折斷聲或葉片沙沙聲，並就此消失。

他們沉默地以縱隊方式走了大約一小時，黑暗與大地上的沉悶氛圍使他們倍感壓抑，只有不時響起的的微弱轟隆聲劃破了沉默，聽起來像是遠方的雷聲、或丘陵間谷地傳出的鼓聲。他們走出藏身處並往南轉，咕嚕則盡量走直路，讓他們跨越逐步往山區攀升的破碎長坡。在不遠處的前方，他們看到有道樹林如黑牆般豎起。當他們走近時，就發現這些樹木體積龐大，看起來非常古老，也仍然如高塔般聳立，不過它們的樹頂看來憔悴枯槁，彷彿風暴和閃電曾橫掃過此地，卻沒有殺死樹林，或動搖樹林深扎土中的根部。

「十字路口，對。」咕嚕悄聲說道，自從他們離開藏身處後，這就是他說的第一句話。「我們得往那走。」他往東轉，帶著他們走上斜坡。忽然間，南向道路出現在他們面前，在外圍山腳處蜿蜒前進，直到它穿進茂盛的樹林中。

「這是唯一的路。」咕嚕悄聲說，「除了這條路外，就沒有別的途徑了。沒選擇了。我們得前往十字路口。但快點！安靜點！」

他們如同潛入敵營的偵查兵般鬼鬼祟祟，在路上悄然行動，緩緩沿著石坡下的西側邊緣趕路，三人全身灰得像岩石，腳步也如同貓兒狩獵般輕盈。最後他們抵達樹林，發現自己站在一圈露天空地中，可以直接看到昏暗的天空。粗大樹幹之間的空間如毀損廳堂中的拱門。有四條路匯集到中央去。通往魔拉儂的道路位在他們身後。他們面前的漫長道路繼續伸向南方。右邊的道路從舊奧斯吉力亞斯伸上來，再往東伸進黑暗：這就是第四條路，也是他們得走的路。

內心恐懼地站在原地半晌的佛羅多，注意到有道光線正在閃爍；他看到光照在身旁的山姆臉上。他轉身面對光源，發現在樹枝形成的拱門後，通往奧斯吉力亞斯的道路如同緞帶般近乎筆直地往下探入西方。籠罩在陰影中的悲傷剛鐸遠方，太陽正在下沉，最後接觸了移動緩慢的厚重雲層邊緣，帶著不祥的火光落入純淨的海洋。光芒短暫落在一尊雄偉坐像上，它如同亞格納斯的君王巨石像般平靜而肅穆。歲月為它帶來了痕跡，也有暴徒之手劃傷了它。它的頭不見蹤影，取而代之的則是嘲諷般的粗糙圓石，野蠻的雙手在上頭胡亂畫出一張笑臉，前額畫了顆大紅眼。在它的膝蓋與王座，以及基座周圍，則布滿了抓痕與魔多的爪牙使用的醜惡符號。

忽然間，佛羅多在水平的光線下看到老國王的頭：它已經滾到路旁了。「看呀，山姆！」他叫道，一面訝異地說，「你看！國王又得到王冠了！」

石雕的雙眼空洞，雕刻出的鬍鬚也已斷裂，但嚴厲的高額上有頂銀金交錯的花冠。花朵如同小白星的蔓生植物纏在石雕前額，彷彿對殞落的王者獻上敬意，鮮黃色的佛甲草澤在他石雕頭髮的縫隙間閃動光澤。

「敵人不會永遠勝出的！」佛羅多說。那短暫光景隨機消失。太陽沉入天際，如同遭到遮蔽的油燈，黑夜也隨之落下。

第八章——

# 基力斯昂戈階梯

咕嚕拉扯著佛羅多的斗篷，畏懼又不耐煩地發出嘶嘶聲。「我們得走了。」他說。「我們不能站在這裡。快點！」

佛羅多不情願地轉身背對西方，跟著嚮導走向東方的黑暗。他們離開樹林，沿著通往山脈的道路走。這條路筆直地延伸了一陣子，但很快就開始往南彎去，直到它來到他們在遠方看到的巨岩底下。它在他們頂端顯得漆黑懾人，比後方的黑色天空還暗。道路竄入陰影中，再繞過巨岩，再次往東前進，並開始陡峭地攀升。

佛羅多和山姆心情沉重地跋涉，再也無法全心在乎他們的危機。佛羅多低垂著頭，他的重擔再度將他往下拉。當他們通過雄偉的十字路口後，在伊西力安幾乎忘卻的重量，就又浮現出來。當感到腳下的道路越來越陡後，他就疲倦地抬頭仰望，如同咕嚕所說，他看到了眼前的光景：戒靈之城。他在石坡邊縮起身子。

細長的山谷中，陰影籠罩深處，一路延伸到山區。在山谷支脈內走過一段距離後，遠處伊費爾杜亞斯的黑暗山麓高處出現一塊岩座，米那斯魔窟的城牆與高塔便聳立在上。周圍的大地與天空一片漆黑，但城市則散發亮光。那並非古代月之塔米那斯伊希爾囚禁在大理石城牆中的月光，當時的光芒在丘陵間的空谷中顯得優美動人。它現在的光芒，比緩慢月蝕散發的光線更加蒼白，如同腐朽的臭氣搖曳飄動，宛如屍體放出的幽光無法照亮任何東西。城牆與高塔上有許多窗口，看似注視著深淵中的無數黑洞。高塔最頂端緩緩轉動，先往一方旋轉，再轉往另一方，如同斜睨夜空的幽魂巨首。三名同伴站在原地顫抖，不情願地向上仰望。咕嚕率先回過神來。他急著拉扯他們的斗篷，但什麼話都沒說。他幾乎得把他們倆往前拖，每一步都舉步維艱，時間也似乎慢了下來，使得抬腳與踏步之間似乎過了令人生厭的數分鐘。

於是他們慢慢抵達了白橋。發出微光的道路由此穿過山谷中央的河流，繼續蜿蜒地伸向城門：那是北側城牆外圈中的黑色巨口。兩側河畔上有寬闊的平原，黯淡的草原上長滿蒼白花朵。這些花也泛著微光，形狀優美卻無比駭人，如同惡夢中的怪誕形體，還散發出微弱的屍臭。腐爛物的氣味瀰漫在空中。橋梁橫跨了兩端的草原。有雕像矗立在橋首，精巧的工法將它們雕塑成人類與野獸的模樣，但全都顯得背德又醜惡。底下的溪水安靜無聲，還冒出蒸氣，但從溪水中飄散到橋邊的裊裊霧氣，感覺起來卻冰冷刺骨。佛羅多覺得自己的感官紊亂，腦袋也變得昏沉。忽然間，彷彿有某種異於他自身的意志開始運作，使他開始加快腳步，跌撞地跑向前，雙手摸索般地向前伸，頭也往兩側搖擺。山姆和咕嚕隨後追上。當佛羅多絆倒並幾乎往橋梁入口倒下時，山姆就抱住了他主人。

「別走那條路！不，別走那條路！」咕嚕悄聲說道，但他齒縫中傳出的氣音如同撕裂深沉寂靜的哨音，咕嚕畏懼地蜷縮在地。

「等一下，佛羅多先生！」山姆在佛羅多耳邊低聲說。「回來啊！別走那條路。咕嚕說別去，這次我覺得他說的沒錯。」

佛羅多用手拂過前額，使勁把目光從山丘上的城市移開；發光的高塔使他入迷，努力違抗內心想沿著閃爍道路衝向城門的慾望。最後他費勁地轉身，而當他這麼做時，就覺得魔戒正在抗拒自己，不斷拉扯他頸上的鏈子。當他把目光移開時，他的雙眼有一瞬間也感到盲目。他面前的黑暗似乎伸手不見五指。

如同受驚動物般在地上爬行的咕嚕，已經消失在黑暗中了。山姆攙扶並指引著主人，也盡快跟上。在離河畔不遠的位置，道路旁的岩壁有道裂隙。他們穿過裂隙，山姆發現他們踏上一條狹窄通道，它剛開始和大道一樣發出微光，但當它攀升到致命毒花頂端高處後，就融入黑暗，彎曲地伸進山谷北側。

哈比人們沿著這條路跋涉，他們肩靠著肩，而除了當咕嚕回來示意他們前進時，他們都無法看見前方的他。他的雙眼閃爍綠白色精光，或許反映出駭人的魔窟邪光，又或許是內心中的情緒所致。佛羅多和山姆總是察覺到那股妖光和漆黑的窗口，也總會心懷恐懼地回頭望去，並來回掃視，想找出變暗的去路。他們緩緩前進。當他們走到高於劇毒溪水的臭味與蒸氣的地區時，就呼吸得順利了點，腦袋也變得清楚。但他們的四肢感到疲憊不堪，彷彿自己整晚都背負重擔行走，或是在激流中逆流游泳了許久。最後他們得暫時止步，不然就無法前進了。

佛羅多停下並坐在一塊石頭上。他們已爬到一塊光禿巨石的頂端。他們面前有塊山谷側邊的空地，通道繞過空地的前緣，是一列寬闊的山脊，右邊則是深淵。它沿著山脈的險峻南壁向上攀升，直到它消失在頂端的黑暗中。

「我得休息一下，山姆。」佛羅多悄聲說道，「它好重，山姆，非常沉重。我想知道自己還能帶它走多久？總之，在我們走上那條路前，我一定得休息一下。」他指向前方的窄道。

「噓！噓！」咕嚕快步回到他們身邊，並斷斷說道。「噓！」他把手指靠上嘴唇，並急促搖頭。他拉扯佛羅多的袖管，又指向通道。但佛羅多不願移動。

「還沒。」他說，「還沒。」疲勞與更強烈的負擔對他施壓，彷彿有股魔咒籠罩住他的心靈與身體。「我得休息。」他低語道。

此時咕嚕的恐懼和焦慮變得高漲，使他用手擋住嘴巴，再度用嘶嘶氣音開口，彷彿避免讓空中的無形傾聽者聽到聲音。「別在這裡，不。別在這裡休息。傻瓜！有人會看見我們。等他們到橋上來，就會看見我們。快來！快爬，快爬！來吧！」

「走吧，佛羅多先生。」山姆說，「他又說對了。我們不能待在這裡。」

「好吧。」佛羅多用微弱的語氣說，彷彿半睡半醒。「我試看看。」他疲憊地起身。

但一切為時已晚。此時他們腳下的岩石傳出震動。比之前更加響亮的轟隆巨響，在地面與山區中不斷迴盪。一道刺眼紅光忽然竄出。它從東方山區遠方躍入空中，讓低處雲層染上赤紅色澤。在那座瀰漫陰影與冷冽邪光的山谷中，紅光顯得令人難以忍受地強烈。在哥葛洛斯噴發的火焰映照下，岩峰與破碎刀鋒般的山脊輪廓在黑暗中顯得更為險峻。一股砰然雷鳴頓時響起。

米那斯魔窟做出回應。鮮明的閃電在天際閃動，藍色炙焰從高塔和周圍的山丘躍入陰森的雲層。大地發出哀鳴，城市裡傳來一股尖叫。它混合了猛禽的嘶啞尖鳴，與充滿憤怒與畏懼的馬匹淒厲嘶鳴，另一股刺耳嚎叫聲隨即出現，音調迅速升高到難以入耳的尖銳極限。哈比人們迅速轉身面對聲音來源，並撲倒在地，用雙手摀住耳朵。

當恐怖的尖叫停歇，由漫長的陰森哀號化為寂靜時，佛羅多就緩緩抬頭。邪惡城市的城牆聳立在狹窄山谷彼端，現在幾乎與他的目光高度平行。它洞穴般幽深的大門敞開，形狀如同長滿陰森利齒的大嘴，從門中走出了一支大軍。

大軍全員都穿著漆黑如夜的盔甲。佛羅多能靠著蒼白城牆與閃爍道路的微光看到他們，一排排渺小的黑色人影敏捷而沉默地行進，如同無盡河水般往外湧出。他們面前有隊騎士，陣勢如同井然有序的陰影，最前頭的騎士遠比其他人高大——這名騎士身穿一襲黑衣，戴著兜帽的頭上，有頂狀似王冠、閃爍危險光芒的頭盔。他逐漸逼近底下的橋梁，佛羅多的目光也緊跟著他，無法眨眼或別開。這豈不是重返人世的九騎士之王，正率領他的幽冥大軍出征嗎？的確，就是這名枯槁國王用冰冷魔掌中的致命尖刀，刺傷了魔戒持有者。舊傷痛苦地鼓動，寒意也襲上佛羅多的心頭。

當這些思緒帶著恐懼穿過他的內心，並如同魔咒般使他動彈不得時，騎士就忽然在橋梁入口前停下腳步，他身後的大軍隨即屹立不動。周圍動靜全無，並陷入一片死寂。或許是魔戒呼喚了死靈王，使他猶豫了片刻，感覺到有別的力量出現在他的山谷中。頭盔下的恐怖魔首左右轉動，以無形的雙眼掃視陰影。佛羅多屏息等待，如同大蛇逼近時無法動彈的小鳥。而在等候時，他感到比先前更急迫的衝動，驅策他戴上魔戒。但儘管壓力排山倒海而來，他卻不願投降。他知道魔戒只會背叛自己，就算套上戒指，也沒有力量能面對魔窟之王，目前還沒有。儘管內心滿懷恐懼，但自身的意志力對那股衝動卻全無回應，只感到外界有股強大力量正在衝擊自己。在佛羅多眼睜睜地注視下，它攫住了他的手，儘管並不情願，卻只能旁觀（如同他正在觀看發生在遠處的昔日故事），它將手逐漸伸向他脖子上的細鏈。接著他自身的意志開始運作，並緩緩壓下自己的手，讓手找尋另一個東西，那東西藏在靠近他胸口的位置。當他握住它時，目標就顯得冰冷堅硬：那是格拉翠兒的小瓶子，他珍藏此物許久，而在這一刻之前，他幾乎遺忘了它。當他碰觸小瓶子時，心中關於魔戒的思緒片刻間消失了。他嘆了口氣，並低下頭。

此時死靈王轉身策馬跨越橋梁，黑暗大軍也隨後跟上。也許精靈斗篷蒙蔽了他無形的雙眼，而他渺小敵人的意志得到強化後，也扭轉了他的思緒。但他的行程緊迫。時間已經到了，在他偉大主人的命令下，他必須前往西方開戰。

他很快就離開了，如同溶入黑暗中的影子，踏上蜿蜒的道路，身後的黑色大軍隨之跨越橋梁。自從伊西鐸的盛世之後，就沒有如此壯盛的軍容從那座山谷出動了，也還沒有如此邪惡與浩大的軍隊曾襲擊過安都因河渡口。但這只是魔多派出的軍隊之一，甚至還不是最強大的部隊。

佛羅多動了一下。他的思緒忽然飄到法拉米爾身上。「風暴終於爆發了。」他想，「百萬大軍將前往奧斯吉力亞斯。法拉米爾能及時渡河嗎？他猜中了危機，但他知道攻擊將在何時發生嗎？當九騎士之王到來時，又有誰能守住渡口呢？也有其他大軍會出現。我太遲了。一切都已淪陷。就因為我在路上拖延了。一切都失敗了。就算我完成任務，也不會有人曉得。我沒辦法把過程告訴任何人了。這一切都徒勞無功了。」虛弱的他不受控地啜泣。魔窟大軍仍然繼續過橋。

接著遠方出現了晴朗的曙光，彷彿來自夏郡的記憶，當白日到來，眾人打開大門時，他就聽到山姆的聲音說：「醒醒，佛羅多先生！醒醒呀！」如果那聲音補充說：「你的早餐準備好了。」他也不會感到訝異。山姆自然十分急躁。「醒醒呀，佛羅多先生！他們走了。」他說。

外頭傳來一陣悶響。米那斯魔窟的城門已經關上了。最後一排長矛剛從路上消失。高塔依然在山谷另一頭不懷好意地獰笑，但塔中的光芒正逐漸淡去。整座城市陷入陰鬱黑影與寂靜中。但它依然瀰漫著虎視眈眈的感覺。

「醒醒，佛羅多先生！他們走了，我們也該離開了。那裡有某種東西還活著，那東西有眼睛，或是能夠觀察外界的意志，希望你聽得懂。我們待在同一個地方越久，它就越容易發現我們。快來吧，佛羅多先生！」

佛羅多抬起頭，隨即站起身。絕望並沒有從他心中消失，但虛弱感已不復存在。他甚至露出苦笑，心中明白該盡力達成任務，這念頭與片刻前的想法截然不同。無論法拉米爾、愛隆、格拉翠兒、甘道夫或其他人會不會得知一切，都不重要了。他一手握起手杖，另一手則拿著小瓶子。當他注意到亮光已經從指縫中流瀉而出時，就把它塞到胸前，讓它靠著自己的心。接著他轉身離開魔窟城，它則在黑暗深淵彼端閃動朦朧的灰光；他準備好往上坡走了。

當米那斯魔窟的城門打開時，咕嚕似乎已沿著岩架爬入遠方的黑暗，讓哈比人們留在原處。現在他悄悄爬了回來，牙關打顫，手指也不住抖動。「傻子！笨蛋！」他嘶嘶說道，「動作快！他們千萬不能以為危險已經結束了。還沒有。趕快來！」

他們沒有回答，但仍然跟著他前往向上攀升的岩架。即便在遭遇過諸多危機後，他們倆依然不喜歡這條路，但它並沒有延伸得太長。道路很快就抵達一處轉角，山壁在此又向外突出，並猛然導向岩石間的一道狹窄開口。他們來到了咕嚕口中的第一道階梯。周圍變得近乎全然漆黑，他們也無法看到雙手可及範圍外的東西：但咕嚕轉身面對他們時，眼睛就在兩人頭頂好幾呎外閃爍著蒼白反光。

「小心！」他悄聲說道，「有臺階。有很多臺階。一定要小心！」

小心自然是免不了。由於兩側都有岩壁，使佛羅多與山姆剛開始感到輕鬆了點，但階梯幾乎如高梯般陡峭，而隨著他們越爬越高，就越來越意識到落在後頭的漫長深淵。臺階也很狹窄，間隔並不平整，上頭危機四伏；臺階邊緣滿是磨損又光滑，有些破損不堪，有些則在他們踏上時碎裂。哈比人們費力地攀爬，直到他們用手指緊緊扣住前方的臺階，強迫自己痠痛的膝蓋彎曲並用力。階梯深深刻入險峻的山壁，岩壁則往他們的頭頂越升越高。

最後，當他們覺得爬不下去時，就看到咕嚕的雙眼再度俯視他們。「我們爬上來了。」他悄聲說道，「第一道階梯已經過了。聰明的哈比人們爬得很高，哈比人們非常聰明。再爬幾道臺階就到了，對。」

山姆感到暈眩又疲倦，佛羅多跟著他爬上最後一道臺階，再坐下搓揉他們的雙腿和膝蓋。他們待在一道漆黑通道中，這條路似乎繼續往上延伸，不過坡度較緩，也沒有臺階。咕嚕沒讓他們休息太久。

「還有另一座階梯，」他說，「更長的階梯。等我們抵達下一座階梯頂端再休息。還不行。」

山姆呻吟起來。「你說還更長嗎？」他問。

「對，對，更長。」咕嚕說，「但沒那麼難。哈比人們爬過直梯了。接下來是彎梯。」

「再來呢？」山姆說。

「我們之後就知道了。」咕嚕輕聲說，「對，我們之後就知道了！」

「我以為你說有座隧道。」山姆說，「不是得穿過某座隧道之類的地方嗎？」

「對，有座隧道。」咕嚕說，「但哈比人們在進去那裡前能先休息。如果他們穿過那裡，就接近頂端了。如果他們穿過去的話，就很近了。對！」

佛羅多打起冷顫。攀爬過程使他汗流浹背，但現在他感到又冷又溼，漆黑的通道中還吹起了冷風，從上頭無形的高處颼下。他起身並甩甩自己。「好吧，繼續走！」他說，「這裡不適合坐下。」

通道似乎蔓延了好幾哩，冷空氣也總是吹過他們身邊，隨著他們上升而化為刺骨冷風。山脈似乎想用致命的吐息恫嚇他們，企圖逼迫他們遠離高山的祕密，或想把他們吹進後頭的黑暗中。當他們忽然無法在右手邊感受到岩壁時，就知道自己來到了盡頭。他們無法看到多少東西。龐大模糊的黑色輪廓與深灰色的陰影聳立在他們面前與四周，但一股朦朧紅光在低矮的雲層下微微閃動，而他們在片刻間察覺位在前方與周遭的高峰，如同支撐雄偉屋頂的高柱。他們似乎已爬過數百呎的距離，正前往一處寬闊岩架。他們左邊有座懸崖，右邊則是萬丈深淵。

咕嚕在懸崖下帶路。目前他們不再往上爬，但地勢變得更加崎嶇，在黑暗中十分危險，路上還散落著巨岩和落石。他們的行進過程遲緩又謹慎。無論是山姆或佛羅多，都猜不出自從他們進入魔窟谷後，究竟過了多少時間。黑夜似乎永無止盡。

最後他們再次發現前方隆起了岩壁，面前也出現了另一條階梯。他們又停下腳步，並再度向上攀爬。登高過程漫長而疲勞，但這條階梯並沒有鑿入山壁。巨大的崖壁往後傾斜，道路如長蛇般在上頭來回繞彎。它在某處往右繞到漆黑深淵邊緣，佛羅多往下看到魔窟谷前端的寬闊山溝，如同深不可測的大洞。從死城通往無名隘口[1]的死靈之道坐落在它深處，如同螢火蟲般閃爍。他急忙轉身離開。

階梯繼續蜿蜒直上，直到最後一列短而直的臺階出現，它才再度抵達另一個平坦處。通道已偏離了山溝中的主要隘口，順著伊費爾杜亞斯高處的小型裂隙底部，延伸出危機四伏的路線。哈比人們模糊地辨識出兩側的高聳石峰與崎嶇山巔，山峰之間則有巨型裂隙和比夜色更漆黑的開口，無人記得的亙古歲月在無陽的岩石上刻下了痕跡。天空中的紅光變得更加強烈，不過他們無法判斷究竟是因為可怕的早晨即將降臨這座暗影之地，或他們只是看到索倫在遠方哥葛洛斯的某種暴行所激發的火光。佛羅多抬頭一看，在更遙遠的高處發現了這條艱困路途的頂點。暗紅色的東方天空，突顯出最頂端山脊出現的一道裂隙，那是位於兩座漆黑山肩之間的狹窄深溝。兩側的山肩上都有突起的岩角。

他停了下來，更仔細地注視該處。左邊的岩角更加高大纖細，上頭閃著紅光，也可能是遠方地區的紅光穿過了某個洞口。他看清楚了：那是座矗立在外層隘口的黑塔。他碰了碰山姆的手臂，並往那一指。

「我不喜歡那東西！」山姆說，「所以你說的密道還是有人看守。」他低吼道，邊轉向咕嚕。「我想，你早就知道了吧？」

「所有路線都有人看守，沒錯。」咕嚕說，「當然有了。但哈比人得嘗試別的路。這條路可能最少人看守。也許他們都去參加大戰了，也許吧！」

「也許吧。」山姆咕噥道，「好吧，看起來還很遠，我們也得往上走很長一段路才會到。之後還有隧道。我想你該休息了，佛羅多先生。我不曉得現在是白天還是晚上，但我們走好幾小時了。」

「對，我們得休息。」佛羅多說，「我們找個遠離強風的地方，再好好睡上最後一覺，補充精力吧。」他打從心裡認為如此。遠方大地的恐怖感，以及即將在那進行的任務，似乎還太過遙遠，不使他感到憂心。他心裡只想通過這道堅不可摧的山牆與防衛線。如果他能越過這道艱鉅關口，那似乎就能達成任務了；在那疲勞的一刻，仍在基力斯昂哥陰影下跋涉的他是這麼覺得。

他們在兩座巨岩間的漆黑裂隙坐下。佛羅多與山姆坐得稍微靠近內部，咕嚕則蹲踞在開口附近的地面。哈比人們吃了他們認為是在進入無名之地前的最後一餐，或許也是他們共享的最後一餐了。他們吃了些剛鐸的食物，還有幾片精靈的旅途麵包，也喝了些水。但他們僅僅喝下少許清水，只夠滋潤乾渴的嘴巴。

「我想知道何時會找到水？」山姆說，「但我想，另一頭的人也會喝水吧？歐克獸人

—1 譯注：Nameless Pass，即為從魔窟谷穿越伊費爾杜亞斯的魔窟隘口（Morgul Pass）。

會喝水，不是嗎？」

「對，牠們會喝。」佛羅多說，「但我們別談那件事了。那種飲料不是給我們喝的。」

「那就更該裝滿我們的瓶子了。」山姆說，「但這裡沒水，我連一滴水聲都沒聽到。而且法拉米爾說，我們不該喝魔窟裡的水。」

「他說的是，別喝從伊姆拉德魔窟流出的水。」佛羅多說，「我們目前不在那座山谷，而如果我們碰上泉水，它就會往谷中流，不是從裡頭流出。」

「我不會信任它的，」山姆說，「除非我快渴死了。這個地方有種不吉利的感覺。」他嗅了嗅空氣。「我覺得還有股臭味。你有注意到嗎？那是種悶悶的怪味。我不喜歡。」

「我不喜歡這裡的任何東西。」佛羅多說，「無論是臺階或岩石，氣息或骨頭都一樣。大地、空氣和水似乎都受到詛咒。但這就是我們得踏上的路。」

「對，沒錯。」山姆說，「如果我們出發前知道得更多，就不會來這裡了。但我想事情就是這樣。我指的是古老故事和歌謠中的勇敢事蹟，佛羅多先生；我以前把它們叫做冒險。我以前覺得，故事裡的厲害角色們總會出外尋找冒險，因為他們想經歷這些事，也因為冒險很刺激，生活也有點無趣，你可以說這是種娛樂。但在真正重要的故事，或是人們會記得的故事中，情況並不一樣。人們通常似乎都直接落進故事裡——就像你說的，他們得踏上那種路。但我覺得他們有很多機會能掉頭回去，就像我們一樣，但他們沒有回頭。如果他們有機會能離開，我們也不會曉得，因為這樣就沒人會記得他們了。我們聽過繼續前進的那些人的事蹟——不過，並非所有故事都有好結局，至少對故事裡外的人來說不算好。你知道的，像是回到老家，發現一切平安，不過又有點不一樣，就像老比爾博先生那樣。那些故事不見得聽起來最棒，但可能是最適合踏進的故事！我想知道，我們究竟踏進了哪種故事？」

「我也想知道。」佛羅多說，「但我不曉得。真實的故事總是這樣。拿你喜歡的任何故事來當例子。你或許會知道、或能猜出那是怎樣的故事，也知道結局快樂或悲傷，但故事裡的人不知道。你也不想讓他們知道。」

「沒錯，先生，當然不想。拿貝倫來說好了，他從來沒想過，自己會從山戈洛灼姆的鐵王冠上拿到精靈寶鑽。但他辦到了，那裡比我們的處境更糟也更危險。但當然了，那是篇很長的故事，也從快樂化為悲傷，再演變出後來發生的事——精靈寶鑽來到埃倫迪爾手上。嘿，先生，我之前從沒這樣想過！我們有——夫人給你的星瓶中，還有精靈寶鑽的光芒！啊，這樣想的話，我們就還在同一篇故事裡！劇情還在發展。偉大的故事都不會結束嗎？」

「不，它們不會像故事一樣結束，」佛羅多說，「但裡頭的人物來來去去，也會在自己的戲分結束時離開。我們的戲分遲早也會來到盡頭。」

「然後我們就能休息一下，再睡點覺了。」山姆說。他苦笑起來，「這是我的真心話，佛羅多先生。我指的是正常休息和睡覺，醒來再去花園裡做早上的工作。恐怕這就是我整天盼望的事了。重大計畫不適合我。不過，我還是想知道有沒有人會把我們放到歌謠或故事裡。我們當然已經在故事裡了，但我說的是化為文字，你懂的，像在爐邊講述的故事，或是從印了紅字與黑字的紅皮大書中念出的故事，大家會年復一年地再三傳頌。人們會說：

『來聽佛羅多與魔戒的故事吧！』他們也會說：『好，那是我最愛的故事之一。佛羅多非常勇敢，不是嗎，爸？』『沒錯，兒子，他是最有名的哈比人，這意義可大了。』」

「意義有點太大了。」佛羅多說，並哈哈大笑，那是打從心底發出的爽朗笑聲。自從索倫來到中土世界後，這一代就沒出現過那種聲音了。山姆忽然覺得，所有岩石似乎都在豎耳傾聽，高聳的巨岩也籠罩住他們頭頂。但佛羅多沒有理會它們，並再度大笑。「嘿，山姆，」他說，「聽你這樣說，讓我覺得好開心呀，彷彿故事已經寫好了。但你漏掉了其中一個主要角色：堅毅的山姆懷斯。『我想聽更多關於山姆的事，爸。他們為什麼不寫更多他說的話呢，爸？我很喜歡那些話，總會讓我笑得開懷。沒有山姆的話，佛羅多也走不遠，對吧，爸？』」

「好了，佛羅多先生，」山姆說，「別捉弄我啦。我是認真的。」

「我也是，」佛羅多說，「現在也很認真。我們想得太超前了。你和我，山姆，都還卡在故事中最糟的部分，這時候很有可能會有人說：『把書闔上吧，爸，我們不想再看了。』」

「或許吧，」山姆說，「但我不會說那種話。人們做過的事，和被寫進偉大故事中的事蹟是不一樣的。嘿，就連咕嚕在故事裡都可能是好人，比你眼中的他還更好。照他自己的說法，他也喜歡過故事。我想知道，他覺得自己是英雄還是惡棍？」

「咕嚕？」他喊道，「你想當英雄嗎——他又跑去哪了？」

他們的藏身處出口和附近的陰影中都沒有他的蹤影。他拒絕了他們的食物，不過他倒是和以往一樣接受了一口水，接著他似乎蜷起身子睡覺。他們覺得前一天失蹤好一陣子，是為了找尋他自己喜歡的食物，但現在他顯然又趁他們聊天時溜走了。但這次是為了什麼？

「我不喜歡他一聲不吭就溜掉。」山姆說，「尤其是現在。他不可能在這邊找食物，除非他喜歡吃某種石頭。嘿，這裡連一丁點青苔都沒有！」

「現在擔心他沒有幫助。」佛羅多說，「少了他的話，我們就沒辦法走這麼遠，連走到隘口附近也沒辦法，所以我們也只得忍受他的行徑了。如果他圖謀不軌，也只能隨他去了。」

「總而言之，我寧可讓他留在我的目光下。」山姆說，「如果他圖謀不軌，那就更得這樣做。你記得他從來不願說這條路有沒有人看守嗎？現在我們發現那裡有座塔，裡頭可能空無一人，也可能有人駐守。你覺得是他是去找歐克獸人或其他敵人了嗎？」

「不，我不覺得。」佛羅多回答，「就算他打算搞鬼，我認為狀況也不同。我不覺得他會那樣做，不是去找歐克獸人，或是魔王的任何僕人。為何要等到現在，還費力爬到高處，也這麼靠近他畏懼的地區？自從我們遇見他後，他或許有很多機會能把我們出賣給歐克獸人。不，如果他有別的打算，就會是某種他當作祕密的小花招。」

「這個嘛，我想你說得沒錯，佛羅多先生。」山姆說，「這可沒法讓我安心。我不會搞錯：我確信他樂於把我交給歐克獸人，他會像親自己的手一樣開心。但我忘了他的寶貝。不，我猜整件事的核心，都圍繞在『把寶貝還給可憐的史麥戈』上。在他所有詭計中，這就是唯一的重點。但我想不出，把我們帶上來這裡，究竟對他有什麼用？」

「他自己可能也猜不出來。」佛羅多說，「我也不覺得他混亂的腦袋中只有一項明確計畫。我想，他心中有部分確實想盡力從魔王手中拯救寶貝。如果魔王得到它，對他自己而言也是最終的災難。而另一方面看來，也許他只是在等待時機。」

「對，偷摸鬼和臭傢伙，像我之前說的一樣。」山姆說，「但越靠近魔王的地盤，臭傢伙就會變得更像偷摸鬼。聽好了：如果我們抵達隘口，沒捅出什麼麻煩，他是不會輕易讓我們帶他的寶貝度過邊界的。」

「我們還沒抵達那裡。」佛羅多說。

「不，但在那之前，我們最好保持警戒。如果他發現我們打瞌睡，臭傢伙就會立刻奪得先機了。趁現在小睡一下應該還很安全，主人。如果你躺在我身邊的話，就很安全了。看到你睡覺，就會讓我感到慶幸。我會看好你，再說如果你躺在旁邊，我也抱著你的話，就沒人能在山姆的警戒下動你一根汗毛。」

「睡覺！」佛羅多說，並嘆了口氣，彷彿自己在沙漠中見到了清涼的翠綠幻影。「對，就連在這裡，我都能入睡。」

「睡吧，主人！把你的頭靠在我腿上。」

數小時後，咕嚕回來時發現他們，他從前方黑暗中的通道悄悄爬了過來。山姆背靠岩石坐著，他的頭垂到一旁，發出沉重的呼吸聲。佛羅多的頭枕在他腿上，陷入了熟睡。山姆其中一隻褐色手掌擺在他白淨的前額，另一隻手則輕輕靠在他主人胸前。兩人的臉孔十分安詳。

咕嚕注視著他們。他消瘦飢餓的臉上流露出古怪神情。精光從他眼中淡去，他的眼珠變得黯淡灰濛，也顯得蒼老疲憊。他似乎因一陣痛楚而扭動身子，並轉過身，回頭望向隘口，搖了搖頭，彷彿陷入了某種內心爭辯。接著他爬回來，慢慢伸出一隻顫抖的手，小心翼翼地碰了佛羅多的膝蓋——那動作幾乎可說是憐愛。在那一瞬間，如果沉睡的兩人之一看到他，就會覺得自己見到了一個老邁疲倦的哈比人，因身上肩負的歲月而萎靡不振，遠離了親朋好友，以及年輕時的原野與溪流，成了衰老而飢餓的可憐生物。

但受到對方碰觸時，佛羅多就微微顫動，並在睡夢中輕輕喊了一聲，山姆立刻驚醒。他第一眼看到的，就是咕嚕——他覺得，對方正「向主人動手」。

「嘿，你這傢伙！」他粗魯地說。「你想幹嘛？」

「沒事，沒事。」咕嚕輕聲說道，「好主人！」

「是嗎？」山姆說，「但你去哪了——還鬼鬼祟祟地偷溜，你這老壞蛋？」

咕嚕抽回手，沉重的眼瞼下頓時閃出綠色精光。現在他看起來幾乎像隻蜘蛛，四肢彎曲地蹲踞起來，並怒目圓睜。先前那一刻稍縱即逝，無從復返。「偷溜，偷溜！」他用嘶聲說道，「哈比人老是很有禮貌，沒錯。真是好哈比人！史麥戈帶他們爬上沒人找得到的密道。他很累，他很渴，對，很渴。他引導他們，還去探路，他們卻說『偷溜，偷溜』。好棒的朋友，對，我的寶貝，真棒。」

山姆感到有些懊悔，但並沒有更信任對方。「抱歉。」他說，「對不起，但你把我嚇醒了。我不該睡著的，這害我有點凶。但佛羅多先生太累了，所以我要他小睡片刻。哎，事情就是這樣。抱歉啦。但你上哪去了？」

「偷溜。」咕嚕說，眼中的綠光並沒有消失。

「好吧。」山姆說，「隨便你！我想那也和事實差不了多少。現在我們最好一起偷溜。幾點了？現在是今天還是過了一天？」

「過一天了。」咕嚕說，「或者當哈比人睡覺時，就已經是隔天了。很蠢，很危險，如果可憐的史麥戈沒有偷溜出去把風就好了。」

「我想我們很快就會聽膩那個詞了。」山姆說，「但沒關係。我來叫醒主人。」他輕柔地撥開佛羅多額前的頭髮，再俯身輕聲對他說話。

「醒醒，佛羅多先生！醒醒！」

佛羅多動了一下並睜開眼睛，並在看到上方山姆的臉龐時露出微笑。「你提早叫我嗎，山姆？」他說，「現在還天黑呢！」

「對，這裡一直都天黑。」山姆說，「但咕嚕回來了，佛羅多先生，他說已經是隔天了。所以我們該動身了。這是最後一段路了。」

佛羅多深呼吸並坐起身。「最後一段路！」他說，「哈囉，史麥戈！有找到食物嗎？你有休息嗎？」

「沒有食物，沒有休息，史麥戈什麼都沒有。」咕嚕說，「他只會偷溜。」

山姆彈了下舌頭，但制住了自己。

「別亂說，史麥戈。」佛羅多說，「無論是真是假，這樣說都不明智。」

「史麥戈得逆來順受。」咕嚕說，「好心的山姆懷斯大爺這樣說他，大爺是個懂很多的哈比人。」

佛羅多望向山姆。「沒錯，先生。」他說，「我確實說了這句話，因為我突然醒來，還發現他在附近。我道歉過了，但我很快就不這樣想了。」

「好啦，過去的事都過了。」佛羅多說，「但你和我，史麥戈，我們似乎來到關鍵時刻了。告訴我。我們能自己找到剩下的路嗎？我們已經在隘口附近了，那裡就是入口，而如果我們能找到那條路，我想我們就完成約定了。你履行了答應過的事，也自由了。你可以自由去找食物和休息，除了別去找魔王的僕從外，你想去哪都行。有一天，我或是記得我的人會獎勵你的。」

「不，不，還沒。」咕嚕哀鳴道，「噢不！他們沒辦法自己找道路，對吧？沒錯，不行。快抵達隧道了。史麥戈得繼續走。沒有休息。沒有食物。還沒有。」

# 第九章——
# 屍羅的巢穴

確實如咕嚕所說，當時可能是白天，但哈比人們看不出差異。頭頂的天空或許沒那麼漆黑，反而較像是煙霧構成的龐大屋頂。儘管深夜的黑暗依然深陷在裂隙與洞穴中，但朦朧灰影卻籠罩了他們周邊的崎嶇世界。他們繼續前進，咕嚕在前，哈比人彼此並肩同行，踏上受盡風霜的岩峰石柱間的漫長山溝，岩石宛若支離破碎的巨像般矗立在兩側。在約一哩前的位置，有道高大的灰牆，那是最後一道向外突出的山岩。它的輪廓陰暗，並隨著他們走近而逐漸升高，直到它如高塔般立在他們頭頂高處，擋住了遠方所有景象。深邃的黑影聚集在岩壁底部。山姆嗅了嗅空氣。

「嗯！那股味道！」他說，「它變得越來越濃了。」

他們隨即走到陰影下，並在陰影中央看到一座洞穴的開口。「從這裡進去。」咕嚕輕聲說，「這就是隧道的入口。」他沒有說出它的名稱：托瑞赫昂戈，屍羅的巢穴[1]。洞裡飄出一股惡臭，不是魔窟草原發出的腐敗味，而是種骯髒的臭氣，彷彿黑暗中有堆積如山的無名穢物。

「這是唯一的路嗎，史麥戈？」佛羅多說。

「對，對。」他回答，「對，我們得走這條路。」

「你是說，你曾穿越這個洞嗎？」山姆說，「呼！但或許你不在乎臭味。」

咕嚕的眼睛閃動精光。「他不曉得我們在乎什麼，對吧，寶貝？不，他不曉得。但史麥戈可以忍受很多事。對。他曾穿越這裡。對，直接穿過去。這是唯一的路。」

「我真想知道，到底是什麼東西發出那種味道？」山姆說，「聞起來像——哎，我不想說。我敢說這是某種歐克獸人的老巢，裡頭塞了牠們一百年來留下的髒東西。」

「這個嘛，」佛羅多說，「無論有沒有歐克獸人，如果這是唯一的路線，我們就得進去。」

---

1　譯注：Torech Ungol，辛達林語意指「蜘蛛之巢」或「蜘蛛隧道」。屍羅（Shelob）的「lob」為蜘蛛的英文古字，使她的名字恰恰代表了「母蜘蛛」。

他們深吸一口氣，就此踏進洞穴。才走了幾步，他們就陷入無比濃郁的深沉黑暗中。自從黯淡無光的墨瑞亞通道後，佛羅多和山姆就沒見過這種程度的黑暗了，這裡甚至還更深邃緊繃。墨瑞亞中還有空氣流動，也有回音與空間感。此處死氣沉沉，混濁的空氣中靜默無聲。他們彷彿走在以名副其實的黑暗構成的黑色蒸氣中，當他們吸進這股濁氣時，它不只遮蔽肉眼，還蒙蔽心靈，甚至讓關於顏色、形體和光線的回憶從腦中消失。黑夜占據過往，也征服永恆，使一切歸於暗夜。

但有好一陣子，他們仍然能感覺到外界，剛開始雙腳與手指的疼痛感受變得無比敏銳。他們訝異地發現，岩壁摸起來十分光滑，而地面除了幾處突起以外，都顯得筆直平坦，不斷以同樣的坡度攀升。隧道高聳寬敞，寬得讓哈比人們足以並肩齊步，只需要用伸出的雙手碰觸側邊的岩壁，他們分了開來，獨自困在黑暗中。

咕嚕走在前方，似乎只有幾步之遙。當他們還能注意到這些狀況時，就能聽到他的嘶嘶呼吸聲和喘息從前頭傳來。但過了一陣子後，他們的感官就變得更遲鈍，觸覺與聽力似乎也變得麻木，他們則繼續蹣跚地摸索前進，只仰賴著進洞時的強烈意志力，以及企圖穿過隧道、抵達遠方大門的願望。

或許他們還沒走很遠，但走在右側的山姆很快就無法判斷時間和距離了，他摸索著牆面，也發現牆上有道開口。他在片刻間感到一股不那麼沉重的氣流，接著兩人就經過該處。

「這裡不只有一條通道。」他費勁地悄聲說道，似乎很難讓他的氣息發出聲音。「這裡太像歐克獸人的老巢了！」

在那之後，先是右邊的他，接著是左邊的佛羅多，都分別經過了三四個洞口，有些較寬，有些則較為狹小。但主要的路線十分明確，因為它筆直而沒有轉彎，還穩穩地伸向上坡。但路究竟有多長，他們又能忍受多久，或該說還能撐下去嗎？隨著他們走向上坡，空氣中的窒息感便逐步增強。他們似乎經常在伸手不見五指的黑暗中察覺到某種比瘴氣更濃稠的障礙。當他們向前探路時，就感到有東西擦過他們的腦袋或雙手，那似乎是修長的觸手，或是上頭垂下來的植物，他們判斷不出是什麼東西。臭味變得越來越濃，它不斷增強，直到他們覺得嗅覺是他們剩下的唯一感官，也害他們吃了不少苦頭。一小時，兩小時，三小時：他們在這座無光洞穴裡待了多久？數小時，也可能是數天或數週。山姆離開岩壁旁，並縮向佛羅多，他們的雙手相觸並緊握彼此，兩人就此繼續前進。

最後，摸索著左側牆面的佛羅多忽然碰上了一處空洞。他差點往側面跌入空曠處。這裡的岩壁上，有些比他們先前經過的開口更寬的洞。裡頭飄出濃烈的惡臭，以及潛伏在暗處的強勁惡意，使佛羅多踉蹌失足。此時山姆也猛地向前摔倒。

佛羅多奮力壓抑著作嘔感與恐懼，並抓起山姆的手。「快起來！」他用嘶啞的氣音說，「臭味和危機從四面八方過來了。我們得逃跑！動作快！」

他鼓起剩餘的力氣與決心，把山姆拉起身，再強迫自己的四肢移動。山姆在他身旁蹣跚前進。一步，兩步，三步，至少走了六步。也許他們跨過了恐怖的無形洞口，但無論是否真的辦到那點，忽然間他們移動得更為輕快，彷彿有某種敵意暫時放過了他們。他們繼續牽著彼此努力向前走。

但他們幾乎立即碰上新的難題。隧道看來似乎出現分岔，他們在黑暗中也無法看出哪條路較寬，或是哪條路更筆直。他們該走左右哪條路？他們不曉得該如何前進，但錯誤的選擇也近乎肯定會害他們送命。

「咕嚕去哪了？」山姆喘氣道，「他為什麼沒等我們？」

「史麥戈！」佛羅多說，試圖呼喚對方。「史麥戈！」但他的嗓音變得沙啞，當他說出那名字時，聲音也幾乎立刻消散。周圍沒有回答，也沒有回音，就連空氣中也沒有一絲振動。

「我想，這次他真的走了。」山姆咕噥道，「我猜他老早就打算帶我們到這裡來了。咕嚕！如果我又逮到你的話，你就會後悔了。」

當下正在黑暗中摸索前進的他們，發現左邊的洞口被堵住了：它可能是條死路，或是有巨石堵在通道中。「不可能是這條路。」佛羅多小聲說道，「不管對不對，我們都得走另一條路。」

「也得快點！」山姆喘著氣說，「附近有某種比咕嚕更糟的東西。我可以感覺到有東西在看我們。」

他們還走不到幾碼，身後沉重的死寂中就傳來一陣駭人的恐怖聲響：那是股咕嚕作響的冒泡聲，以及漫長的凶猛嘶嘶聲。他們迅速轉身，但什麼也看不見。他們如同石像般呆立原處，緊盯著周圍，等待他們摸不著頭緒的東西。

「這是陷阱！」山姆說，邊把手擺在劍柄上，當他這麼做時，就想起找到這把劍的地方：黑暗古墓。「我真希望老湯姆在我們附近！」他心想。而當他站在黑暗中，心中瀰漫絕望與怒氣時，彷彿看到了一道光芒：那道光來自他心中，剛開始明亮地令人難忍，如同長期躲在無窗大洞的人望向陽光。光芒隨即化為色彩：綠色、金色、銀色和白色。在彷彿以精靈手指畫出的遙遠小畫像中，他看到格拉翠兒夫人站在羅瑞安的草地上，手中捧著贈禮。「還有你，魔戒持有者。」他聽到她說。「我為你準備了這個。」

冒泡般的嘶嘶聲更加逼近，黑暗中還傳出如同巨型關節特意緩慢移動時發出的嘎吱聲。一股惡臭迎面飄來。「主人！主人！」山姆喊道，生命力與急迫感頓時回到他的嗓音中。「夫人的禮物！星瓶！她說那會為你在黑暗中帶來光明。拿出星瓶！」

「星瓶？」佛羅多低聲說道，如同從睡夢中困惑地做出回答。「對了！我怎麼會忘掉？『在黑暗中帶來光明！』現在的確只有光明能拯救我們了。」

他的手緩緩伸到胸口，並慢慢把格拉翠兒之瓶舉高。它微微閃爍了片刻，如同在濃密雲霧中向上升的明星，而當它的力量逐漸高漲，佛羅多的心中也再度燃起希望時，它便開始放出炙焰般的光芒，並化為一道銀色烈焰，也是顆細緻的炫光之心，彷彿埃倫迪爾本人戴著額上的精靈寶鑽，隨著夕陽從高空降臨。黑暗從它周圍退散，直到它似乎在精巧的水晶球中央發光，握著它的手閃動著白焰之光。

佛羅多訝異地注視自己帶了這麼久的驚人贈禮，全然沒料到它含有這麼強大的力量。直到他們來到魔窟谷前，他在路上很少想起它。因為擔心它的光芒顯眼，他也從來沒使用過它。他喊道：「*Aiya Eärendil elenion ancalima!*[2]」，但不曉得自己究竟說了什麼。似乎有另一股嗓音透過他發言，完全不受到洞穴中的瘴氣影響。

但中土世界還有其他勢力，古老而強大的黑夜之力。在黑暗之中行走的她，曾在遠古時期聽過精靈發出那句呼喊，當時她不予理會，現在也沒有嚇著她。當佛羅多開口時，便感到強烈的惡意向他投射而來，還有股瀰漫殺意的目光正在打量他。在隧道前方不遠處，位於他們和絆倒的開口之間，他察覺到有眼睛冒了出來，那是由如同無數窗戶般的小眼所構成的兩大團複眼——來襲的威脅終於現身了。星瓶的光輝在上千塊平面上破碎折射，但在反光之後，複眼中卻逐漸升起了一股蒼白的致命怒火，是源自內心深處某種邪惡思緒的魔焰。那些眼睛怪誕又醜惡，充滿野性卻抱持著明確目的，還滿懷駭人的欣喜情緒，緊盯毫無逃生希望的獵物。

★　★　★

驚駭不已的佛羅多與山姆開始緩緩後退，充滿惡意的複眼中的恐怖目光，緊緊吸引了他們的雙眼。當他們撤退時，複眼便隨之逼近。佛羅多的手動搖起來，也逐漸讓星瓶下垂。忽然間，那雙複眼為了好玩，而暫且讓他們從無法動彈的魔力中釋放，想讓他們徒勞無功地稍作逃竄，他們倆就轉身奔逃。但當他們奔跑時，佛羅多便轉身一看，立刻驚駭地發現複眼從身後追來。死亡的惡臭如同雲霧般環繞在他身邊。

「站住！站住！」他焦急地喊道，「逃跑是沒用的。」

複眼正慢慢逼近。

「格拉翠兒！」他叫道，並鼓起勇氣，再度舉起小瓶子。複眼停了下來。它們的注意力放緩了片刻，彷彿心中有某種疑慮。接著佛羅多的內心燃起烈火，無論這是出自絕望或勇氣，他都不假思索地用左手握住星瓶，用右手抽出佩劍。刺針隨即出鞘，這把銳利的精靈劍刃在銀光下熠熠生輝，邊緣則閃著藍色火光。接著佛羅多把星瓶舉高，將明亮的短劍對準前方，這名來自夏郡的哈比人，平穩地走向前去面對複眼。

複眼動搖了。當光芒靠近時，眼珠終究流露出疑慮。它們逐一變暗，並緩緩後退。先前它們從未遭遇如此危險的亮光。它們安全地藏身地底，不受日月星辰的影響，但現在有顆星星落入地下。它持續靠近，眼珠開始顫抖。它們一顆接著一顆融入黑暗，而在光芒照射不到的遠處，有個龐然大物轉過身，用偌大陰影隔開雙方。眼珠全都消失了。

「主人，主人！」山姆喊道。他緊跟在後，自己也抽劍做好準備。「繁星與榮耀！如果精靈們聽說了這件事，一定會編條歌謠的！希望我能活著把故事告訴他們，再聽他們唱歌。但別前進了，主人！別往那個巢穴走！現在是我們唯一的機會。我們趕快離開這座臭

——

2 譯注：在昆雅語中代表：「向最明亮的星辰埃倫迪爾致敬！」

洞吧！」

於是他們再度轉身，先用走的，接著奔跑起來。當他們前進時，隧道的地面便陡峭地爬升，而隨著邁出每一步，他們便逐漸爬到比漆黑巢穴中的臭味更高的位置，兩人的肢體和內心也再度產生了精力。但監視者的恨意仍舊躲藏在他們身後，或許只暫時變得盲目，但並未遭到擊敗，也依然滿懷殺意。隧道盡頭的出口終於出現在他們面前。渴望找到空曠處的他們大口喘氣，並全力向前衝刺，結果，他們卻吃驚地踉蹌後退。有某種障礙物堵住出口，但不是石頭。那東西質地柔軟又有彈性，同時強韌而紋風不動。儘管空氣能飄過去，卻沒有一絲光線能鑽過。他們又衝刺一次，但又再次往回彈。

佛羅多舉高星瓶，看到面前出現了一團灰暗物質，星瓶的光輝無法穿透、也照不亮它，彷彿那並非因光線而投射出的陰影，也沒有光芒能使之消散。整座隧道中結了張大網，如同某種巨型蜘蛛織出的整齊羅網，但結構更濃密、體積也更龐大，每條絲線也粗厚得像是繩索。

山姆苦笑起來。「蜘蛛網！」他說，「就這樣嗎？蜘蛛網！但真是隻大蜘蛛！快砍它們，砍斷它們！」

他怒火中燒地用自己的劍劈砍蛛絲，但他砍中的絲線並沒有斷。它顫動了一下，隨即如同受到撥動的弓弦般回彈，不只扭轉了刀刃，還把劍和手臂都往上彈開。山姆用盡全力砍了三次，最後無數絲線中的一小條終於裂開，捲曲起來並咻地飛過空中。絲線一頭狠狠甩過山姆的手，他則痛苦地尖叫出聲，後退並用嘴吸著手。

「得花上好幾天，才能清空這條路。」他說，「該怎麼辦？那些眼睛回來了嗎？」

「不，還沒看到。」佛羅多說，「但我還是覺得它們在看我，或正想著我，可能是在擬定計畫吧。如果放下這道光，或是光芒熄滅，它們一定會迅速出現。」

「最後還是困住了！」山姆苦澀地說，疲勞與絕望已阻止不了他的怒氣。「就像陷在網中的小蟲。希望法拉米爾的詛咒儘快讓咕嚕得到報應！」

「那現在幫不了我們。」佛羅多說，「來吧！我們來看看刺針能幫什麼忙。它是精靈劍。它的出身地是貝勒爾蘭，當地的黑暗山溝中曾出現過恐怖蛛網。但你得擔任守衛，阻止那些眼睛逼近。來，拿著星瓶。別怕。把它舉高，好好觀望！」

佛羅多隨即走向偌大灰網，使勁一劈，用利刃迅速劃過一連串黏在一起的絲線，並立刻後退。閃動藍光的劍鋒如同掃過野草的鐮刀般削斷蛛絲，絲線彈開並萎靡不振地垂下。一大條裂隙就此出現。

他一再劈砍，直到他能觸及的所有蛛網盡數散落，上層的蛛網如同鬆垮的薄紗般在微風中擺盪。陷阱已經遭到破壞了。

「來吧！」佛羅多叫道，「前進！前進！」從絕望之口中逃出生天所帶來的狂喜，頓時填滿了他的心。他的腦袋如同喝了口烈酒般感到暈眩。他衝向外頭，一路叫喊著。

穿越那座暗夜巢穴後，那座黑暗地區對他的雙眼來說反而顯得明亮。上升的黑煙變得稀薄，淒涼白日的最後幾小時來到了盡頭，魔多的紅光在黑暗中逐漸熄滅。但佛羅多覺得，自己眼中的是忽然帶來希望的早晨。他幾乎就要趕到岩壁頂端了，只要再跑高一點就行。基力斯昂戈裂口就在他面前，那是黑色山脊中的一座黯淡凹洞，兩側的岩角則在天空中逐漸變黑。只要再衝刺一小段路，他就能穿過去了！

「是隘口，山姆！」他喊道，無視於自己尖銳的嗓音，從令人窒息的隧道中解脫後，他的聲音便顯得高昂狂放。「是隘口！快跑，快跑，我們就會穿過去了——在有人攔住我們前趕快通過！」

山姆盡快隨後驅策雙腿跟上，但儘管他對重獲自由感到慶幸，心中卻感到不安；當他奔跑時，也不時回頭看隧道的漆黑拱門，害怕會看到那些眼睛，或是某種超越他想像的形體追趕出來。他或他主人都不曉得屍羅的詭計。她的巢穴有許多出口。

在當地居住數紀元的她，是個擁有蜘蛛外型的魔物，如同曾居住在現已沉入海中的西方精靈國度裡的古代同類。多年前，貝倫曾在多瑞亞斯的恐懼山脈中與這種怪物搏鬥，之後才在月下毒堇草叢間的綠地遇見了露西安。黑暗年代中沒有故事提過屍羅是如何逃離毀滅的陸塊[3]，並來到此處。但在索倫到來，與巴拉多第一塊基石落地前，她就已經住在此地了。除了自己，她不服侍任何主人，吸食著精靈與人類的鮮血，在無盡饗宴中變得腫脹而肥大，並編織出陰影般的蛛網；所有的活物都是她的食物，她口中也會吐出黑暗[4]。她弱小的後代散居在伊費爾杜亞斯到東方丘陵、從多爾哥多到幽暗密林要塞的各處谷地；牠們是她和卑微伴侶生下的雜種，這些遭她殺害的伴侶也是她的子嗣。但沒有同類能與偉大的屍羅匹敵，她是昂哥立安最後一個孩子，正持續禍害不幸的世界[5]。

多年前，咕嚕就見過了她；史麥戈打探過所有漆黑洞穴，也曾向她投誠並崇拜她，而她邪惡意志中的黑暗，如影隨形地跟隨疲倦的他，使他遠離光明與悔意。他答應會帶食物給她。但她的慾念與他的不同。她不太曉得或在乎高塔、戒指或任何透過心靈與手藝打造的物品，只希冀殺死一切生靈的心智與軀體，並為自己產生過剩的生命力，使她不斷變大，直到群山再也無法容納她、黑暗也無法收容她的時刻到來。

但那股慾望還要很久才會達成，躲在巢穴中的她也餓了很久，此時索倫的力量不斷增長，而光明與生物都遺棄了他的地盤邊界。山谷中的城市陷入死寂，沒有精靈或人類會靠近此地，只有不愉快的歐克獸人會前來。這種食物難吃又小心翼翼。但她得填飽肚子，而

---

3 譯注：貝勒爾蘭在第一紀元結尾時的怒火之戰後沉進海底。

4 譯注：她別名「織黯者」（Gloomweaver）的母親昂哥立安也擁有口吐黑暗的能力。

5 譯注：《精靈寶鑽》中說明，昂哥立安可能是魔高斯在創世時腐化的其中一個靈魂。採取巨大蜘蛛外型的昂哥立安，在與魔高斯摧毀雙聖樹後，便逃亡到貝勒爾蘭北邊。要脅魔高斯不成的昂哥立安，遭到他手下的炎魔群驅逐，就此躲入恐懼山脈，在那裡生下了諸多子嗣。最後她前往世界南方的沙漠，據說在那吞噬了自己。

無論牠們從隘口和牠們的高塔挖出多少新通道，她都能找到方式來引誘牠們。但她渴望更甜美的肉。咕嚕也把食物帶來給她。

「我們等著瞧，我們等著瞧。」在咕嚕踏上從艾明穆伊到魔窟谷之間的危險路途時，當他心中燃起邪惡念頭時，他就會這麼對自己說。「我們等著瞧。也許，對，也許當她丟掉骨頭和衣服時，我們就會找到它，我們就能拿到它，寶貝，它是帶來美食的史麥戈應得的獎賞。我們也會遵守諾言，拯救寶貝。噢對。等我們安全拿回它，她就等著瞧，對，我們會給她好看，我的寶貝。我們會給所有人好看！」

他狡猾的內心深處如此思忖，而甚至當他再度前來找她時，也想隱藏這股念頭，他趁同伴們睡著時，前來向她屈膝。

至於索倫，他知道她躲在哪。他樂意看到她飢腸轆轆地住在那，惡意卻從未減低；比起他能想出的任何防禦方式，她能更有效地守住那條通往他領土的古道。歐克獸人是有用的奴隸，但牠們在他手下為數眾多。如果屍羅時時抓牠們來滿足食慾，那也無妨：他可以分享牠們。有時如同將食物拋給小貓的人（他把她稱為「他的貓」，但她並不承認他的主權），索倫會把沒用的囚犯送去給她。他會把他們趕進她的洞穴，手下則會向他稟報她玩耍的成果。

他們倆就此共存，享受著彼此的詭計，也毫不畏懼對方的攻擊、怒氣或惡行。從來沒有任何蒼蠅逃離屍羅的魔網，她的怒火與食慾現在也更加高漲。

但山姆對兩人激起的這股邪惡勢力毫不知情，只知道心中產生了一股恐懼，那是他看不見的威脅。對他而言，這股壓力成了拖累他奔跑速度的重擔，他的雙腳也彷彿灌了鉛般沉重。

恐懼在他周圍瀰漫，敵人潛伏在前方隘口，他的主人則陷入癲狂，毫無顧忌地向前衝去。他把目光從身後的陰影與左邊懸崖下的黑暗中移開，並向前一望，便看到了使他越趨焦慮的兩個東西。他發現佛羅多手中的劍正閃爍著藍色火光，也發現儘管後方的天空變暗，但高塔中的窗口卻放出了紅光。

「歐克獸人！」他低語道，「我們不能這樣衝過去。附近有歐克獸人，還有比歐克獸人更糟的東西。」接著他迅速恢復了以往的謹慎習慣，用手包住那只珍貴的星瓶。在那一刻，他的手綻放出血液的紅光，接著他把炫目的亮光深深塞入靠近他胸口的口袋，並用精靈斗篷包覆自己。他嘗試加快腳步。他的主人愈跑愈遠，已在前方二十步的距離外，如同影子般飛快移動。他很快就會消失在灰濛濛的世界中。

山姆才剛藏起星瓶的光芒時，她就現身了。在前方一小段距離左側，他忽然看到一個前所未見的噁心形體，從崖底陰影中的漆黑洞口鑽了出來，那東西的駭人程度遠遠超過惡夢中的恐怖光景。她看上去大致像蜘蛛，但比巨型掠食動物更加龐大，也比牠們更可怖，因為她無情的複眼中滿懷惡意。他以為那些眼睛已經驚慌撤退，但她外伸頭部上的複眼已再度泛出凶光。她長有巨角，形如莖幹的短頸後頭連著腫大的身體，看似鼓脹的巨袋，在她腿間來回擺盪。她壯碩的軀體一片漆黑，上頭長有暗紫色的斑紋，但底下蒼白的腹部則閃著微光，還散發出惡臭。她屈起長腿，背上高處長有碩大的瘤狀關節，以及如同鋼刺般豎起的毛髮，每條腿的末端長有利爪。

當她將柔軟肥胖的身軀與收縮起來的長腿擠出巢穴的上層出口後，就以令人驚愕的高速移動，她嘎吱作響的腿向前奔馳，並忽然縱身一躍。她頓時落在山姆和他主人之間。她要不是沒看見山姆，就是因為他目前攜帶星光而避開他，並全心聚焦在一個獵物身上：沒了星瓶的佛羅多，他正毫無顧忌地沿著通道奔跑，全然不知自己面臨的危機。他跑得飛快，但屍羅的速度更為敏捷。只要再跳幾步，她就會趕上他了。

山姆倒抽一口涼氣，並用盡全身的力氣準備大喊。「小心後面！」他叫道，「小心，主人！我——」但他的聲音忽然遭到打斷。

一隻溼冷長手摀住他的嘴，另一隻手則抓住他的脖子，還有某種東西纏住他的腿。遭到突襲的他往後一翻，倒進攻擊者懷裡。

「逮到他了！」咕嚕在他耳邊嘶斯說道，「終於呀，我的寶貝，我們逮到他了，對，骯髒的哈比人。我們逮到這一個。她會抓到另一個。沒錯，屍羅會抓到他，不是史麥戈。他答應過了，他不會傷害主人。但他逮到你了，你這個偷偷摸摸的傢伙！」他往山姆的脖子吐了口痰。

由於對背叛行為感到光火，以及當他主人深陷致命危機、自己卻遭到拖延時的焦急感，使山姆忽然產生了突如其來的猛烈力量，遠遠超越咕嚕對這個蠢哈比人抱持的預料。咕嚕自己也無法扭得更快或更凶猛。他鬆開了山姆的嘴巴，山姆躲開並再度撲向前，試圖扯開緊握他脖子的手。他手中依然握著劍，左臂上的皮帶吊著法拉米爾的手杖。他焦急地試圖轉身刺自己的敵人。但咕嚕的動作太快了。他迅速伸出修長的右臂，抓住了山姆的手腕；他的手指如同老虎鉗般夾緊。他緩慢而無情地將那隻手往前彎，直到山姆痛苦地叫了一聲並把劍放開，讓它掉到地上，同時咕嚕的另一隻手則緊緊扣住山姆的喉嚨。

接著山姆用上了最後一招。他用盡全身力量扯開身子，將雙腳穩穩踏在地上。他隨即用雙腿往地面猛然出力，使盡將自己往後拋去。

咕嚕完全沒料到山姆會使出這種簡單招數，並翻倒在地，山姆還壓在頂端，使這個結實哈比人的重量全撞上他的腹部。他發出尖銳的嘶嘶聲，緊抓山姆喉嚨的手也在那瞬間鬆開，但他的手指依然扣住對方的持劍手。山姆往前一撲，把自己扯開，並站了起來，迅速轉向右邊，用咕嚕抓住的手腕作為支點轉過身。山姆用左手抓住手杖，並往上一揮，再用力往下咻的一聲擊中咕嚕伸出的手臂，剛好打在手肘下的位置。

咕嚕哀鳴一聲並鬆開手。山姆趁機更進一步，他不等把手杖從左手換到右手，就直接狠狠揮出一擊。快得像條蛇的咕嚕溜了開來，打向他的那一擊反而落在他背上。手杖應聲折斷。他受夠了。從後頭抓人是他的老招，他也很少失誤。但這次由於受到恨意的誤導，他犯了錯：在用雙手掐住受害者脖子前，就開口嘲笑對方。自從那股可怕光線出乎預料地在黑暗中浮現時，他美麗計畫內的一切就都出了錯。現在他得面對憤怒的敵人，體型只比自己稍微小一點。他打不贏這場架。山姆從地上抓住並舉起他的劍。咕嚕發出哀鳴，並四肢著地往旁衝去，並如同青蛙般用力跳開。在山姆碰到他前，他就拔腿逃竄，用令人驚訝的速度衝回隧道。

山姆握著劍隨後跟去。在那一瞬間，他遺忘了一切，腦中只升起了赤紅怒火，與殺死咕嚕的念頭。但在他追上前，咕嚕就已不見蹤影了。當黑暗洞口矗立在他面前，惡臭也迎面撲來時，關於佛羅多和怪物的思緒就如落雷般擊中山姆的心頭。他急忙轉身，慌忙地奔上通道，不斷呼喚他主人的名字。他為時已晚。咕嚕的計畫目前已經成功了。

# 第十章——山姆懷斯先生的選擇

佛羅多仰面躺在地上，怪物則俯視著他，她死死盯著獵物，因此在山姆逼近前，都沒注意到他和他的叫聲。當他衝過來時，就發現佛羅多身上已纏滿蛛絲，從腳踝一路包覆到肩膀，怪物用她巨大的前肢，開始將他半抬半拖地帶走。

他的精靈劍在一旁的地面發光，無用地留在從他手中掉落時的位置。山姆沒停下來思考該怎麼做，或考量自己究竟是勇敢還是忠心，或是滿心怒火。他大叫一聲便向前奔去，並用左手抓起他主人的劍。接著他拔腿衝鋒。在野蠻的猛獸世界中，這種凶悍的攻擊前所未見。居然有某種絕望的小生物會只靠尖牙，就獨自衝向那座以巨角和硬皮組成的巨塔，這座塔正壓在倒地的同伴身上。

彷彿因他的叫喊，而從某種沾沾自喜的美夢中甦醒的她，緩緩將惡毒的目光轉向山姆。

但幾乎在她察覺狀況前，一股她多年來從未見識過的炙熱怒火，就迅雷不及掩耳地襲上她——閃亮的劍刃劈上她的腳，一刀砍斷了腳爪。山姆衝進她長腿間的彎曲處，用另一手快速往上突刺，刺穿了她低垂頭部上的複眼。一隻巨眼頓時失去了精光。

這悲哀的生物目前待在她底下，暫時躲過了她的毒針與利爪。她龐大的腹部在他頭頂散發不潔的妖光，惡臭也幾乎熏倒了他。但他的怒氣依然驅使他再度揮出一劍，而在她一勞永逸地壓垮他放肆的勇氣前，他使出情急之下的蠻力，用明亮的精靈劍劃過她的腹部。

但屍羅與龍不同，除了眼睛以外，她身上沒有一絲柔軟的部位。她古老的厚皮粗糙而滿布腐朽痕跡，但總會從體內不斷長出層層疊疊的邪惡外皮。劍刃在上頭劃出一道駭人的刀痕，但沒有任何凡人的力量能刺穿那幾層硬皮，就算用上精靈或矮人鑄造的鋼刃，或讓貝倫或圖林[1]使用這種武器亦然。她承受住這一擊，接著把她的偌大腹部在山姆頭頂舉高。傷口流出冒泡的毒汁。她展開長腿，再次將巨型軀體壓向他。這一招來得太快了。山姆依然用兩腳站立著，他拋下自己的劍，用雙手將精靈劍向上舉高，以便抵禦壓下來的恐怖屋頂。於是，藉著她殘忍意志引發的動力，屍羅用比任何戰士的雙手更強大的力量，讓尖刺刺穿了自己。它插到深處，山姆則被緩緩壓垮在地。

在屍羅漫長的邪淫生涯中，從來沒有感受或幻想過如此強烈的痛楚。就連古代剛鐸最英勇的戰士，或最野蠻的歐克獸人，都不曾這樣抵擋過她，或傷到她寶貝的皮肉。她全身打起劇烈冷顫。她又抬起身子，努力遠離痛苦來源，並將顫抖的長腿在身子下彎曲起來，並抽搐地往後一躍。

山姆跌在佛羅多的腦袋旁，惡臭依然熏得他暈頭轉向，雙手也還握著劍柄。透過他眼前的朦朧視角，他微微看到佛羅多的臉龐，並固執地奮力控制自己，企圖甩掉腦中的暈眩感。他緩緩抬頭，並看到幾步以外的她，屍羅正盯著他瞧，嘴喙滴下一串毒液，她受傷的眼睛下方也流下綠色黏液。她蹲下身子，顫動的腹部壓在地面，彎曲的巨腿不住抖動，因為她正準備再次躍起——這次要輾壓並刺死對方。不會再用一丁點毒液來癱瘓她的食物，這些她準備毒殺對方，再把他撕成碎片。

當山姆自己也蹲著看她時，他就在對方眼中看見了自己的死期，此時他產生了一個念頭，彷彿有某個聲音從遠處傳來，他用左手在胸前摸索，並找到了他的目標：格拉翠兒的星瓶，在充滿恐懼的幻影世界中，它在他手中顯得冰冷堅硬。

「格拉翠兒！」他虛弱地說，接著他聽到遙遠但清晰的聲音，那是精靈們在夏郡陰影中的星光下行走時發出的叫喊，以及他在愛隆宅邸的烈火廳中睡覺時聽到的精靈音樂。

吉爾松涅爾！埃兒碧瑞絲！

---

1 譯注：貝倫曾遭遇過昂哥立安的蜘蛛後代，與安格班的巨狼卡赫洛斯；圖林曾用黑劍葛桑（Gurthang）刺穿龍族之父格勞龍的腹部，進而將之擊殺。

他也動起了舌根，用自己不懂的語言喊出：

*A Elbereth Gilthoniel*
*o menel palan-diriel,*
*le nallon sí' di'nguruthos!*
*A tiro nin, Fanuilos!*

說完，他就蹣跚地站起身，再度變回哈姆法斯特之子哈比人山姆。

「來吧，妳這怪物！」他叫道，「妳傷害了我主人，禽獸，妳得付出代價。我們會繼續前進，但我們得先解決妳。來吧，再來嘗嘗這把劍的滋味吧！」

彷彿他的堅毅精神點燃了星瓶的力量，它在他手中如同白焰般忽然亮起。光芒萬丈的它，宛如從蒼穹中躍下的星辰，用無法直視的強光撕裂了黑暗。從來沒有這種來自天空的恐怖光線照耀在屍羅的臉上。光束射進了她受傷的頭部，帶來難以忍受的劇痛，而可怕的光芒如同感染般傳到不同的眼睛中。她踉蹌後退，在空中揮舞前肢，她的視力受到腦中閃電般的光芒影響，精神也飽受折磨。她轉開負傷的腦袋，往旁一滾並開始用腳爪爬走，前往後方漆黑山崖中的開口。

山姆追殺過去。他的步伐如同醉漢般顛簸，但他繼續前進。屍羅終於心生畏懼，戰敗的她縮起身子，在試圖躲開他時不住扭動顫抖。她抵達洞口，並往裡頭擠，留下一條黃綠色的黏膩痕跡，而當山姆往她拖在後頭的腿揮下最後一劍時，她正好鑽進洞中。隨後他便癱倒在地。

屍羅就此離開，或許她長期躲在巢穴裡，調養自身的惡意與傷痛，並在漫長的黑暗歲月中痊癒，並重新長出複眼，直到飢餓再度驅策她在黯影山脈的幽谷佈下駭人羅網，但本故事就不再多做描述了。

山姆獨自一人留下。當無名之地的暮色籠罩戰場時，他就爬回主人身邊。

「主人，親愛的主人。」他說，但佛羅多沒有開口。當他急切地向前衝去，因得到自由而感到欣喜時，屍羅就用駭人的高速從後頭追來，迅速螫了他脖子一下。他臉色蒼白地倒在地上，沒有聽見任何聲音，也沒有移動。

「主人，親愛的主人！」山姆說，他在漫長的寂靜中等待，徒勞無功地傾聽著。

接著他盡快割開對方身上的蛛絲，再把頭靠上佛羅多的胸膛，再移到他嘴邊，但山姆沒有發現任何生命跡象，也感受不到最微弱的心跳。他密集反覆摩擦他主人的手腳，並碰觸對方的額頭，但所有部位都冰冷無比。

「佛羅多，佛羅多先生！」他喊道，「別讓我一個人待在這裡！你的山姆在叫你！別去我沒辦法跟上的地方！醒醒呀，佛羅多先生！醒來啊，佛羅多，親愛的，親愛的。醒來啊！」

★　★　★

怒氣席捲他全身，在主人的軀體旁勃然大怒，胡亂揮舞著劍，擊打著岩石，並四處叫囂。他立刻跑了回來，彎腰注視佛羅多的臉，對方在暮色中看起來毫無血色。他忽然間明白，他身處羅瑞安的格拉翠兒之鏡讓他看到的景象中：臉色蒼白的佛羅多睡在一座漆黑巨崖下。當時他以為對方在睡覺。「他死了！」他說，「不是睡覺，是死了！」當他說出這句話時，就彷彿話語再度讓毒液生效，使他覺得那張臉似乎變得更加鐵青。

絕望頓時吞沒了他，山姆則頹倒在地，用灰色兜帽罩住頭，黑暗也籠罩住他的心，讓他在霎那間失去了知覺。

當黑暗終於消散時，山姆便抬頭觀看周圍的陰影；但他看不出世界已度過了幾分鐘或幾小時。他仍然待在同一個地點，他死去的主人也還躺在他身邊。山脈還沒有崩塌，大地也仍未陷落。

「我該怎麼辦，我該怎麼辦？」他說。「我一路和他來到這裡，卻徒勞無功嗎？」接著他想起了在他們展開旅程前，他的聲音曾說出當時自己不了解的話：「但我在到達終點前有事得做。我得見證這一切，先生，希望你明白我的意思。」

「但我該做什麼？不能就這樣把佛羅多先生的遺體丟在山頂上，然後回家吧？或是繼續前進？前進？」他重複道，疑慮與恐懼在那一瞬間使他感到震驚。「前進？這是我得做的事嗎？就這樣拋下他？」

山姆終於哭了出來，並走到佛羅多身旁，整理對方的身體，將他冰冷的雙手擺在胸口，並用自己的斗篷包住他。山姆把自己的劍放在一邊，並把法拉米爾送的手杖擺在另一邊。

「如果我得繼續前進，」他說，「那我就得帶上你的劍了，請你諒解，佛羅多先生，但我會把這把劍放在你身旁，它也曾擺在古墓中的老國王旁邊，你還有比爾博先生送的精美祕銀甲。還有你的星瓶，佛羅多先生，你把它借給我了，我也需要它，因為我現在將永遠待在黑暗裡了。我配不上它，夫人也把它送給你，但也許她能理解。你明白嗎，佛羅多先生？我得繼續前進了。」

但他還不能離開。他跪下並握住佛羅多的手，不忍放開。隨著時間逐漸逝去，他依舊跪著，握緊他主人的手，內心也不斷掙扎。

他嘗試找出離開的動力，並踏上寂寥的復仇旅程。如果他下定決心動身，怒氣就將驅策他追殺到世界各個角落，直到他逮到咕嚕才罷休。咕嚕會在某個角落送命。但那不是他出發的目的。為了這種事而拋下他主人，並不值得。這無法讓他復活。什麼都沒辦法。他們最好一起死去。那也會是條孤寂的旅程。

他注視著劍刃明亮的尖端。他想到後頭有座空蕩的漆黑深淵。那條路毫無解脫可言。那條路代表一事無成，就連哀悼也辦不到。那不是他出發的目的。「那我該怎麼做？」他又叫道，而現在他顯然想出了艱困的答案：見證這一切。又是另一條孤寂的旅程，也是最糟的路。

「什麼？我自己去末日裂隙嗎？」他仍舊感到畏縮，但決心也不斷增長。「什麼？要我從他身上拿走魔戒？會議把戒指託付給他了。」

但答案立刻浮現：「會議也給了他同伴，讓任務不致失敗。你是護戒隊的最後成員，任務不能失敗。」

「我希望我不是最後一人。」他哀鳴道，「我希望老甘道夫或別人在這裡。為何我得獨自在這做決定？我一定會犯錯的。我也不該拿走魔戒，自告奮勇地出發。」

「但你並沒有自告奮勇地出發，你是被挑中的。至於你不是正確的人選，嘿，佛羅多先生不是呀，比爾博先生也不是。他們並沒有選擇這種命運。」

「好吧，我得下定決心了。我會下決心的。但我一定會犯錯，山姆．甘吉老是這樣。

「我想想：如果有人在這裡找到我們，或是佛羅多先生，那東西也在他身上的話，哎，魔王就會得到它。那就會代表我們所有人都會碰上末日，羅瑞安、裂谷和夏郡都一樣。現在也沒時間浪費了，不然一切都會完蛋。戰火已經爆發，看來魔王也取得優勢了。我也沒機會帶它回去尋求建議或允許了。不，要不是留在這裡，直到有人來為了主人的軀體殺掉我，再奪走它，要不就是帶著它上路。」他深吸一口氣，「好，帶它走吧！」

他彎下身子。他溫柔地解開佛羅多頸上的釦子，再把手伸入上衣中。他用另一隻手抬起對方的頭，並親吻了冰冷的前額，再輕輕把鏈子拉過對方的頭。接著他平靜地把頭放下。

佛羅多平靜的臉龐沒有出現變化，光靠這點，山姆就相信佛羅多已終於死去，放下了任務。

「再見了，主人，親愛的！」他低語道，「原諒你的山姆！等事情辦完，如果他成功的話，就會回來這裡。直到我回來前，你好好安息吧；希望沒有邪惡生物會靠近你！如果夫人能聽到我說話，並給我一個願望的話，我就希望能再回來見你。再見！」

他彎下脖子並戴上鏈子，他的頭便立刻因魔戒的重量而下垂，彷彿身上綁了塊巨石。但他緩緩抬起頭，彷彿是重量變輕，或是他心中萌生出新的力量。他費勁地站起身，發現自己能夠背負重擔行走。在那一刻，他舉起星瓶並俯視他主人，光芒看來如同夏夜星辰的柔和光輝，而在光芒照耀下的佛羅多臉龐則再度恢復血色，儘管蒼白，卻散發出精靈般的俊美氣質，如同早已度過陰影的人。在撫慰心靈的最後一眼後，山姆就轉身藏起星光，蹣跚地踏進越趨深沉的黑暗。

他不需要走太遠。隧道已經落在後頭一段距離外了，裂口就在前方幾百碼外。他能在暮色中看到通道，那是條歷經歲月風霜的深邃山道，道路緩緩順著一道修長槽谷慢慢往上坡延伸，兩側都有崖壁。槽谷迅速變窄。山姆很快就抵達一長條寬闊平坦的階梯。歐克獸人的漆黑高塔正好位在他頭頂，頂端的紅眼閃閃發光。他當時躲藏在底下的黑影中。他正逐漸爬上臺階頂端，並終於抵達了裂口。

「我下定決心了。」他不斷對自己說。但他還沒真正打定主意。儘管他已盡力思考，但他的行為中就違背了他的本性。「我是不是做錯了？」他咕噥道，「我該怎麼做？」

在他抵達頂端時，裂口的崖壁就環繞在他周圍，而當他終於望向往下伸進無名之地的道路時，他就轉過身子。在那片刻之間，因無法忍受的疑慮纏身而呆站原地的他，便回頭望去。他依然能在隧道洞口邊逐漸凝聚的黑暗中，看到一個小白點，也覺得自己能看到或猜出佛羅多的位置。當他望向使自己的人生崩盤瓦解的崎嶇高處時，就覺得那裡的地面閃著微光，或許，那只是他的淚光。

「如果我能許個願，」他歎道，「就希望能回去找他！」最後他轉向前方的道路，並踏出幾步；那是他一生中邁出最沉重、也最不情願的步伐了。

★　★　★

他只踏出幾步。只要再走幾步，他就會開始往下坡走，永遠不會再見到那塊高地了。忽然間，他聽見了叫聲和談話聲。他身僵如石地站住。那是歐克獸人的聲音。牠們正從他前後走來。踏步聲與刺耳的叫喊越來越近，或許來自高塔某處出口的歐克獸人們，正從遠處走上裂口。腳步聲與叫聲從後頭傳來。他倏地轉身。當歐克獸人走出隧道時，他就看到宛如小型紅光的火把在底下明滅閃爍。狩獵終於開始了。高塔的紅眼並沒有失明。敵人逮到他了。

火炬的閃光與鋼鐵撞擊聲越來越近。一分鐘內，牠們就會抵達臺階頂端並抓到他。他花了太久做決定，現在情況也變糟了。他要如何逃走、拯救自己或魔戒呢？魔戒。他沒產生任何思緒或作出決定。他只是發覺自己抽出鏈子，並用手握住魔戒。歐克獸人部隊的前鋒已經出現在他面前的裂口了。他隨即戴上魔戒。

世界立刻改變，短短一瞬之間塞滿了長達一小時的思緒。他立即察覺聽力比待在屍羅的巢穴中時敏銳許多，但視力則變得模糊。他身邊的一切不再漆黑，但輪廓模糊。他獨自待在灰濛濛的世界中，像顆堅硬小黑岩，而使他左手重得下垂的魔戒，彷彿化為火熱的金球。他不覺得自己隱形了，反而覺得自己出奇地突兀，也知道有隻邪眼在某處搜尋他。

他聽見岩石的碎裂聲，以及遠方魔窟谷傳來的低沉水流聲。在岩石下方遠處，屍羅正發出冒泡般的悽慘聲響，迷失在某處漆黑通道中。高塔的地牢中傳來交談聲。還有歐克獸人離開隧道時的叫喊，以及他面前的歐克獸人震耳欲聾的吼聲與踏步聲，都傳進他耳中。他縮在崖壁旁。但牠們如同鬼影般行進，宛如迷霧中的扭曲灰影，看起來只像是手握蒼白火焰的駭人夢魘。牠們經過他身旁。他畏縮著身子，想偷爬到某處裂隙裡躲起來。

他豎耳傾聽。來自隧道的歐克獸人和其他士兵看到了彼此，雙方現在正快步走向對方，並高聲叫囂。他能清楚聽到雙方的聲音，也聽懂牠們的話語。或許是魔戒讓他理解了對方的語言，或直接理解對方的意念，特別是鑄戒者索倫的奴僕；只要他想，就能在心中轉譯這些語言。當魔戒靠近鑄造地時，力量肯定大幅增長，但它不會賦予一種力量：勇氣。目前山姆仍然只想躲藏起來，等待一切恢復平靜；他也擔憂地聆聽。他不曉得聲音有多近，因為對方的話語似乎直接傳入他耳中。

「喂！哥巴葛！你在上面這裡幹嘛？受夠戰爭了嗎？」

「有命令啊，蠢貨。你又在幹嘛，夏格拉？受夠躲在上頭了啊？想下來打架嗎？」

「我也有命令。我負責掌管這座隘口。講話客氣點。你有什麼要報告的？」

「什麼都沒有。」

「嘿！嘿！唷！」有股叫聲打斷了領袖們的交談。下方的歐克獸人忽然看見了某個東西。牠們開始奔跑。其他人也隨之跟上。

「嘿！喂！這裡有東西！就倒在路上。有間諜，有間諜！」外頭傳來嘶啞的號角聲和震天叫囂。

山姆頓時從畏縮不前的態度中驚醒過來。牠們看見他主人了。牠們會怎麼做？他聽說過令人血液凝結的歐克獸人故事。他無法忍受這件事。他立刻往前衝去。他把任務和所有決定全都拋到腦後，也丟下了畏懼與質疑。他清楚自己該待在哪：他主人身邊，不過他不曉得自己能做什麼。他往回跑下臺階，順著通道往佛羅多奔去。

「那裡有多少敵人？」他心想。「我猜，至少有三十到四十個從塔裡來的歐克獸人，還有更多從底下上來。在他們逮到我前，我能殺掉多少個？當我一拔劍，牠們就會看到光芒，也遲早會逮到我。會不會有沒有歌謠會提到這件事呢？山姆懷斯在高山隘口戰死，在他主人身邊留下了如牆般的大量屍體。不，什麼歌謠都沒有。當然不會，因為牠們會找到魔戒，世上也不會再出現歌謠了。我辦不到。我該待在佛羅多先生身邊。愛隆和會議成員，那些充滿智慧的大人和夫人，他們一定會理解的。我不能當他們的魔戒持有者。少了佛羅多先生就辦不到。」

但歐克獸人們已經脫離了他朦朧的視線。他沒時間考量自己了，但他明白自己疲憊不堪，幾乎耗盡了精力，他的腿無法照自己的意願前進了。他的速度太慢。道路似乎有數哩長。牠們在霧氣中跑哪去了？

牠們又出現了！在前方好一段距離。有群人影環繞在地上某個東西周圍，有幾個人似乎往四處奔跑，看似在追蹤氣味的犬隻。他嘗試快步衝刺。

「快點，山姆！」他說，「不然你又太遲了。」他從劍鞘中鬆開劍刃。在一分鐘內，他就會拔劍，然後——

當某個東西從地上被抬起時，便頓時響起一陣騷動與叫囂。「呀嘿！呀哈嘿！上去！上去！」

有個聲音喊道：「走吧！走捷徑。回到下門！從所有跡象看來，今晚她不會煩我們了。」一整批歐克獸人開始移動。中間有四人把一具軀體扛在肩上。「呀嘿！」

牠們帶走佛羅多的身體，並隨即離開。他追不上牠們。他依然繼續奔跑。歐克獸人抵達隧道，並鑽了進去。扛著重擔的成員先進洞，後頭的士兵混亂地大肆推擠。山姆奮力追上。他抽出佩劍，晃動的手中閃出藍光，但牠們沒有看見。當他喘著粗氣跑來時，最後一個歐克獸人就已消失在漆黑的洞穴中了。

他站立片刻，邊喘氣邊抓緊自己的胸口。接著他用袖管抹了下臉，擦掉汙垢、汗水與淚水。「該死的怪物！」他說，隨即跟著他們跑進黑暗。

對隧道中的他而言，周圍已不再顯得如此漆黑，彷彿像是從薄霧跑進濃霧裡。他感到更加疲憊，但意志力也變得更堅定。他覺得自己能看到前方一小段距離外的火炬光芒，但儘管他盡力加快腳步，卻無法追上牠們。歐克獸人在隧道中的速度很快，而且牠們熟識這條隧道。雖然有屍羅的存在，牠們仍被迫使用這條路，作為從山脈彼端的死城[2]來此最快的捷徑。牠們不曉得主要隧道和屍羅在遠古時期就住進的大圓坑在何時形成，但牠們自己曾在大坑兩側挖洞，以便在為主人辦事時能逃離巢穴。今晚牠們不打算下去，只想盡快找條小路回到位在懸崖上的守望塔。牠們大多感到興高采烈，對牠們發現的戰利品感到興奮，而當牠們奔跑時，便照族人典型的作風鼓譟叫囂。山姆聽見牠們刺耳的叫聲，在靜止的空氣中顯得平淡而難聽，他也能在噪音中分辨出兩個嗓音：它們更為響亮，也更靠近他。兩支部隊的隊長似乎走在隊伍後頭，邊走邊與彼此爭論。

「你不能叫你的手下別這麼吵嗎，夏格拉？」其中一人埋怨道，「我們不想引來屍羅。」

「去下令呀，哥巴葛！你的手下也製造了一半的噪音。」另一人說，「但讓小夥子們鬧一下吧！我想，先不必擔心屍羅。看起來她踩到釘子了，我們也沒什麼好抱怨。你沒看到嗎？一路到她該死的洞穴上全是髒東西。如果我們之前擋得了她，早就下手了。所以讓他們好好笑吧。我們也終於走運了，找到了路格柏茲要的某種東西。」

「路格柏茲要它呀，是嗎？你覺得那是什麼東西？我覺得像精靈，但體型小得多。那種東西有什麼危險的？」

「還沒仔細看過前，我不曉得。」

「喔呼！所以他們沒告訴你該找什麼嗎？他們不把所有知道的事都告訴我們，對吧？連一半都不講。但他們會犯錯，就連大頭目都會。」

「噓，哥巴葛！」夏格拉壓低嗓音，因此就算聽力變得敏銳，山姆也只能勉強聽到他說的話。「他們也許會犯錯，但他們到處都有耳目；在我的手下裡很可能也有。但他們肯定在擔心某些事。照你的說法看來，底下的納茲古確實在操心。路格柏茲也是。有東西差點溜進來了。」

「你說差點嗎！」哥巴葛說。

「好啦，」夏格拉說，「但我們之後再談。等我們到了底道再說。當小子們繼續走時，

2 譯注：Dead City，指米那斯魔窟。

我們可以在那談一下。」

不久後，山姆就發現火炬消失了。前方傳來轟隆聲，而當他趕過去時，又聽見了一股撞擊聲。他猜歐克獸人們轉彎進入佛羅多和他先前想進去的死路。它依然被堵住了。似乎有塊巨石擋住了通道，但歐克獸人不知怎地穿了過去，因為他能聽見牠們的聲音從另一頭傳來。牠們仍在奔跑，逐漸探入高山深處，企圖返回高塔。山姆感到焦慮不堪。牠們為了某種陰險目的而把他主人的身體帶走，他卻跟不上對方。他用力推擠石塊，也整個人撞了上去，但巨岩沒有動靜。接著他聽到兩名隊長的聲音再度從裡頭不遠處傳來。他站著傾聽片刻，希望能得知某些有用的消息。或許屬於米那斯魔窟的哥巴葛會走出來，他就能趁機溜進去了。

「不，我不曉得。」哥巴葛的聲音說，「消息通常傳得很快。但我沒問他們是怎麼辦到的。最好別問。呃！那些納茲古害我起了雞皮疙瘩。它們一看你，就會讓你嚇得靈魂出竅，讓你在黑暗中冷得直發抖。但他喜歡它們，這陣子它們是他的親信，所以抱怨也沒用。我告訴你，在城裡工作可一點都不好玩。」

「你該上來試試和屍羅相處。」夏格拉說。

「我想去某個沒有它們的地方。但現在已經開戰了，等一切結束後，情況可能會變好。」

「聽說情況不錯啊。」

「大家當然是這樣說了。」哥巴格咕噥道，「我們等著瞧吧。總而言之，如果戰況順利，之後就會有更多空間了。你覺得怎樣？如果我們有機會，你和我就可以偷溜出去，帶幾個靠得住的手下找地方占地為王，得找個有好戰利品可搶的地方，也沒有大頭目管我們。」

「啊！」夏格拉說，「就像以前一樣。」

「沒錯。」哥巴葛說，「但別想太多。我心裡不大平靜。像我剛說的，大頭目們，哎，」牠的嗓音幾乎壓低成氣音，「哎，就連最大的頭目都會犯錯。你說，有東西差點溜進來了。我說啊，真的有東西溜進來了。我們也得把罩子放亮點。可憐的烏魯克獸人老是得幫忙善後，也沒人感激我們。但別忘了，敵人討厭我們的程度，和厭惡他一樣不相上下。如果他們打倒他，我們也完蛋了。不過，你是什麼時候接到命令的？」

「大約一小時前，正好在你看到我們之前。有條消息說：『納茲古不安。階梯恐有間諜。加強戒備。巡邏兵前往階梯。』我就立刻來了。」

「糟糕。」哥巴葛說。「聽著，我們的沉默監視者兩天前就感到不安了，我是知道這件事。但我的巡邏兵隔了一天才接到出發的命令，也沒送任何消息去路格柏茲。都是因為發動了大信號，和大納茲古[3]出征的關係。聽說，他們好一陣子都沒辦法得到路格柏茲的注意。」

「我猜，邪眼忙著做別的事吧。」夏格拉說，「據說西方有大事要發生了。」

---

3 譯注：High Nazgûl，魔多的歐克獸人對巫王的稱呼。

「我想也是。」哥巴葛低吼道，「但在此同時，有敵人跑上階梯了。你又在搞什麼？不管有沒有特殊命令，你不是都該好好看守這裡嗎？你到底在幹嘛？」

「夠了！別想教我怎麼做事。我們夠警戒了。我們知道有怪事發生。」

「確實很怪！」

「對，那些光和叫聲怪透了。但屍羅出動了。我的部下看到她和她的跟班。」

「她的跟班？那是什麼？」

「你一定看過他。他是個瘦巴巴的黑色小傢伙，看起來也像蜘蛛，或許更像是餓壞的青蛙。他以前來過這裡。很多年前，他第一次從路格柏茲出來，上級也要我們讓他通行。後來他上了階梯一兩次，但我們沒理他，他似乎和女王陛下有某種關係。我猜他不好吃吧，她也不會理睬上級的命令。但你倒是把山谷守得很好，在騷動發生前一天，他就跑來這裡了。我們昨晚稍早就看到他。總之，我的部下報告說女王陛下正在打獵，我本來覺得這是好事，直到上頭捎來訊息。我以為她的跟班帶了玩具給她，或是你們送了禮物給她，可能是戰犯之類的。我不干涉她的遊戲。當屍羅打獵時，就沒東西能躲過她。」

「你說沒東西？你剛沒用眼睛看嗎？我跟你說過了，我心裡不太平靜。跑上階梯的東西確實躲過她了。它割開了她的蛛網，還順利逃出洞穴。想想這種狀況！」

「好吧，但她最後還是逮到他了，不是嗎？」

「逮到他？逮到誰？這個小傢伙？但如果他是唯一的入侵者，那她早就會把他拖到她的儲藏室去了，他現在也會待在那裡。如果路格柏茲要他，你就得去那找他。你真走運。

但入侵者不只一人。」

此時山姆開始更專心地聆聽，並把耳朵貼上石頭。

「是誰切斷了她纏在他身上的蛛絲，夏格拉？割開蛛網的是同一人。你沒看出來嗎？是誰往女王陛下插針的？我想是同一人。他又在哪？他在哪，夏格拉？」

夏格拉沒有回應。

「如果你有腦筋的話，最好仔細想想。這可不是開玩笑的。從來沒人往屍羅身上插過針，你該清楚這點。這不是壞事，但想想看：在附近出沒的某個人，比自從古代攻城大戰[4]以來的所有該死叛軍更危險。有東西溜進來了。」

「那究竟是什麼東西？」夏格拉低吼道。

「從所有跡象看來，夏格拉隊長，我想是個高大戰士，最可能是精靈，還帶了精靈劍，或許身上還有斧頭。他在你的轄區四處出沒，你則完全沒發現他。確實很怪呀！」哥巴葛吐了口痰。對方形容自己的方式，讓山姆露出苦笑。

「哎呀，你老是把事情看得很糟。」夏格拉說。「隨你怎麼解讀那些跡象吧，還是有別的方式能解釋它們。總之，我在每個位置都派駐了監視者，一次處理一件事就好。等我

4 譯注：Great Siege，指最後同盟之戰中的巴拉多攻城戰（Siege of Barad-dûr）。

好好檢查我們逮到的傢伙，再操心別的事。」

「我猜你在那小傢伙身上找不到多少東西。」哥巴葛說，「他可能和真正的麻煩一點關係都沒有。帶著利劍的大傢伙似乎不認為他派得上用場——就這樣把他留在原地，典型的精靈作風。」

「我們等著瞧。來吧！我們談夠久了。我們去看看囚犯吧！」

「你要怎麼處置他？別忘了，是我先發現他的。如果要玩什麼把戲，我和我的部下就要參一腳。」

「好了，好了。」夏格拉低吼道，「我有命在身。這可不是你我能干涉的。守衛找到的任何入侵者，都得被關在塔裡。必須取下囚犯身上所有東西。還得將所有物品、服飾、武器、信件、戒指或飾品送到路格柏茲，也只能送去路格柏茲。囚犯也得受到嚴加看守，一根汗毛都不能動，否則每個守衛都得受死，直到他要求將囚犯送過去，或是他親自前來。這命令夠明確了，我也要照辦。」

「取下所有東西呀？」哥巴葛說，「什麼，連牙齒、指甲和頭髮都要嗎？」

「不，那些不用。我告訴你，路格柏茲要他。他得毫髮無傷。」

「那可難了。」哥巴葛笑道，「他現在只不過是死屍。我根本猜不到路格柏茲想拿這種東西幹嘛。乾脆把他丟進鍋裡吧。」

「你這蠢蛋。」夏格拉吼道，「你說了一堆聰明話，但你不懂的事可多了，不過大多人都懂。如果你不小心的話，就準備當屍羅的食物吧。死屍！你對女王陛下就只懂這些嗎？當她用蛛絲綑綁獵物時，就是打算吃肉。她不吃死肉，也不吸冷掉的血。這傢伙還沒死！」

山姆感到暈頭轉向，並緊抓石頭。他感到整座漆黑世界翻了過來。他震驚到差點昏厥，但當他奮力維持清醒時，內心就傳來幾句話：「你這傻子，他沒死，你的內心也清楚這點。別信任你的腦袋，山姆懷斯，那不是你最優秀的部分。問題是，你從來沒有多少希望。現在該怎麼辦？」目前他束手無策，只能緊靠紋風不動的岩石，仔細聽醜惡的歐克獸人談話聲。

「蠢蛋！」夏格拉說，「她不只有一種毒液。當她打獵時，就會往獵物脖子上扎一針，他們就會像去骨的小魚一樣變得癱軟。你記得老烏夫撒克嗎？我們好幾天都找不到他。後來我們在角落發現他，他被吊了起來，但他清醒地瞪著我們。我們快笑死了！或許她忘了他，但我們沒有碰他——別插手管她的閒事。不，這個小廢物幾小時後就會醒來。除了有點想吐外，他不會有事。或者該說，如果路格柏茲不要他的話，他才會沒事。當然了，他肯定會好奇自己在哪，還有自己發生了什麼事。」

「還有自己會遇到什麼事！」哥巴葛大笑，「如果我們不能做其他事，還是可以告訴他幾個故事。我想他從來沒去過可愛的路格柏茲，所以他最好知道自己該有什麼預期。這件事比我想得還好玩。我們走吧！」

「我跟你說過了，不准搞鬼。」夏格拉說，「他得毫髮無傷，不然我們就死定了。」

「好啦！但如果我是你，在向路格柏茲稟報任何事前，就會先去抓還在遊蕩的大傢伙。如果你抓到小貓，卻讓大貓在附近徘徊，在報告裡聽起來可不妙。」

聲音開始移動。山姆聽到腳步聲逐漸消失。他從震驚中回過神來，心中滿是怒氣。「我完全搞錯了！」他叫道，「我就知道我會犯錯。那些魔鬼逮到他了！可惡！永遠永遠不要離開你的主人了，那就是我的守則。我內心也清楚這件事。希望我能得到原諒！我得去找他了。得想想辦法！」

他再度抽出劍，用劍柄敲打著石頭，但它只發出沉悶的聲響。不過，劍鋒亮得使他難以在光芒中看到任何東西。讓他訝異的是，他注意到巨岩的形狀像道沉重門板，高度不到他身高的兩倍。頂端和門口低處之間有塊漆黑空間。這可能是用來阻擋屍羅入侵的屏障，在裡頭用某種她無法觸及的門閂鎖上。山姆用僅剩的力氣跳起來，抓住了門頂，並費力爬上去，隨後再往下跳。接著他慌亂地奔跑，手中握著閃亮的劍，繞過彎角，再爬上蜿蜒的隧道。

他主人還活著的消息，使他的精神為之一振，讓他甩開倦意，並擠出最後一絲力量。他看不到前方的東西，因為前方的通道持續蜿蜒扭轉；但他覺得自己能追上那兩個歐克獸人，因為牠們倆的聲音再度變近。牠們似乎已近在咫尺。

「我就要這樣做。」夏格拉語氣憤怒地說，「把他關在最頂樓的房間裡。」

「為什麼？」哥巴葛吼道，「你樓下沒有牢房嗎？」

「我告訴你，他不能受傷。」夏格拉回答，「懂了嗎？他很寶貴。我不相信我的手下，也不相信你的手下。當你想搞鬼時，我連你都不信任。他要待在我要求的地方，如果你不注意自己，就連你也不准來。他得上去頂樓。他在那安全多了。」

「會嗎？」山姆說，「你忘了附近的高大精靈戰士！」說完，他就衝過最後一道轉角，這才發現隧道或魔戒賦予的聽力使他產生錯覺，讓他錯估了距離。

兩個歐克獸人的身影還在前方某處。他現在看得見他們在紅光下漆黑矮胖的身影了。通道最後往上坡筆直地延伸，盡頭有兩扇敞開的大門，或許是通往高塔底下深處的房間。歐克獸人們已經帶著俘虜進去了。哥巴葛和夏格拉正逼近大門。

山姆聽到嘶啞的歌聲、刺耳的號角聲和敲鑼聲，裡頭響起了醜惡的騷動。哥巴葛和夏格拉已踏上門檻。

山姆大叫並揮舞刺針，但騷動聲淹沒了他微小的聲音。沒人理會他。

大門用力關上。砰。裡頭裝上了鐵栓。鏘。大門緊緊關閉。山姆用身子撞上銅製門板，隨即失去意識並癱軟在地。他獨自待在黑暗中。佛羅多還活著，但已遭到魔王俘虜。

佛洛德懷斯
伊瑞德米斯林
凋謝荒地
(灰山脈)
灰澇河
朗威爾河
伊瑞柏(孤山)
鐵丘陵
森林河
木精靈
長湖上的伊斯加洛斯
羅
卡洛克
幽暗密林山脈
卡南河(紅水河)
高山隘口
老林路
老淺灘
瓦
幽暗密林
鲁
席爾寧格洛河
(金花河)
洛伊格寧洛隆(金花沼地)
東彎地
安都因河(大河)
鲁恩海
多爾哥多
尼
羅瑞安
凱勒布蘭特平原
北河灣
褐地
恩
林清河
南河灣
大高原
恩
汗
艾明穆伊
達哥拉(戰爭平原)
東坦納特
魔拉儂
伊瑞德里蘇依(灰燼山脈)
勞洛斯瀑布
死亡沼澤
烏頓
東佛德
寧道夫(濕原)
北伊西力安
艾森口
巴拉多
魔蓋
梅林溪
歐洛都因
凱爾安卓斯
安諾瑞恩
哥葛洛斯平原
米那斯提力斯
米那斯魔窟
拉密頓
伊費爾
洛薩納赫
艾明亞南
伊魯依河
魔
多
鐸
杜亞斯
萊班寧
南伊西力安
諾恩
諾南湖……
伊瑟安都因
波羅斯河
南剛鐸
(現為主權不明的荒地)
托爾法拉斯
坎德
哈拉德路
近哈拉德
哈南河

第三紀元末期
中土世界西部
亞爾諾
的失落國度
佛洛赫爾冰灣
卡恩督姆
安格馬
此處是古代
的安格馬巫王國度
希姆澤
伊瑞德盧因
盧恩河
艾明尤澳
（薄暮丘）
南努爾
（薄暮湖）
安努米那斯
伊
瑞
亞
多
佛林頓
佛隆德
米斯隆德
（灰港岸）
盧恩灣
亞希丹
夏郡
烈酒橋
哈比屯
白崗
塔丘
遠崗
北崗
佛諾斯特
風雲丘
契特森林
蜂水
風雲頂
（阿蒙蘇）
布理
東西道
老林
古墓崗
南崗
綠道
魯道
米奮
伊索河（灰泉河）
食人妖森
終末橋
布魯伊南河
（喧水河）
伊騰
哈隆德
哈林頓
藍山脈
薩恩淺灘
卡多蘭
（烈酒河）
巴蘭都因河
撒巴德
寧因艾爾夫河（鵠群河）
格蘭都因河
墨瑞亞大門
（冬青地）
艾林佛恩
敏希利亞斯
葛瓦斯洛河（灰洪河）
黑鬱地
南北道
隆德戴爾
伊尼德懷斯
艾森格
艾森河淺灘
洛汗隘口
（艾森河）
安格倫河
雅多恩河
卓懷斯伊奧
伊瑞德尼姆拉斯
剛
列夫努伊河
皮納斯蓋林（綠丘）
安法拉斯（長岸）
安德拉斯特（拉斯莫希爾）
50
100
150
200

鑽石孔眼 07

The Lord of the Rings: The Two Towers

# 魔戒：雙塔叛謀

作者：J. R. R. 托爾金（John Ronald Reuel Tolkien）
譯者：李函

---

堡壘文化有限公司　雙囍出版
總編輯：簡欣彥｜副總編輯：簡伯儒｜責任編輯：廖祿存
行銷企劃：游佳霓、黃怡婷、曾羽彤｜裝幀設計：陳恩安
校對：官子程、郭純靜

---

出版：堡壘文化有限公司 雙囍出版
發行：遠足文化事業股份有限公司（讀書共和國出版集團）
地址：231 新北市新店區民權路 108-2 號 9 樓
電話：02-22181417
Email：service@bookrep.com.tw
郵撥帳號：19504465 遠足文化事業股份有限公司
網址：www.bookrep.com.tw
法律顧問：華洋法律事務所　蘇文生律師
印製：中原造像股份有限公司
初版 1 刷：2024 年 03 月
定價：650 元
ISBN：978-626-97933-6-5
EISBN：9786269843152（PDF）｜ 9786269843169（EPUB）



國家圖書館出版品預行編目（CIP）資料｜雙塔叛謀／ J. R. R. 托爾金（J. R. R. Tolkien）著；李函譯 . -- 初版 . -- 新北市：堡壘文化有限公司雙囍出版：遠足文化事業股份有限公司發行，2024.03 ｜ 512 面；14.8×21 公分 . --（鑽石孔眼：7）｜譯自：The two towers ｜ ISBN 978-626-97933-6-5（平裝）｜ 873.57 ｜ 113001862